JOUR QUATRE

DU MÊME AUTEUR

Trois, Fleuve Éditions, 2014

SARAH LOTZ

JOUR QUATRE

Traduit de l'anglais
par Michel Pagel

fleuvenoir

Titre original :
Day Four

ISBN : 978-2-265-09803-9

Pour mon père, Alan Walters
(alias Le Doc)

Bienvenue à bord du *Rêveur Magnifique !*

Félicitations ! Vous avez choisi une croisière Foveros, votre aller simple vers la Détente et le Plaisir ! Fun ! Fun ! Fun !

****

Entamez les plus belles vacances de votre vie en vous offrant un cocktail à l'un de nos nombreux bars inondés de soleil, au son enchanteur des instruments typiques de nos musiciens. Puis allez vous rafraîchir dans la piscine et faire un tour sur les toboggans AquaMerveille™ de Foveros. Un petit creux ? Aucun problème ! Notre salle à manger et nos buffets proposent de vrais festins, allant des plats raffinés pour gourmets à la bonne cuisine familiale comme la préparait votre maman ! Et n'oubliez pas de vous faire chouchouter dans notre superbe centre de remise en forme – vous le méritez bien ! Nos numéros de cabaret vous raviront : installez-vous dans un fauteuil douillet et préparez-vous à apprécier un spectacle comme vous n'en avez encore jamais vu ! Prenez part à nos excursions passionnantes et ensoleillées, durant lesquelles vous pourrez acheter tout ce qui vous fera plaisir dans nos nombreuses boutiques, enfiler masque et tuba pour nager dans des eaux turquoise, faire de l'équitation le long de plages superbes et dîner en plein air sur notre fabuleuse île privée. Et pourquoi ne pas visiter notre casino, le Rêve Délicieux ? Qui sait ? C'est peut-être votre jour de chance !

JOURS 1, 2 ET 3

Croisière dépourvue d'incidents notables.

JOUR 4

L'assistante de la sorcière

Maddie attendit que Celine soit arrivée à la moitié de son discours d'introduction, puis elle se fraya un chemin entre les fauteuils afin de gagner l'espace dégagé au fond du foyer Rêve d'Étoiles. Elle l'avait presque atteint quand retentit dans les haut-parleurs la voix du directeur de croisière, noyant le baratin de Celine pour rappeler qu'on était à « T moins deux heures » du coup d'envoi des festivités du Nouvel An.

— Ah ! les voix d'en haut, plaisanta l'employeuse de Maddie, que cette tentative d'humour ne trompa pas.

Celine s'était comportée toute la journée comme un rottweiler souffrant d'une rage de crocs ; elle avait engueulé en coulisses le technicien qui avait déchiré sa robe en accrochant le micro à son fauteuil roulant, puis s'était plainte que le projecteur ne mettait pas suffisamment sa chevelure en valeur.

— Sachez ceci, continua-t-elle, une fois l'écho de l'annonce évanoui, quand vous rentrerez chez vous, reposés, bronzés, peut-être plus lourds d'un ou deux kilos… (elle attendit que la vague de rires s'apaise) vous ne serez pas seuls. Voilà bien des années que j'aide les gens à contacter ceux qui sont passés de l'autre côté, et il est deux choses que je puis vous assurer, mes amis. Un : la mort n'existe pas ; et deux : les âmes de ceux qui ont quitté le monde physique sont toujours avec nous...

Celine étant de nouveau sur les rails, Maddie s'autorisa à se détendre. Adossée à un pilier, elle se massa la nuque, tentant sans succès de dissiper le mal de tête qui la tourmentait depuis le premier jour de la croisière. Ce n'était sans doute qu'un effet secondaire des antiémétiques qu'elle prenait, mais l'environnement criard ne l'aidait pas. Le décorateur du paquebot était dingue des néons inspirés de Las Vegas et des angelots nus ; on ne pouvait pas faire trois pas sans être aveuglé par un palmier illuminé ou croiser le regard lubrique d'un chérubin. Enfin... plus qu'une nuit et elle serait libérée de cet enfer flottant. Une fois rentrée chez elle, elle commencerait par se faire couler un bain et se frotter la peau pour chasser les miasmes du bateau. Ensuite, elle irait chercher un plat à emporter chez Jujubee – elle s'offrirait le crabe aux vermicelles chinois, avec supplément d'ail. Elle pourrait se le permettre : cette semaine, elle avait perdu au moins deux kilos.

— Salut, mon chou, chuchota une voix à son oreille.

Elle fit volte-face pour découvrir Ray, les yeux fixés sur ses seins. Il avait échangé ses habituels short et T-shirt bleu marine contre un Levi's et une fine chemise crème qui lui donnaient l'air d'un chanteur de bar ringard.

— Vous êtes censé surveiller la porte, Ray.

La séance de la soirée était réservée aux « Amis de Celine » – le groupe très fermé qui avait payé une fortune pour partir en croisière avec « le plus grand médium américain » – et Ray savait comme elle que leur patronne péterait un plomb si un passager ordinaire s'y introduisait.

Il haussa les épaules.

— Mais oui, mais oui. Bon, sinon, vous vous rappelez quand on a fait escale à Cozumel hier ?

— Oui ?

— Je me suis arrangé avec un serveur pour qu'il me rapporte discrètement une bouteille de super tequila. Vraiment de la bonne.

Une Amie de Celine assise à la périphérie du groupe fit tourner son fauteuil dans un grincement et leur fit signe de se taire. Maddie lui adressa un sourire désolé avant de souffler à Ray de baisser la voix.

— Ouais, c'est ça… Donc voilà, fiesta tout à l'heure dans ma cabine. Vous en êtes ?

D'autres têtes pivotaient vers eux.

— Sérieux, Ray, fermez votre…

— Pensez-y, conclut-il avec un petit sourire suffisant. Je vais m'en jeter un pendant que la patronne fait son truc.

Maddie le regarda gagner le bar d'un pas nonchalant, non sans lorgner une serveuse au passage.

Connard.

L'atmosphère se tendit quand Celine en arriva au clou de la soirée. Elle s'humecta les lèvres, porta la main à sa poitrine et déclara :

— Je reçois… Qui est Caroline ? Non, un instant… Katherine ? Quelqu'un avec… c'est un C ou un K. Non… c'est bien Katherine. Kathy, peut-être.

Maddie refoula une pointe de remords quand Jacob, un des Amis les plus âgés, se leva en chancelant. Elle l'aimait bien. Elle admirait son élégance (il s'habillait toujours comme pour aller à un mariage gay), et il n'était pas aussi exigeant que d'autres. Celine avait feint d'être malade pendant la plus grande partie de la croisière, se montrant à peine dans les divers pots d'accueil et cocktails, si bien que Maddie avait dû assurer l'intérim.

S'occuper des admirateurs de sa patronne faisait partie de son travail, mais il y avait un monde entre échanger des e-mails avec des solitaires, des désespérés, et affronter leurs demandes face à face. Écouter les Amis exprimer l'espoir que Celine contacte leurs proches, leurs parents disparus ou, dans certains cas, leurs animaux familiers défunts l'avait usée jusqu'à la corde.

— Kathy, c'est ma sœur ! lança Jacob.

— C'est bien ce que je reçois, acquiesça le médium. Sachez ceci : elle se manifeste à la seconde même. Hé... Pourquoi est-ce que je sens une odeur de dinde ? (Elle eut un petit rire.) Et de tarte à la patate douce. Une bonne tarte, en plus.

Le vieil homme eut un hoquet et s'essuya les yeux.

— Elle a disparu à la fin des années soixante-dix, aux alentours de Thanksgiving. Est-ce que... Est-ce qu'elle est en paix ?

— Oui. Sachez ceci : elle a quitté le monde physique pour entrer dans la lumière. Elle veut vous dire que, chaque fois que vous pensez à elle, son âme est avec vous.

Jacob attendait plus, mais Celine se contenta de lui adresser un sourire neutre, aussi hocha-t-il la tête avant de se rasseoir.

Le médium porta une nouvelle fois la main à sa poitrine.

— Je reçois... J'ai du mal à respirer. Il y a ici quelqu'un qui... qui est parti avant l'heure. Je parle d'un suicide. Oui.

Leila Nelson, une femme osseuse qui perdait un peu ses cheveux, poussa un couinement et bondit hors de sa chaise.

— Oh, *Seigneur !* Mon mari s'est tué il y a deux ans.

— Je veux que vous sachiez qu'il se manifeste, ma chère. Mais pourquoi la respiration ? Je crois... s'est-il asphyxié ? Cela vous parle-t-il ? Je sens du monoxyde de carbone.

— Oh, *Seigneur !* C'est comme ça qu'il a fait ! Au garage, dans sa Chevrolet.

— Dans sa Chevrolet. (Celine marqua une pause pour que les Amis aient le temps d'assimiler ce détail.) À quoi correspond le mois d'avril ?

— Son anniversaire tombait en avril.

— Ah, son anniversaire est en avril. Oui, c'est bien ce qu'il me transmet. Un homme de haute taille, c'est bien ça ?

Leila hésita.

— John mesurait un mètre soixante-dix.

— C'est grand par rapport à moi, ma chère, repartit Celine. Je reçois ça... Est-ce que John était insatisfait de son travail ? Ça vous dit quelque chose ?

— Oui ! Il avait perdu son emploi. Il n'a plus jamais été le même après ça.

— Et une histoire de chaussures ?

— Oh, *Seigneur*, il a toujours été très soigneux avec ses chaussures. Toujours en train de les cirer, il était comme ça depuis qu'il avait quitté les marines.

— C'est bien ce que je reçois. L'impression qu'il s'agissait d'un être très méticuleux, très précis. Sachez ceci : il tient à vous dire que ce qui lui est arrivé, la manière dont il est mort, cela n'a rien à voir avec vous. Il a besoin que vous recommenciez à vivre.

— Alors, ça ne l'ennuie pas que je me remarie ?

Merde ! Leila n'avait pas mentionné ce détail pendant le cocktail des Amis de Celine, la veille au soir, mais le médium enchaîna sans hésiter.

— Sachez ceci : il est fier que vous vous en sortiez aussi bien.

— Pourtant, il était tellement jaloux. Ce que j'ai besoin de savoir, c'est s'il...

— Je dois vous interrompre, ma chère : Archie est en train de me contacter. (Celine pressa une main sur sa gorge.) Je sens son poids. Il se manifeste avec force à présent.

Maddie réprima un frisson. Fictif ou non, Archie, le principal guide spirituel de Celine – un gamin des rues censément mort de la tuberculose à Londres vers la fin du XIXe siècle –, lui filait une trouille bleue. Peu de médiums transmettaient la voix de leurs guides de nos jours, et, chaque fois que celle d'Archie « se manifestait », Maddie croyait entendre Dick van Dyke en train de se gargariser avec de la soude caustique.

Celine s'interrompit un instant pour soigner ses effets dramatiques, puis la voix vibrante d'Archie sortit de sa gorge :

— Y a un gars, là, qui veut causer à Juney.

Juanita, l'Amie qui avait fait taire Ray, bondit sur ses pieds.

— C'est moi ! Juney, c'est mon surnom !

— Vous ne devez pas vous en vouloir d'avoir laissé l'insuline hors du réfrigérateur, Juney, dit le médium, reprenant sa voix normale. Il sait que vous ne l'avez pas fait exprès.

Maddie en eut la chair de poule sur les bras. Juanita n'avait pas parlé d'insuline la veille. Celine maîtrisait certes la lecture à froid, mais il s'agissait là d'un détail à la précision inhabituelle : d'ordinaire, elle s'en tenait aux généralités.

Les traits de Juanita se creusèrent.

— Jeffrey ? C'est toi, Jeffrey ?

Un rai de lumière trancha l'obscurité quand un homme franchit les portes au fond du foyer. Plus jeune de vingt ans que la moyenne des spectateurs, il portait un jean moulant, des bottes, et avait les bras couverts de tatouages. Ray ne l'avait pas remarqué : perché sur son tabouret de bar, il tournait le dos à l'entrée.

— Celine del Ray ! s'écria l'intrus en avançant à grands pas vers la scène, pointant vers le médium un téléphone portable en mode caméra. Celine del Ray !

Merde ! Une semaine après que son employeuse eut accepté d'être la célébrité invitée de la croisière, Maddie avait appris par Twitter qu'un blogueur pourrait se trouver à bord. Apparemment, il avait finalement décidé de se manifester.

— Qui êtes-vous ? lança Céline, plissant les yeux vers le public.

— Lillian Small compte vous attaquer en justice. Qu'avez-vous à répondre à cela ?

L'assistance retint son souffle. Trop d'obstacles se dressaient devant Maddie pour qu'elle puisse rejoindre aisément le fauteur de troubles, et elle ne pouvait pas compter sur les serveurs pour intervenir. Dieu merci, Ray avait pris conscience de la situation et se frayait un chemin vers lui.

— Vous êtes au courant, bien sûr ? croassait le blogueur à l'adresse des Amis, qui le regardaient, bouche bée. Ce prétendu *médium*, cette *prédatrice* a bombardé Mme Small de messages, lui assurant que sa fille et son petit-fils étaient encore vivants en Floride, alors que l'ADN prouve... (il hésita) prouve que... (Il porta la main à la bouche.) Oh, merde !

Sur ces mots, il pivota sur ses talons, bouscula Ray et sortit au pas de course. Les portes se refermèrent derrière lui en grinçant.

Le garde du corps interrogea Maddie du regard ; elle lui fit signe de suivre le mouvement.

Celine eut un nouveau petit rire, mais qui paraissait forcé.

— Eh bien, permettez-moi de vous dire que c'était… Donnez-moi une minute, je vous prie.

Elle but une gorgée d'Evian à la bouteille rangée dans la poche de son fauteuil roulant. Un silence gêné s'établit dans la salle.

— Il y aura toujours des incrédules, mais je ne puis que répéter ce que me dit l'Esprit. Cette situation… à vrai dire… Attendez… Je reçois autre chose à présent. Vous savez, parfois, les esprits se manifestent avec tant de force que je peux goûter ce qu'ils goûtent, sentir ce qu'ils sentent. Je reçois… de la fumée. Je sens de la fumée… J'entends… Y a-t-il ici quelqu'un qui a perdu un proche dans un incendie ? Est-ce que cela parle à quelqu'un ?

Nul ne prit la parole. Maddie se tortilla, mal à l'aise.

— Il peut s'agir… oui, je sens une odeur d'essence, je crois qu'il s'agit d'un accident de voiture. Je reçois… Que représente l'I-90 ?

Un Ami déclara que son cousin au deuxième degré avait été tué lors d'une collision frontale sur cette route quelques années plus tôt, et Maddie recommença à respirer. Quand Ray, rentré discrètement, lui fit signe que tout allait bien, elle jeta un coup d'œil à son téléphone. Cinq minutes à tenir. Elle se rapprocha de Celine et lui signifia par gestes qu'il était temps de conclure. Ray aurait intérêt à faire son boulot : veiller à ce que tout le monde sorte aussi vite que possible. Les Amis avaient réservé leur dîner pour le deuxième service, ils devraient partir sans tarder s'ils ne voulaient pas qu'on leur serve des queues de homard caoutchouteuses.

Celine leur souhaita la bonne année et termina par son discours habituel, les invitant à visiter son site Web, où ils trouveraient les liens permettant d'acheter ses onze livres. Maddie bondit sur scène avant qu'un tsunami d'admirateurs n'engloutisse son employeuse. Le fauteuil roulant n'était pas indispensable (le médium savait néanmoins le manœuvrer avec l'aisance d'un sportif paralympique, au cas où un fan trop zélé ferait mine d'approcher), mais ce soir, la jeune femme était heureuse qu'il fût là. De près, Celine faisait vraiment son âge : sa peau cireuse évoquait une pomme laissée trop longtemps en chambre froide ; ses lèvres avaient la couleur d'un jambon trop vieux.

Maddie débrancha le micro et le tendit au technicien avant que sa patronne n'ait eu le temps de se remettre de ses émotions et ne passe un savon à ce dernier pour l'annonce imprévue dans les haut-parleurs.

— Ça va, Celine ? souffla-t-elle.

— Sortez-moi de là tout de suite, bordel.

— Celine ?

Leila apparut à leur côté avant que Maddie pût réagir, agitant le deuxième tome de l'autobiographie de son idole : *Médium des stars et au-delà.*

— Je voulais vous demander ça hier soir au cocktail, mais vous êtes repartie si vite que... Pourriez-vous me le dédicacer ?

— Avec plaisir, ma chère, répondit Celine avec un sourire glacial.

— Pouvez-vous noter « Pour Leila, ma plus grande fan » ? J'ai tous vos livres, et aussi les éditions électroniques et audio.

Maddie tendit un stylo à son employeuse, surveillant Leila du coin de l'œil pour voir si elle remarquait les mains tremblantes du médium ; par chance, elle était bien trop occupée à fixer son visage avec une expression extatique.

— Vous m'avez tellement aidée. Vous et Archie, bien sûr. (Leila pressa le livre contre sa poitrine.) Vous m'avez vraiment apporté la paix. John... il n'était pas très facile à vivre, et... Je ne sais pas comment vous faites.

— C'est un don accordé par Dieu, ma chère. Sachez ceci : votre foi et votre soutien sont très importants pour moi.

— Et vous êtes très importante pour moi. Ce type atroce qui s'est introduit ici n'a pas la moindre...

— Celine est épuisée, intervint Maddie. Contacter l'Esprit lui demande beaucoup d'énergie. Je suis sûre que vous comprenez.

— Oh, bien sûr, bien sûr, assura Leila en hochant la tête et en s'inclinant, avant de filer rejoindre les autres Amis qui se pressaient à la sortie du foyer.

— Vraiment désolé, Celine, dit Ray en s'approchant.

Les yeux du médium – aux paupières déjà tombantes suite à un lifting raté dans les années quatre-vingt – s'étrécirent.

— Ah ouais ? C'est quoi, ces conneries, Ray ? C'est pour ça que je vous paie ?

— Comment est-ce que je pouvais deviner qu'il allait se pointer ? J'avais contrôlé tous les autres.

— Vous auriez dû rester devant cette putain de porte.

— Comme je le disais, j'ai merdé. Ça n'arrivera plus.

Celine renifla.

— Et comment, que ça n'arrivera plus ! Où est-il passé d'ailleurs ?

— Il s'est rué dans les toilettes. On aurait dit qu'il allait vomir.

L'estomac de Maddie eut un sursaut. Depuis qu'elle avait bêtement lu un article du *Huffington Post* sur les virus à bord des bateaux, elle gérait son stress en se lavant les mains à la moindre occasion et en s'envoyant des probiotiques comme une droguée. Voilà donc pourquoi le blogueur ne les avait pas traqués avant : il devait être terré dans sa salle de bains depuis le début de la croisière, à genoux devant les toilettes.

— Vous voulez que je vous accompagne à votre cabine ? s'enquit Ray.

— C'est une suite, répliqua sèchement Celine. Et non. Sortez de ma vue. Madeleine peut s'en charger.

Le garde du corps hocha la tête, contrit, et s'éloigna d'un pas furtif. Maddie ne savait pas grand-chose de sa vie privée, mais il avait évoqué la pension alimentaire qu'il devait verser à une de ses ex. Même si c'était un obsédé et un connard, elle avait presque pitié de lui : il aurait de la chance s'il conservait son emploi quand ils arriveraient à Miami. Les gorilles du médium ne faisaient jamais long feu.

— Saletés de blogueurs et de journalistes déguisés, ronchonna Celine en agitant la main pour donner le signal du départ. Je fais ça depuis quarante ans. C'est le don que j'ai reçu de Dieu…

Maddie la laissa râler et poussa le fauteuil roulant vers la porte de la scène, clignant des yeux sous l'assaut des néons rose et or qui bordaient le pont Promenade de Rêve. Des passagers gagnaient la salle à manger pour le deuxième service du dîner tandis que des employés, tous dans la vingtaine, en short blanc moulant et T-shirt « Foveros = Fun ! Fun ! Fun ! », virevoltaient de-ci de-là au rythme du calypso qui servait de musique d'ambiance, tout en proposant ailes d'ange et cornes de démon en plastique pour la fête du Nouvel An sur le thème « Enfer et Paradis » prévue dans la soirée. Maddie n'avait aucune intention de participer aux festivités. Elle comptait mettre Celine au lit, commander au service d'étage un sandwich au fromage (ses intestins se crispaient à la seule idée d'ingurgiter les plats industriels servis aux buffets et dans la salle à manger), puis gagner la piste de jogging qui surplombait le pont du Lido. Elle n'avait pas encore trouvé le temps de parcourir ses huit kilomètres quotidiens.

Trois hommes corpulents, au crâne rasé orné d'une auréole fluorescente, se poussèrent pour leur faire de la place quand Maddie fit entrer Celine dans l'ascenseur – où régnait, comme toujours, une vague odeur de vomi. La jeune femme appuya du coude sur le bouton du pont-terrasse et poussa son employeuse aussi loin que possible de la tache humide sur la moquette. Une version reggae de *Rehab* s'égrena tandis qu'elles s'élevaient dans l'atrium, les parois de verre révélant progressivement le hall et les bars à cocktails en contrebas.

— J'ai besoin d'un verre, bon sang, dit Celine.

— On arrive.

Maddie tira le fauteuil roulant hors de l'ascenseur puis prit le chemin des cabines des VIP. Deux vieilles femmes aimables se plaquèrent contre la paroi du couloir pour les laisser passer. Elle leur adressa un sourire radieux pour compenser le « Ouais, c'est ça » grincheux de son employeuse en réponse à leurs vœux de bonne année, et salua de la main Althea, la femme de chambre de l'étage, qui sortait d'une suite voisine, une pile de serviettes de toilette sous le bras.

— Bonsoir, madame del Ray et Maddie ! s'exclama l'employée. Avez-vous besoin d'aide ?

Quoique ignorée par Celine, elle garda le sourire. Maddie ne comprenait pas comment elle pouvait rester si chaleureuse en devant nettoyer derrière des ordures comme le médium. La majorité du personnel exsudait une jovialité lassante (et à l'évidence feinte), mais elle avait la conviction que la bonne humeur constante d'Althea n'était pas une façade.

Après avoir fait glisser plusieurs fois la carte-clé dans la fente jusqu'à ce que le voyant passe au vert, la jeune femme engagea le fauteuil roulant dans l'étroit vestibule de la cabine puis poussa sa patronne vers le balcon – et sa réserve de gnôle.

Celine tendit une griffe vers le téléviseur.

— Changez-moi cette chaîne de merde, bordel ! Combien de fois ai-je répété à cette foutue bonne femme de ne pas y toucher ?

Sur l'écran, Damien, le directeur de croisière – un Australien au regard fixe de dangereux bipolaire –, réitérait sa visite guidée du paquebot. Maddie zappa une parodie du candidat républicain malheureux Mitch Reynard au *Saturday Night Live* et une émission de téléachat montrant deux femmes d'âge mûr en train de s'extasier devant une veste réversible, avant de s'arrêter sur les préparatifs du *Time Square Ball Drop**. Sans avoir besoin qu'on le lui demande, elle jeta des glaçons et une double dose de J&B dans un verre.

Celine le lui arracha des mains et en avala une gorgée.

— Ah, putain, ça va mieux. Vous êtes une brave fille, Madeleine.

Maddie leva les yeux au ciel.

— J'ai bien entendu ?

— Archie me dit que vous pensez à démissionner.

— J'y pense sans arrêt, Celine. Ce serait peut-être différent si vous arrêtiez de me traiter de connasse inutile.

---

* Chaque année, une partie des habitants de New York se rend à Times Square pour fêter le Nouvel An. Depuis le 31 décembre 1907, une grosse boule lumineuse descend lentement à partir de 23 h 59 sur un mât situé sur le toit du 1, Times Square, pour se poser à minuit pile (Wikipedia). (NdT.)

— Vous savez bien que je ne le pense pas. (Le médium désigna à nouveau la télé.) Je n'ai pas besoin qu'on me rappelle qu'une autre année se termine. Mettez un de mes films.

— Lequel ?

— *Pretty Woman.*

Maddie brancha le disque dur et fit défiler le menu jusqu'à atteindre le dossier Julia Roberts. Elle n'arrivait toujours pas à concilier le regard dur que Celine portait sur l'existence et son goût prononcé pour les comédies romantiques des années quatre-vingt-dix. Pourtant, elle ne savait plus dans combien de fauteuils de motels au velours rêche elle avait attendu que son employeuse s'endorme tandis que *Quand Harry rencontre Sally* ou *French Kiss* progressaient vers leur prévisible conclusion.

Celine agita les glaçons dans son verre pour être resservie.

— Alors ? Qu'est-ce qu'on va faire à propos de Ray ?

— C'est vous la patronne.

— Vous savez qu'il a un faible pour vous, Madeleine.

— Ray a un faible pour tout ce qui a un vagin. C'est un blaireau.

— Je sais, soupira Celine. Les plus mignons sont toujours comme ça. Il va falloir s'en séparer. Mais ça ne résout pas votre problème, n'est-ce pas ?

— Parce que j'ai un problème ?

— Vous avez besoin d'un homme dans votre vie, Madeleine. Il est plus que temps de laisser le passé derrière vous.

— Ne recommencez pas. Qu'est-ce que je pourrais bien faire d'un homme, nom d'un chien ?

— Ah, si je suis obligée de vous le dire… caqueta Celine.

— Expliquez-moi donc comment je pourrais conserver une relation stable alors que je suis en tournée avec vous neuf mois par an ?

— Mais oui, allez, culpabilisez la vieille. Vous devriez aller à la fête, ce soir. Faites-vous donc un de ces petits gars de l'équipage, tout mignons dans leurs culottes blanches moulantes. Ça fait combien de temps ? La dernière fois que vous...

— Ça ne vous regarde pas.

— Ce n'est pas une réponse. Vous voulez que je demande à Archie ce qu'il...

— Ça suffit avec ma vie privée, Celine.

— C'est juste pour dire que vous méritez mieux.

— Je peux utiliser vos toilettes ?

Si elle y restait un moment, avec de la chance Celine s'endormirait devant le film et elle pourrait s'éclipser sans subir un autre sermon.

— Faites comme chez vous.

Maddie fila dans la pièce voisine et verrouilla la porte. La salle de bains, trois fois plus vaste que celle de sa cabine, accueillait un jacuzzi et une pyramide de serviettes blanches roulées. La jeune femme s'assit sur le couvercle des toilettes et se massa les tempes. À cause de ce hipster blogueur, son employeuse serait en boule pendant au moins une semaine. Le film qu'il avait pris se trouvait sans aucun doute déjà sur YouTube. Celine n'avait accepté de participer à la croisière que pour fuir les retombées de la débâcle due à Lillian Small, mais toutes les deux étaient conscientes de risquer un retour de flamme.

Après la catastrophe, Maddie s'était retenue de dire : « Je vous avais prévenue. » Pourtant, elle avait déconseillé à Celine de se rendre à l'émission de commémoration du Jeudi Noir d'Eric Kavanaugh – un journaliste de la presse à sensation connu pour démolir les voyants, les scientologues et les spirites. En outre, Celine avait fait partie du « Cercle de voyants » très décrié qui s'était rassemblé pour employer son « énergie combinée » à déterminer les causes mystérieuses des quatre accidents d'avions simultanés de 2012. Kavanaugh s'était délecté de leur percer un deuxième trou au cul quand le NTSB* avait publié ses découvertes, démontrant que les voyants se trompaient du tout au tout. Pour être juste, Celine s'en était plutôt bien tirée jusqu'à ce que soit abordé le sujet de l'accident survenu en Floride. Maddie ne comprenait toujours pas pour quelle raison son employeuse avait affirmé que Lori Small et son fils Bobby, deux des passagers de l'avion tombé dans les Everglades, étaient encore vivants. Même après la découverte de traces d'ADN de Bobby et de Lori dans les débris, Celine avait continué de proclamer que la mère et le fils se trouvaient quelque part dans la nature, errant dans les rues de Miami, frappés d'amnésie. Elle était allée trop loin pour faire machine arrière. Tragiquement, la mère de Lori, Lillian Small, avait dépensé toutes ses économies en payant des détectives privés afin de suivre cette piste douteuse, et à présent, un avocat ambitieux qui représentait ses intérêts tirait sur Celine à boulets rouges.

Ce n'était pas la première erreur du médium – mais c'était sans conteste la plus médiatisée. Cela dit… Maddie n'était pas tout à fait juste, n'est-ce pas ? Il était *parfois* arrivé à sa patronne de deviner la vérité, non ? Déjà, il y avait la révélation de la soirée concernant l'insuline – mais Ray avait pu lui transmettre cette pépite, il faudrait s'en assurer. La jeune femme savait que sta-

* National Transport and Safety Board – Conseil national de la sécurité des transports. (NdT.)

tistiquement, Celine pouvait tomber juste sur certains faits qui ne lui avaient été fournis ni par son assistante, ni par le pauvre ex-flic qu'elle engageait comme garde du corps, mais cela la mettait chaque fois mal à l'aise. Et la culpabilité qu'elle arrivait généralement à faire taire l'empoignait alors. L'aiguillonnait. Rencontrer des Amis était une erreur. Peut-être devrait-elle tout bonnement démissionner. *Pour faire quoi ?* Avec son parcours, elle ne trouverait qu'un boulot merdique et mal payé. Elle pourrait toujours retourner en Angleterre, la queue entre les jambes. Sa sœur adorerait ça. *Je te l'avais dit, Maddie, je t'avais dit que ça finirait par des larmes.*

— Vous êtes tombée dans le trou ? cria Celine.

— J'arrive !

Tant pis, son employeuse ne s'était pas endormie. La jeune femme se redressait quand le sol se souleva, la forçant à s'agripper au porte-papier. Ses genoux tressautèrent tandis qu'une vibration puissante bourdonnait sous ses pieds. Les lumières vacillèrent, il y eut un long grincement mécanique puis… le silence.

Le cœur battant, Maddie déverrouilla la porte et réintégra la suite à la hâte.

— Celine, je crois que le paquebot a un problème.

Elle s'attendait à une réponse du type : « Et comment qu'il a un problème, ce putain de rafiot, c'est un tas de merde », mais Celine était penchée en avant, les bras pendant le long du fauteuil. Le verre gisait sur la moquette, là où il était tombé après lui avoir glissé des doigts.

Sur l'écran, Richard Gere roulait le long de Hollywood Boulevard. Soudain, le téléviseur s'éteignit.

— Celine ? Ça va, Celine ?

Pas de réponse.

Maddie s'avança à pas lents et toucha l'avant-bras plissé de son employeuse. Aucune réaction. Elle s'accroupit face à elle.

— Celine ?

Sans lever la tête, la vieille femme prit une inspiration puis se mit à fredonner un air de jazz entraînant qui évoquait Lizzie Bean, un autre de ses guides spirituels (moins volubile).

— Celine ? (Maddie déglutit avec peine.) Hé… Allez, Celine.

Le médium releva la tête, les yeux emplis d'une telle terreur que son assistante poussa un cri et tomba sur les fesses.

— Mon Dieu !

Maddie bondit sur ses pieds, voulant décrocher le téléphone, mais la lumière s'éteignit à nouveau et la jeune femme tituba, tandis que le bateau gîtait à bâbord. Elle luttait pour maîtriser son souffle quand une voix déchira le silence.

— Hé, hé, mon petit canard, on va bien s'amuser, caqueta Archie.

Le condamné

Gary appuya son front contre la paroi, frissonnant tandis que l'eau froide ruisselait dans son dos. Sa peau le piquait sur le ventre et à l'intérieur des cuisses, là où il s'était frotté avec la brosse à ongles de Marilyn, et le bout de ses doigts était fripé. Voilà plus d'une heure qu'il était sous la douche. La puanteur du Pantene devenait intolérable : il avait versé tout le gel fourni gracieusement ainsi que le shampoing de Marilyn sur les habits qu'il portait la veille, les piétinant tel un vigneron aliéné, puis il les avait jetés, roulés en boule, dans un coin de la cabine. Sans eau de Javel, rien ne garantissait qu'ils n'abritent pas encore une trace d'ADN de la fille : il lui faudrait les jeter par-dessus bord le plus tôt possible.

Concentre-toi sur l'eau. Pense au froid. Mais c'était inutile : ses idées noires s'infiltraient de nouveau en lui. Marilyn avait accepté son excuse, un estomac barbouillé, mais elle ne lui permettrait sûrement pas de sécher les festivités de la soirée, à moins qu'il ne soit à l'article de la mort. Il pourrait sans doute se planter les doigts au fond de la gorge et se forcer à vomir pour qu'elle l'entende. Cela dit, l'angoisse qui le consumait était telle qu'il n'aurait peut-être même pas besoin de simuler.

Parce qu'on avait dû trouver la fille. Les stewards et les femmes de chambre, consciencieux, faisaient le tour des cabines deux fois par jour, et plus de douze heures s'étaient écoulées depuis qu'elle...

Un grondement sous ses pieds ; une secousse. Le pommeau de douche se mit à crachoter et Gary ouvrit les yeux dans l'obscurité. Un instant, il fut convaincu d'être devenu aveugle – *le châtiment divin !* – puis, comme une vibration montait en lui à toute vitesse, de la plante des pieds jusqu'à la tête, l'idée lui vint que le paquebot avait un problème. Il coupa l'eau, chercha une serviette à tâtons et tendit l'oreille. Le vrombissement sourd de la climatisation s'était éteint, ce qui lui donnait l'impression d'avoir la tête moins lourde, d'être à nouveau capable de raisonner. Il tâtonna sur le lavabo pour trouver ses lunettes puis sortit prudemment du cabinet de toilette et attendit que ses yeux s'habituent à l'obscurité – ce qui n'arriverait pas, bien sûr, car il n'y avait pas de lumière naturelle dans la cabine : il réservait toujours une des suites intérieures, les moins chères. Une alarme résonna plusieurs fois, suivie d'un message inintelligible, parsemé de parasites, puis : « B'jour, mesdames et messieurs, ici Damien, votre directeur de croisière. Je tiens juste à vous informer que nous avons un problème électrique. Il n'y a aucune raison de s'inquiéter. Pour votre sécurité, rejoignez vos cabines et attendez de nouvelles instructions, merci. Et, comme je le disais, il n'y a aucune raison de s'inquiéter. Nous vous donnerons plus d'informations dès que possible. »

Gary gagna la porte à pas prudents et l'entrouvrit. Un type torse nu, coiffé de cornes de démon, franchit l'angle du couloir ; une femme en bikini et sandales dorées à talons hauts le suivait en riant. Ils approchaient, et l'éclairage de secours – des bandes lumineuses insérées dans le sol – conférait à leur peau une couleur verte sinistre. Le bateau s'inclina soudain et Gary recula d'un pas, laissant la porte se refermer dans un claquement sec. La salive emplit sa bouche. Dehors, d'autres portes claquèrent, une femme hurla, quelqu'un cria à un dénommé Kevin de « se bouger un peu le cul, mec, bordel ».

Alors que Gary regagnait le lit prudemment, la lumière revint, le faisant sursauter. Bien moins vive que d'ordinaire, elle jetait un éclat jaunâtre sur toute la cabine. De l'eau coulait entre les poils de ses jambes. Sa panique était désormais si intense qu'il la distinguait presque du coin de l'œil, comme un objet matériel.

Ce n'était qu'un ennui mécanique comme il en arrivait sans cesse – Foveros était connue pour ça. Et même s'ils avaient trouvé la fille, la dernière chose qu'ils feraient serait d'arrêter le bateau. Non : il se laissait dominer par la paranoïa, voilà tout. Saisissant son poignet, il se concentra sur le battement léger de son cœur, se contraignit à un compte à rebours mental à partir de cent. Puis il recommença. Et encore. Bien. Il commençait à respirer plus facilement.

La serrure cliqueta, la porte s'ouvrit à la volée et Marilyn se précipita dans la cabine.

— Gary ! Tu es là ?

Réponds.

— Où veux-tu que je sois ?

— Je crois qu'on devrait sortir, chéri. Aller au point de rassemblement. Je jurerais que j'ai senti de la fumée.

— Damien a dit qu'on était censés rester dans les cabines.

— Tu ne m'as pas entendue ? J'ai senti de la fumée, Gary. (Elle était hors d'haleine, son visage plat luisait de transpiration.) Les ascenseurs ne fonctionnent plus

– il doit y avoir des gens coincés à l'intérieur. Qu'est-ce qui se passe, à ton avis ?

— Un ennui mécanique quelconque. Rien de grave, tu verras.

Sa voix lui paraissait mal assurée, plus aiguë que d'habitude, mais sa femme ne parut pas le remarquer. Marilyn n'était pas des plus observatrices – une des raisons pour lesquelles il l'avait épousée.

Elle plissa les yeux.

— Chéri… pourquoi n'es-tu pas habillé ?

— Je prenais une douche.

— Encore ? Avec tout ce qui se passe ?

Respire à fond, ne perds pas les pédales.

— J'étais dedans quand c'est arrivé.

— Et tu crois vraiment que ce n'est pas grave ?

— Mais oui. Rappelle-toi ce qui est arrivé sur le *Joyau Magnifique*. Ils ont réparé en un rien de temps.

— Oh, sans doute… Je crois quand même qu'on devrait sortir. Paulie et Selena nous attendent au niveau 11. Tu te rappelles : c'est là qu'est notre point de rassemblement.

— Et on peut savoir qui sont Paulie et Selena ?

— Oh, un couple tout à fait charmant. On a fait connaissance pendant le dîner. J'ai décidé d'aller au buffet du Lido plutôt qu'aux Paysages de Rêve, même si la file d'attente pour le bar à pâtes était atrocement longue ! C'est comme ça qu'on s'est mis à discuter – en faisant la queue. On était ensemble sur le pont de la Tranquillité quand c'est arrivé. Et puis, tu ne devineras jamais, chéri…

— Quoi ?

Gary faisait de son mieux pour avoir l'air intéressé. Ses joues le brûlaient.

— Ce sont des clients Argent de Foveros, comme nous. Ils étaient sur le *Souhait Magnifique* l'année dernière – la route des Bahamas – juste une semaine après nous !

— Incroyable.

— Oui, hein ? C'est ce que je disais. Ils ont montré beaucoup de sollicitude quand je leur ai appris que tu te sentais mal.

C'était tout Marilyn : lors de leur croisière annuelle, elle se faisait un devoir de frayer avec le plus d'inconnus possible. La plupart de ces nouvelles amitiés ne duraient d'ailleurs pas, car elle était très inconstante. Gary hésita à lui demander si elle avait remarqué son absence aux premières heures de la matinée. Cela n'aurait rien eu d'inhabituel : il feignait l'insomnie depuis des années, et elle n'avait encore jamais discuté le fait que selon lui, le seul remède était d'aller faire un tour à pied. Mais cette fois, c'était différent. Si elle s'était réveillée et avait constaté son absence, serait-elle prête à lui fournir un alibi ? Rien de moins sûr. Il l'imagina au tribunal, en train d'assurer en pleurnichant qu'elle n'avait jamais soupçonné son mari d'être un monstre.

— Gary !

— Quoi ?

— Je disais : je crois quand même qu'on devrait partir. Tu ne t'habilles pas ?

— Vas-y. Je te rejoindrai.

— Mais, et si…

— Vas-y, Marilyn, un point c'est tout.

— Tu n'es pas obligé de me parler comme ça.

Calme le jeu.

— Tout ira bien, mon chou. Ce genre de truc arrive sans arrêt pendant les croisières.

— Mais j'ai besoin de toi, Gary.

— Je me sens encore patraque.

Le mot le fit grimacer intérieurement – c'était une expression de Marilyn –, mais il atteignit son but.

— Oh, Gary, je ne t'ai même pas demandé comment tu allais.

— J'ai encore été malade. Il a fallu que je nettoie mes fringues avec ton shampoing.

— Oh, ne t'en fais pas pour ça, chéri.

Gary se félicita d'une tape mentale sur l'épaule.

— Maintenant, va rejoindre tes amis et ne t'inquiète pas pour moi. Damien n'aurait pas dit de rester dans les cabines s'il y avait du danger.

— Tu es sûr ?

— Oui. Si on nous demande de gagner les points de rassemblement, je viendrai te retrouver.

— D'accord. Ça m'ennuie vraiment de te laisser, c'est juste que… je crois que je ne supporterais pas de rester enfermée ici.

Comme elle s'approchait pour l'enlacer, il se laissa tomber en arrière, appuyé sur les coudes.

— Il ne vaut mieux pas. Je suis peut-être contagieux.

— Comme tu es prévenant. Tu sauras où aller, hein, chéri ?

— Mais oui. Je me sentirai beaucoup mieux de te savoir en sécurité.

Il se retint de hurler de soulagement quand la porte se referma derrière elle.

Bon. Réfléchis froidement, calmement. Reprends le fil depuis le début, et cette fois-ci, ne le perds pas.

Il avait balancé les derniers comprimés dans les toilettes des hommes à côté du bar du Marchand de Sable. Restaient donc ses vêtements, ses gants et sa casquette : il s'en débarrasserait facilement au cours de la soirée, pendant que tout le monde ferait la nouba. Mais… si les festivités étaient annulées ? Tout dépendrait de la gravité du problème mécanique. Réparerait-on à temps ? Bien sûr que oui. Il n'avait pas à s'en faire pour ça.

Ensuite... Les copines de la fille se souviendraient-elles de lui ? Il avait évité d'attirer l'attention, ne lui avait même pas adressé la parole au bar, et il se flattait de son physique anodin. Des années d'études minutieuses lui avaient appris que les gens se focalisent en général sur les caractéristiques évidentes : une moustache, des lunettes, une tenue voyante, une claudication. Les caméras de sécurité et les systèmes de reconnaissance faciale ne constituaient pas un problème : il avait gardé la tête baissée en suivant la fille jusqu'à sa cabine, et sa casquette cachait sa calvitie naissante. Une fois ses habits jetés, on ne pourrait plus l'identifier, et de toute façon, sa chemise sport bleu marine et son short kaki n'avaient rien de très remarquable. On pourrait même les confondre avec l'uniforme du personnel.

Parfait.

Alors pourquoi lui semblait-il toujours qu'il oubliait un détail ? *Réfléchis.*

La réponse lui fit l'effet d'un seau d'eau glacée. Le panonceau « Ne pas déranger – Je suis en croisière et je roupille ». Il avait l'horrible sentiment d'avoir déjà ôté ses gants de chirurgien lorsqu'il l'avait accroché à la poignée de la porte. Ah, Seigneur ! Dans ce cas, son ADN et ses empreintes digitales étaient dessus. Pourrait-il prétendre l'avoir touché en passant dans le couloir ?

Oui. Non. Comment expliquer sa présence sur ce pont-là ? La cabine de la fille, à l'étage au-dessus de la sienne, était située au milieu d'un couloir qui ne menait nulle part.

Telle était sa punition pour s'être écarté de son plan. Gary avait prévu d'agir cette nuit, pendant le Nouvel

An, quand tout le monde serait ivre et occupé. Il était si prudent, d'habitude. M. Prévoyance. Il ne prenait jamais de risque. N'était jamais négligent. Il appliquait un système. Mais il l'avait surprise, seule au bar, en train de fixer avec mélancolie ses amies qui dansaient et flirtaient avec les autres célibataires. L'occasion était trop belle. Il avait cédé à la tentation, et à présent, il devait en payer le prix. Il agissait d'ordinaire le dernier jour de la croisière, et pour une fort bonne raison : le chaos généré par le flot de passagers quittant le bateau le lendemain matin augmentait singulièrement les chances de s'en tirer sans bobo. La plupart des filles ne se rappelaient que bien après ce qui leur était arrivé. Plusieurs jours, voire plusieurs semaines. À ce moment-là, il était trop tard. En outre, on lisait sur nombre de forums que le personnel de sécurité avait pour instructions de convaincre les victimes d'agressions sexuelles à bord de ne pas porter plainte. Foveros n'avait aucun besoin de mauvaise publicité supplémentaire.

Toutefois, s'ils avaient trouvé la fille, ils seraient bien forcés de mener l'enquête. La compagnie avait déjà mauvaise réputation en matière de sécurité à bord, sans parler des accusations selon lesquelles elle ne respectait pas les normes d'hygiène. Il serait stupide d'essayer de cacher un événement pareil.

Qu'est-ce qui lui avait pris ?

S'était-il laissé gagner par un sentiment de sécurité trompeur parce que tout s'était tellement bien passé jusque-là ? Le premier jour, il prêtait toujours beaucoup d'attention à Marilyn, arrivant tôt et lui réservant une place au centre de remise en forme, afin de l'occuper pendant qu'il effectuait son inventaire préliminaire des passagères. La croisière du Nouvel An de Foveros attirait toujours un flot de célibataires enthousiastes, et il n'était pas exigeant en ce qui concernait leur âge. Il avait un faible pour les dames un peu enveloppées, blondes ou rousses. Pas trop sûres d'elles : des suiveuses plutôt que des meneuses. Au fil des ans, il était devenu très doué pour repérer le vilain petit canard de la fête, le satellite, la copine invitée au dernier moment à l'enterrement de vie de jeune fille. Des centaines d'Anglaises participaient à la croisière du Nouvel An, profitant des cabines et des cocktails bon marché. Or, les Anglaises faisaient la fête avec plus d'ardeur que les Américaines, et avaient (selon lui) un amour-propre plus défaillant.

Il avait repéré la fille ce soir-là, pendant l'*happy hour*, au bar du Marchand de Sable. Il l'avait lorgnée du coin de l'œil alors que Marilyn se soûlait méthodiquement à coups de *mai tais* à moitié prix. Sa capacité à reconnaître ses proies au premier regard, comme si elles l'appelaient, le surprenait toujours. C'était tout à fait son type : quinze kilos de trop, les cheveux blonds filasse, évoluant à la périphérie d'un groupe de filles trentenaires et se forçant à rire de leurs plaisanteries. Le deuxième jour, il l'avait vue faire la queue pour acheter une pizza, les cuisses et les épaules rouge vif de s'être trop exposée au soleil. Que le reste du groupe fît de son mieux pour l'ignorer était devenu évident – Gary s'était réjoui de la tristesse qui brillait dans ses yeux. Une autre pièce du puzzle s'était mise en place quand elle avait quitté ses amies et qu'il l'avait suivie à distance jusqu'à sa chambre – par l'escalier, non par l'ascenseur. Il avait noté le numéro de la cabine – M446 – et continué son chemin sans s'arrêter.

La nuit dernière, eh bien… c'était presque comme un signe du destin. Marilyn était épuisée quand ils avaient regagné le bateau après la journée à Cozumel. Gary les avait inscrits à une excursion dans une station balnéaire, suivie par la visite de ruines mayas ennuyeuses. Marilyn, comme la plupart de leurs compagnons, n'avait cessé de se plaindre de la chaleur et des moustiques. Anesthésiée par cette débauche inhabituelle d'exercice, elle s'était endormie dès leur retour à bord. Il était sorti discrètement dans la seule intention de poursuivre sa reconnaissance et de s'assurer sans l'ombre d'un doute que la fille choisie était bien l'Élue.

Elle était là, à l'attendre.

Il gardait toujours ses outils sur lui – il aurait été regrettable que Marilyn découvre sa petite pochette-surprise. Il avait été aisé d'aller tranquillement aux toilettes, de chausser les lunettes et de coiffer la casquette. Aisé de vérifier que le barman et les clients alentour étaient occupés. Aisé d'écraser le comprimé dans le cocktail de la fille. Aisé de rester à l'écart pendant qu'elle commençait à perdre pied. Aisé d'attendre qu'elle sorte du bar en titubant. Aisé de la regarder marcher en zigzag jusqu'à l'ascenseur, tandis que lui-même descendait jusqu'à son étage par l'escalier. Aisé de la suivre le long du couloir en sentant son pouls s'accélérer, son bas-ventre vibrer du plaisir anticipé. Aisé de lui donner un coup de main alors qu'elle maniait la carte-clé avec maladresse. Aisé d'entrer avec elle en murmurant qu'il était seulement là pour l'aider. Aisé de…

Gary sursauta quand sept bips sonores résonnèrent dans les haut-parleurs, suivis de : « B'jour, mesdames et messieurs. C'est encore Damien, votre directeur de croisière. Nous vous demandons à présent de gagner prudemment et dans le calme les points de rassemblement qui vous ont été assignés. Ceci n'est pas un exercice, mais il n'y a aucune crainte à avoir. Des membres de l'équipage seront à votre disposition pour vous aider à trouver les points en question, lesquels sont clairement indiqués sur la porte de vos cabines et sur vos Cartes

Plaisir Foveros. Je répète : il n'y a aucune crainte à avoir. Votre sécurité est notre priorité. »

Des voix fortes, des claquements de portes et des pas précipités résonnèrent dans le couloir. Gary ne bougea pas, se contentant d'écouter le vacarme diminuer peu à peu.

Il effectua un nouveau compte à rebours à partir de cent. Arrivé à cinquante, il entendit quelqu'un – sûrement un steward – frapper aux portes. Il avait mal aux doigts à force de les serrer et de les desserrer. Ses entrailles se nouèrent. Devait-il se cacher ? Il pouvait se glisser dans la penderie. Mais si le steward avait pour instructions de fouiller toute la cabine ? Être découvert recroquevillé au fond d'un placard serait du plus mauvais effet.

La fille était censée être la numéro quatre. Son chiffre porte-bonheur.

Il l'avait soutenue jusqu'au lit. Elle n'avait pas dit grand-chose, seulement murmuré qu'elle avait mal au cœur ou quelque chose comme ça, avant de s'effondrer sur le dos, les yeux vitreux. Quand son visage s'était détendu, il avait commencé. D'abord, il ne s'était pas permis de la toucher, se contentant de regarder. Ensuite, avec douceur et légèreté, il avait passé les mains sur ses cuisses, ses seins, son ventre. Un short serré, un débardeur. Gary avait relevé celui-ci, révélant un soutien-gorge couleur chair. Il lui faudrait la retourner afin de le dégrafer, et c'était exactement ce qu'il s'apprêtait à faire quand elle s'était mise à tousser, à gargouiller. En voyant le vomi jaillir de sa bouche, il avait bondi en arrière. La fille avait frissonné, toussé à nouveau. Elle s'étouffait. Elle était en train de s'étouffer. Il…

Boum, boum, sur sa porte. Gary resta figé. Se mordit la langue, espérant sans y croire que l'intrus passerait son chemin. La serrure cliqueta, la porte s'ouvrit, et un

Asiatique passa la tête à l'intérieur. Ce n'était pas leur hôtesse habituelle – une jolie Philippine que Marilyn avait tout de suite détestée.

— Vous ne vous sentez pas bien, monsieur ? s'enquit le nouveau venu. Vous ne m'avez pas entendu frapper ?

— Non, ça va. Je suis juste fatigué.

— Il faut rejoindre votre point de rassemblement, monsieur. Vous savez comment faire ?

— Est-ce que vous vérifiez toutes les cabines ?

Le steward fronça les sourcils.

Gary avait peine à croire qu'il venait de poser une question aussi stupide.

— Je veux dire : pour vous assurer que tout le monde est en sécurité.

— Oh, oui, monsieur. Votre sécurité est primordiale pour nous.

— Il faut que je m'habille.

— Dépêchez-vous, s'il vous plaît, monsieur. Je repasserai.

Et voilà. Si on ne l'avait pas encore trouvée, si, par miracle, elle n'avait pas encore été découverte par ses copines ou un steward, ce n'était plus que l'affaire de quelques minutes. Il enfila un short et une chemise, tentant de ne pas penser aux vêtements trempés dans la cabine de douche. Puis il prit une profonde inspiration et glissa les pieds dans ses sandales.

Sa seule chance était d'y aller au culot.

Il n'avait même pas vérifié si elle était encore en vie, mais il avait su. Senti dans ses tripes qu'elle ne l'était pas. La fille s'était étouffée en frappant du dos de la main sur le matelas, clac, clac, clac, pendant que Damien pérorait à la télé, « … n'oubliez pas de tester nos célèbres one-man-show au foyer Rêve d'Étoiles… » clac, clac « … et, pendant une durée limitée, les montres Xenus seront vendues avec une incroyable réduction de quarante pour cent sur le prix normal... ». Après plusieurs minutes insoutenables, un bruit était sorti de sa gorge... pas un râle de mort, mais un sifflement. Une ultime exhalaison vaincue. Sans songer aux implications de ses actes, il l'avait fait rouler avec son pied sur la moquette, entre le grand lit et le mur, puis il avait jeté la couette sur elle.

Ç'avait été sa plus grande erreur. Ainsi, on saurait à coup sûr qu'un tiers était impliqué. S'il l'avait laissée sur le lit, on aurait très probablement attribué sa mort à une intoxication éthylique.

Il sortit dans le couloir à présent désert et adressa un signe au steward qui visitait les dernières cabines, glissant des cartes rouges dans les fentes des serrures.

— Merci d'avoir attendu, lui lança-t-il. Désolé de vous avoir causé du souci.

Bien. Sa voix était calme, maîtrisée. *L'homme que j'ai vu ne paraissait ni anxieux ni coupable*, imagina-t-il le steward dire au chef de la sécurité – ou, mon Dieu, au FBI, à Scotland Yard ou à l'agence quelconque chargée de mener l'enquête sur la mort d'une passagère anglaise.

— Pas de problème, monsieur. Dépêchez-vous, s'il vous plaît. Vous trouverez votre gilet de sauvetage à votre point de rassemblement.

Gary se dirigea vers les marches d'un pas vif, ses sandales foulant la moquette avec des bruits humides. Il faisait plus sombre, et la rampe métallique de l'escalier avait été réchauffée par de nombreuses mains. Il renifla. Marilyn avait raison : une odeur de fumée montait bien des niveaux inférieurs. Il pressa le pas, hésitant lorsqu'il arriva au niveau de la fille.

Ce serait si facile de se glisser discrètement dans le couloir et de jeter un coup d'œil à sa cabine. Il fit quelques pas vers la volée de marches suivantes, puis tourna les talons et courut à petites foulées vers l'entrée de la coursive. Ses entrailles se serrèrent à nouveau : il avait du mal à croire qu'il agissait ainsi, mais il était incapable de s'arrêter.

Les serrures des portes qui précédaient celle de la fille contenaient toutes une carte rouge indiquant une cabine inoccupée. Le couloir s'étendait comme une illusion d'optique, son extrémité plongée dans l'obscurité. Gary s'y engagea en courant et s'arrêta net quand il vit la carte rouge également glissée dans la porte qui l'intéressait.

La cabine avait été visitée. Si on avait trouvé la défunte, des agents de sécurité auraient été présents, à moins qu'une tentative pour étouffer l'affaire ne soit déjà en cours. *Ou bien elle n'est pas morte, finalement. Elle est peut-être à l'infirmerie, sonnée, désorientée, en train d'essayer de remettre de l'ordre dans les événements de la soirée.* Il revint sur ses pas aussi vite que possible, et ce fut seulement quand il atteignit l'escalier que l'évidence le frappa : il avait oublié de dissimuler son visage aux caméras de sécurité.

La servante du diable

Althea plaqua sur ses lèvres le sourire qu'elle réservait aux passagers les plus difficiles et attendit l'homme qui venait vers elle, traversant le couloir d'un pas lourd. M. Lineman, cabine V23. Sa femme et lui, tout à fait répugnants, laissaient toujours la cuvette des toilettes tachée et des serviettes humides par terre.

— Bonjour, monsieur Lineman, dit-elle, accentuant légèrement la tonalité respectueuse de sa voix. Vous devriez déjà être à votre point de rassemblement.

Le gros homme souffla, les joues rougies d'avoir parcouru une centaine de mètres depuis l'escalier. Les lumières de secours ténues accentuaient les plis de sa face bouffie, et ses genoux ployaient sous le fardeau qu'ils étaient contraints de soutenir.

— Qu'est-ce qui arrive à ce foutu rafiot, hein ?

— Je suis désolée, monsieur Lineman, mais je n'en sais pas plus que vous.

C'était presque vrai – elle somnolait à son poste quand avait retenti l'alarme Bravo – mais sa responsable, Maria, lui avait dit que le pont B était évacué en raison de la fumée. Althea ne se faisait aucun souci. Depuis quatre ans qu'elle travaillait pour Foveros, elle avait connu des incidents similaires, et cette fois, selon Maria, il s'agissait d'un tout petit incendie.

— Pourquoi diable est-ce qu'on ne peut pas rester dans nos cabines ?

— C'est pour votre sécurité, monsieur Lineman.

Les bajoues du gros homme ballottèrent.

— Je croyais qu'il n'y avait aucun danger ? Damien a dit qu'il n'y avait aucun danger.

— C'est exact, répondit-elle sans se départir de son sourire, mais la procédure standard veut que, dans ce genre de situation, le commandant rassemble les passagers. Je dois vraiment vous prier de regagner le point qui vous est assigné.

— Je suis revenu prendre mes médicaments. Bien obligé. Vous voulez que je tombe malade ou quoi ?

Non, je voudrais que vous connaissiez une mort lente et douloureuse.

— Bien sûr que non, monsieur Lineman. Un membre du personnel aurait dû vous accompagner à votre cabine. Voulez-vous que j'aille les chercher pour vous ?

— Je peux le faire moi-même. (Il agita la carte rouge insérée dans sa serrure.) Qu'est-ce que c'est que ce truc ?

— Ça indique que votre cabine a été visitée et qu'elle est vide, monsieur Lineman.

— Pfff.

Il jeta la carte sur la moquette, inséra la sienne dans la fente et pénétra en trombe dans sa suite.

La jeune femme s'adossa à la paroi et s'étira comme un chat en attendant qu'il ressorte. Cette salope de Maria ne la raterait pas si elle traînait trop, et elle devait encore vérifier la section de Trining en poupe 5 – ce qu'elle avait eu l'intention de faire plusieurs heures auparavant. Cette *puta* paresseuse était venue lui dire pendant le déjeuner qu'elle avait été malade au cours de son service du matin, mais Althea la soupçonnait d'avoir encore picolé. Trining était déjà en sursis – ce serait son troisième jour de maladie du mois – et elle avait promis à sa collègue cinquante dollars pour la remplacer. Ce petit supplément serait le bienvenu, mais aujourd'hui, Althea aurait pu se passer du dérangement. La fatigue et le manque de sommeil lui alourdissaient les membres. Elle avait réussi à se convaincre qu'elle était sans cesse fourbue parce qu'elle travaillait énormément, assumant trop de tâches supplémentaires.

L'autre raison n'était pas même envisageable.

Le timbre monocorde de Damien résonna encore dans les haut-parleurs, répétant le même message. Ce type adorait le son de sa propre voix. Althea ne lui avait jamais parlé, mais Rogelio, le seul directeur de croisière adjoint philippin, le tenait pour un égoïste avec un mauvais fond. Rogelio… voilà l'homme qu'elle aurait dû épouser : séduisant, travailleur et toujours courtois. Tout le contraire de Joshua.

La chasse d'eau retentit dans la cabine et, quelques secondes plus tard, M. Lineman réapparut, un gros sac Walgreen entre les bras. Elle lui sourit, mais il la dépassa d'un pas lourd sans lui adresser un mot.

— *Putang ina mo*, souffla-t-elle.

Il s'arrêta et se retourna, une lueur mauvaise dans ses petits yeux porcins.

— Qu'avez-vous dit ?

Merde !

— Pardon ?

— Qu'est-ce que vous avez dit ? C'était quoi, comme langue ?

— Du tagalog, monsieur Lineman.

— Taga quoi ?

— Tagalog. C'est une langue philippine. *(Espèce de gros porc ignorant.)* Je vous souhaitais juste bon courage, mentit-elle.

— Apprenez donc à parler anglais, marmonna-t-il.

Althea aurait aimé répondre à ce remarquable connard qu'elle parlait couramment anglais, espagnol et tagalog, et qu'elle savait jurer dans cinq autres langues alors qu'il en connaissait à peine une seule, mais elle perdrait son bonus s'il lui attribuait une mauvaise note.

— Vraiment désolée, monsieur Lineman. Je ne voulais pas vous froisser.

Il parut se détendre un peu. Celle fois, elle l'observa avec attention tandis qu'il s'éloignait de sa démarche traînante. L'inclinaison du paquebot avait augmenté, assez pour affecter son équilibre. *Parfait. Tombe, bastardo, tombe.*

Elle replaça la carte rouge dans la serrure puis vérifia la suite que partageaient les deux vieilles dames, Helen et Elise. Immaculée – les lits jumeaux exactement tels qu'elle les avait laissés quand elle avait fait leur cabine un peu plus tôt dans la soirée. Elle s'attendait à ce que ces deux-là lui donnent un bon pourboire. Althea avait travaillé à bord d'un assez grand nombre de paquebots pour reconnaître les passagers généreux, et ce n'étaient jamais ceux qui exigeaient une bouteille d'eau supplémentaire toutes les heures, se plaignaient de l'air conditionné ou ronchonnaient si elle ne pliait pas leurs putains de serviettes selon la forme d'un nouvel animal chaque soir.

Elle passa à la dernière suite – la V27 –, celle de la voyante. L'œuvre du diable, aurait dit sa *mamita*. Mme del Ray était sans conteste une vieille garce grincheuse, mais cela ne l'empêchait pas d'être généreuse : fermer les yeux sur les bouteilles d'alcool présentes dans sa cabine avait déjà valu à Althea des pourboires. À la seconde même où elle insérait son passe dans la serrure, la porte s'ouvrit à la volée et Maddie, la très maigre assistante de Mme del Ray, surgit devant elle.

— Althea ! J'ai cru que c'était le médecin.

— Vous êtes malade ?

— Pas moi… Celine. Mme del Ray.

Althea la suivit dans la chambre où la voyante, assise dans son fauteuil roulant, contemplait l'écran vide du téléviseur, les traits affaissés. Une odeur d'alcool imprégnait la pièce.

— Celine ? Celine ? Althea est ici, fit Maddie sur un ton chantonnant, comme si elle s'adressait à un enfant.

Mme del Ray leva les yeux. Sa tête roula en arrière. Le regard dans le vide, elle pouffa et agita la main en un vague salut.

— Qu'est-ce qu'elle a ? demanda Althea, dont le regard dériva vers la bouteille vide de J&B posée près du téléviseur.

Elle savait que la vieille femme buvait trop – c'était elle qui portait les cadavres de bouteilles au broyeur de verre –, peut-être était-ce ce qui l'avait rendue malade.

— Je ne sais pas. Elle a l'air désorientée. J'ai appelé ce putain de… pardon. (Althea eut un hochement de tête compréhensif.) J'ai appelé le docteur dès que le bateau a cessé d'avancer, mais personne n'est encore venu.

— Vous avez essayé de rappeler ?

— Oui. Je n'arrête pas. Et ça ne répond plus du tout.

Althea empoigna sa radio et bipa sa responsable.

— Maria ? Allô, Maria ?

Seuls des parasites lui répondirent. Elle tenta encore, avec le même résultat. *Susmaryosep.*

— Puis-je utiliser votre téléphone, Maddie ?

— Allez-y.

Althea décrocha et composa le numéro de l'infirmerie, mais la sonnerie se prolongea sans qu'on réponde. Elle essaya alors le service du ménage et le service clients, mais les deux sonnaient occupé.

— Je vais aller moi-même à l'infirmerie, dire qu'on vous envoie le docteur.

— Merci.

— Je vous en prie.

Elle n'avait rien contre Maddie – l'assistante avait toujours été polie avec elle, sans paraître ni condescendante ni trop amicale, et elle était visiblement inquiète. Peut-être la vieille femme avait-elle vraiment un problème.

Althea quitta vivement la suite, essayant à nouveau sa radio. Encore des parasites. Tout à fait le genre d'ennui dont elle aurait pu se passer. Dans le couloir bâbord, elle chercha Electra, qui entretenait les cabines de cette section – mais sa collègue était invisible. En empruntant l'escalier des passagers, elle gagnerait plus vite l'infirmerie, sur le pont 3. Il était interdit au personnel de ménage, mais elle décida de prendre le risque : la plus grande partie de l'équipage s'occupait des voyageurs aux points de rassemblement ou s'employait à régler les problèmes dans la salle des machines, donc elle devrait s'en tirer. Elle dévala les marches au pas de course. Retenant son souffle, elle baissa la tête en atteignant le niveau 6, où deux techniciens aidaient quelques croisiéristes ronchonnants à sortir d'un des ascenseurs bloqués.

Comme elle atteignait à petites foulées l'infirmerie, elle sentit une odeur de fumée qui s'échappait à travers les lames de plastique superposées qui protégeaient l'entrée du I-95 adjacent. Elle pressa la sonnette près de la porte et attendit. Rien. Elle manœuvra la poignée et, comme le battant pivotait, entra. La réception, la pharmacie et la salle d'attente exiguë étaient vides, mais au fond de celle-ci, des voix fortes s'élevaient derrière une porte. La jeune femme s'en approcha, se hissa sur la pointe des pieds et jeta un coup d'œil par la fenêtre. Le nouveau médecin appliquait un masque à oxygène sur le visage d'un homme d'équipage hystérique en bleu de travail sale. Près de lui, un infirmier s'occupait d'un officier en uniforme blanc, lui aussi relié à une bouteille d'oxygène. Mais ce fut le patient installé sur le brancard le plus proche d'elle qui attira son attention : allongé sur le flanc, immobile, les bras tendus. Des lambeaux de peau évoquant une dentelle obscène se détachaient de ses avant-bras, révélant des tissus à vif d'où perlaient des gouttes jaunes et rouges. Se sentant observé, il tourna la tête pour la fixer. Elle lui lança un regard compatissant mais il ne réagit pas : ses yeux étaient vides, comme s'il se recroquevillait en lui-même pour supporter la douleur. Elle avait déjà vu de graves brûlures – elle rendait visite à sa mère, à Binondo, quand un incendie avait ravagé une usine voisine –, mais ce spectacle lui retourna tout de même l'estomac. Le médecin s'approcha rapidement du brûlé et lui posa doucement la main sur le front.

Tremblante, Althea retourna dans la salle d'attente. Les cris, dans l'autre pièce, s'étaient changés en murmures. L'incendie devait avoir été plus grave qu'on ne le lui avait dit. Et la température montait vite à ce niveau : la climatisation était encore en panne. Ne sachant que faire, elle se mit à marcher de long en large.

Le médecin précédent, un Cubain aux dents gâtées, s'était fait licencier, semble-t-il pour avoir harcelé une des serveuses roumaines. Son remplaçant semblait aimable. Pourrait-elle lui demander de l'aide pour son état ? Elle ravala cette pensée, refusant de réfléchir ainsi, puis se passa la main sur le ventre. Si elle était bien enceinte, il était encore trop tôt pour que cela se voie. Deux mois tout au plus. Peut-être Joshua avait-il mis à exécution sa menace d'échanger ses pilules, finalement. *Bastardo !* La dernière fois qu'elle était rentrée à la maison, ils s'étaient disputés lorsqu'elle avait refusé de cuisiner pour ses frères et lui. Comment osait-il lui demander de le servir alors qu'elle s'épuisait sur les paquebots pour les nourrir tous ? Cela la mettait toujours dans une rage folle. Il savait que sa plus grande crainte était de finir comme sa sœur, qui vivait dans la misère à Quezon avec ses cinq enfants, perpétuellement éreintée. Que se passerait-il, selon lui, si elle tombait enceinte ? Elle serait licenciée, voilà ce qui arriverait, l'argent ne rentrerait plus et ils se retrouveraient tous à habiter les bas quartiers. Lui et toute sa putain de famille de merde. *Eh bien, tu sais quoi ? Ça va arriver plus vite que tu ne le crois.*

Elle ne pouvait s'en prendre qu'à elle-même. Elle aurait dû épouser un Américain avec de l'argent plutôt qu'un Philippin assez bête pour s'être fait virer des paquebots. Mais non, elle était tombée amoureuse – ah ! l'amour ! – d'un connard de serveur avec un grain de beauté sous l'œil, qui leur prédisait une montée en grade conjointe. Elle ne pourrait peut-être pas divorcer – leurs familles ne l'accepteraient jamais –, mais elle pourrait partir, faire des économies et commencer une nouvelle vie.

C'était un projet – un bon projet –, mais si elle était enceinte, elle devrait y renoncer. Elle n'avait effectué que deux mois dans son contrat de dix, aucune chance de cacher sa grossesse à ses employeurs.

— Qu'est-ce que vous faites là ? (Elle se tourna pour découvrir une femme corpulente, aux cheveux teints en orangé et à l'uniforme d'infirmière froissé, qui franchissait d'un bon pas la porte d'entrée.) Vous êtes malade ?

Althea expliqua la situation de Mme del Ray. L'infirmière lui adressa un sourire las.

— Bin a dû prendre l'appel tout à l'heure, avant qu'on soit débordés.

— Les blessés de l'incendie, ça va aller ? demanda la jeune femme en désignant l'autre porte.

Son interlocutrice plissa les lèvres.

— Vous êtes entrée là-dedans ? C'est réservé aux patients.

— Désolée, murmura Althea, adoptant aussitôt sa posture de déférence. Il n'y avait personne. J'essayais de trouver le docteur.

— Ah, d'accord.

L'infirmière passa la main dans sa chevelure décoiffée. Des cernes sombres entouraient ses yeux ; son nez et ses joues étaient parsemés de vaisseaux sanguins éclatés. Une alcoolique. Althea connaissait les signes.

— Ma supérieure m'a dit que l'incendie n'était pas très grave, lança-t-elle, partant à la pêche aux informations.

— Ça a l'air pire que ça ne l'est, ne vous en faites pas. Il faut que j'entre là-dedans. Merci de nous avoir prévenus. V27, vous dites ?

Althea acquiesça. Ainsi congédiée, elle sortit, passa sous les lamelles de plastique superposées et s'engagea dans le I-95. La section de Trining se trouvait sur poupe 5 – au moins cinq minutes de marche. Courant à petites foulées dans le passage, elle constata que l'air s'épaississait et que l'odeur de fumée se renforçait à mesure qu'elle approchait de la salle des machines, à l'arrière du bateau. Elle croisa plusieurs serveurs, les bras chargés de caisses de bouteilles d'eau. Ils échangèrent quelques mots, mais ils ne purent lui en apprendre plus sur la situation. Comme elle passait sans s'arrêter devant les bureaux du service du ménage, elle entendit Maria aboyer :

— Althea !

Elle se figea puis se tourna vers sa responsable, les yeux baissés.

— J'ai essayé de te contacter, Althea.

— Je suis désolée. (Elle tapota sa radio.) C'est encore en panne.

— Tu as vérifié qu'il n'y avait plus personne dans les cabines de ta section ? Tu as suivi la procédure ?

— Oui, Maria, mais une de mes passagères est malade et a besoin du docteur. Son assistante a appelé l'infirmerie et elle n'a pas eu de réponse.

Maria eut un regard furieux, comme si elle tenait Althea pour personnellement responsable du problème. Un jour, se promit la jeune femme, elle mettrait cette *puta* à genoux. Elle la ferait ramper à ses pieds, lui ferait bouffer la poussière.

— Je m'en occupe. Quelle cabine ?

— V27. C'est l'invitée – Mme del Ray. Je suis déjà allée à l'infirmerie pour prévenir. Je peux partir, s'il vous plaît ?

La sécurité devait être en train de vérifier que toutes les cartes rouges étaient en place, et Trining allait lui reprocher de n'avoir pas contrôlé sa section.

— Pourquoi ne m'as-tu pas dit que Trining était malade ? interrogea Maria d'une voix dangereusement douce.

Ah ! Foutue Trining de merde. Pas question de la couvrir, cette fois-ci.

— Je pensais qu'elle vous l'aurait dit immédiatement.

— Elle prétend que tu as accepté de t'occuper de sa section aujourd'hui.

Althea se para de son air le plus innocent.

— Vraiment ?

Maria haussa les sourcils – deux courbes au crayon, l'une toujours tracée plus haut que l'autre, et qui juraient avec ses cheveux blonds décolorés. *Apprends à te servir d'une glace, puta !*

— On a de la chance qu'il n'y ait pas eu de plainte. Elle dit qu'elle n'a même pas commencé sa tournée ce soir.

— Vraiment désolée. Ça doit être un malentendu.

— Paulo a vérifié que les cabines de Trining étaient vides, mais je veux que tu t'assures qu'il a été consciencieux.

— La sécurité ne va pas s'en charger ?

— Tu refuses de le faire ?

— Non, Maria.

— Quand tu auras fini, gagne ton point de rassemblement et attends les instructions.

— Oui, Maria. Merci, Maria.

Elle détestait ramper ainsi, mais il lui fallait une bonne appréciation si elle voulait avoir une chance d'être promue à une place de responsable. Non qu'elle ait beaucoup d'espoir de l'être à bord de ce navire-ci. Le système *paisano* s'appliquerait : Maria ne soutiendrait que d'autres Roumains. Ainsi allait la vie à bord des paquebots. Parfois, cela jouait en votre faveur, parfois non. Et que l'anglais soit sa première langue ne comptait pas : sa nationalité la desservait. Il lui avait fallu deux ans de travail acharné pour cesser d'être dans l'équipe de nettoyage des quartiers de l'équipage – les matelots pouvaient être très sales, mais ce n'était rien comparé à certains officiers – et pour décrocher son poste très convoité sur le pont des VIP.

Quand elle poussa la porte de service qui permettait l'accès aux ponts inférieurs, elle sentit une nouvelle fois l'odeur de fumée. Cette succession d'escaliers lui déplaisait – il y avait treize marches entre chaque palier, et elle les comptait à voix haute pour conjurer le mauvais sort. Elle savait que c'était ridicule, mais elle ne parvenait pas tout à fait à chasser ses superstitions d'enfant – au mess, elle faisait toujours tourner son assiette lorsque quelqu'un quittait la table.

Au moment où elle ouvrit la porte de la section de Trining, un mouvement furtif au bout du couloir sombre attira son regard. On courait vers elle – une petite silhouette. La lumière était ici bien moins vive qu'à son propre niveau, mais on aurait dit un enfant – un petit garçon. Comment était-ce possible ? Elle avait travaillé sur des circuits pendant lesquels des gamins américains gâtés couraient partout comme si le navire leur appartenait, les parents hurlant sur le personnel chaque fois qu'un de ces petits monstres se blessait ou se perdait, mais les croisières du Nouvel An étaient réservées aux plus de dix-huit ans. L'éclairage de secours clignota, la plongeant un instant dans l'obscurité, puis il se ralluma avec un sifflement. L'enfant, la peau claire, les cheveux noirs et les pieds nus, se trouvait désormais à vingt mètres d'elle.

— Hé ! cria-t-elle, tressaillant quand la lumière disparut à nouveau.

Elle combattit son envie de réintégrer le couloir de service. L'éclairage revint – plus brillant, cette fois –, mais l'enfant… l'enfant avait disparu.

Althea se signa d'instinct avant de sursauter quand une haute silhouette apparut à l'autre bout du couloir. Elle fut soulagée de reconnaître la chemise blanche et le pantalon noir d'un agent de sécurité. Avait-elle imaginé ce garçon ? Son esprit lui jouait-il des tours ? Elle tenait avec moins de quatre heures de sommeil par nuit, donc c'était possible.

L'agent s'approcha d'elle avec raideur. Un de ceux de la mafia indienne, le visage dur, tout en angles. Il la toisa.

— Vous avez vu un passager par ici ? s'enquit-elle, surprise du calme de sa propre voix.

Il la considéra, impénétrable.

— Non. (Il désigna les cartes rouges dans les fentes.) Vous avez terminé ?

— Ce n'est pas ma section.

— Alors qu'est-ce que vous faites ici ? (Sa main dériva vers sa radio, à sa ceinture.) Tous les membres de l'équipage doivent se rendre à leur point de rassemblement.

— Je sais. Ma supérieure m'a chargée de vérifier que tout était en ordre.

— Et alors ?

— Je ne sais pas trop.

Elle ne voulait pas dire ce qu'elle avait vu, au cas où elle aurait été victime de sa propre imagination. Mais l'enfant – s'il y en avait un – n'avait pu disparaître que dans une des cabines voisines, bien qu'elle fût sûre de n'avoir entendu aucune porte s'ouvrir et se refermer.

— Ça vous ennuie si je vérifie quelques chambres ? Le steward qui s'en est chargé est un novice.

Bien. Un mensonge, mais qui paraissait raisonnable. Elle s'attendait à ce que l'agent discute, mais il la fixa encore un instant – peut-être avait-il lu quelque chose sur son visage – avant d'agiter la main comme pour dire « Allez-y ».

Il y avait trois cabines dans lesquelles le garçon aurait pu se glisser quand la lumière s'était éteinte. Elle ouvrit la première, passa dans le cabinet de toilette puis explora la pièce principale, ouvrant la penderie pour s'assurer que l'enfant ne s'y trouvait pas. La chambre était en désordre, les draps roulés en boule, la corbeille débordant de canettes de Coors vides. À l'évidence, Trining ne s'était pas souciée du tout de sa section ce matin-là, et Paulo avait dû se contenter de frapper aux portes puis de glisser les cartes dans les serrures sans se poser de questions. Trining devait avoir Dieu et tous les anges de son côté : que personne ne se fût plaint tenait du miracle.

Althea se rendit à la cabine suivante, jetant un coup d'œil vers l'agent qui manipulait sa radio. À l'instant même où elle ouvrit la porte, la puanteur acide du vomi la saisit. Après une hésitation, elle poussa le battant à fond, le colla à son aimant et franchit le seuil. Le cabinet de toilette était vide et le reste de la cabine paraissait désert. La jeune femme chercha du regard la source de l'odeur, consciente d'en détecter à présent une autre : l'urine. Faible, mais caractéristique.

Elle contourna prudemment le lit défait. La couette était coincée entre le mur et le bord du matelas, et à son extrémité émergeait une paire de pieds aux plantes sales et grises. Althea poussa un cri. Elle recula et heurta la coiffeuse, renversant une trousse à maquillage.

L'agent de sécurité la rejoignit quelques secondes plus tard, le nez froncé.

— Qu'est-ce qu'il y a ?

— Entrez, murmura-t-elle. Regardez.

Elle observa avec attention son visage tandis qu'il découvrait la scène. Il recula et empoigna sa radio d'une main nerveuse.

— Contrôle. Répondez, contrôle.

Un sifflement. Des parasites. Il frappa l'appareil sur le creux de sa main.

Althea ne parvenait pas à détourner les yeux de ces deux pieds. Ils appartenaient à une femme, et cette vue lui rappela ce que lui disait sa *lola* quand elle était enfant :

que les chaussures des morts doivent leur être retirées aussi vite que possible pour qu'ils ne soient pas alourdis durant leur voyage vers le paradis. À peine consciente de ce qu'elle faisait, elle tendit la main pour ôter la couette, mais le garde posa la sienne sur son bras. Cette paume lui parut assez chaude pour lui brûler la peau.

— Attendez.

Il monta sur le lit, se pencha de l'autre côté et souleva avec délicatesse la portion de duvet qui couvrait la tête de la femme, révélant une tignasse de cheveux couleur paille. Il chercha un pouls à la gorge, puis replaça la couette exactement dans la même position.

— Elle est morte ? interrogea Althea.

— Oui.

Ils demeurèrent immobiles plusieurs secondes. L'agent se racla la gorge.

— Il faut que je sorte voir si je capte un meilleur signal. Ne touchez à rien. (Sa voix s'adoucit.) Ça ira si je vous laisse seule ici ?

Elle hocha la tête.

— Encore une fois, ne touchez à rien, s'il vous plaît.

Il s'éclipsa à la hâte, la laissant avec le cadavre. Sur la nuque d'Althea, les cheveux dansaient la gigue. Elle ferma les yeux, se signa à nouveau et, pour la première fois depuis bien des mois, se mit à prier.

Les sœurs suicide

Helen admettait que faire partie des rares passagers de plus de soixante ans à bord présentait des avantages. Elise et elle s'étaient vu attribuer des transats alors que tout le monde, à leur point de rassemblement, devait se contenter de s'asseoir sur le sol. Elle était assez bien installée, mais le vacarme la dérangeait. Près d'elles, des hommes et des femmes flirtaient bruyamment, rivalisant pour accaparer l'attention. Le plus tonitruant de tous, un type d'une trentaine d'années bâti comme un rugbyman, une paire d'ailes d'ange attachée à son dos poilu, se plaignait que le service au bar ait été suspendu.

— C'est pour ça qu'on part en croisière, non, bordel ? ne cessait-il de répéter. Pour rigoler en buvant un coup. Et puis, si le paquebot doit nous la jouer *Titanic*, je veux être le plus bourré possible.

Un peu plus loin, un couple d'Américains grincheux aux allures de crapauds géants expliquait à qui voulait l'entendre qu'ils ne partiraient plus jamais avec Foveros. Elle les avait vus une ou deux fois dans la salle à manger, commandant toutes les entrées du menu sans jamais remercier leur serveur.

À côté, Jaco, l'homme d'équipage qui à lui seul formait un groupe de marimba/rock/reggae – ou de n'importe quoi d'autre, il suffisait de demander –, terminait une version acoustique fausse de *By the Rivers of Babylon.* Il était arrivé vingt minutes plus tôt, sans doute envoyé par Damien pour chasser toute idée de mutinerie chez les passagers attendant d'être libérés du point de rassemblement. Il ne paraissait pas s'offusquer que nul ne lui accorde la moindre attention. En fait, autant qu'Helen pût en juger, être ignoré de tous semblait faire partie de son travail. Elle l'avait vu dans tout le paquebot, présentant la soirée hommage à Michael Jackson ou restant dans son coin pendant le karaoké. Elle croisa le regard d'Elise et toutes les deux l'applaudirent brièvement. Comme pour les punir de leur générosité, il se lança dans une version maladroite de *Jailhouse Rock.*

— Dommage qu'on n'exige plus des musiciens qu'ils coulent avec le navire, dit sèchement Helen, ce qui fit rire Elise.

Les employés affectés à leur point de rassemblement – une Australienne dodue au regard dur et un Philippin aux pommettes de top model –, ayant depuis longtemps renoncé à interdire aux passagers de filmer les événements à l'aide de leurs téléphones portables, bavardaient désormais entre eux, accordant parfois quelques platitudes lasses à qui les harcelait pour obtenir des informations. Ceux qui agitaient leur iPhone ici et là comptaient sûrement vendre les films aux médias si le bateau « la jouait *Titanic* » pour de bon. Ce qui était peu probable. Selon Helen, si le *Rêveur Magnifique* avait dû couler, il l'aurait déjà fait. Elise et elle étaient à la salle à manger en train d'hésiter entre plusieurs entrées quand le bateau avait vibré puis s'était immobilisé. Les lumières s'étaient éteintes. Après quelques secondes de silence choqué, un hurlement haut perché avait retenti, puis, dans un brouhaha de couverts lâchés et de voix fortes, les autres convives s'étaient précipités – presque comme un seul homme – vers les issues. Restées assises, elles avaient calmement terminé leur cocktail au champagne au prix indécent tandis que les passagers filaient, poussant sans ménagement des employés abasourdis. Très peu avaient paru entendre les appels du directeur de croisière à regagner les cabines : la plupart avaient couru droit au pont du Lido où se situaient les canots de sauvetage. À présent, deux heures après qu'on les eut envoyés aux points de rassemblement, cette panique initiale s'était changée en ennui et en irritation.

— Quelle heure ? demanda Elise.

— 23 h 10.

— Si tard que ça, hein ?

Elles partagèrent un soupir.

— On ne peut pas le faire avec le bateau arrêté, dit Helen, énonçant l'évidence. Ils nous repêcheraient.

— Tu crois qu'ils se donneraient cette peine ?

— Si quelqu'un nous voit, c'est concevable.

Elles avaient repéré l'endroit où agir dès le premier jour de la croisière – le pont de la Tranquillité, à la poupe. L'essentiel de la fête aurait lieu sur le pont du Lido, aussi pouvait-on supposer que nul ne remarquerait deux vieilles femmes enjambant le garde-fou à minuit. Seulement, il semblait qu'en définitive, la fête était annulée.

— Il reste les somnifères, remarqua Elise.

— Trop risqué.

Et il n'y avait pas que cela. Helen était décidée à agir comme elles l'avaient prévu. Un tombeau aquatique. Ses recherches lui avaient appris que la noyade n'était pas indolore – loin de là –, mais les somnifères aideraient, et ainsi, nul ne devrait vivre avec le souvenir d'avoir découvert leurs cadavres. Si elles faisaient leur travail correctement, elles disparaîtraient sans laisser de traces, voilà tout.

— Bon, rien n'est perdu tant qu'on est à bord, soupira Elise.

Helen ferma les paupières, tentant d'ignorer le bruit alentour. À présent que leur projet était à l'eau, elle avait besoin de faire le point. Elle avait cru que, les heures passant, l'énormité de leur résolution aurait des chances de leur sauter aux yeux. Rien de tel. Si elle se rendait compte que son désir de mettre fin à sa vie était psychologiquement anormal, elle éprouvait encore une trace de l'euphorie – pas du bonheur, mais presque – qui la possédait depuis qu'elle avait pris cette décision cinq mois plus tôt.

Agir pendant une croisière avait été l'idée d'Elise. Helen n'en avait jamais fait auparavant, et l'idée de passer ses derniers jours sur un paquebot de luxe à profiter de draps en coton égyptien et de repas gastronomiques lui plaisait. Ce serait sa version de Blanche Dubois, qui désirait mourir après avoir mangé du raisin mal lavé, en tenant la main d'un séduisant docteur de bateau. Mais la réalité serait différente : Elise leur avait réservé une croisière Foveros – elle avait de bons souvenirs de la compagnie dans les années quatre-vingt. On se demandait d'ailleurs comment une internaute aussi avertie avait pu ignorer la multitude de critiques à une seule étoile reçues par le *Rêveur Magnifique*. La lecture de certaines avait horrifié Helen, notamment l'histoire du passager ayant vu couler de l'urine du robinet de son lavabo. Mais elle avait songé : quelle importance ? Est-ce que cela pouvait être si médiocre ?

Médiocre, oui, mais pas ignoble. Et pour être honnête, les trois premières journées de la croisière s'étaient avérées moins exécrables que prévu, bien qu'elle eût connu quelques heures noires lors de l'escale sur l'île privée de Foveros, le deuxième jour.

— C'est magnifique, hein ? avait soupiré un couple assis devant elles dans la navette qui les conduisait au port.

Helen, elle, ne voyait qu'un immense gâchis, une île naguère superbe où poussaient comme des cancers des boutiques vendant de la camelote produite en série. Deux autres paquebots Foveros étaient ancrés près du *Rêveur Magnifique*, et la vieille femme avait été horrifiée de voir le nombre de personnes qui se déversait de leurs entrailles pour pénétrer dans l'enceinte *duty-free*. Elise et elle avaient annexé un coin à l'ombre, près du bar de la plage décoré comme un bateau pirate. Quoiqu'elle n'en eût rien laissé paraître, elle avait été déprimée toute la journée. Une fois de retour à bord, elle avait eu plus que jamais conscience des passagers qui se gorgeaient de nourriture industrielle, avalaient des cocktails irides-cents et abandonnaient sur les tables des repas à moitié terminés que d'autres gens débarrasseraient.

Ensuite, sur la scène du pont du Lido, elle avait vu une femme danser seule, se trémoussant sans honte au son d'une chanson de variétés. Un ami lui ayant apporté une assiette, la danseuse avait entrepris, sans perdre le rythme, de se fourrer négligemment des frites dans la bouche. Helen avait croisé le regard d'Elise et toutes deux avaient éclaté de rire. Elle ne savait toujours pas trop pourquoi cette scène l'avait tirée de sa crise existentielle ou quoi que ce fût, mais elle avait soudain cessé d'être désespérée. C'était illogique : elle allait mourir – elle l'avait décidé –, mais elle ne voulait pas mourir dans cet état d'esprit-là. Elle ne voulait pas n'être qu'une vieille femme triste comme tant d'autres, qui s'offrait une croisière à prix cassé dans le but de se suicider.

Honnêtement, en dehors de cet épisode, elle ne pouvait pas dire s'être sentie abattue. L'excursion de la veille, à Cozumel, lui avait beaucoup plu. Elles avaient loué à un commerçant des plus louches une Jeep déglinguée à bord de laquelle elles avaient visité l'île. Elles avaient pataugé dans les vagues sur une bande de plage déserte, puis, après deux margaritas chacune au Fat Tuesdays, elles avaient retraversé en riant l'obligatoire allée commerciale *duty-free* qui menait au bateau, jouant à celle qui dénicherait l'article le plus épouvantable. Après le dîner, elles s'étaient amusées à poser pour des photos dans la galerie. On pouvait se faire tirer le portrait en compagnie d'une danseuse qui portait un amas de fruits sur la tête, ou bien devant un piano à queue. Toutes les deux se réjouissaient que ces clichés ridicules soient amenés à devenir les dernières traces tangibles de leur existence, la preuve qu'elles avaient été heureuses jusqu'au bout.

Le beuglement des haut-parleurs tira Helen de ses pensées. « B'jour, mesdames et messieurs. Ici Damien, votre directeur de croisière. Nous tenons à vous remercier de votre patience. Comme vous l'avez sûrement deviné, nous travaillons encore sur notre problème technique, mais il devrait être bientôt résolu. Le commandant a décidé que les bars rouvriraient pendant cette attente… »

La voix fut noyée par des exclamations assourdissantes et les environs se vidèrent au profit d'une ruée vers les bars.

— Tu veux quelque chose ? s'enquit Helen.

— Non, merci. (Elise bâilla.) Flûte. Je m'endors. C'est bien la dernière chose à laquelle je m'attendais ce soir.

Helen consulta à nouveau sa montre : 23 h 30. Il y avait à coup sûr encore trop de monde près du pont de la Tranquillité pour qu'elles prennent le risque d'agir.

De toute façon, elles devaient d'abord avaler les somnifères et leur laisser une demi-heure pour faire effet. La zopiclone était encore dans leur cabine : Elise avait oublié de glisser la boîte dans son sac quand elles avaient dû gagner le point de rassemblement.

L'ange au dos poilu, triomphant, rejoignit son groupe avec trois baquets de bière, suivi de près par une femme en tunique rouge légère chargée d'un plateau de verres à liqueur emplis d'un liquide pourpre. Dos-poilu engloutit deux de ces derniers, empoigna la femme en rouge et se mit à baver devant elle. Elle éclata de rire et se pressa contre lui. Lui plaquant un baiser sur la bouche, il passa la main sous sa robe, ce qui dénuda une cuisse marquée d'un coup de soleil et d'un tatouage à demi effacé représentant Elmer, l'ennemi de Bugs Bunny.

— On n'a pas idée de se conduire comme ça en public, fit Elise avec un claquement de langue réprobateur.

Les amis de Dos-poilu l'encourageaient. La vue de sa langue épaisse sortie de sa bouche donnait un peu la nausée à Helen.

— On n'a qu'à retourner à la cabine pour décider de ce qu'on va faire ensuite, proposa-t-elle.

— Ils n'ont pas encore dit qu'on pouvait y aller.

— Depuis quand est-ce qu'on doit suivre les règlements ?

Elise éclata de rire.

— C'est bien vrai. Allons-y. Au moins, on pourra boire un coup. Et permets-moi de te dire que j'irais volontiers aux toilettes.

Helen se remit sur ses pieds et grimaça quand une douleur cuisante descendit le long de ses jambes. Mauvaise circulation. Elle en souffrait depuis des années, mais avec un peu de chance, plus pour très longtemps. Elle tendit la main à sa compagne pour l'aider à se lever.

— Merci, souffla Elise.

Son poids était le seul problème qu'elles avaient tendance à éluder, et la plus grande inquiétude d'Helen concernant leur plan était affaire de mécanique : elle ne savait pas trop comment son amie se hisserait par-dessus le bastingage le moment venu.

— Regarde, fit Elise en lui donnant un coup de coude.

Une femme brune et mince fendait la foule pour se diriger vers les employés.

— Ce n'est pas la fille qui était avec la voyante tout à l'heure ? Celine quelque chose, ajouta-t-elle.

— Celine del Ray.

Un pseudonyme s'il en était. Elles avaient vu dans tout le paquebot les photos retouchées de la voyante annonçant sa soirée « réservée aux Amis ». Et Celine s'était montrée impolie, très impolie, quand elles l'avaient croisée dans le couloir alors qu'elles se rendaient à la salle à manger.

Helen tendit l'oreille, mais les paroles de la femme étaient noyées par les exclamations des passagers de plus en plus ivres qui l'entouraient. Le Philippin auquel elle s'adressait empoigna sa radio et parla dans le micro. Il fronça le sourcil, tapota l'appareil puis secoua la tête d'un air désolé. Au terme d'un échange houleux, la femme leva les bras en l'air et parcourut la foule du regard, ses yeux finissant par s'arrêter sur ceux d'Helen, qui murmura :

— Oh, oh. On dirait qu'elle vient nous voir.

Effectivement, elle se frayait un chemin à travers les groupes de fêtards pour les rejoindre. Elle les salua d'un petit sourire crispé.

— Je suis navrée de vous ennuyer, mais on s'est plus ou moins déjà croisées. Vous résidez sur le même pont que ma patronne.

Elle parlait avec une trace d'accent régional – des Midlands, peut-être –, parfois bizarrement entachée de sonorités américaines.

— Oh, oui, confirma Elise. La voyante.

— En fait, elle est médium.

— Il y a une différence ?

— Bien sûr, intervint Helen. Les médiums parlent avec les morts, les voyants prédisent l'avenir.

La femme lui lança un autre sourire crispé.

— Exact.

Elle chassa une mèche de cheveux de son front. On voyait tous les muscles de ses avant-bras : elle était bien trop maigre, à la limite de l'anorexie, et elle dégageait une énergie nerveuse.

— Écoutez… Je sais que Celine a été grossière avec vous tout à l'heure et je vous présente mes excuses. Ça lui arrive. Seulement… elle est tombée malade.

— Je suis désolée de l'apprendre, ma chère, dit Elise.

— Je me demandais… Écoutez, il faut que je trouve le docteur pour le convaincre de venir l'examiner. Ils ont envoyé un infirmier, mais il n'est resté que cinq minutes et je suis encore inquiète. Ça vous ennuierait de lui tenir compagnie jusqu'à ce que je revienne ?

— Qu'est-ce qu'elle a ? demanda Helen.

— Je ne sais pas trop. Elle n'est pas elle-même, elle dit des trucs très bizarres. Ça fait trois heures que j'attends. Si elle a eu un AVC ou quelque chose comme ça, je ne veux pas la laisser seule.

— Je pourrais aller chercher le docteur pour vous.

— Il vaut peut-être mieux que ça vienne de moi. Ce ne sera pas long, je vous le promets.

Helen questionna Elise du regard.

— On n'a rien de mieux à faire, hein ?

— Pas dans l'immédiat.

Le visage de la femme se détendit ; les lignes qui barraient son front disparurent.

— Je vous en suis très reconnaissante. Je m'appelle Maddie, au fait.

— Moi, c'est Helen. Et voici Elise.

Les deux vieilles femmes traversèrent le pont à la suite de Maddie, descendirent le plan incliné qui menait à la terrasse puis franchirent les portes vitrées sales conduisant à l'escalier et aux ascenseurs.

— Tu es sûre de vouloir faire ça ? murmura Elise, déjà hors d'haleine.

Helen lui prit le bras.

— On pourra peut-être demander à Celine de nous dire ce que l'avenir nous réserve.

Son amie eut un petit rire, et Maddie, qui marchait devant d'un pas vif, se retourna vers elle.

— Ne faites pas attention, ma chère, dit Elise.

La jeune femme suivit rapidement le couloir des VIP puis les fit entrer dans une cabine située à deux portes de la leur. Mis à part le fait qu'il y régnait une puanteur de distillerie, la suite en était une copie conforme – jusqu'aux murs turquoise et aux aquarelles sans âme représentant des anges. Celine était assise dans son fauteuil roulant près du téléviseur, la tête penchée en arrière, la bouche entrouverte, mais il n'échappa pas à Helen que ses yeux aux paupières tombantes suivaient tous leurs mouvements.

Maddie posa la main sur celle de son employeuse.

— Celine, voici Helen et Elise. Elles resteront avec vous pendant que je vais chercher le docteur, d'accord ?

Celine grogna. Aux yeux d'Helen, elle ressemblait moins à une voyante qu'à une vieille esthéticienne. Une crinière de cheveux décolorés, des griffes rouge sang et une peau qui trahissait plusieurs décennies de liftings faciaux et de gommages chimiques.

— Vous savez où aller ? demanda Elise à Maddie.

— Oui, j'ai le plan du paquebot. Je vous remercie vraiment beaucoup. (Avec un dernier coup d'œil reconnaissant, la jeune femme courut à la porte.) Je fais aussi vite que possible.

Elise s'assit sur le lit et articula silencieusement :

— On fait quoi ?

Helen s'approcha du fauteuil roulant.

— Bonjour, Celine. Comment vous sentez-vous ?

L'invalide regardait ailleurs. Sa bouche s'agitait comme si elle mâchait quelque chose.

— Tu crois qu'elle a pu avoir un AVC ? demanda Helen.

Elise haussa les épaules et fit le geste de remplir un verre à l'aide d'une bouteille puis de boire.

Son amie prit le poignet de Celine et chercha le pouls, qui se révéla fort et régulier. De près, elle voyait l'épais fond de teint étalé sur les fines rides des joues, les replis de chair enfarinés sous le menton, les mains et le cou trahissant l'âge réel comme c'était toujours le cas. Un vers d'un poème qu'elle avait toujours détesté lui vint à l'esprit : *Ô femme obèse que nul ne chérit…*

Celine leva la tête, se lécha les lèvres et la regarda bien en face.

— Celine ? Vous m'entendez ?

Helen était sûre d'avoir surpris une expression fugace dans les yeux bleus humides du médium.

— Tu crois que je peux aller aux toilettes ? demanda Elise.

— Bien sûr, répondit-elle en souriant.

Son amie faisait partie de ces gens qui annoncent toujours leurs visites aux toilettes, une habitude qu'elle trouvait plus attachante qu'irritante.

— Helen ? fit Elise, hésitant à entrer dans la salle de bains. Helen ? Je crois qu'il y a quelqu'un là-dedans.

— C'est impossible.

Elise frappa.

— S'il vous plaît ? (Elle colla l'oreille contre la porte, puis fit signe à sa compagne de la rejoindre.) Écoute.

Elise avait raison. Un son léger s'élevait à l'intérieur – une voix de femme qui fredonnait un air de jazz. Du Al Jolson, ou quelque chose comme ça. Helen étouffa une étincelle de chagrin – Graham, lui, aurait su identifier le morceau. Elle toqua à la porte.

— Hé, oh ? Il y a quelqu'un là-dedans ? (Le murmure cessa d'un coup.) Ça vient peut-être de la cabine d'à côté.

— Tu crois ?

— Qu'est-ce que ça pourrait être d'autre ? Vas-y, essaie d'ouvrir.

— Oh non, vas-y, toi.

Helen hésita, puis ouvrit la porte. Un parfum de lavande s'échappa, mais la salle de bains était inoccupée.

Elise frissonna.

— Bouh, ça m'a flanqué la trouille.

Comme elle disparaissait à l'intérieur, Helen revint près de Celine. L'air de la cabine était étouffant. Alors qu'elle s'approchait du balcon pour entrouvrir la porte-fenêtre, elle surprit du coin de l'œil un mouvement qui lui coupa le souffle. Quelqu'un se tenait derrière elle : un homme dont elle voyait le reflet dans la vitre. Grand, large d'épaules, les traits indistincts. Lentement, le cœur au bord des lèvres, elle se retourna.

Il n'y avait personne.

Elle faillit hurler quand la chasse d'eau se déclencha dans les toilettes. Elise en sortit, agitant les mains pour les sécher.

— Helen ? Ça va ?

Son amie se força à sourire.

— Tout va bien, oui.

— J'espère que Maddie va se dépêcher. Je vais nous servir un verre.

Tandis qu'elle leur versait des doubles whiskys bien tassés, Helen jeta un nouveau coup d'œil à la porte-fenêtre. Le stress, voilà ce que c'était. La fatigue. Son esprit qui lui jouait des tours.

— À la tienne, Étienne ! lui lança Elise en lui donnant un verre.

Helen n'était pas une grande buveuse de whisky, mais elle avala celui-là avec reconnaissance. La brûlure qu'il propagea le long de sa gorge lui fit reprendre ses esprits. Les deux femmes se perchèrent sur le lit.

De puissantes acclamations leur parvinrent du pont du Lido, au-dessus d'elles, et Elise fit tinter son verre contre celui d'Helen.

— Bonne année, ma chérie.

— Bonne année.

— Bonne année, Celine, ajouta Elise.

L'invalide leva lentement la tête pour leur adresser un sourire empli d'intelligence et, pensa Helen, de ce qui ressemblait beaucoup à de la malveillance.

— Elle sera bonne, assura-t-elle. Vous allez voir.

L’ange de miséricorde

Jesse n’osait toujours pas respirer par le nez. Il avait vu (et senti) bien pire – il avait été interne à l’hôpital Makiwane, nom de Dieu –, mais l’odeur d’acide gastrique et de décomposition dans cet environnement confiné le prenait vraiment à la gorge. Son premier décès à bord, et au beau milieu de ce chaos.

Ram, le plus gradé des deux agents de sécurité qui attendaient à la porte de la cabine, se racla la gorge.

— Vous en avez encore pour longtemps, docteur ?

— J’ai presque terminé.

Jesse n’aimait pas l’admettre, mais le personnel de sécurité du bateau l’intimidait beaucoup, et notamment Ram, qui était un peu une légende. D’après Martha, la source de tous les potins à bord, c’était un ancien Gurkha, un vétéran d’Afghanistan, donc quelqu’un qu’on n’avait pas envie de contrarier. Devi, l’agent qui l’accompagnait, était plus mystérieux. Il mesurait presque une tête de plus que lui et avait le visage glabre, au contraire de ses collègues qui arboraient tous la moustache. Jesse n’avait encore jamais discuté avec lui, bien qu’il l’eût croisé une ou deux fois au bar de l’équipage.

— Vous pouvez déterminer l’heure du décès ?

La question venait de Devi, auquel son supérieur adressa un regard perçant.

— Je ne suis pas légiste, soupira le médecin.

Il avait pris la température de la fille en tenant compte du fait que la climatisation marchait à plein régime avant l'arrêt du paquebot. Des taches violacées de lividité s'épanouissaient sur les cuisses et le ventre, et la rigidité était évidente, mais Jesse ne disposait pas du matériel nécessaire pour tirer d'autres conclusions. La mort lui semblait remonter à douze heures au moins, plus sûrement dix-huit ou vingt. La prudence était de mise : il ne pouvait risquer que cette affaire se retourne contre lui.

— Sans aucune garantie, je dirais entre douze et vingt heures.

— Elle est morte tôt ce matin ? en déduisit Ram.

Jesse haussa les épaules.

— *Ja*. C'est ce que je dirais. Mais, encore une fois, je n'ai aucune certitude.

— Est-ce que le cadavre a pu être déplacé ?

— Douteux. Tout indique qu'elle est ici depuis un moment. Comment se fait-il qu'elle n'ait pas été découverte plus tôt par un steward ?

Celui de Jesse, Paulo, visitait sa cabine deux fois par jour.

— On vérifiera, assura Ram. On interrogera le steward de cette fille et les membres de son groupe.

— Un groupe ?

— Elle faisait partie d'une bande de célibataires, répondit Devi. On aura aussi besoin de…

— La couette qui la recouvrait, interrompit Ram. Est-ce qu'elle a pu la tirer sur elle en roulant au bas du lit ?

— Non, monsieur, répondit Devi avant que Jesse ait pu ouvrir la bouche. J'ai pris des photos de la scène après avoir constaté le décès. Il est évident que quelqu'un a cherché à la dissimuler.

— On ne peut pas en être sûr, insista Ram.

Les lèvres de l'autre agent se crispèrent, mais il s'abstint de le contredire.

— Qui l'a trouvée ? interrogea le médecin.

Devi jeta un coup d'œil à son supérieur, puis répondit :

— Une femme de chambre et moi l'avons découverte en vérifiant que les cabines étaient évacuées.

— Avez-vous constaté la présence d'autres traces ? s'enquit Ram.

— D'agression sexuelle ?

— Oui.

— Son débardeur est relevé, mais sinon, ses vêtements sont intacts. Il n'y a pas de blessure visible. On n'aura pas de certitude avant l'autopsie. (Qui ne serait pas de son ressort, merci bien.) Il faut l'emporter à la morgue. On ne peut pas la laisser dans cette chaleur.

Il se remémora la procédure, heureux d'avoir pris le temps d'étudier les règles de la compagnie. Il faudrait prévenir le commandant de bord, auquel appartiendrait la tâche d'ordonner au service technique de réfrigérer la morgue – si c'était encore possible, compte tenu de la panne de courant. *Bon Dieu !* La sécurité contacterait les autorités de Miami et des Bahamas, où le bateau était immatriculé, mais c'était à lui qu'il reviendrait de prévenir l'assurance, la direction de la compagnie et la famille de la passagère, même s'il ignorait de quelle manière il allait s'y prendre avec l'installation satellite et la radio en panne. Il avait découvert ce nouveau rebondissement dans le chaos que devenait sa nuit juste après avoir tenté de contacter les secours à terre pour les informer au sujet des victimes de l'incendie.

Il s'essuya le visage. L'angoisse l'envahissait par vagues successives. Jamais – même lorsqu'il était passé à un cheveu d'être révoqué – il ne s'était senti aussi dépassé par les événements. Il gérait mal la tension nerveuse, ne sachant que trop où cela pouvait le mener.

— Et vous ne pouvez émettre aucune hypothèse sur les causes du décès ? interrogea Devi.

— Je peux émettre toutes les hypothèses que vous voulez, dit Jesse, ce qui lui valut un froncement de sourcils de Ram. (La nervosité le rendait abrupt.) Il est possible que le vomi ait bouché ses voies respiratoires. C'est peut-être ce qui l'a tuée.

— Vous croyez qu'elle avait pris des drogues ?

— Impossible à dire sans une analyse de sang.

— Peut-être qu'une de ses copines a essayé de la cacher, dit Ram en le contemplant avec une intensité préoccupante. Peut-être qu'elles avaient toutes picolé, que celle-ci est tombée malade et que les autres ont eu peur d'avoir des ennuis. Est-ce que c'est possible ?

— Je ne suis pas détective.

— Mais il est possible qu'elle soit morte d'un excès d'alcool, peut-être en plus d'avoir pris des drogues ?

— C'est possible, oui. Mais ça n'explique pas qui a posé la couette sur...

— Merci, docteur, le coupa Ram.

— Je veillerai à ce que le cadavre soit porté à la morgue.

— Oui. Il est préférable que ça soit fait avant qu'on autorise les passagers à regagner leurs cabines. Nous, on va poser des scellés.

— Vous avez encore besoin de moi ?

— C'est tout pour le moment.

— Dois-je informer le commandant ?

— C'est déjà fait.

— Bien. Je… je m'en vais, dans ce cas.

Jesse laissa les deux agents de sécurité dans la cabine. Après avoir franchi une porte de service en baissant la tête, il marqua une pause et se frappa les cuisses. *Respire. Tu peux supporter ça.* Il n'était pas seul, il ne devait pas l'oublier : Bin et Martha le soutiendraient. On pouvait compter sur eux. Les croisières du Nouvel An étaient parfois mouvementées, ils l'en avaient averti, mais ils ne s'attendaient guère qu'aux habituels problèmes d'alcool et d'intoxication alimentaire.

Il descendit bruyamment les marches, dans un air de plus en plus fétide, jusqu'au I-95. D'habitude, le couloir de service qui courait tout le long du paquebot bouillonnait d'activité de jour comme de nuit, mais ce soir-là, hormis deux serveurs épuisés qui tiraient sur des cigarettes électroniques dans un renfoncement près du bureau du commissaire du bord, il était désert, les lumières de secours masquant le sol terne et éraflé. Le plancher semblait onduler sous les pieds du médecin, qui ne savait trop si c'était parce que les stabilisateurs ne fonctionnaient pas – il n'avait qu'une vague idée de la mécanique du navire – ou parce qu'il était épuisé. Et il avait peu de chances de pouvoir se reposer dans les heures à venir – Bin lui avait apporté un peu plus tôt un bol de légumes au curry qui avait fini par refroidir sur son bureau. Ses doigts le démangeaient. *Ne cède pas, ne craque pas.* Il savait où cela menait. *Hé, Jesse. Allez, mon pote, juste une fois. Personne ne le saura. Ça te fera du bien, et tu l'as bien mérité.*

Non.

Ils ne s'en rendront pas compte. Ils ne le sauront pas.

Non.

Il se contraignit à penser aux victimes de l'incendie. L'état du commissaire adjoint et du mécanicien ayant inhalé de la fumée s'était stabilisé, mais il restait inquiet pour Alfonso, le technicien brûlé au deuxième degré. Quand il lui avait posé une compresse antibrûlures, le blessé n'avait pas réagi, comme en état de choc, ce qui l'avait surpris. Il ne connaissait pas bien cet homme – qui frayait plutôt avec les autres officiers italiens –, mais il lui avait soigné quinze jours plus tôt une vilaine infection de l'oreille, et Alfonso ne s'était pas démonté, jouant les durs et plaisantant. En dehors des blessés, on recensait deux cas de vomissements et de diarrhées – un passager et un steward. Jesse priait pour qu'il ne s'agisse pas d'un virus. Les épidémies à bord des paquebots faisaient toujours beaucoup de bruit dans les médias. Ajouté à l'incendie, cela pourrait sonner le glas du peu de réputation dont Foveros jouissait encore.

Le médecin poussa de l'épaule la porte de l'infirmerie. Bin et Martha, vautrés sur le canapé de la salle d'attente, lui adressèrent un même sourire tendu. Lorsqu'il déposa sa sacoche sur le bureau, l'infirmier se leva pour stériliser le matériel.

— Comment vont-ils ? demanda Jesse en désignant de la tête la salle de soins.

— Ils dorment, répondit Martha. J'ai jugé préférable de les garder ici le reste de la nuit.

— Le brûlé dort aussi ?

— Oui. Je lui ai donné un calmant et il est tombé comme une masse.

— Bien.

C'était déjà quelque chose.

— Et la fille ? interrogea l'infirmière.

— Morte. Depuis un bon moment, a priori.

— *Ach, no*. Depuis combien de temps ?

— Douze heures. Peut-être dix-huit.

Martha jura. Même l'inébranlable Bin s'interrompit dans sa tâche. Il prit une inspiration entre ses dents et s'enquit :

— Elle était dans sa cabine ?

— *Ja*. On l'a trouvée au pied de son lit.

— Bizarre. Le steward aurait dû la découvrir il y a des heures.

— Je sais. Quelqu'un a merdé. Et il n'est pas impossible que ce soit un meurtre.

Martha jura à nouveau.

— Qu'est-ce qui s'est passé ?

— Je n'en suis pas sûr. Peut-être une agression sexuelle qui a mal tourné.

— Elle a été violée ?

— Je ne sais pas. Il faudra attendre l'autopsie.

— Pauvre fille.

Martha s'en était ouverte à Jesse : elle avait connu au fil des ans plusieurs cas de viols présumés à bord – la pharmacie incluait des kits de recueil d'indices biologiques –, mais pour ce qu'elle en savait, aucune condamnation n'avait jamais été prononcée.

— Bon Dieu, j'espère que j'ai tout fait comme il fallait. Ram était apparemment très désireux de m'entendre conclure qu'il s'agissait d'un accident.

Martha se hérissa.

— La dernière chose qu'ils veulent, c'est de la mauvaisc publicité.

— Je ne suis toujours pas sûr d'avoir fait tout ce que j'aurais pu faire. Je ne suis pas un légiste, ni un spécialiste des assassinats.

— Arrête de te torturer. (Martha lui tapota la main.) Tu t'en sors comme un chef. Demain, on sera de retour au port.

— Tu crois ? Il faut que je signale cette histoire. Est-ce que le WiFi est revenu ?

— Que dalle.

Seigneur !

— Rien du tout ? Et la radio ?

— Tout est mort.

— Que dit le mec des transmissions ?

— Tout le monde est confondu, intervint Bin.

Confondu. C'était bien lui, d'employer un mot pareil.

— Alors on est coupés de la civilisation ?

— Pour l'instant. Mais ne t'en fais pas, dit Martha sans grande conviction. Ils finiront bien par arranger ça.

— J'espère. Et la fille… Il faut la porter à la morgue.

— Ça va être marrant avec les ascenseurs en panne, tiens. (L'infirmière soupira.) Bin et moi, on peut s'en charger. On connaît la manœuvre.

Jesse lui lança un sourire reconnaissant.

— D'autres nouvelles pour moi ? Comment vont les deux passagers qui se plaignaient de vomissements ?

— Toujours pareil, répondit Bin. Et je suis allé voir l'AVC présumé…

— Le *quoi ?* Pourquoi est-ce qu'on ne m'a rien dit ? (L'infirmier sursauta et Jesse leva la main.) Désolé, Bin.

— Ne l'engueule pas, c'est ma faute, assura Martha. Je ne t'ai rien dit parce que tu avais déjà du pain sur la planche. C'est la voyante.

— La quoi ?

— L'invitée. Un des groupes spéciaux à bord.

— Alors ? demanda le médecin à Bin.

— Tout ce que j'ai vu, c'est qu'elle avait bu.

— Pas de signes de…

— Je sais ce qu'il faut chercher, Jesse, affirma l'infirmier sans paraître sur la défensive. Il n'y avait pas de relâchement des muscles du visage ni de perte de sensation, et ses pupilles étaient normales. Elle dégageait une forte odeur d'alcool. Je lui ai donné deux aspirines.

— Qui soulageront sa gueule de bois, soupira Martha.

Jesse se passa la main sur le visage.

— Quelle nuit de merde !

— Détends-toi, Jesse. Sérieux, tu t'en sors très bien.

— Ouais ?

— Oui.

— Merci.

Il ne savait pas ce qu'il ferait sans elle. Elle l'avait soutenu dès son arrivée à bord, lui expliquant l'argot, les raccourcis, toute la culture du paquebot. Bin s'était montré aussi serviable, mais il avait tendance à garder ses distances, et Jesse jugeait sa conscience professionnelle un peu intimidante. Il savait que les deux infirmiers se demandaient pour quelle raison un médecin à la tête d'un cabinet privé prospère avait choisi de travailler pour Foveros – le fond du panier de l'industrie des croisières –, et une ou deux fois, il avait failli se confier à Martha. Lui déballer sa triste saga. Elle aimait bien picoler : il doutait qu'elle le juge. Et puis tout le monde commettait des erreurs, non ? Ses mésaventures auraient pu arriver à n'importe qui. Parfois, il se demandait ce que cela ferait d'être marié à quelqu'un comme elle – solide, fiable, chaleureuse, amusante et peu donneuse de leçons. Mais elle avait un mari en Irlande, ainsi que deux grands fils, et elle n'était pas du tout son type – en supposant qu'il en ait un ces temps-ci. D'ailleurs, elle l'encourageait sans cesse à draguer une des danseuses anglaises ou une des sculpturales Européennes de l'Est employées aux ressources humaines. Selon lui, elle avait eu une ou deux aventures au fil des ans – après tout, les liaisons éphémères étaient un des avantages de la vie en mer.

Toutefois, le sexe était le cadet des soucis de Jesse. Tout ce qui lui importait, c'était de garder le nez propre. *Une chose à la fois.*

— Je ferais mieux d'attaquer la paperasse.

La porte s'ouvrit à la volée, livrant passage à une grande femme très maigre et dotée d'une tignasse de cheveux noirs, qui le pointait du doigt.

— C'est vous, le docteur ? (Avant qu'il ait eu le temps de répondre, elle continua.) Vous n'en avez rien à foutre de vos passagers ou quoi ? Ça fait deux heures que j'attends que vous veniez voir ma patronne !

Décontenancé, il recula d'un pas.

— Je…

— L'AVC présumé, docteur, intervint Bin.

— Calmez-vous, intima Martha, s'interposant entre Jesse et la femme. Le docteur viendra quand il sera prêt.

— Quand il sera prêt ? Vous vous fichez de moi ?

Il y aurait un sacré *kak* si Bin s'était trompé en estimant la patiente simplement ivre. L'infirmerie n'était pas équipée pour soigner un accident cérébral important – dans un cas d'une telle gravité, on lançait un signal de détresse pour faire venir des secours de l'extérieur –, mais il n'allait pas communiquer cette information à la passagère.

— Très bien, dit-il. J'arrive tout de suite.

— Bon… d'accord, dit la femme en chassant ses cheveux de son visage.

Plus de charme que de beauté – elle ressemblait un peu à Farouka. *Ne prends pas ce chemin-là.*

Jesse se tourna vers les deux infirmiers.

— Vous vous chargez du reste ? (Ils hochèrent la tête.) Pouvez-vous me donner des détails sur la patiente, mademoiselle…

— Maddie. Je m'appelle Maddie. (Elle jeta un coup d'œil furieux à Bin.) Ce monsieur a eu tous les détails nécessaires.

« Désolée », lut le médecin sur les lèvres de Martha tandis qu'il empoignait sa sacoche avant de suivre Maddie hors de l'infirmerie.

La jeune femme marchait à grands pas et montait les marches quatre à quatre, le forçant à courir pour la rattraper. Quoique ayant toujours l'intention de fréquenter le gymnase du bord, il ne s'y était pas encore résolu. À présent qu'il avait arrêté sa cure de péthidine, il commençait à s'empâter, et la ceinture de son ridicule pantalon blanc lui sciait le ventre. *Si Farouka me voyait, elle reviendrait tout de suite.* Il se demanda ce qu'elle était en train de faire. La fête à Kalk Bay, peut-être, avec des copains. Ses copains à elle, qui étaient naguère les leurs.

Un vague écho d'acclamations résonna à travers le vaisseau.

— Bonne année, marmonna Jesse.

Maddie marqua une pause en haut du troisième palier et regarda par-dessus son épaule.

— Ah oui ? fit-elle tandis qu'il la rejoignait en haletant.

— Pas vraiment, non. C'est une nuit infernale. Quel âge a la patiente ?

— Celine raconte à tout le monde qu'elle a soixante-cinq ans, mais son passeport lui en donne dix de plus, répondit la jeune femme avec un sourire bref.

— Des antécédents médicaux ? AVC, crises cardiaques, ce genre de choses ?

— Non. Elle a les hanches abîmées, elle se déplace généralement en fauteuil roulant. Elle peut marcher, mais pas très longtemps.

— Alcool ? Tabac ?

— Elle aime picoler.

Maddie bondit jusqu'en haut de l'escalier et Jesse la suivit dans un couloir, jusqu'à une suite pour VIP. Elle ouvrit la porte et lui fit signe d'entrer d'un geste impatient.

Le médecin fut accueilli par deux vieilles femmes, l'une obèse, l'autre squelettique – Tatie Éponge et Tatie Clou, songea-t-il, cruel –, assises au bord du lit, des verres à whisky vides à la main. Une autre – la patiente, forcément – occupait un fauteuil roulant près du téléviseur, les yeux clos.

— Elle va bien ? demanda anxieusement Maddie aux deux gardes-malades.

— Elle a l'air, répondit Tatie Clou d'une voix anglaise très maîtrisée. (Il lui donnait soixante-dix ans, la peau brunie par une vie au grand air.) Elle était apathique quand vous êtes partie, mais maintenant, elle parle.

— Ça, pour parler, elle parle, renchérit Tatie Éponge. (Américaine, à peu près le même âge, le regard doux, le visage rubicond des hypertendus.) Elle a dit des trucs franchement délirants.

— Comme quoi ?

— Déjà, elle a dit qu'elle n'était pas sûre que ça marche.

— Que quoi marche ?

— Juste « ça ». Elle n'a pas précisé.

— Celine ? appela Maddie. Le docteur est là.

— Bonjour, Celine, dit Jesse. Je vais vous examiner. M'assurer que vous êtes en pleine forme.

Sa patiente émit un son à mi-chemin entre le grognement et le rire. Sortant sa lampe stylo, il examina ses iris. Normaux tous les deux. Il pêcha ensuite son tensiomètre dans sa sacoche et passa le brassard autour du bras de sa patiente.

— C'est juste pour prendre votre tension, Celine.

— Vous n'êtes pas obligé de me parler comme à une débile, docteur.

— Celine ! Vous parlez, souffla Maddie.

Le médium eut un petit rire.

— Pourquoi ne parlerais-je pas ?

— Vous êtes restée… un peu dans les vapes pendant un moment. J'étais très inquiète.

— Pas de raison. (Celine agita les doigts en direction des deux vieilles femmes.) J'ai passé un bon moment avec mes nouvelles amies, pas vrai ? Entre filles, à faire connaissance.

— Vous avez mal à la tête ? s'enquit Jesse. Vous éprouvez une faiblesse ou un engourdissement des membres ?

— Rien du tout. En pleine forme, docteur.

Il gonfla le brassard.

— Je vais vous poser quelques questions, si ça ne vous dérange pas. Commençons par une facile : quel est votre nom complet ?

Elle lui adressa un large sourire, dévoilant toutes ses dents.

— Celine del Ray, médium des stars. Et vous ?

— Docteur Zimri.

— Zimri ? Ce n'est pas courant. Un roi d'Israël, hein ? Et votre prénom, docteur ?

— Jesse.

— Jesse. Comme le hors-la-loi ?

— *Ja.* Mon père adorait les westerns.

— Sans blague ?

Elle paraissait en pleine possession de ses moyens.

— Vous pouvez me dire la date d'aujourd'hui ?

— Ça dépend du fuseau horaire où on se trouve, docteur.

— Qui est président des États-Unis ?

— À quoi riment toutes ces questions ? (Celine se pressa les doigts sur le front.) Attendez… je reçois… Quelqu'un me contacte de l'autre côté. Qui est cette jeune femme dans votre vie qui a sauté le pas, docteur ? Il y a de la tristesse en elle. Une trahison. Et de la douleur. De la douleur physique.

Jesse cligna des yeux. Il avait la sensation d'un souffle glacé sur sa nuque.

— Je ne sais pas trop ce que…

— Elle est médium, intervint Maddie.

— Je vois des gens qui sont morts, confirma Celine avec un clin d'œil appuyé. Sauf que, comme je dis toujours, la mort n'existe pas. Pas vrai, Maddie ?

Le médecin s'éclaircit la voix.

— Est-ce que vous avez mal à la tête ou au cou ?

Elle caqueta.

— Pas de douleur, pas de docteur. Vous savez que j'ai toujours eu envie de mourir en tenant la main d'un séduisant docteur de bateau, après avoir mangé des raisins mal lavés.

La vieille Anglaise eut un hoquet.

— Ça vous dit quelque chose ? lui demanda Jesse.

— C'est une citation. Blanche Dubois. Dans *Un tramway nommé Désir*.

— Helen connaît ses classiques, hein, patwon ? rugit Celine d'une voix d'Oncle Tom forcée qui les fit tous grimacer. Oh ! là, là, pwésentement.

— Celine ! lui reprocha son assistante en jetant un coup d'œil d'excuses à Jesse.

— Je crois qu'il est temps qu'on s'en aille, déclara Tatie Clou – Helen.

Les deux femmes se levèrent. Maddie observait toujours Celine, oscillant entre exaspération et soulagement. Elle se redressa pour les raccompagner.

— Merci pour tout.

— Je vous en prie, Maddie, dit Helen d'un ton raide. Bonne nuit, Celine.

Comme elles sortaient, Jesse entendit sa patiente marmonner quelques mots dans un souffle. Quelques mots qui ressemblaient beaucoup à : « Dormez bien, ne vous mordez pas en vous bouffant la chatte. » Elle lui adressa un nouveau clin d'œil.

— Est-ce que vous me déclarez en bonne santé, docteur ?

— Pour l'instant, oui. Je reviendrai vous voir demain.

— Super. J'attends ça avec impatience. (Celine fit signe à Maddie.) Vous pouvez aller me chercher mon peigne dans la salle de bains, Madeleine ?

— Bien sûr.

Jesse rangeait son tensiomètre dans sa sacoche.

— Je crois que c'est tout. Appelez-moi si…

La main de Celine se tendit brusquement et lui enserra le poignet. Elle le tira à elle avec une force surprenante.

— Vous n'avez pas été sage, hein ? Il est temps de tout arranger. Vous allez encore passer une épreuve, docteur. Vous allez tous passer une épreuve. La question est : la réussirez-vous ou pas ?

La jeune femme sanglotait. Le maquillage coulait sur ses joues, formant des traces sombres. Elle porta la main à ses cheveux pour tenter d'en décrocher les cornes de diable posées de guingois sur sa tête.

— Comment est-ce arrivé ? C'est un accident ? Elle est tombée quand le bateau s'est arrêté, ou quelque chose comme ça ?

— Ce n'est pas un accident, mademoiselle Williams, répondit Devi, non sans chercher du regard l'approbation de Ram qui lui avait ordonné de révéler le moins de détails possible concernant la tragédie.

— Oh, mon Dieu ! Oh, non ! Elle ne s'est pas tuée, hein ? Pas suicidée ?

— Vous avez une bonne raison de penser que c'est le cas, mademoiselle Williams ?

— Emma. Je m'appelle Emma. Non... Seigneur ! C'est ça ? Elle s'est suicidée ?

— Non.

— Alors ? Est-ce que... Mon Dieu... Elle a été assassinée ? Qu'est-ce que c'est que ces conneries ?

— Personne n'a parlé d'assassinat, mademoiselle Williams, intervint Ram. Nous avons très probablement affaire à une mort par imprudence.

— Qu'est-ce que ça veut dire ?

— Il est possible qu'elle ait trop bu.

— Quoi ? Vous voulez dire qu'elle est morte d'intoxication alcoolique ?

— On ne pourra pas en être sûr avant d'avoir mené une enquête approfondie.

— Mon Dieu ! Kelly ! La pauvre Kelly ! Elle était tellement... C'est la première personne que je connais qui meurt. À part ma nounou, mais elle était très vieille. Alors... quand on arrivera à Miami, il faudra que je parle à la police ? Au FBI et tout ça ?

— Impossible à dire pour le moment, soupira Ram.

La jeune femme remonta les bretelles de sa robe rouge légère et s'humecta les lèvres. Devi lisait à présent de la surexcitation dans ses yeux et, à en juger par l'air dégoûté de Ram, c'était aussi son cas. Il contint un soupir. À l'évidence, cette fille ne savait rien du tout. Après qu'on l'eut identifiée comme l'amie la plus proche de la passagère défunte, Ram avait envoyé son subordonné la chercher. Devi avait fini par la trouver sur le pont de la Tranquillité, perchée au bord d'un jacuzzi, le bras passé autour du torse nu d'un homme avec lequel elle partageait une bouteille de jus de fruits Walgreen – une des astuces les plus répandues pour introduire en douce de l'alcool à bord.

Devi s'étira discrètement et se frotta les yeux qui le piquaient par manque de sommeil. En service depuis plus de vingt heures, il n'avait avalé qu'un sandwich et un Coca depuis le déjeuner. Ram, comme d'habitude, ne montrait aucun signe de fatigue, alors que sa deuxième période de service était bien entamée. Les deux agents avaient déjà interrogé Trining Aquido, la femme de chambre en charge de la cabine de la morte, mais elle n'avait pas grand-chose à ajouter. Elle affirmait être tombée malade au beau milieu de son service du matin, ce qui expliquait pourquoi le cadavre avait été découvert aussi tard. Aquido disait aussi qu'Althea Trazona, sa collègue qui avait trouvé le corps, avait promis de la remplacer. Or, d'après leur supérieure, l'intéressée le niait. Malgré tout, Devi avait la conviction que cette Trazona cachait quelque chose. Convaincu que le choc qu'elle avait ressenti en trouvant la dépouille était sincère, il doutait qu'elle voulût couvrir l'assassin ; mais c'était quand même une trop grosse coïncidence que, de toutes les cabines de ce niveau, elle ait choisi de visiter celle-là. Sans savoir pourquoi, cependant, il gardait cela pour lui, attendant l'occasion de lui parler à nouveau.

On frappa à la porte. Ashgar, censé surveiller les caméras de sécurité, passa la tête dans la pièce et fit signe à Ram.

— Je peux vous parler, *sahib ?*

Par la porte à demi ouverte, Devi aperçut Rogelio adossé à la paroi, dans le couloir, et leurs regards se croisèrent. En tant que second de Damien, Rogelio animait beaucoup d'activités des groupes de célibataires, et Ram avait dû l'appeler pour l'interroger pendant que Devi fouillait le paquebot à la recherche de la jeune femme.

Le chef de la sécurité se leva et fit signe à son subordonné de poursuivre.

— Quand avez-vous vu Kelly Lewis pour la dernière fois, mademoiselle Williams ? s'enquit Devi, un peu plus détendu à présent que Ram avait quitté la pièce.

— Euh… hier soir. Le soir d'avant, je veux dire.

— Pourquoi n'avez-vous pas signalé sa disparition plus tôt ?

Elle croisa les bras, sur la défensive.

— Parce que je ne l'avais pas remarquée, c'est pas évident ?

— Comment cela se fait-il ? Vous étiez amies et vous voyagiez ensemble, non ?

— Oui. Mais on n'était pas les meilleures amies du monde ni rien. Elle est venue avec moi parce que Zoe s'est désistée au dernier moment. Kelly travaille – travaillait – dans notre salon de coiffure, à la réception. Quand Zoe a laissé tomber, elle a dit qu'elle prendrait sa place.

— Et vous faisiez toutes les deux partie du groupe des célibataires ?

Elle renifla et s'essuya le nez d'un revers de main.

— Oui.

— Où l'avez-vous vue pour la dernière fois ?

— Au bar du Marchand de Sable. On est toute une bande à y être allés en rentrant de Cozumel. Kelly n'était pas très chaude, mais elle a fini par nous suivre.

— Est-ce qu'elle avait bu ?

— On avait tous bu. Mais pas tant que ça. Juste quelques cocktails.

— Elle n'avait personne dans sa cabine ?

— Non. Elle en voulait une pour elle seule, alors que Zoe et moi avions prévu de partager. Elle a payé le supplément, et moi, je loge avec une autre fille du groupe – Donna, une Américaine.

— Est-ce que Kelly appréciait la croisière ?

— Oui, je crois. Je sais pas trop. Elle était très enthousiaste avant de partir, parce qu'elle n'était jamais allée aux États-Unis, mais sur le bateau, elle est un peu redescendue. Une ou deux fois, elle m'a dit qu'elle se sentait malade. Elle ne restait pas tout le temps avec nous. C'est pour ça que j'ai pensé… Est-ce que sa mère est au courant ? Elle n'arrêtait pas de parler de sa mère.

Devi hésita.

— Sa famille sera informée dès que possible.

Il ne servait à rien de répandre la nouvelle que le système de communication satellite était en panne.

— Seigneur. Ils vont être bouleversés. Vous croyez qu'ils m'en voudront ? Parce que... sans moi, elle ne serait pas venue.

— Est-ce que quelqu'un a manifesté un intérêt particulier pour elle pendant la croisière ?

— Qui, Kelly ? Non. Il y a un type qui lui plaisait bien pendant le *speed dating*, mais elle ne s'est mise avec personne. (La jeune femme releva les yeux vers Devi et renifla à nouveau.) Attendez... Pourquoi vous me demandez ça ? Vous avez dit que sa mort était due à un excès d'alcool ?

Il resta impassible.

— Je veux simplement en apprendre plus sur elle.

— Ah. Qu'est-ce qu'il a, le paquebot ? On va réparer ou quoi ? Parce que le truc, c'est que j'ai mon avion demain. On sera rentrés ?

— Les techniciens travaillent sur le problème, répondit-il par réflexe, mais il savait uniquement que l'incendie avait endommagé les câbles qui reliaient les moteurs aux générateurs.

Le *Rêveur Magnifique* était un des plus vieux navires de Foveros – mais malgré cela, les systèmes auxiliaires auraient dû compenser pareil incident. Madan, avec qui il partageait sa cabine, faisait partie des pompiers : il était donc certain d'obtenir bientôt des informations supplémentaires.

— Où est-elle maintenant ? s'enquit la jeune femme.

— Qu'est-ce que vous voulez dire ?

— Kelly. Où est-elle maintenant ?

Ram refit son apparition, lui évitant de répondre.

— Venez dehors que je vous dise un mot, Devi.

La jeune femme se laissa retomber au fond de son siège tandis que l'interpellé quittait la pièce et rejoignait son supérieur dans le couloir. Rogelio était parti. Devi ne savait trop s'il en était soulagé ou déçu.

— Oui, monsieur.

— Le commandant organise une réunion d'urgence de tous les chefs de département. Je peux vous confier le bébé ? Il faudra être en mesure de prouver qu'on a suivi la procédure de A à Z.

— Oui, monsieur. Est-ce que je dois interroger les autres célibataires à présent ?

— On pourra s'en occuper demain si c'est nécessaire.

Ram ne précisa pas sa pensée. Le paquebot devait arriver au port à 8 heures du matin – six heures plus tard. Quoi qu'il se passe, il serait en retard, ce qui générerait des vagues de passagers mécontents, donc du travail supplémentaire pour les agents de sécurité. Normalement, leur rôle devait se limiter à isoler le site de l'incident et à recueillir les dépositions des témoins ; le reste serait du ressort des agences à terre.

— Le satellite fonctionne, maintenant, monsieur ?

Ram se passa la main sur les yeux, montrant pour la première fois un signe de fatigue.

— Non, toujours pas d'accès Internet ni de communication radio.

— Comment est-ce possible ?

Le chef de la sécurité haussa les épaules.

— On a envoyé des signaux de détresse, donc on devrait recevoir des secours dans la matinée. Pour le moment, je vous demande de gérer la situation.

— Je devrais examiner les films des caméras de sécurité de ce matin, monsieur. On pourra peut-être identifier la personne qui était dans la cabine de la morte.

— Vous n'êtes plus à la brigade criminelle, Devi, fit Ram doucement.

Devi s'efforça de conserver une expression neutre. Il s'était souvent demandé ce que son supérieur savait de son passé. Ram ne lui avait jamais demandé pourquoi un inspecteur adjoint, avec une carrière prometteuse devant lui, avait choisi de travailler à bord d'un paquebot, et Devi ne savait trop ce qu'il répondrait si on lui posait la question. Il était surqualifié pour ce poste. Ses homologues, sans exception, n'avaient été formés que pour assurer la sécurité. Ashgar, par exemple, avait servi dans un hôtel ; les autres avaient fait jouer leurs relations pour obtenir des recommandations.

— Il faut qu'on ait l'air d'avoir fait de notre mieux, reprit Ram, mais il me déplairait que la rumeur se répande que nous avons un prédateur à bord. Je compte sur votre discrétion. (Il marqua une pause et regarda son subordonné dans les yeux.) Vous vous y entendez mieux que personne.

Devi se lécha les lèvres, mais il avait la bouche sèche.

— Compris, monsieur.

— Bien. Raccompagnez la passagère à sa cabine, je vous prie.

Alors que Ram s'éloignait d'un pas rapide, son collègue prit une profonde inspiration. *Vous vous y entendez mieux que personne.* Voulait-il dire qu'un ancien membre des forces de police de Maharashtra, notoirement corrompue, avait l'habitude de garder des secrets ? C'était la seule explication. Devi avait pris toutes les précautions possibles, même Madan ignorait ses rapports furtifs avec Rogelio.

Il rentra dans le bureau et informa la jeune femme qu'elle était libre de regagner sa cabine. Ni l'un ni l'autre n'ouvrit la bouche tandis qu'il l'escortait dans les couloirs de service jusqu'au pont principal, au niveau 5. Avec la climatisation en panne, l'air était lourd, mais cette moiteur ne le dérangeait pas : il détestait la fraîcheur artificielle. C'était une des raisons pour lesquelles il aimait surveiller le débarquement lors des escales. Un travail des plus fastidieux, mais qui lui permettait de jouir de l'air frais.

La compagne de cabine de la jeune femme se précipita vers la porte à la seconde où elle s'ouvrit.

— Qu'est-ce qui se passe ?

— C'est Kelly, hoqueta la jeune femme. Elle est *morte*.

Devi les laissa. Leur ordonner de garder ça pour elles aurait été inutile.

Il revint sur ses pas, baissa la tête pour passer dans le couloir de service et, au lieu de se retirer dans sa cabine, gagna le centre de surveillance. Ram ne lui avait pas spécifiquement interdit de visionner les films du circuit interne, et puisque les moniteurs et les caméras de détection de mouvement étaient branchés sur les systèmes auxiliaires, ils devaient encore fonctionner grâce au générateur de secours.

La salle de surveillance puait la sueur et la mauvaise haleine. Ashgar somnolait, la tête sur la poitrine. Les écrans montraient les passagers qui grouillaient toujours sur le pont du Lido – certains se pressaient au bas de la scène, d'autres trempaient leurs pieds dans la piscine. Un couple s'enlaçait dans un des jacuzzis du pont de la Tranquillité, lequel aurait dû être évacué une heure plus tôt. Il faudrait demander à ces gens de circuler, mais cela pouvait attendre. Devi approcha une chaise près d'Ashgar et s'assit. Sa fatigue s'était évanouie. Il se sentait curieusement empli d'énergie, comme naguère, avant que la routine du bord ne lui rouille l'esprit. On déplorait rarement des incidents durant les croisières courtes : une bagarre d'ivrognes de temps en temps, des voyageurs cherchant à introduire à bord de l'alcool ou de la drogue – surtout du cannabis…

D'après le médecin, la fille était morte depuis douze à dix-huit heures. Il lui faudrait donc examiner les films pris entre 2 heures et 6 heures du matin. Par chance, les caméras posées sur les ponts des passagers étaient équipées de détecteurs de mouvement, ce qui lui éviterait de faire défiler des heures inutiles en avance rapide. Il se mit à examiner les allées et venues.

3 h 01 : un couple afro-américain pénètre dans le couloir en riant, d'un pas mal assuré. Par jeu, la femme gifle l'homme, qui la plaque contre la paroi. Ils échangent un baiser passionné avant de s'engouffrer dans une cabine proche.

3 h 32 : un employé franchit la porte de service menant à l'ascenseur du personnel, portant un plateau chargé d'assiettes recouvertes de cloches en plastique. Il frappe à une porte située au milieu du couloir, vite ouverte par un homme blanc vêtu d'une serviette, et disparaît dans la cabine. Deux minutes plus tard, il en ressort, adresse un geste obscène à la porte, et repart vers l'ascenseur de service.

4 h 17 : une femme au teint et à la silhouette correspondant à ceux de Kelly Lewis passe l'angle du couloir, venant de l'escalier. Un homme coiffé d'une casquette de base-ball apparaît derrière elle trente secondes plus tard. Elle marche d'un pas hésitant, garde une main sur la paroi pour se stabiliser.

La sueur au front, Devi mit sur pause et zooma : il s'agissait sans conteste de la victime. Quand elle avait fait tomber sa carte, l'homme s'était hâté de venir l'aider. Il avait ouvert la porte puis l'avait suivie dans la cabine.

4 h 38 : L'homme réapparaît, pend le panonceau « Ne pas déranger » à la poignée de la porte et regagne l'escalier à petites foulées.

À présent, la préméditation était prouvée. Devi se promit de visionner les films pris au bar du Marchand de Sable, où l'homme avait sans aucun doute repéré sa proie. Il se repassa celui du couloir, espérant identifier l'agresseur de Kelly grâce au logiciel de reconnaissance faciale. L'ordinateur ne disposait toutefois pas d'un nombre suffisant de points de comparaison : l'assassin baissait la tête, et sa casquette dissimulait son visage. Devi devrait répertorier les membres du groupe des célibataires blancs, un peu corpulents, mesurant environ un mètre quatre-vingt. Rogelio saurait à qui correspondait ce signalement.

Et le panonceau « Ne pas déranger » ? Il ne se rappelait pas l'avoir vu. Peut-être le steward envoyé pour vérifier les chambres l'avait-il enlevé.

Vous n'êtes plus à la brigade criminelle, Devi.

Ram avait raison. On pouvait laisser le travail aux autorités américaines, mais… *mais.* Peut-être était-ce pour lui une manière de rétablir l'équilibre. De compenser ce qu'il avait fait – ou plutôt ce qu'il n'avait pas fait. Il revoyait la fille, inerte, les yeux vides, pas beaucoup plus âgée que sa cousine Misha. La femme qui l'avait conduite au poste, hystérique, ne comprenait pas pourquoi sa protégée saignait. Il aurait pu se battre pour cette fille. Il aurait *dû* se battre pour elle. Mais il avait préféré la sensibilité de sa famille à la justice.

Lâche.

Il ne pourrait cependant aider personne s'il laissait son passé le hanter.

Deux agressions sexuelles avaient été commises sur son précédent paquebot, toutes les deux liées au personnel.

Une serveuse avait accusé un mécanicien de l'avoir attaquée sur le pont de chargement, tandis qu'un autre membre de l'équipage avait été mis en détention pour avoir suivi une adolescente dans un ascenseur et lui avoir fait des propositions indécentes. On l'avait rapatrié en Inde par avion lors de l'escale suivante – la procédure standard pour éviter l'intervention des autorités américaines et empêcher la presse de s'emparer de l'histoire. La famille de la victime avait été dédommagée, et le problème s'était arrêté là. Mais celui-ci était différent. Le type qui avait suivi Kelly savait exactement ce qu'il faisait.

Si on ne l'arrêtait pas, il recommencerait.

Devi se repassa encore une fois le film, puis tapa l'heure approximative à laquelle Althea Trazona et lui avaient découvert le corps. La jeune femme était nerveuse lorsqu'il l'avait croisée dans le couloir. Il aurait dû l'interroger davantage, mais cela pourrait attendre le lendemain.

Sur l'écran apparut l'image de Trazona qui franchissait la porte de service, quelques minutes avant sa rencontre avec Devi. Elle marqua une pause, la main sur la gorge, s'avança, puis ses lèvres remuèrent : elle parlait. Ses traits trahissaient un trouble, aussitôt remplacé par la peur. Les lumières du couloir s'éteignirent et les infrarouges prirent le relais, métamorphosant ses yeux en de lugubres sphères d'ébène. Il y eut de brefs parasites gris et noirs, puis…

L'agent de sécurité poussa un cri aigu et sursauta. Ashgar eut un mouvement réflexe, marmonna puis se rendormit.

Les doigts tremblants, Devi revint en arrière. Il se prépara à visionner de nouveau le passage. Ce qu'il avait vu – ou cru voir – était impossible.

Pourtant cela apparut encore : une main, une paume, couvrant l'objectif de la caméra.

JOUR 5

Le Blog du Joker

Qui combat sans peur les charlatans pour vous en dispenser

1er Jan

Bonne année.

Sauf qu'elle n'est pas bonne. En tout cas pour moi.

D'abord : les excuses. Je sais que j'ai promis des nouvelles quotidiennes de ma chasse à la Prédatrice, mais beaucoup d'événements se sont produits.

Commençons par le plus important. Le paquebot déconne à pleins tubes et nous sommes officiellement en rade en plein milieu du golfe du Mexique. Oui, vous avez bien lu, ou du moins vous lirez bien dès que je pourrai publier ce texte. Le WiFi est en panne et il n'y a aucune couverture réseau. C'est peut-être intentionnel, pour empêcher l'envoi de tweets furieux anti-Foveros, mais on verra bien. Les employés avec lesquels je me suis entretenu ont l'air d'en savoir autant (ou aussi peu) que nous. Le paquebot devait jeter l'ancre à Miami d'ici cinq heures (à 8 heures du matin), mais ce ne sera pas le cas, puisque nous n'avançons toujours pas. Tout ce qu'on peut faire, c'est attendre les nouvelles transmises par Damien, le directeur de croisière, qui non seulement dispose de sa chaîne de télé privée mais commence également toutes ses interventions par « B'jour ». Il est australien et il veut que ça se sache. Je ne dis pas de mal des Australiens – pour être franc, Damien est le seul que j'aie jamais trouvé agaçant –, mais il a dû se faire expulser de son pays parce que c'est un vrai connard. À part ça, on a d'autres emmerdes. Après plusieurs heures passées au point de rassemblement avec un groupe d'étudiants qui vapotaient de l'herbe (je n'ai pas été tenté – voir plus bas), j'ai regagné ma cabine (une grotte lugubre sur le pont 5, alias le pont Majestic) pour me rendre compte que la sécurité avait posé les scellés, façon lieu du crime, sur une piaule située à trois portes de la mienne. J'ai pris une photo que je publierai aussi dès que possible.

Pourquoi n'ai-je pas gardé le contact, à part ça ? J'ai été malade. Le genre de gastro qui fait regretter d'être en vie. J'avais l'impression que tout mon corps essayait de se retourner sens dessus dessous. Ça m'a pris une heure après le départ de Miami. Je fouinais un peu, cherchant une trace de la Prédatrice quand… bon, d'accord, vous n'avez sans doute pas envie de connaître les détails. Pensez à du Jackson Pollock, mais par les deux bouts. Ouais. Un grand merci à Trining, la femme de chambre de la cabine. Cette fille a un estomac en béton. Une infirmière est passée me voir le deuxième jour et m'a pris 97 dollars pour me dire que je ne pouvais rien faire, à part bien m'hydrater. Je suis encore un peu secoué.

OK. Passons au sujet pour lequel vous me lisez :

Comme vous le savez, je n'ai pas réussi à m'inscrire parmi les Amis de la Prédatrice, puisque toutes les places ont été réservées en quelques minutes après que la « Croisière avec Celine del Ray » a été mentionnée sur Zoop et Facebook. Hier soir, estimant que c'était ma dernière chance de l'affronter, j'ai extrait mon corps douloureux de mon lit de malade et je me suis traîné jusqu'à son ultime séance dans le but d'y entrer par la force. Je n'ai pas été des plus subtils. J'ai réussi à me glisser dans le foyer Rêve d'Étoiles (aussi ringard que son nom l'indique) et je me suis avancé tout droit vers la Prédatrice, en pleine imitation du Artful Dodger de Dickens. Je me sentais toujours très mal, craignant de vomir d'une seconde à l'autre, mais je l'ai tout de même interpellée à propos de Lillian Small. Je n'ai pas pu filmer longtemps, la nature s'étant rappelée à moi.

Mais le fait que le paquebot soit en panne n'est pas une mauvaise chose. Ça va me donner une nouvelle chance de défier cette vieille fripouille.

Je vous tiendrai au courant quand j'en saurai plus.

L'assistante de la sorcière

Maddie se redressa trop vite et cligna des paupières ; les rayons du soleil piquaient ses yeux comme des aiguilles. Elle avait mal à la nuque d'avoir dormi sur le canapé de la suite de Celine, et son T-shirt humide collait à son dos. Elle ne se rappelait pas s'être assoupie – elle avait dû sombrer en attendant que son employeuse en fasse autant. Le lit était vide et les couvertures à peine froissées.

— Celine ?

Pas de réponse. Le médium devait être dans la salle de bains. La jeune femme sursauta quand les haut-parleurs lâchèrent un bip. L'instant d'après, elle reconnut la voix mielleuse de Damien.

« B'jour, mesdames et messieurs, ici Damien, votre directeur de croisière, qui vous tient au courant de la situation. Comme vous l'aurez remarqué, nous sommes toujours en butte à un problème électrique, mais vous n'avez rien à craindre pour votre sécurité et votre bien-être. Nous n'oublions pas que certains d'entre vous ont des avions à prendre ce matin. Nous tenons à vous assurer que nous réglerons très vite ce problème, et nous vous demandons respectueusement de ne pas contacter le service clients à ce sujet. Nous vous informons aussi à regret que, les salles à manger étant pour l'heure fermées, le petit-déjeuner sera servi au buffet du Lido, où notre personnel fait de son mieux pour garantir vos repas. »

Maddie consulta son téléphone portable : 8 h 10. Celine et elle avaient réservé des places à bord d'un vol pour La Guardia en début d'après-midi. Elles avaient encore une chance de l'attraper si le paquebot se remettait en route dans l'heure qui suivait. La jeune femme s'étira jusqu'à sentir vibrer les muscles de son dos, puis se leva et tituba un instant, manquant de perdre l'équilibre. Seigneur ! Le navire penchait désormais un peu à bâbord, ce qui n'indiquait pas vraiment que l'équipage avait la situation en main. Maddie gagna à pas feutrés la porte de la salle de bains.

— Celine ? Vous êtes là-dedans ?

Quand elle jeta un coup d'œil à l'intérieur, un vague effluve de *Poison*, le parfum de son employeuse, monta à ses narines. Pas de Celine, mais sa trousse de maquillage était en désordre – la boîte contenant ses faux cils était ouverte sur le lavabo –, donc elle devait se sentir mieux. Toutefois, qu'elle fût sortie seule lui semblait étrange : comment savoir si un Ami ne risquait pas de l'arrêter et de lui demander un autographe ou une séance improvisée ? Elle ne pouvait être allée très loin, seulement sur le pont de la piscine ou le pont principal, les seuls à être accessibles aux fauteuils roulants. À moins qu'elle n'eût décidé de marcher, ce qui serait une première. Et n'expliquerait pas l'absence du fauteuil.

Maddie évita de se regarder dans le miroir – elle avait eu assez de mauvaises nouvelles pour la matinée –, s'aspergea les joues d'eau froide, fit jaillir une perle de dentifrice sur son doigt et la frotta contre ses dents. Son mal de tête continuait de la faire souffrir, aussi chercha-t-elle le Doliprane extra-fort dans le vanity de Celine. Ensuite, il lui fallait boire un café. Retrouver Celine, ainsi que Ray – qui avait brillé par son absence la nuit précédente. Regagner sa cabine pour se doucher, se changer, puis aller s'enquérir des Amis, ce qu'elle aurait sans aucun doute dû faire la veille au soir.

Sortant dans le couloir, elle faillit heurter un couple corpulent qui fonçait vers l'escalier. Quoique nullement en faute, Maddie marmonna des excuses. Elle avait croisé ces gens une ou deux fois dans l'ascenseur et ne les avait encore jamais vus sourire. Ce matin-là, tous deux portaient de larges T-shirts « J' ♥ les croisières Foveros », une provocation subtile que Maddie approuva à contrecœur.

— Non mais vous vous rendez compte ? aboya l'homme à son intention. Moi, je vous le dis : c'est typique de Foveros. Pas de réponse du service de chambre. (Il agita sa carte de petit-déjeuner.) 6 heures du matin. Je l'ai écrit ici. 6 heures. Et personne n'est venu chercher cette carte.

— S'il y a une panne d'électricité, ils doivent rencontrer des difficultés en cuisine, observa Maddie.

— Mouais. C'est inacceptable. Notre avion pour Galveston part à 13 h 30.

— 13 h 30 précises, fit son épouse en écho. (La jeune femme les supposait mariés, mais avec leur coupe courte et leur embonpoint similaires, ils pouvaient aussi bien être frère et sœur.) Si on le rate, des têtes vont tomber.

Helen passa alors la sienne par sa porte, dispensant Maddie de répondre.

— Oh, c'est vous, Maddie. J'ai cru que c'était Althea.

Après un bref salut aux deux femmes, le couple continua son chemin vers l'escalier en se dandinant.

— Est-ce que Celine se sent mieux aujourd'hui ? s'enquit Helen.

— Sûrement. Elle n'est pas dans sa cabine. Vous ne l'avez pas vue ?

— Non. Elise et moi venons de nous réveiller.

— Merci encore de votre aide hier soir. Je ne sais pas ce que j'aurais fait sans vous.

— Ce n'est rien.

Elise apparut au côté de son amie.

— Oh, salut, Maddie. Comment va Celine aujourd'hui ? (La jeune femme répéta ce qu'elle venait de dire.) Je suis contente qu'elle soit plus en forme. Je peux vous poser une question ? Ça va vous paraître bizarre.

Maddie faillit éclater de rire.

— Ça fait trois ans que je travaille pour un médium. Le bizarre, c'est mon lot quotidien.

— Hier soir… Nous avons toutes les deux eu la sensation très nette qu'il y avait quelqu'un d'autre dans la cabine. (Helen lui donna un coup de coude et lui enjoignit de se taire, mais Elise fit claquer sa langue contre son palais.) Ça ne peut pas faire de mal d'en parler.

— Qu'est-ce que vous entendez par là ? interrogea Maddie, ne sachant trop si elle avait vraiment envie d'en savoir davantage.

— Eh bien… ça va vous paraître délirant, mais… on a entendu de la musique. Quelqu'un qui chantait. Helen pense que ça venait d'une autre cabine. Je n'arrive pas à me sortir cet air de la tête.

Elise le fredonna. Il ressemblait beaucoup à celui qu'avait chanté Celine après l'arrêt du paquebot et qui, pour Maddie, évoquait Lizzie Bean, le guide spirituel le moins loquace de sa patronne. Ses guides étaient deux beaux stéréotypes (Celine était tout sauf subtile) : Archie, le gamin des rues londonien au destin tragique, et Lizzie, la femme du monde des années vingt au destin tout aussi tragique, qui aurait pu sortir des pages de *Gatsby le*

Magnifique. Il y avait aussi Papa Noakes, quoique Maddie n'eût jamais entendu sa voix. Cet « ancien esclave du Mississippi » avait quitté l'univers du médium depuis des années – la jeune femme ne le connaissait que pour avoir lu la première édition des mémoires de Celine, il avait disparu des rééditions et des versions électroniques. Elle se félicitait qu'il ait été abandonné avant l'explosion de l'Internet, imaginant sans peine comment ce personnage aurait été utilisé par les nombreux détracteurs de son employeuse. Celle-ci avait pourtant fait entendre la voix de Papa Noakes durant la nuit, plongeant tout le monde dans l'embarras, y compris le médecin – mais Celine n'avait jamais été politiquement correcte. Parfois, Maddie se demandait si Papa Noakes n'était pas la véritable raison pour laquelle Celine l'avait engagée : embaucher une assistante métisse pour faire taire toutes les accusations de racisme.

— C'était peut-être Celine qui fredonnait, avança Maddie, surprise que ses interlocutrices n'aient pas songé à cette explication.

Helen haussa les épaules.

— Peut-être. C'est sans importance. Sûrement un tour de nos imaginations.

— Est-ce que vous deviez rentrer chez vous en avion aujourd'hui ? demanda la jeune femme pour changer de sujet.

Elise prit une inspiration sifflante. Helen et elle échangèrent un coup d'œil que Maddie ne comprit pas. La veille au soir, elle était trop stressée pour s'interroger sur leur relation. Elles n'étaient à l'évidence pas de la même famille – d'ailleurs, Helen était anglaise et Elise américaine. Peut-être étaient-elles amantes. Il y avait en tout cas entre elles un lien fort, au-delà de l'amitié.

— N'hésitez pas à nous dire si on peut encore vous être utiles, reprit Helen.

— Je n'y manquerai pas. Une nouvelle fois, merci de votre aide.

Maddie marcha prudemment jusqu'au bout du couloir et jeta un coup d'œil dans l'atrium par le balcon vitré. Une file de passagers contrariés sinuait entre le service clients et les bars à cocktails. Plusieurs des plaignants portaient encore leur costume de fête – des hommes à la silhouette de buveurs de bière, drapés de blanc, des femmes en sandales dorées et perruques blondes, un diable çà et là. Le couple frère-sœur s'était posté au bout de la queue, ajoutant sa voix au chœur des protestations.

De sa position élevée, la jeune femme constata que la cafétéria Catalina était fermée. Elle devrait donc se contenter de la mixture gratuite mais répugnante servie au buffet du Lido. Elle traversa la galerie de photos, où des affiches lui rappelaient que « Les Souvenirs sont éternels ! », et franchit les portes vitrées donnant sur le pont de la piscine. Un air salé chargé de gazole monta à ses narines. Ses chaussures claquèrent sur les marches de l'escalier en spirale qu'elle descendit jusqu'au pont principal, bien plus fréquenté qu'il ne l'était en général à pareille heure. Tous les transats étaient occupés. Des employés ramassaient les déchets et distribuaient des bouteilles d'eau. La plupart gardaient les yeux baissés pour éviter le plus possible tout contact avec les passagers. Ils se déplaçaient furtivement, comme des soldats progressant dans un champ de mines.

Maddie se fraya un chemin entre les groupes formés autour des jacuzzis et de la scène, scrutant les visages à la recherche de Celine. Elle retenait son souffle pour éviter la puanteur de saucisses grillées et de tomates bouillies qui s'échappait du salon intérieur ouvert vingt-quatre heures sur vingt-quatre, quoique aucun plat chaud ne semblât disponible. Un seul poste de travail du buffet était opérationnel – des marmitons en sueur y confectionnaient des sandwiches. Les gens qui faisaient la queue, serrant les rangs et pressant leur assiette contre leur poitrine, la foudroyèrent du regard quand elle se glissa entre eux pour se diriger vers la machine à café. Le liquide noir coula dans sa tasse en un jet irrégulier. Elle comprit aussitôt qu'il était froid. L'emportant tout de même dehors, elle enjamba des bouteilles d'eau vides ainsi qu'un préservatif usagé et se dirigea vers le pont de la Tranquillité. Celine avait peu de chances de s'y trouver, mais un coup d'œil s'imposait tout de même.

Ce niveau-là était encore plus peuplé, le jacuzzi débordait d'une foule d'Anglais chahuteurs.

Pas de Celine.

Maddie s'apprêtait à revenir sur ses pas quand un homme très brun, assis sur un transat près du stand des serviettes de bain, attira son regard : le blogueur de la veille. La tête baissée, il tripatouillait son iPhone. Au lieu de s'éloigner, poussée par un élan de compassion, elle se surprit à lui demander :

— Vous vous sentez mieux ?

— Pardon ?

Il leva les yeux. Elle contempla son propre reflet dans les verres jumeaux de ses lunettes d'aviateur rétro.

— Depuis hier soir. La soirée de Celine.

Il la détailla de la tête aux pieds.

— Vous y étiez ?

— Je suis l'assistante de Celine. Donc oui. J'espère que vous êtes content.

Il haussa les épaules.

— Pas vraiment. Je suis malade comme un chien depuis que je suis monté à bord. Et je ne me sens pas encore très bien.

— Oh, c'est bien triste.

— Son assistante, hein ? Vous écrivez aussi ses lettres d'excuses ?

Maddie cherchait une réplique quand un bip annonça un nouveau message de Damien.

« B'jour. Ici Damien, votre directeur de croisière, qui vous parle. Ce n'est peut-être pas le meilleur début possible pour la nouvelle année, mais qu'est-ce que vous diriez de chasser le blues avec un loto supplémentaire ? »

— Heureusement qu'on a Damien, soupira le blogueur. Qu'est-ce qu'on deviendrait sans lui, hein ? (Il eut un sourire sardonique.) Vous y croyez, vous ? (Il agita son téléphone.) Pas de réseau. Pas d'Internet. Pas moyen de se connecter.

Entendant un cri aigu, Maddie regarda par-dessus son épaule pour voir deux femmes en bikini sauter dans le jacuzzi, par-dessus les hommes.

— Vous ne trouvez pas bizarre qu'on n'ait vu personne ? reprit son interlocuteur. Par exemple un hélicoptère ou un autre paquebot ? On aurait dû nous envoyer quelqu'un, à l'heure qu'il est. Je suis resté ici presque toute la nuit. Le golfe abrite un tas de stations de forage, mais rien du tout. Pas de lumières. *Nada*. Que dalle. On nous cache quelque chose.

— Foveros a très mauvaise presse. Ils essaient sans doute d'étouffer l'incident. D'éviter que ça s'étale à la une des journaux.

— Et ça, ça vous parle, hein ?

— Joli. Vous m'avez eue.

Elle l'avait cherché. Pourquoi diable discutait-elle avec ce type, d'ailleurs ? S'il avait pris la peine de réserver une place à bord, c'était forcément un des chasseurs de charlatans qui passaient leur temps à essayer de convaincre Celine de discuter avec eux sur Facebook, Zoop et Twitter. Maddie, qui gérait tous ses comptes, ne prenait jamais la peine de leur répondre, de réfuter leurs dires ou de commenter sur leurs blogs. Les Amis s'en chargeaient. Il était temps de prendre congé.

— Hé ! Hé, attendez, excusez-moi.

Elle hésita, puis se retourna. Le type enleva ses lunettes. Les yeux bleu foncé, les cils clairs : à l'évidence, il se teignait les cheveux.

— Je suppose qu'une interview n'est pas envisageable ?

— Vous supposez bien.

— Vous êtes anglaise ?

— Vous êtes perspicace.

Un autre sourire narquois.

— Ça fait combien de temps que vous travaillez pour Celine ?

— J'ai dit : pas d'interview.

— Juste entre nous alors.

— Ouais, c'est ça.

— Écoutez, je fais mon boulot, c'est tout. Vous êtes obligée d'admettre que ce qui s'est passé avec Lillian Small est une vraie saloperie. Il est prouvé sans l'ombre d'un doute que Lori et Bobby Small sont morts au cours du Jeudi Noir. Or Celine…

— Comme elle le dit, elle ne peut utiliser que ce que lui communique l'Esprit.

Le blogueur grimaça. Maddie recula d'un pas.

— Ne vous en faites pas, je n'ai pas de nausées. Je suis juste dégoûté. Je ne saisis pas. Pourquoi travaillez-vous pour elle ?

Parce qu'aucune autre personne saine d'esprit ne m'emploierait.

— Ça ne vous regarde pas.

— C'est une prédatrice. Elle se repaît du chagrin des autres.

— Elle apporte aux gens l'espoir et elle leur permet de tourner la page, répliqua Maddie par réflexe.

— Vraiment ? C'est ce qu'elle a apporté à Lillian Small ?

— Je ne suis pas obligée de continuer à vous écouter.

— C'est exact. Vous n'êtes pas obligée. Mais vous devriez peut-être, vous ne croyez pas ? Celine a amassé une putain de fortune sur le dos de personnes dans la détresse.

— Les gens ont besoin d'espoir. Besoin de savoir…

— Qu'il y a autre chose ? Une vie après la mort ?

— Oui.

— Ça, je peux le comprendre. Mais affirmer à une mère que sa fille et son petit-fils sont vivants alors qu'il existe des preuves irréfutables du contraire ? Je vous en prie.

— Ce n'est pas une science exacte, déclara Maddie avec une grimace intérieure.

— Mauvaise défense, et vous le savez. Admettez-le. Tout ça, c'est des conneries.

— Et si je croyais en son don ?

— Et moi, je ne vous crois pas. Et puis vous n'avez pas l'air du genre à tromper qui que ce soit volontairement.

— Bien essayé.

S'en prendre à sa vanité était une manœuvre habile. Il ne pouvait pas savoir que celle-ci avait disparu depuis longtemps, comme son estime de soi.

— Je crois que nous avons terminé.

— Attendez. Comment vous appelez-vous ? (Il eut un large sourire, la désarmant à nouveau.) Juste pour savoir de qui je dis du mal.

— Vous d'abord. Juste pour savoir contre qui je vais porter plainte.

— Je me fais appeler Xavier.

— Vous vous « faites appeler » Xavier ? Vous avez quel âge ? Douze ans ?

Il éclata de rire – un grondement sourd qu'elle n'attendait pas de lui.

— Vous ne trouvez pas ça cool ? Cool comme un nom de stripteaseur ? C'est mon vrai nom, cela dit.

— Bien sûr. Amusez-vous à écrire votre article. On dirait que vous avez une vraie histoire à raconter, cette fois-ci.

Il rit encore, et elle se surprit à lui sourire en retour. Elle n'était pas idiote, elle savait qu'il la démolirait dans le prochain article de son blog, mais leur échange lui avait étrangement remonté le moral.

— On se voit plus tard, conclut-il.

— N'y comptez pas.

Elle retourna dans le salon du buffet. Celine devait bien se trouver quelque part à ce niveau. À moins que… *Merde !* Pourquoi n'y avait-elle pas pensé plus tôt ? Son employeuse avait pu quitter la suite et se sentir à nouveau malade. Peut-être l'avait-on transportée à l'infirmerie ? Ray. Il était plus que temps que ce connard serve à quelque chose. Comme elle, il était parqué dans une des cabines les moins chères, au cœur du paquebot. Elle fit un effort pour retrouver le numéro de sa cabine, puis emprunta l'escalier, dépassant le pont Promenade de Rêve, le casino et la galerie d'art. Les néons ne fonctionnaient plus, et sans eux, l'intérieur du navire paraissait terne – une danseuse de cabaret sur le retour, sans maquillage. Maddie descendit encore quelques volées de marches à la hâte, tentant de ne pas respirer par le nez. L'air ici-bas évoquait un brouet relevé d'un relent nauséabond provenant des canalisations. La jeune femme s'engagea dans le couloir qui menait aux cabines impaires, puis frappa à la porte qu'elle espérait être celle de Ray.

— Ouais ? cria une voix ensommeillée qui ressemblait à celle du garde du corps.

— C'est Maddie.

Plus d'une minute s'écoula avant que Ray n'ouvrît la porte, une serviette autour des hanches.

— Salut, Maddie, dit-il en bombant le torse et en promenant la main sur son torse nu. Fait chaud, hein.

Un petit rire retentit dans la cabine, puis une voix féminine lança :

— Dépêche-toi, Ray.

— J'arrive dans une seconde, chérie, fit-il en tournant la tête.

Une femme dodue en sous-vêtements suggestifs apparut derrière lui, lui passa les bras autour du torse, posa le menton sur son épaule et fixa sans la moins gêne la visiteuse de ses yeux de panda.

— Salut.

— Salut.

— C'est Maddie, chérie, déclara Ray avec un sourire suffisant. On bosse ensemble.

— Ah ouais ? (Elle bâilla et le lâcha.) Il faut que je prenne une douche.

— Je te rejoins dans une seconde, dit Ray en adressant un clin d'œil à Maddie.

Sa compagne de la nuit pouffa et disparut dans le cabinet de toilette.

Maddie lança à Ray un regard éloquent.

— Vous ne vous ennuyez pas.

Il haussa les épaules, le sourire toujours vissé aux lèvres.

— J'ai décidé d'organiser ma fête tout seul, puisque vous n'avez pas donné suite à mon invitation. Je l'ai rencontrée au point de rassemblement. Hé, d'ailleurs, vous n'y étiez pas.

— C'est gentil de votre part de l'avoir remarqué.

À bien y réfléchir, il aurait été gentil de la part de Foveros de le remarquer aussi. Elle ne se rappelait pas avoir vu un seul employé compter les passagers.

— J'étais avec Celine. Notre patronne, vous vous rappelez ? Elle… il lui est arrivé quelque chose cette nuit.

— Ah ouais ? Quoi ?

Ray se gratta le ventre et se tourna légèrement, ce qui révéla à Maddie l'intérieur de la cabine. Le sol était jonché de bouteilles de bière et d'assiettes maculées d'une sauce couleur de sang séché.

— Vous avez vu Celine, ce matin ?

— À votre avis ? Comme vous l'avez constaté, je ne me suis pas ennuyé.

— Il faut que je la trouve.

— Bonne chance.

— Vous n'allez pas m'aider ?

— Ça ne devrait pas être bien difficile. On est sur un bateau. Elle se déplace en fauteuil roulant.

— C'est votre boulot, Ray. J'ai à peine dormi de la nuit.

— On est deux.

— D'accord. Vous savez quoi ? Oubliez ça. Merci quand même.

— Hé, vous savez quoi, Maddie ? Vos conneries, vous pouvez vous les mettre où je pense.

— Pardon ?

— J'en ai ma claque que vous vous foutiez de moi, que vous me méprisiez.

Ray dévoilait un pan de sa personnalité qu'elle ne connaissait pas.

— Parfait. Comme vous voulez.

— Vous vous croyez supérieure, hein ? Eh bien, mon chou, permettez-moi de vous détromper. Vous n'êtes qu'une Angliche snobinarde aigrie. Vous savez de quoi vous auriez besoin ? De vous faire bien bai...

La rage s'empara de Maddie. Elle le frappa sur la poitrine de ses deux mains ouvertes.

— Je vais te dire de quoi j'ai besoin, pauvre con. Que tu sortes de ma vue, merde !

Elle lui postillonnait au visage. La surprise qui se lisait dans l'expression du garde du corps se changea en amusement, ce qui attisa encore la colère de la jeune femme.

— Hé, du calme, tigresse, lança-t-il en levant les mains. Je plaisantais, c'est tout.

— Va te faire foutre.

Elle tourna les talons et courut vers l'escalier, tremblante. Plus question d'aller rassembler ses affaires dans sa cabine : pour le moment, elle en serait incapable. Elle s'accrocha à la rampe. Salaud ! Salaud de Ray ! Refusant de le laisser produire un tel effet sur elle, elle marqua une pause pour se reprendre : il lui fallait traverser l'atrium pour rejoindre l'infirmerie. À peine eut-elle franchi une volée de marches qu'un homme la dépassa en courant, une main plaquée sur la bouche, comme sur le point de vomir.

Seigneur ! Oh, mon Dieu ! Maddie se mit à courir, ayant un besoin pressant d'air frais. Des picotements dans le cuir chevelu, les mains moites et la gorge serrée, elle tituba jusqu'au balcon de l'atrium, cherchant à apaiser ses nausées. Le sol tangua sous ses pieds, et elle sentit ses entrailles se retourner.

— Maddie ? Ça va ?

Elle reconnut Eleanor, une des Amies, qui venait vers elle. D'abord, elle fut incapable de parler. *Oh, Seigneur !*

— Allons, venez vous asseoir, dit Eleanor en lui massant le dos.

— Ça va. Ça… va très bien.

— Vous en êtes sûre ?

Eleanor, une amoureuse des animaux de compagnie, voulait désespérément entrer en contact avec l'âme de son chien. Maddie chercha son nom dans sa mémoire – Denny ou Dirk ou quelque chose comme ça ; un nom plus approprié pour un acteur de films X.

— Vous voulez que je vous apporte un peu d'eau ? Il fait affreusement lourd là-dedans, hein ?

— Ça va. (L'affirmer parut lui faire du bien. Sa gorge se desserra un peu.) Je vous remercie, Eleanor. C'était juste un petit malaise.

— Ça ne m'étonne pas. Vous êtes trop maigre. Vous avez pris un petit-déjeuner ?

— Non. (Elle avait aussi sauté le dîner de la veille, n'ayant finalement pas commandé ses toasts au fromage.) Je cherche Celine.

— Elle est au foyer Rêve d'Étoiles, ma chère.

— Quoi ? (C'était forcément une erreur.) Que dia… Qu'est-ce qu'elle fait là-bas ?

— Eh bien en fait, ce matin, je me suis levée tôt et je suis allée au buffet pour voir si je trouvais un peu de granola – j'ai mal dormi cette nuit, avec tous ces événements, même si Damien assurait qu'il n'y avait rien à craindre –, et je l'ai rencontrée sur le pont du Lido. Elle m'a demandé de rassembler tous les Amis.

— *Quoi ?* Celine a…

— Le cher ange. Ça fait deux heures qu'elle est avec nous, et elle nous rassure. Beaucoup d'Amis étaient vraiment inquiets, surtout ceux qui ont un avion à prendre aujourd'hui, mais Celine leur a affirmé que tout irait très bien. J'allais à ma cabine chercher mes vitamines, mais ça peut attendre. Vous voulez que je vous conduise près d'elle ?

— Je peux y aller toute seule.

Eleanor fit claquer sa langue contre son palais.

— Je ne peux pas vous laisser dans cet état.

Elle passa un bras dodu sous celui de Maddie, l'inondant d'un parfum de *Lys de la Vallée*.

— Comment Celine est-elle descendue jusque là-bas ?

— À pied, bien sûr. Elle a pris son temps, mais elle a dit qu'elle s'en sentait capable.

— Et son fauteuil roulant ?

— Jacob et Jimmy l'ont porté.

Maddie laissa Eleanor la guider le long du casino désert et de la coursive qui conduisait à l'entrée du foyer. Un petit groupe d'Amis était rassemblé à l'extérieur. Jacob vint à leur rencontre à petits pas, vêtu d'un gilet lavande, d'une cravate rose et d'une chemise à rayures.

— Maddie ne se sent pas bien, annonça Eleanor en la lâchant, avant de lui tapoter le bras.

— Oh, ma pauvre chérie. Eh bien, vous êtes au bon endroit. On va s'occuper de vous.

Maddie s'efforça de sourire. Elle considérait un peu les Amis comme des ratés – des puzzles humains auxquels manquait une pièce cruciale de ciel bleu –, et voilà que c'étaient eux qui lui portaient secours.

— Je lui disais à l'instant comme Celine était merveilleuse avec nous, reprit Eleanor.

Jacob hocha la tête, enthousiaste.

— Oh oui. Elle et Archie. Il a beaucoup parlé aujourd'hui. D'après Celine, l'Esprit veut nous faire savoir que nous devons accepter tous ces événements sans crainte.

— Répétez donc à Maddie ce qu'Archie vous a dit à propos de Kathy, Jacob, encouragea Eleanor.

— Kathy ? interrogea l'assistante du médium.

— Sa sœur. Rappelez-vous : elle s'est manifestée hier soir – elle a disparu au moment de Thanksgiving.

Bien sûr. Comment Maddie avait-elle pu oublier ? C'est elle qui avait transmis les détails à Celine après que Jacob les lui eut confiés durant la première réunion. Un autre sujet de honte.

Une expression lointaine passa dans les yeux du vieil homme.

— Cette fois, elle s'est manifestée en compagnie d'Archie. Elle a dit qu'elle portait sa robe blanche préférée et qu'elle voulait que je sache ce qui lui était arrivé. (Les doigts de Maddie la picotaient à nouveau ; elle se planta les ongles dans les paumes.) Archie m'a tout raconté. Kathy s'est enfuie à San Francisco, elle y a vécu un moment, mais elle a fréquenté les mauvaises personnes. (Sa voix se fit un peu pâteuse.) Elle est morte toute seule dans un appartement désaffecté, d'une overdose, un an après nous avoir quittés.

— Je suis vraiment désolée, dit Maddie.

À quoi jouait donc Celine ? Son fonds de commerce, c'était l'espoir, pas le chagrin.

— Ne le soyez pas. Je voulais savoir tout ça. J'avais besoin de le savoir. Kathy attend que je la rejoigne. Elle m'accueillera au moment où je franchirai le seuil vers l'au-delà.

— C'est si exaltant, souffla Eleanor.

Les portes vitrées étaient tout juste assez ouvertes pour que cette dernière puisse s'y glisser – une personne plus corpulente aurait eu du mal – et Maddie la suivit dans les profondeurs du foyer plongé dans la pénombre. Annabeth et Jimmy, un des rares couples inscrits à la « Croisière avec Celine », la rejoignirent aussitôt, désireux de se rendre utiles. Maddie murmura un vague salut et s'approcha de la scène, où Celine était en grande conversation avec Leila.

La vieille femme leva les yeux et croisa son regard.

— Merci, ma chérie, dit-elle à son interlocutrice. Madeleine a besoin de moi à présent.

Sans un murmure, adressant un minuscule sourire à Maddie, Leila s'écarta, comme tirée par un fil invisible. La nouvelle venue se hissa sur la scène.

Celine inclina la tête de côté et la jaugea.

— Vous avez l'air fatiguée, Madeleine. Vous n'avez pas bien dormi ? Pourtant, vous dormiez comme une souche quand je suis partie ce matin.

— Ah, oui, à ce propos, pourquoi ne m'avez-vous pas réveillée ?

— Vous aviez besoin de vous reposer.

— Comment vous sentez-vous, Celine ? Est-il sage que vous soyez ici ?

Et que se passait-il ici, d'ailleurs ? En tout cas, ce n'était pas normal : Celine avait évité ses admirateurs pendant toute la croisière, et voilà qu'elle se conduisait avec eux comme leur nouvelle meilleure amie.

— Je me sens très bien. Vraiment très bien. Comme une nouvelle personne.

Maddie devait admettre que son employeuse avait meilleure mine que depuis plusieurs mois. Son maquillage n'était pas aussi marqué qu'à l'ordinaire, ce qui lui donnait l'air plus jeune, moins dur.

— Jacob et Eleanor disent que vous leur avez demandé de rassembler tous les Amis ici ce matin. À quoi jouez-vous ?

— Ils sont préoccupés, Madeleine. Nous devons tous jouer notre rôle.

— D'accord. Est-ce que la vraie Celine pourrait revenir, à présent ?

— Oh, elle est dans le coin. Elle se montrera bien assez tôt. Et sachez ceci : je compte aider le plus de gens possible.

— Qu'entendez-vous par « aider » ?

— Ils ont besoin qu'on leur montre la voie, Maddie. Besoin d'être guidés. Je suis ici pour leur tendre une main secourable. Moi et l'Esprit, bien sûr.

— Dites-moi que vous vous foutez de moi.

La vieille femme lui prit la main. Elle avait les doigts glacés bien que la chaleur fût aussi accablante au sein du foyer que dans le reste du bateau.

— Où est Ray ?

— Dans sa cabine.

— Ma foi, il finira bien par venir. Tous viendront s'ils savent ce qui est bon pour eux. (Celine adressa un clin d'œil à son assistante.) Prenez un siège. Regardez le spectacle. Je crois que ça va vous plaire.

— Je crois que vous ne devriez pas faire ça.

— Je suis née pour faire ça, ma chérie.

— Hier soir...

— Allez vous asseoir, dit le médium, dont la voix mielleuse se durcit, ce qui était rassurant : Maddie avait toujours connu sa patronne irritable. Vous ne voulez pas faire un scandale, n'est-ce pas ?

— Je vous en prie, dites-moi ce que vous...

— Asscz. Allcz-y, tout dc suitc.

Maddie n'eut pas la force de discuter. Son employeuse devait avoir une bonne raison de jouer ce rôle. Peut-être était-ce à cause des accusations du blogueur. Peut-être espérait-elle que les Amis se précipiteraient en masse pour la défendre quand Xavier – ou quel que fût son vrai nom – lancerait sa vidéo sur tous les réseaux sociaux.

Peut-être que quelque chose avait claqué dans son cerveau, mettant au jour une nouvelle personnalité altruiste.

Maddie se dirigea vers un box à la périphérie de la salle. Elle y découvrit le technicien – le gamin que Celine avait engueulé la veille au soir –, en grande conversation avec Juanita, qui lui adressa un petit geste de la main, en conspiratrice. La jeune femme se laissa tomber sur un siège, ses tempes douloureuses désormais palpitantes, et attendit. Le silence s'abattit sur le foyer Rêve d'Étoiles tandis que Celine roulait à travers la scène. Maddie ne pouvait chasser l'impression qu'elle était sur le point de regarder une prophète dérangée en fauteuil roulant adresser un discours à ses disciples.

Le condamné

Gary, aussi immobile que possible, contemplait les perles de sueur accrochées aux poils de son ventre. Marilyn avait quitté la cabine une heure plus tôt, se plaignant d'y étouffer. Il comptait quant à lui s'y terrer jusqu'à la résolution du problème, mais sans climatisation, elle devenait un véritable sauna. Chaleur et hypoglycémie lui donnaient la nausée ; il ne pourrait plus s'éterniser ici très longtemps sans avoir un malaise. Et dormir était hors de question. Incapable d'arrêter les pensées qui se bousculaient dans sa tête, il n'avait guère fait que somnoler depuis que Marilyn et lui étaient rentrés du point de rassemblement la veille au soir. Au moins avait-il surmonté cette épreuve-là. Bien qu'il fût resté en alerte, sursautant chaque fois qu'un agent de sécurité ou un membre de l'équipage passait à proximité, Marilyn n'avait fait aucun commentaire sur sa conduite. Il devait sans doute en remercier les amis qu'elle s'était faits : tandis qu'ils accaparaient l'attention de son épouse par un flot nourri de remarques sur le marché de l'immobilier au Minnesota, il avait pu demeurer dans un coin sombre, aussi discret que possible.

S'ils avaient dû venir te chercher, ce serait déjà fait. Détends-toi.

Mais le panonceau « Ne pas déranger » ? S'ils l'ont récupéré ?

Et alors ? Même s'ils y relèvent des empreintes digitales, les tiennes ne sont fichées nulle part.

Une fois au port, ils prendront peut-être les empreintes de tout le monde.

Bon, et alors ? C'est une pure hypothèse. Ils ont d'autres chats à fouetter. Tu vas t'en sortir. Le pire est passé.

Les vidéos de surveillance – ils pourraient me reconnaître.

Aucune chance.

Vraiment ? Et hier soir, alors ? Comment expliquer que je sois allé jusqu'à sa cabine ?

Tu étais en état de choc, désorienté par l'arrêt brutal du bateau.

Et l'ADN ? Il y aura mon ADN partout dans sa cabine.

Ils ne vont pas faire des prélèvements sur tout le monde à bord.

Ça, tu n'en sais rien du tout.

Ils voudront rester discrets. Tu connais la procédure. À l'heure qu'il est, ils sont convaincus qu'elle est morte d'un coma éthylique. Sinon, pourquoi n'interrogent-ils pas l'équipage et les passagers ?

Il fallait qu'il réussisse à y croire.

Il s'assit puis clopina jusqu'au cabinet de toilette, un peu gêné par l'inclinaison à bâbord du paquebot. Tout en assurant son équilibre, il tenta de ne pas regarder les vêtements qu'il avait laissés la veille dans la cabine de douche et que Marilyn avait pendus à un fil. L'eau jaillit violemment du robinet, et il s'en aspergea les joues. Il décida de ne pas se raser – tout ce qui pourrait modifier son aspect était bon à prendre. Après s'être vaporisé de déodorant, il enfila une chemise et un short propres puis quitta la cabine pour gagner l'escalier. Un matelot qui briquait les rampes lui jeta un coup d'œil méfiant alors qu'il titubait, déséquilibré par le plancher incliné. Gary traversa l'atrium, fendant un groupe de passagers furieux qui attendaient leur tour pour se défouler sur les employés du service clients. La femme en tête de la file hurlait :

— Mes chiens sont dans un chenil ! Un chenil ! J'étais censée les reprendre aujourd'hui !

Des éclats de voix assourdissants l'assaillirent quand il arriva sur le pont du Lido, noir de monde. La luminosité lui fit plisser les yeux. Encadré par les garde-fous, l'océan ondulait lentement.

— Ils ne tarderont plus, affirmait un homme entre deux âges à un groupe de femmes assemblées autour de lui, en train de se tartiner mutuellement de crème solaire.

Gary passa par-dessus les jambes tendues d'une passagère qui s'éventait à l'aide du bulletin des divertissements du jour édité par Damien. Il cherchait Marilyn du regard.

— Gary !

Il tordit le cou et la vit près de l'entrée du salon du buffet, agitant les mains au-dessus d'elle.

— Gary ! Par ici, chéri.

Comme il se dirigeait vers elle, des gens tournèrent la tête pour le regarder. Il rougit. Marilyn occupait une table en compagnie d'un couple plus tapageur et plus jeune que celui de la veille. Il n'était pas surpris ; il se doutait que Marylin repartirait en quête de chair fraîche.

— Salut, chéri, dit-elle. Je te présente Samantha et Mason Patchulik.

L'homme – presque trente ans, le regard dur, la coupe en brosse, le cuir chevelu roussi – lui adressa un signe de tête.

— Sacrées vacances, hein ?

— Il faut prendre ça comme une aventure, chou, roucoula la femme – Samantha – en croisant les jambes et en lançant à Gary un sourire calculé.

Faux seins, faux cheveux, les dents blanchies. Une fille manufacturée. Pas du tout son genre.

— J'aimerais juste avertir ma famille. Vous croyez que Foveros a prévenu tout le monde ? Mes parents sont censés partir de chez eux pour venir nous chercher à l'aéroport d'ici une heure.

Gary chercha un siège libre en vain. Il n'eut d'autre choix que de rester debout près de la table, gêné.

— Samantha et Mason sont du Michigan, l'informa Marilyn sans remarquer son embarras.

— Oh, vraiment ? C'est sympa.

Mason secoua la tête comme si Gary venait d'énoncer une bêtise monumentale.

— Tu trouves ? On se gelait le cul à la maison. On s'est dit qu'on allait prendre un peu le soleil, on a réservé à la dernière minute, on n'a pas payé cher, mais regarde où on en est. On est coincés. On va rater l'avion. Ils ont intérêt à nous rapatrier en classe affaires pour compenser. Ou au moins à nous offrir une croisière gratuite.

Le regard de Marilyn s'alluma.

— Tiens, je n'avais pas pensé à ça. Tu crois qu'ils le feraient ?

— Et comment, s'ils ne veulent pas qu'on leur fasse un procès. On pourra aussi les attaquer pour le manque à gagner.

Bonne chance, songea Gary. Comme tous les ans, il avait lu le contrat d'un bout à l'autre avant de réserver, et il savait que Foveros couvrait ses arrières avec le plus grand soin : la compagnie aurait presque pu vendre ses passagers à des pirates somaliens sans qu'ils puissent porter plainte.

— Alors, Gary, continua Mason, Marilyn dit que tu es prof ?

— Oui, c'est ça.

— Au lycée ?

— Au collège.

— Ceux qui ne savent rien faire enseignent, c'est ça ?

Gary parvint à se parer d'un sourire crispé.

— Quelque chose comme ça.

— Hé, fais pas gaffe, je te taquine, c'est tout. Moi, je suis dans le bâtiment.

— Il dirige sa société, fit Samantha, très fière, en lui passant la main sur la cuisse.

— Ouais, j'ai fondé ma boîte. Je suis mon propre patron. Je choisis mes horaires.

Mason était un de ces types qui veulent toujours avoir l'air meilleurs que les autres – Gary connaissait le genre. Il voyait des petits Mason tous les jours dans la cour de récréation. Il n'avait jamais été un des leurs – ni une de leurs victimes, d'ailleurs. Il savait faire profil bas, disparaître, se fondre dans le décor. Très doué pour éviter les drames en salle des profs et les querelles avec les parents, il n'ignorait pas ce que ses élèves pensaient de lui : M. Johansson, le prof le plus ennuyeux du monde. Il était rare qu'il ait des problèmes en classe : les adolescents ne voyaient pas l'intérêt d'en créer. Ils avaient compris qu'il se contentait de faire son boulot, sans passion.

Gary observa les alentours, cherchant les autres membres du groupe de la fille de la veille. Ils s'étaient peut-être abrités sous un des draps attachés au bastingage par des passagers qui faisaient office de parasols.

— Vous avez vu ce qu'ils proposent pour le petit-déjeuner ? demanda Marilyn à personne en particulier. Des sandwiches !

— Oui, dis donc, soupira Samantha. J'ai posé la question à un des serveurs, et il m'a répondu qu'ils ne pouvaient pas faire grand-chose, étant donné qu'il n'y a pas d'électricité.

Mason *(C'était quoi, ce prénom, d'ailleurs ?)* secoua la tête.

— Ils auraient dû mettre en place un doublement.

— Un doublement ? s'enquit Marilyn.

— Un système qui prend le relais dans une situation comme celle-ci. C'est le règlement, j'ai vu ça sur le site Cruise Critics. Tous les paquebots Foveros sont censés en être équipés depuis l'incident du *Joyau Magnifique*.

— Ah dis donc, c'est fort de savoir ça ! s'exclama Marilyn en considérant son interlocuteur avec une admiration non feinte.

Gary la détesta instantanément.

— Ils pourraient au moins envoyer un autre paquebot pour venir nous chercher. Ou bien un hélicoptère, n'importe quoi, reprit Mason. (Il héla un employé engagé dans une course d'obstacles qui zigzagait entre des corps allongés pour ramasser les bouteilles d'eau et les gobelets en plastique abandonnés.) Hé ! Quand est-ce qu'on va savoir ce qui se passe, merde ?

— Le commandant ne tardera pas à faire une annonce, monsieur, répondit l'homme d'une voix neutre.

— On nous a raconté ça toute la matinée. C'est des conneries.

— Ce n'est pas sa faute, chéri, dit Samantha.

— J'en ai ma claque de ce foutoir. J'ai payé ma place.

— Je sais, chou, je dis juste que…

— Et je n'ai pas besoin que tu me dises ce que je dois faire.

— Je ne te dis pas ce que tu dois faire.

— Ah bon ? J'avais l'impression, pourtant

— Désolée, fit-elle avec une moue de petite fille.

Les yeux de Marilyn brillaient devant ce spectacle inattendu. Mason, bombant le torse comme un coq, fit signe à l'homme d'équipage de s'éloigner – ce qu'il fit pour s'entendre poser la même question par le groupe assis à la table voisine.

— Il va faire chaud aujourd'hui, marmonna Samantha en tripotant les bretelles de son débardeur.

— Ça me rappelle que j'ai laissé mon chapeau dans la cabine, chéri, dit Marilyn en se tournant vers Gary. Tu veux bien me le rapporter ? Sinon je vais frire ici. Et tu devrais aussi faire un tour du côté du service clients pour savoir ce qui se passe.

— Oui, bien sûr.

Au moins, cela lui permettrait d'échapper aux Patchulik. Avec de la chance, Marilyn s'en lasserait vite. Sinon il feindrait encore d'être malade et irait se cacher dans un coin du navire moins étouffant que sa cabine.

— J'en aurai peut-être pour un moment. La file d'attente n'avait pas l'air de…

Il se figea en voyant un agent de sécurité longer d'un pas mesuré le pont de la piscine. Il aurait juré que le type regardait droit vers lui.

— Ça va, chéri ?

Marilyn et les Patchulik le considéraient avec curiosité.

— Pardon. Oui, ça va très bien. J'y vais. Je vous retrouve plus tard.

Gary se fraya un chemin à travers le troupeau et replongea au cœur du paquebot. La file d'attente devant le service clients avait presque doublé, tout comme le vacarme des voix furieuses. Il dépassa la galerie d'art et gagna son étage d'un pas léger. Par contraste avec le brouhaha à l'extérieur et dans l'atrium, un silence impressionnant régnait dans les ponts inférieurs. Une porte claqua, le faisant sursauter, puis il se reprit : il venait d'arriver à ce niveau. En général, les plafonds bas et les couloirs interminables ne le dérangeaient pas – à dire vrai, il ne détestait pas l'impression d'être balancé au sein d'un métro souterrain, entouré par des kilomètres d'océan –, mais il commençait à se sentir nerveux. L'éclairage était moins puissant qu'auparavant, il en avait la quasi-certitude, et les sérigraphies qui ornaient les murs, des anges en train de lutter les uns contre les autres, s'étaient muées en un amas flou de membres informes et de regards vides. La moquette criarde semblait respirer. Une autre porte claqua, puis Gary entendit des coups sourds réguliers. Un pouls de malade. Comme si on courait vers lui.

Il se retourna. Personne.

— Il y a quelqu'un ?

Une crampe lui tordit les intestins. Tatônnant maladroitement à la recherche de sa carte-clé, il la lâcha sur la moquette. Les poils de ses bras se dressèrent, tout comme les cheveux sur sa nuque, et son cœur se mit à battre plus vite. Gary n'estimait pas posséder une imagination débridée, mais il avait la nette sensation d'être seul ici-bas, l'unique passager d'un paquebot vide. *Boum, boum, boum* – il fit encore volte-face ; le couloir était désert. Impossible de déterminer d'où venait le bruit : de sous ses pieds, peut-être, ou d'une cabine. Il tenta à nouveau d'utiliser la carte, et cette fois la porte s'ouvrit. Il la bloqua grâce à l'aimant fixé au mur puis actionna l'interrupteur. Plus de lumière. Sa chemise était à présent trempée, aussi l'enleva-t-il avant d'en prendre une propre dans le placard. Il fut submergé par le sentiment puissant qu'il lui fallait sortir très vite, mais ses entrailles se tordirent à nouveau et il dut se précipiter aux toilettes

– où il arriva juste à temps. Le bouton de la chasse d'eau émit un clic. Rien. Il le pressa à nouveau. Toujours rien. Oh, et puis merde.

Sors d'ici, sors d'ici, sors d'ici.

Il jaillit dans le couloir et commença à s'éloigner rapidement quand il se rendit compte qu'il avait oublié le chapeau de Marilyn. À regret, il revint sur ses pas. La cabine était empuantie par ses déjections, et il eut un haut-le-cœur. Le chapeau, une mocheté en paille rose achetée à un marchand de Cozumel, pendait bêtement au bord du téléviseur. Il s'en approcha à la hâte et s'apprêtait à le saisir quand la porte claqua derrière lui. Tournant la tête en tous sens, frénétique, il crut sentir un mouvement dans l'obscurité, voir deux silhouettes sombres se tortiller au fond de la cabine.

Gary recula ; il heurta le lit.

Tout va bien, tout va bien, tout va bien. Personne ne vient te chercher, il n'y a personne ici, tu es juste…

Il hurla puis se mordit la langue quand un poids atterrit sur sa poitrine, chassant tout l'air de ses poumons. Il voulut se débattre mais ses bras refusèrent de bouger – ou en furent incapables. Paralysé, il n'eut aucune réaction quand un souffle glacé lui chatouilla les joues et que des doigts froids, telles des pattes d'araignée, remontèrent lentement le long de sa cuisse.

La servante du diable

— Je n'ai trouvé personne pour s'occuper de tes cabines ce matin, déclara Maria en guise de salut. Trining est encore malade et Joan dit qu'elle est incapable de travailler.

Althea répondit d'un hochement de tête. Maria n'avait pas dessiné ses sourcils aujourd'hui, une simple marque rouge les figurait. Cela donnait l'impression que ses traits s'effaçaient peu à peu. Peut-être demain son nez se serait-il évanoui, puis ses yeux, sa bouche, ne laissant enfin que sa peau lisse, sans aspérités. La jeune femme se demanda à quoi rimaient ces pensées ? Elle se passa la langue sur les dents. Toute la nuit, elle avait été poursuivie par un mauvais rêve hyperréaliste, un homme muni d'une pince rouillée – elle ne voyait pas son visage – qui lui extrayait les dents une par une. Elle pouvait encore entendre le craquement de chaque racine arrachée à ses gencives. Sa *lola* croyait dur comme fer au sens des rêves, et Althea avait entendu dire que les femmes enceintes étaient plus sujettes aux cauchemars. En outre, il y avait le petit garçon… il n'avait pas hanté ses nuits mais, d'une certaine manière, c'était pire.

— Althea ? Tu m'écoutes ?

— Pardon, Maria. Vous pourriez répéter ce que vous venez de dire ?

— J'ai dit que la sécurité veut te parler le plus vite possible.

— Bien.

Althea s'y attendait. Elle devait préparer son histoire avec soin. Raconter qu'un garçon fantôme l'avait guidée jusqu'à cette cabine-là était impensable. Tout comme admettre qu'elle devenait *loca*. Après avoir été congédiée par le grand agent de sécurité, revenu auprès de la morte en compagnie d'un supérieur, elle avait couru à sa cabine. Heureuse de ne pas y trouver Mirasol, sa compagne de chambre, elle s'était enroulée dans sa couverture, les yeux fermés, feignant l'inconscience. Elle avait une grande expérience en la matière : c'était ce qu'elle faisait à la maison lorsqu'elle voulait éviter les attentions de Joshua. Un peu plus tard – plusieurs minutes ou plusieurs heures –, elle s'était endormie. Elle avait le vague souvenir de Mirasol tentant de la réveiller ce matin-là, mais, lorsqu'elle s'était enfin tirée du lit avec peine – avec trois heures de retard –, la cabine était vide. À présent, elle avait l'impression d'avoir de la bouillie à la place du cerveau. Il fallait qu'elle s'éclaircisse les idées, qu'elle reprenne ses esprits.

Maria passa un doigt sur la bande de peau nue où aurait dû se trouver son sourcil gauche.

— Je sais ce qui s'est passé la nuit dernière. Je suis au courant pour la passagère.

— La sécurité vous a informée ?

Althea n'avait parlé à personne de sa découverte, mais elle n'était pas surprise que sa supérieure soit au courant. Maria veillait à tout savoir sur ses employés, et il n'était guère étonnant que la sécurité se soit adressée à elle.

— Oui. Ils avaient besoin de parler à Trining. Ça a dû te faire un choc. Tu seras capable de travailler aujourd'hui ?

Althea envisagea de dire que non, mais que ferait-elle d'autre ? Elle n'avait guère d'autres choix que de rester assise dans sa cabine ou à la cantine et ruminer au sujet du petit garçon en attendant que les techniciens règlent le problème ou que Foveros envoie un navire de secours. Elle sentit un élancement dans son bas-ventre. Une douleur vive mais brève. Le rappel de ses autres préoccupations.

— Je peux travailler.

— Bien. (Un petit sourire. Le premier qu'Althea eût jamais vu sur les lèvres de Maria.) Tu es mon meilleur élément dans l'équipe.

La jeune femme cligna des paupières, surprise du frisson de fierté que lui valait ce compliment inattendu.

— Merci, Maria.

— Pour ta gouverne, Trining ne travaillera plus pour nous. On la conduira directement à l'aéroport quand on sera rentrés.

— Mais… elle fait bien son travail, protesta Althea, sachant que c'était ce qu'on attendait d'elle, même si elle se fichait que Trining fût ou non licenciée.

C'était cette *puta* stupide qui aurait dû découvrir la morte, pas elle. Certes, elle regretterait l'argent que Trining lui donnait pour faire son travail à sa place, mais il existait beaucoup de moyens d'empocher des extras – Althea n'avait pas peur de se salir les mains.

— Vous le lui avez dit ? s'enquit-elle.

— Non. Bientôt. Et il y a un autre problème : plusieurs des pompes qui commandent le système sanitaire sont en panne.

— Dans quelles sections ?

— On a rapporté des dysfonctionnements dans la plupart des toilettes publiques ainsi que dans les cabines situées au milieu du paquebot et à la poupe.

— Pas dans la section VIP ?

— Pas à ma connaissance. Mais il faudra informer tes passagers. Il y aura bientôt une annonce. J'ai déjà briefé les autres. Tu connais la procédure.

Althea la connaissait. Tous les stewards et les femmes de chambre devaient distribuer des sacs à déchets aux passagers, ce qui ajoutait encore une difficulté à sa journée. Elle avait déjà connu pareille situation un mois après le début de son dernier contrat, quand un problème de propulsion avait mis le système sanitaire hors d'usage, si bien que le paquebot était resté plusieurs jours bloqué à Cozumel. Toutefois, elle n'avait alors pas eu à s'occuper des passagers, tous débarqués le temps qu'on règle le problème. La jeune femme hésita à dire qu'elle n'était finalement pas en état de travailler. Cependant, si elle se révélait fiable, ses chances d'obtenir une promotion pourraient augmenter. *Tu es mon meilleur élément dans l'équipe.*

— Savez-vous quand l'aide arrivera ?

— Non. Je n'en ai pas été informée.

Althea était sûre que Maria en savait plus qu'elle n'en disait. Paulo, l'un des stewards chargés des quartiers de l'équipage, affirmait l'avoir vue se glisser à plus d'une occasion dans la cabine du commandant en second.

— Les passagers voudront être mis au courant.

— Réponds-leur qu'il y aura une annonce dès que nous en saurons plus.

Althea doutait que cela suffise. Il était presque midi, quatre heures après l'heure d'arrivée prévue à Miami.

— Est-ce que je dois me rendre à la sécurité tout de suite ?

Elle ne savait pas quelle perspective l'attirait le moins : un interrogatoire par la mafia indienne ou la colère des passagers lorsqu'elle les inviterait à faire leurs besoins dans des sacs en plastique.

— Non. Veille en priorité au confort des passagers. Je préviendrai que tu iras quand tu auras terminé ton service.

— Merci, Maria. Est-ce que je peux d'abord aller manger un morceau à la cantine ?

Althea n'avait pas faim – ses tiraillements abdominaux n'étaient pas dus au manque de nourriture –, mais elle voulait se poser un peu avant d'affronter la journée.

— Oui, mais dépêche-toi. Et Althea…

— Oui ?

— Si… si la situation s'aggrave, je pourrai compter sur toi, n'est-ce pas ?

Qui était cette nouvelle Maria ? La jeune femme n'imaginait pas comment la situation pourrait s'aggraver. La compagnie passerait sûrement bientôt à l'action, elle enverrait une équipe de soutien.

— Bien sûr.

Elle quitta les locaux du ménage, manquant de percuter deux matelots qui tiraient du magasin des paquets de sacs à déchets en plastique rouge. Mirasol, qui les aidait à les déballer, sursauta en apercevant sa collègue.

— Je suis vraiment désolée, dit-elle très vite. J'ai essayé de te réveiller ce matin, mais tu n'as pas voulu sortir du lit.

— Je sais. Je ne suis pas fâchée.

Althea remarqua avec amusement le soupir soulagé de Mirasol.

— C'est vrai qu'une passagère de la section de Trining est morte ?

— Qui t'a dit ça ?

— Angelo.

Bien sûr. Angelo, un des serveurs, vieux copain de tripot de Joshua, reniflait les ragots comme un rat détecte de la viande pourrie.

— N'écoute pas tout ce qu'il dit. Et évite-le.

— Pourquoi ?

Pour ne pas finir comme moi.

— Il aime profiter des gens.

La jeune fille, trop naïve, n'avait été engagée qu'un mois plus tôt. Althea s'était promis de la prendre sous son aile mais n'en avait pas encore trouvé le temps. Elle se souvenait de sa propre gêne lorsqu'elle avait commencé à travailler sur les paquebots – c'était en partie pour cela qu'elle avait accepté les attentions de Joshua. Son assurance l'attirait. Idiote. Non, elle devait garder un œil vigilant sur Mirasol, surtout avec tout ce qui se passait.

En outre, ce n'était jamais un mal d'avoir des gens qui vous devaient des services.

— C'est Paulo qui le lui a dit, Althea. Un des agents de sécurité posait des questions à propos du panonceau « Ne pas déranger » posé sur la porte de la passagère. Ils étaient furieux contre Paulo parce qu'il l'a rangé avec les autres de la section de Trining. Pourquoi, à ton avis ?

Parce qu'ils croient que la personne qui a tué la fille a touché le panonceau.

— Je suis sûre qu'ils ont leurs raisons.

— D'après Angelo, Paulo risque des ennuis parce qu'il n'a pas vérifié correctement les chambres avant de…

— Angelo ne devrait pas parler tant.

— Est-ce que Maria t'a collé un avertissement pour ton retard, Althea ?

— Non, tout va bien.

— Elle dit que je dois nettoyer la section de Trining quand j'aurai terminé la mienne. Je ne me sens pas bien là-dedans. La passagère qui est morte… c'est vrai qu'elle a été assassinée ?

Putain de connard d'Angelo !

— On ne sait pas de quoi elle est morte.

— Althea… et si son esprit était encore enfermé là-dedans ? Et puis Angelo dit qu'un des employés de la maintenance a vu la Dame en Blanc quand il était…

— C'est de la folie.

Mais qui était en train de devenir fou, au juste ? Après tout, c'était Althea qui voyait des petits garçons imaginaires – ou leur fantôme. Aucun enfant n'était jamais décédé sur les paquebots à bord desquels elle avait travaillé – seulement des vieillards et des suicidés. Sur son tout premier bateau, un serveur s'était jeté à la mer après une altercation avec un matelot, mais, comme Foveros parcourait des itinéraires courts, les morts étaient rares. Cela n'empêchait toutefois pas les gens d'être superstitieux, songea-t-elle, et la Dame en Blanc était le fantôme le plus populaire parmi le personnel. Cet esprit vengeur d'une passagère décédée, vêtue d'une robe de l'époque victorienne – bizarrement, puisque la majorité des paquebots Foveros dataient des années quatre-vingt –, était présent sur tous les bateaux qu'elle avait fréquentés. Un esprit très actif, vraiment. Althea se lassait de la discussion.

— Tu sais quoi faire des sacs, Mirasol ?

La jeune fille hocha la tête.

— Et reste bien polie avec les passagers. Certains seront furieux contre toi.

— Je sais. Maria m'a prévenue. Mais la plupart ont quitté les ponts inférieurs.

— Pour aller où ?

— Dehors. (Mirasol fronça le nez.) Ils disent que ça pue, là-bas. Pfff. Ils devraient venir ici.

— Il faut que je me dépêche. Je t'aiderai à finir la section de Trining quand j'aurai terminé.

Ce qui lui donnerait l'occasion de retourner sur le pont 5 – là où elle avait vu le garçon.

— Merci, Althea.

Une atmosphère calme mais un peu lugubre régnait dans la cantine. Plusieurs personnes somnolaient, la tête posée sur les bras. La jeune femme fit glisser son plateau devant l'étalage de pain, de fromage en tranches et d'olives – aucun plat cuisiné n'était proposé. Elle se servit un bol de riz de la veille, froid et collé, quelques tranches de tomates et une lamelle de poisson séché. Près du bac de recyclage, Angelo papotait avec Pepe, un des marmitons. Il tentait d'accrocher son attention, l'invitait par gestes à les rejoindre, mais elle fit mine de ne pas le voir : elle n'était pas d'humeur à l'écouter. Au lieu de cela, elle se dirigea vers Rogelio, assis seul à une table d'angle : elle l'appréciait d'autant plus qu'il continuait de manger avec ses *paisanos* alors qu'il avait le droit de fréquenter le mess des officiers.

Quand elle le salua, il réagit à peine.

— Ça va, Rogelio ?

Haussant les épaules, il évita son regard, ce qui ne lui ressemblait pas : il était en général plein d'entrain, souriant et de bonne humeur, même lorsque, son service terminé, il aurait pu tomber le masque. Il organisait souvent des séances de karaoké pour l'équipage dans sa propre cabine jusqu'aux petites heures du matin, et on entendait rarement quiconque le dénigrer.

— Tu as appris quelque chose sur la situation ?

Après tout, il était le bras droit de Damien.

— On travaille sur le problème.

— Allons, Rogelio, tu en sais plus que ça, non ? (Il secoua la tête.) Ça fait des heures qu'on devrait être arrivés à Miami.

Quand le dernier paquebot de la jeune femme avait connu des difficultés, le soutien à terre s'était précipité à la rescousse au bout de quelques heures à peine.

— Je ne sais rien du tout.

— Que dit Damien ?

Rogelio fit la grimace.

— Il passe presque tout son temps sur la passerelle avec le commandant.

Comme par magie, une annonce du directeur de croisière en personne s'éleva alors. Les bruits de vaisselle et les murmures de la cantine cessèrent tandis que chacun écoutait les mauvaises nouvelles. C'étaient toutefois Althea et ses collègues stewards qui seraient en première ligne.

Rogelio repoussa son assiette.

— Il faut que j'y aille. On organise des activités supplémentaires pour les passagers.

Althea fit automatiquement tourner son assiette quand il quitta la table. Idiote. Elle était déjà mariée : elle n'avait pas besoin de conjurer le sort pour écarter le spectre du célibat. Le riz formait une boule dure dans son estomac.

Angelo s'approcha à la seconde même où Rogelio quittait la cantine.

— Qu'est-ce qu'il t'a dit, le beau gosse ? Il refuse de me parler.

— Rien du tout.

— Oh, allez ! (Sans y être invité, il s'assit en face d'elle et se pencha par-dessus la table.) D'après Pepe, le personnel de cuisine a reçu ce matin l'instruction d'être très mesuré avec les vivres.

Althea renifla.

— Qu'est-ce qu'il en sait, Pepe ? Il travaille dans les cuisines annexes.

— Des fois qu'on soit coincés pour un bon moment et qu'il faille envoyer des remorqueurs, à ce qu'il dit. On fait comme si on ne devait pas retrouver le port avant deux jours.

— On n'en arrivera pas là.

— Tu n'en sais rien. Heureusement qu'on a embarqué les provisions pour la prochaine croisière.

— D'après Mirasol, tu as encore trop parlé.

— Qu'est-ce qu'il y a d'autre à faire ?

— Elle n'a pas besoin d'entendre tes histoires de fantômes.

— Pense ce que tu veux. (Angelo eut un sourire suffisant.) Peut-être que Rogelio obtiendra plus d'informations de son petit copain.

— Damien n'est pas son petit copain.

Il plissa les lèvres et inclina la tête sur le côté.

— Crois-le si ça te fait plaisir. Mais il faut bien qu'il en ait un.

— Je n'ai pas le temps de discuter, Angelo.

Elle se leva, jeta les restes de son repas dans le bac de recyclage et regagna la zone de service. Puisque l'ascenseur était en panne, il lui faudrait porter les sacs dans les escaliers. Chargée d'une bonne pile, elle monta vers sa section, ses pas résonnant sur les marches.

Elle allait commencer par M. Lineman, qui serait de loin le plus pénible. Retenant son souffle, elle frappa à la porte. Pas de réponse : les anges étaient avec elle ce matin. Ouvrant la porte en grand, elle jeta les sacs sur le lit. La cabine ressemblait moins à une porcherie que d'habitude ; leurs valises étaient faites et soigneusement empilées près du placard. La jeune femme fit le lit, chassa un poil pubien gris égaré – elle n'allait pas se fatiguer à changer les draps –, puis essuya la tablette du téléviseur à l'aide d'un chiffon.

Elle entendit arriver les occupants des lieux avant de les voir : la porte du cabinet de toilette claqua, puis on entendit un haut-le-cœur et des gémissements. L'épouse de M. Lineman, au visage cireux et aux petits yeux vifs, accorda à peine un coup d'œil à Althea.

— Jonny ? appela-t-elle devant la porte close. Tout va bien là-dedans, Jonny ?

La jeune femme frissonna. Elle espéra qu'un virus n'était pas en train de se répandre. Peut-être Trining disait-elle vrai et était-elle vraiment malade, après tout.

— Je peux vous aider ? demanda-t-elle à Mme Lineman.

— On faisait la queue quand il a dit qu'il se sentait mal. Ça ne peut pas être quelque chose qu'il a mangé : on n'a pas eu le temps d'approcher du buffet. (Alors que la chasse d'eau retentissait, la passagère aperçut soudain les sacs à déchets.) Qu'est-ce que c'est que ça ?

Nous y voilà… Althea se para de son air le plus innocent pour expliquer à quoi ils servaient. Tandis que la passagère l'observait avec une horreur non feinte, elle déplia vivement un des sacs et le glissa dans la poubelle métallique.

— Je ne vais pas faire… faire… *faire ça* dans un sac. Je ne suis pas un animal.

— C'est juste une précaution, madame Lineman. Vous avez de la chance : les commodités fonctionnent encore à ce niveau.

— J'espère bien. Ce sont les cabines VIP. On nous a surclassés parce que la nôtre s'est révélée plus petite qu'annoncée.

— Madame Lineman, comme je le disais, pour l'instant, votre pont n'est pas touché…

— Ça, vous n'avez pas fini d'en entendre parler.

Althea plaqua son plus beau sourire sur ses lèvres.

— Avez-vous besoin d'autre chose ?

— Donnez-nous juste encore de l'eau et des serviettes.

— Bien, madame Lineman.

Celle-ci grommela. La jeune femme la dépassa à pas rapides. Elle avait presque atteint le seuil de la cabine quand son interlocutrice la rappela.

Putain !

Elle se retourna, s'attendant à une bordée d'injures, mais Mme Lineman paraissait à présent contrite.

— Ne faites pas attention. Excusez-moi de vous avoir crié dessus. Je suis juste un peu secouée.

Un instant, Althea craignit de la voir fondre en larmes. Elle n'était pas d'humeur à jouer la comédie de la compassion.

— Il n'y a aucune raison de s'inquiéter, madame Lineman. Tout ira bien, vous verrez. (La chasse d'eau se déclencha à nouveau, les faisant sursauter toutes les deux.) Si je peux faire autre chose, n'hésitez pas à me le dire.

La grosse passagère hocha la tête distraitement, et Althea s'éclipsa.

Ses deux vieilles dames préférées, Helen et Elise, étaient absentes, mais elle constata avec plaisir qu'elles avaient encore une fois fait leurs lits. Elle leur laissa des sacs rouges avec une bouteille d'eau supplémentaire qu'elle ne leur ferait pas payer. Quand sa radio sonna, elle fut tentée de l'ignorer – Maria voulait savoir où elle en était, sûrement. Elle appuya néanmoins sur le bouton de réception et, alors qu'elle s'attendait à l'habituel concert de parasites, la voix de sa supérieure lui parvint haut et clair.

— Althea. Réponds, Althea.

— Je suis là, Maria.

— Viens dans mon bureau tout de suite. Terminé.

Sa voix tremblait un peu. Althea voulut lui répondre, mais elle se rendit compte qu'à nouveau, elle ne captait plus. Elle devait retourner tout en bas pour savoir ce que voulait cette *puta* stupide.

Ayant fourré les serviettes sales dans un sac, elle les descendit par l'escalier de service, pestant contre l'absence d'ascenseur. Elle aurait les muscles des épaules tétanisés avant la fin de la journée. Des voix fortes lui parvinrent alors qu'elle approchait de l'alcôve en bas des marches, un lieu de pause populaire. Paulo et un ou deux autres stewards discutaient dans le couloir.

— Qu'est-ce qui se passe ? s'enquit Althea.

— C'est Mirasol, répondit Paulo. Elle a été attaquée par un passager.

— Quoi ? Quand ?

— Il n'y a pas longtemps. C'est moi qui…

— Où est-elle ?

— Maria l'a emmenée dans son bureau.

La jeune femme se hâta de traverser le I-95 et entra en trombe dans le bureau de Maria, sans frapper. Mirasol, assise devant la table de travail, la tête renversée en arrière, pressait sur son nez des mouchoirs en papier chiffonnés. Dans d'autres circonstances, Althea aurait joui de l'expression déconcertée qui s'affichait sur le visage habituellement suffisant de sa supérieure.

— C'est vrai ? demanda-t-elle. Elle a été attaquée par un passager ?

Maria releva les yeux.

— Oui, c'est vrai.

— Pourquoi n'est-elle pas à l'infirmerie ?

— Il n'y a personne là-bas. Ils s'occupent du passager.

— Qu'est-ce qui s'est passé ?

— Il s'en est pris à elle quand elle est entrée dans sa cabine pour faire le ménage.

— Il était complètement fou, intervint Mirasol. (Elle avait la voix étouffée. Prenant une inspiration difficile, elle écarta la main de son visage.) C'est vilain ?

Mis à part le saignement de nez, Althea ne remarqua aucune blessure.

— Non, pas du tout. Tu vas survivre.

— Tu peux t'occuper d'elle ? demanda Maria. La sécurité est sur le coup, mais je dois informer le directeur de l'hôtellerie, le chef du personnel et le service clients.

— Bien sûr.

Althea constata que les mains de sa supérieure tremblaient. Elle gérait mal les crises : c'était là une information utile. Après un autre de ses rares sourires, Maria quitta la pièce avec un soulagement évident, dans un claquement de sandales.

La jeune femme s'accroupit près de Mirasol, dont les yeux étaient injectés de sang.

— Où est-ce arrivé ? Dans la section de Trining ?

— Non, dans la mienne.

Mirasol renifla à nouveau. Althea s'empara de la boîte de mouchoirs posée sur le bureau de Maria – toujours pleine : on pleurait beaucoup dans cette pièce.

— Avant… avant d'ouvrir sa porte, je sentais déjà que quelque chose n'était pas normal. J'avais le sentiment d'être observée.

— Je connais ça. Ce sont les caméras de sécurité. Il faut un moment pour s'y habituer.

— Non, ce n'est pas ce que je veux dire. Je n'arrêtais pas de vérifier que personne n'était derrière moi, prêt à me sauter dessus. Toutes les cabines étaient vides et une partie des matelas manquaient. Les gens ont déménagé à cause de l'odeur. Tu es descendue ? Ça s'aggrave. Certaines des moquettes sont souillées et les toilettes bloquées débordent. Il faut envoyer très vite les gars de la maintenance.

— Et le type qui t'a attaquée ? demanda Althea, tentant de ne pas montrer son impatience.

— J'ai frappé à sa porte. Comme il n'y a pas eu de réponse, je suis entrée et… Je n'ai pas vu sa tête, mais il hurlait et il pleurait. Quand il m'a frappée, je crois que c'était un accident, qu'il ne m'a même pas vue. Ensuite, j'ai couru. Il était terrifié, tu sais : quelque chose lui faisait très, très peur.

La jeune fille s'interrompit et s'essuya les yeux. Elle était vraiment très jolie. Althea devrait s'assurer qu'Angelo ne la détruise pas.

— Continue.

— Je crois que je sais ce que c'était. J'ai vu quelque chose pendant que je m'enfuyais.

Mirasol se signa.

— Qu'est-ce que tu as vu ? (Un autre élancement traversa le ventre d'Althea.) Un petit garçon ?

— Un petit garçon ? (Mirasol secoua la tête.) Non, je l'ai vue, *elle*. La Dame en Blanc.

— Tu n'as pas pu la voir, Mirasol.

— Si. Elle m'a souri. Elle était…

— La Dame en Blanc n'existe pas, trancha la jeune femme, d'une voix plus dure qu'elle ne le voulait. (Sa compagne baissa les yeux.) Je suis désolée, mais c'est juste ton imagination. Angelo t'a mis cette idée dans la tête, et c'est ce que tu as cru voir quand tu as eu peur.

— Tu crois ?

— Oui. La Dame en Blanc n'existe pas, Mirasol.

De même que n'existaient pas les *duwendes*, les mauvais esprits ou les sorcières.

Ou les petits garçons fantômes.

Les sœurs suicide

Les annonces de Damien, le directeur de croisière, se succédaient à un rythme soutenu, toutes plus stupides les unes que les autres : « La douche, c'est idéal pour la petite commission, et les sacs rouges feront l'affaire pour la grosse. »

Helen soupçonnait que la situation lui plaisait pour une raison tordue quelconque. Et il ne lui échappait pas qu'aucune véritable information ne leur était fournie – pas encore de message du commandant de bord, ni d'explication sur le fait que Foveros n'ait envoyé personne pour les dépanner ou les remorquer. Elle jeta un coup d'œil à la pile de sacs en plastique rouge qui leur avait été laissée pendant qu'Elise et elle étaient sorties. Dieu merci, leurs toilettes fonctionnaient, mais elles avaient émis un grondement inquiétant la dernière fois qu'elle avait tiré la chasse.

— Helen ? appela Elise, sur le lit. Tu pourrais m'apporter un peu d'eau ?

— Bien sûr. Comment tu te sens ?

— Mieux, merci, répondit-elle avec un sourire courageux. C'était juste un petit malaise à cause de la chaleur.

Elles se trouvaient sur le pont du Lido, dans la file d'attente du petit-déjeuner, quand Elise avait dit se sentir mal. Helen l'avait soutenue jusqu'à la suite et invitée à s'allonger. La grosse femme avait mauvaise mine : le visage congestionné, elle était à peine capable de garder les yeux ouverts.

— Tu es sûre ?

— Oui, oui. Je crois que je vais encore faire une petite sieste de quelques minutes. Ça te convient ?

— Bien sûr.

Helen emplit un verre d'eau tiède – le réfrigérateur du minibar ne fonctionnait plus – et le déposa près du lit. Incapable de rester en place, elle mit de l'ordre dans la chambre puis emporta son ordinateur portable et sa liseuse Kobo sur le balcon. Il y faisait un ou deux degrés de moins que dans la cabine, où une vague de chaleur les avait frappées de plein fouet quand elles étaient revenues du pont principal. Toutefois, elles faisaient partie des privilégiés : au moins, le balcon de leur suite – malgré la vue en partie obscurcie par une chaloupe – leur procurait un peu d'air frais. Le paquebot restait incliné et ne semblait pas bouger du tout. L'océan était immobile, l'eau comme recouverte d'une peau grasse.

La vieille femme s'assit et alluma l'ordinateur. Sa lettre de suicide s'affichait toujours sur l'écran, attendant d'être copiée puis collée dans le corps d'un e-mail. Il lui avait fallu des semaines pour rédiger ces trois lignes destinées à ses amis et aux neveux de Graham qui la tenaient au courant de leur vie sur Facebook. Au lieu de cela, elle pourrait sans doute toujours changer son statut FB en « morte ».

Pas drôle.

J'ai décidé que je ne voulais plus vivre. Je suis saine d'esprit. Surtout ne vous sentez pas coupables de ma décision, je ne l'ai pas prise à la légère.

Mensonge, bien sûr. Elle n'était pas du genre à faire quoi que ce fût à la légère, mais cette décision-là avait été… Elle chercha un mot pour la décrire. Presque… désinvolte.

Elle l'avait été frappée comme au hasard, un jour de juin très humide pour la saison, alors qu'elle jardinait, non sans alimenter son habituelle discussion intérieure avec Graham. Tout en coupant une tige, elle avait songé : pourquoi se donner cette peine ? Quelle importance si les haies sont taillées ou non ? Le reste de la journée se présentait devant elle, planifié avec une précision militaire afin de ne pas lui laisser trop de temps pour réfléchir. Jardinage de 10 heures à midi ; ensuite, le long trajet jusqu'à Waitrose, la réunion de l'antenne locale de Sauvez les Blaireaux, dont elle était la secrétaire ; lecture de 15 à 17 heures, deux heures de télévision, la confection d'un dîner solitaire, un somnifère, et recommencer le lendemain. Elle était lasse de vivre ainsi, à tenter de remplir le vide. Elle avait des amis, bien sûr, mais elle prenait grand soin de ne pas devenir pour eux un fardeau, et ils étaient très occupés par leurs vies et leurs petits-enfants. Ressentant une euphorie étrange, elle s'était épousseté les mains et précipitée dans la maison pour allumer son ordinateur portable. Elle avait été abasourdie par le nombre d'informations disponibles pour les candidats au suicide. Il y avait bien sûr Exit International et Dignitas, ainsi que des dizaines d'organismes de conseils et des centaines de sites Web détaillant les dix meilleures façons d'en finir à coup sûr. Helen, restant éveillée vingt heures d'affilée, avait fini par arriver sur Bettertogether.com, un forum destiné à « ceux qui ne veulent pas mourir seuls ». Un message de « Veuve de fraîche date » l'avait attirée, la description désabusée des moyens qu'employait la personne en question pour meubler ses journées : prolonger les courses sous divers prétextes, faire du bénévolat au service de toutes les associations caritatives locales, s'inscrire à des cours par correspondance d'espagnol et de français. Un esprit cousin. Helen avait mis des heures à rédiger une réponse, et elle avait ensuite rechargé la page toutes les trente secondes, espérant en trouver une à son tour. Ce qui s'était produit dix minutes plus tard. « Quelle joie de trouver un autre cygne ! » Tel était le nom qu'Elise leur donnait : des cygnes. À jamais enfermés dans les limbes du chagrin à regretter leur moitié disparue.

Elles avaient bavardé ainsi tous les jours pendant des semaines – de longs échanges à cœur ouvert, depuis l'organisation de leur vie quotidienne jusqu'aux raisons pour lesquelles elles avaient toutes deux atterri sur le site. Curieusement, alors qu'elles étaient désormais réunies, Helen ressentait le manque des messages d'Elise, et Elise admettait regretter aussi ceux d'Helen. L'écriture créait une intimité qu'on ne retrouvait pas dans les rapports personnels. Comme il était étrange de repenser à la nervosité qui était sienne au moment de rencontrer Elise pour la première fois ! Elles avaient prévu de passer deux jours ensemble dans un hôtel modeste de South Beach avant la croisière, et en attendant l'arrivée de sa correspondante, Helen avait des papillons dans l'estomac comme si elle était sur le point de rencontrer un amant. Ce qui, dans un sens, était le cas. Qu'y avait-il de plus intime que de mourir avec quelqu'un ? Elle en était arrivée à dépendre de leurs échanges quotidiens, et elle avait peur que tout change quand elles se verraient en personne. Après tout, sur le papier, elles n'auraient pu être plus dissemblables. Elise : femme au foyer en Pennsylvanie ; Helen : avocate fiscaliste à la retraite en Angleterre. Helen : grande lectrice et très réservée (elle savait qu'on la surnommait la Reine des Neiges dans sa société) ; Elise : ouverte, chaleureuse, accro sans honte aux magazines people et aux soap operas. Helen : athée depuis toujours ; Elise : croyante et pratiquante. Ni l'une ni l'autre n'avait d'enfant, mais contrairement à l'Américaine qui le déplorait, l'Anglaise n'avait jamais vu l'intérêt de transmettre ses gènes. Non, vraiment, qu'elles eussent quoi que ce fût à se dire tenait du miracle. Cependant, à la seconde même où elles se virent, elles retrouvèrent la camaraderie décontractée qui fondait leur relation en ligne – la preuve que les contraires pouvaient s'attirer.

Helen amena son curseur sur le bouton « effacer ».

Elle plia puis déplia les doigts. Puisqu'elle était censée mourir la veille – onze heures plus tôt –, elle vivait désormais officiellement en sursis.

Mourir en tenant la main d'un beau docteur de bateau, après avoir mangé des raisins mal lavés.

Comment Celine avait-elle pu deviner qu'elle avait cité cette phrase au cours de la soirée ? Helen n'avait pas emporté d'exemplaire d'*Un tramway nommé Désir*, et elle conservait toujours sa liseuse avec elle dans son sac à main. La nuit tout entière avait été troublante. La musique entendue dans la salle de bains, les reflets sur la vitre du balcon. Tout pouvait s'expliquer, mais la peur qu'elle avait éprouvée – la puissante impulsion primitive qui l'avait poussée à vouloir s'enfuir – la mettait mal à l'aise. Ayant fermé l'ordinateur, elle s'éventa puis tenta de se perdre à nouveau dans *Persuasion*. C'était peut-être sa dernière chance de le lire, et elle éprouva une soudaine pointe de chagrin pour tous les livres enregistrés dans sa liseuse qu'elle ne consulterait jamais. Elle passa quelques minutes à effacer les sélections les plus gênantes : parmi ses Graham Greene, ses José Saramago et ses David Mitchell rôdaient bon nombre de romans érotiques à l'eau de rose. Incapable de rester en place, elle rentra dans la chambre.

Elise murmura quelque chose dans son sommeil, tressaillit puis ouvrit les yeux. Elle posa autour d'elle un regard trouble, comme si elle tentait de déterminer où elle se trouvait.

— Comment te sens-tu ? lui demanda Helen en souriant.

— Helen… Je rêvais de lui. Il me parlait.

— Peter ?

Elise hocha la tête et inspira.

— C'était tellement réel.

— Je sais.

Mais Helen ne savait pas. Elle ne rêvait pas de Graham. En revanche, parfois, rarement, elle croyait sentir son odeur sur l'oreiller le matin.

— Il a dit que je devais arrêter de me sentir coupable.

— Coupable ? De quoi ?

— D'être sortie quand il est mort. Je n'étais pas là.

Encore un point commun – Helen n'était pas non plus avec Graham lorsqu'il avait rendu son dernier souffle.

— Ce n'est pas ta faute.

— Je sais, ma chérie. Helen… Tu es encore décidée ?

L'était-elle ? Son seul autre choix était de rentrer chez elle. Elle avait éteint le chauffe-eau, vidé le frigo et le freezer. Elle se vit prendre un taxi à Heathrow, arriver devant sa porte par un soir de pluie, poser ses clés sur la table de l'entrée où Graham rangeait sa réserve secrète de cigarettes, traverser la cuisine glaciale débarrassée de toute touche personnelle ; de toute trace de sa présence.

— Oui, je le suis encore. Et toi ?

— Oui, ma chérie. Oui.

Elise, d'une certaine manière, était dans une situation bien pire que la sienne, ruinée par les factures médicales de Peter. Helen l'aurait aidée avec plaisir si elle le lui avait demandé, mais elle ne l'avait jamais fait. D'ailleurs, pourquoi l'aurait-elle fait ? Ce n'était pas comme si elle devait craindre d'augmenter encore ses dettes. Elles étaient résolues dans leur projet. Quant à Helen, n'ayant ni enfant ni proches parents vivants, elle envisageait de léguer ses économies, une somme substantielle, à une œuvre de charité – un foyer pour chats, peut-être –, mais la charité existait-elle encore de nos jours ? C'était dans de tels moments qu'elle entendait clairement la voix de Graham, comme s'il se tenait près d'elle. *Ne sois donc pas idiote, ma fille.*

— Je vais dormir encore, annonça Elise dont les paupières retombaient déjà.

Helen lui tint la main jusqu'à ce que son souffle devienne régulier. De l'amour. Voilà ce qu'elle éprouvait pour cette femme. Et elle savait que c'était réciproque. Elles avaient parlé d'emménager ensemble, de finir leurs jours dans un appartement en Floride, ou un cottage à St Ives. Mais cela n'aurait fait que reculer l'inévitable. Autant agir maintenant, alors qu'elles étaient toutes les deux valides et en pleine possession de leurs moyens.

Elle se leva et fit les cent pas. Elle n'était pas habituée à rester inactive. L'idée d'errer seule dans le paquebot ne l'attirait guère, mais une brève promenade ne pourrait pas lui faire de mal. Elle griffonna un mot pour sa compagne, qui ronflait désormais doucement, puis elle sortit avec prudence ; elle commençait à s'adapter à l'inclinaison du paquebot. Gagnant le balcon sans y penser, elle baissa les yeux sur l'atrium. Le guichet du service clients était fermé et plusieurs passagers traînaient autour, désœuvrés. Elle descendit l'escalier principal puis dépassa le cybercafé et les boutiques aux portes closes, plongées dans l'obscurité. Elle n'y avait rien trouvé qu'elle eût envie d'acheter. Quant à Elise, après s'être extasiée sur quelques babioles, elle avait déclaré en riant que, là où elle allait, elle n'aurait nul besoin de boucles d'oreilles en corail.

Helen franchit une entrée au hasard et se retrouva dans la bibliothèque, dont la décoration était censée évoquer un salon victorien. Ce n'était pas déplaisant : la lumière tamisée se mariait au bois sombre des meubles anciens – visiblement faux –, et il faisait un peu moins chaud qu'ailleurs. La vieille femme examina les livres enfermés dans des vitrines, pour la plupart des éditions de poche très abîmées de Jeffrey Archer et Jodi Picoult. Elle s'apprêtait à annexer un des fauteuils en cuir lorsqu'elle réalisa qu'elle n'était pas seule. Un groupe était assemblé autour d'une table dans une alcôve, les yeux fermés, les mains jointes. Un cercle de prière. Mal à l'aise, ayant l'impression de déranger, Helen s'empara sur une table basse d'un exemplaire des *Cinq personnes que j'ai rencontrées là-haut* et quitta la pièce.

Elle passa ensuite devant le casino et son bar fermés, saluant d'un signe de tête Jaco qui se préparait à chanter sur la petite scène toute proche. Une nouvelle fois, il lui inspira de la pitié : il avait pour tout public deux matelots qui briquaient les cuivres. Helen continua sa route, contournant la salle à manger Paysages de Rêve dont la pancarte indiquait « fermé », et se glissa dans un box devant la boutique de *duty-free*, près de l'immense baie vitrée par laquelle on découvrait la mer étale. Un couple bien habillé, peu ou prou de son âge, passa devant elle. Se sentant observée, elle feignit d'être absorbée par son livre.

— Hé, bonjour, dit la femme.

— Bonjour, répondit Helen en souhaitant qu'ils passent leur chemin.

— J'espère que vous ne m'en voudrez pas de vous dire ça, mais vous avez l'air un peu perdue. Je vous ai vue aux Paysages de Rêve – vous faites aussi partie de ceux qui dînent tard, non ?

Les yeux bleus de la femme semblaient radioactifs au milieu de son visage très bronzé.

Helen hocha la tête et fixa son roman, espérant que l'autre comprendrait le message.

Ce ne fut pas le cas.

— Vous ne devriez pas rester seule.

— Tout va bien. Je lis.

— Oh ! Vous venez d'Angleterre !

— Oui.

Fichez le camp.

La femme se glissa à côté d'elle dans le box. L'homme qui l'accompagnait – un type aux yeux tombants qui devait être son mari – s'assit en face. Elle sortit un téléphone et commença à le manipuler.

— J'étais à Londres l'année dernière. J'ai adoré. Attendez. Regardez ça.

Elle tendit le téléphone à deux doigts du visage d'Helen, qui découvrit une photo du mari posant sans joie près de la princesse Diana.

— Comment s'appelle ce truc, déjà, Jimmy ?

— Le musée Madame Tussauds.

— C'est ça, Madame Tussauds. Je m'appelle Annabeth, et voici mon mari Jimmy, au fait.

— Helen.

— Helen ! Très joli. J'avais une tante qui s'appelait Helen. Tu t'en souviens, Jimmy ? (Un acquiescement.) Vous voyagez seule, Helen ?

— Non, je suis avec une amie. Elle fait la sieste dans la cabine.

— Oui, c'est vrai, je me rappelle vous avoir vue avec elle à la salle à manger, maintenant que j'y pense. Je la comprends. Il fait affreusement chaud, n'est-ce pas ? Jimmy et moi habitons en Floride, donc nous ne craignons pas de manquer notre avion, mais il y a tellement de gens qui ne sont pas dans le même bateau que nous. Oh, Jimmy, tu as entendu ce que je viens de dire ?

Jimmy lui adressa un sourire où se lisait une longue souffrance.

— Vous ne devriez pas rester seule, Helen. Les gens commencent à s'agiter. Et ces toilettes qui ne fonctionnent pas. Pourquoi ne venez-vous pas avec nous ? Nous sommes tout un groupe sympa à veiller les uns sur les autres. La plupart sont âgés, mais il y en a aussi des plus jeunes à présent.

Un serveur s'approcha et leur donna à chacun une bouteille d'eau. Annabeth lui empoigna le bras, les veines de sa main bronzée se tendant comme des vers de terre.

— Merci. Comment allez-vous ? Comment va tout l'équipage ?

— Nous allons très bien, merci, madame.

— Nous vous sommes reconnaissants de tout ce que vous faites pour nous. Il y a du nouveau ?

— Non, je suis désolé, madame.

Elle desserra son étreinte et lui tapota l'avant-bras.

— Je suis sûre que Damien nous préviendra quand le bateau sera réparé.

Le serveur hocha la tête et s'éloigna.

— Helen, nous allons vous prendre sous notre aile. Venez avec nous rencontrer le reste de la bande.

— Non, je suis bien ici. Mais merci tout de même.

— Je n'accepterai pas un refus. Je vous connais, vous, les Anglais, toujours tellement polis. Venez faire la connaissance de tout le monde. Nous sommes très amicaux. Et vous verrez Celine.

— Celine del Ray ?

— Oui ! Vous la connaissez ?

— Je l'ai croisée hier soir.

— À votre point de rassemblement ? s'enquit Jimmy, comme surpris d'avoir réussi à placer un mot.

— C'est merveilleux, s'exclama Annabeth dans un éclat de rire. C'est pour ça que Jimmy et moi participons à la croisière. Une de nos amies, Leila, nous a inscrits dès qu'elle a vu sur Facebook que Celine allait partir en voyage avec Foveros. Et Celine nous a tellement aidés ! N'est-ce pas, Jimmy ?

Il hocha la tête, tandis qu'elle ajoutait sur le ton de la confidence :

— Il faut vous dire que nous avons perdu notre fille.

— Je suis désolée.

— Il y a sept ans. Cancer du sein.

— Je suis vraiment désolée. C'est terrible pour vous.

— Comme c'est gentil de dire ça. Et j'ai pensé… Si seulement je pouvais lui parler une dernière fois, m'assurer qu'elle ne souffre plus, je pourrais continuer à vivre. Jimmy m'a dit que j'étais folle la première fois que j'ai consulté un médium. Il ne pensait pas possible de parler à ceux qui sont passés dans l'au-delà. Et vous savez, je crois que tout au fond, je ne le pensais pas non plus. Les médiums qu'on est allés voir, ils… ils ne savaient pas vraiment ce qu'ils disaient, ça se voyait. Et on avait aussi des doutes quant à Celine, hein, Jimmy ? (Annabeth se pencha en avant.) On était au courant des histoires.

Le menton de l'homme frémit. Annabeth lui pressa la main et ils échangèrent un regard de tendresse. Helen ne put s'empêcher d'en être touchée.

— Mais ce qu'elle nous a dit ce matin… Elle a quelque chose de spécial. Un don authentique. C'était comme si Julia était là, avec nous. Je suis sûre qu'elle ferait une séance pour vous si vous le lui demandiez.

— Non, vraiment, c'est inutile.

— Il y a sûrement quelqu'un que vous aimeriez contacter.

— Non, pas du tout.

Et si c'était le cas, la bonne femme impolie et troublante qu'Elise et elle avaient côtoyée la veille au soir serait la dernière personne à laquelle elle s'adresserait.

— Vous ne croyez pas à l'Esprit, Helen ?

— Je ne sais pas trop ce que je crois.

Un mensonge. Elle n'était tout bonnement pas d'humeur à supporter ce prosélytisme. Parfois, elle regrettait de ne pas croire en Dieu et au paradis. Il lui arrivait même d'envier Elise, convaincue que Peter serait là, à l'attendre, quand elle mourrait. Helen n'avait pas de telles certitudes. Et que dirait-elle à Graham si elle le revoyait, de toute façon ? Ça avait été tellement soudain. Une crise cardiaque. Et au gymnase, en plus. Victime des deux paquets par jour qu'il fumait depuis l'âge de seize ans. Après le chagrin était venue la fureur contre lui, qui l'avait abandonnée. Il avait toujours été là, à la pousser, à la taquiner, à égayer sa vie. Même si c'était un cliché, il était son meilleur ami ; ils faisaient tout ensemble, n'avaient besoin de personne d'autre. Sans lui, la vie était… grise. Voilà. Terne.

Elle se leva.

— Il faut vraiment que je retourne voir mon amie.

— Cinq minutes, Helen. Laissez-nous vous montrer qui nous sommes, vous pourrez toujours revenir vers nous plus tard.

Les accompagner serait plus facile. Qu'elle le fît ou non, elle n'avait de toute façon rien à perdre. Dès que le paquebot se remettrait en route, Elise et elle passeraient en les alternatives qu'elles auraient alors.

Elle se laissa donc entraîner vers le foyer Rêve d'Étoiles, où l'accueillit un groupe chaleureux d'hommes et de femmes entre deux âges. La salle était bien remplie, la plupart des fauteuils occupés. Sur la scène, un homme corpulent, entre vingt et trente ans, manipulait un générateur portatif. Helen remarqua Maddie, assise sur le côté, la tête baissée.

— Je la connais, confia-t-elle à Annabeth.

— Maddie ? Elle est adorable. Anglaise, elle aussi. Celine n'était pas en forme lors des premiers jours de la croisière, c'est elle qui s'est occupée de nous tous.

— Je vais lui dire un mot. Excusez-moi.

— Vous reviendrez, n'est-ce pas ? Je veux vous présenter à tout le monde.

— Oh, oui, bien sûr, mentit Helen.

Elle allait bel et bien dire un mot à Maddie, puis elle ficherait le camp avant que Celine ne se montre. Certains occupants des fauteuils somnolaient, mais la plupart lui lancèrent des sourires amicaux quand elle passa près d'eux. Elle se serait bien crue dans une oasis de paix : les lumières tamisées, l'atmosphère moins étouffante que dans sa suite, ce qui était étrange compte tenu du nombre de personnes présentes. Maddie ne leva pas les yeux à l'approche d'Helen, qui fut contrainte de lui toucher le bras.

Elle sursauta, envoyant valser sa bouteille d'eau.

— Helen. Qu'est-ce que vous faites ici ?

L'arrivante jeta un coup d'œil à la table d'où Annabeth et Jimmy continuaient de l'observer.

— J'ai été invitée.

— Les Amis vous ont trouvée, hein ? Ils vous ont enrôlée.

— Les Amis ?

— Les « Amis de Celine ». Le groupe qui a payé un supplément pour partir en croisière avec elle. (Maddie agita la main.) C'est sans importance.

— Où est Celine ?

— En coulisses. Elle se prépare. Je la laisse s'en occuper.

— Elle se prépare à quoi ?

— Elle va donner une autre séance. La troisième de la journée, vous vous rendez compte ?

— Alors elle se sent vraiment mieux ?

— Oh, oui. J'irai même jusqu'à dire que…

Sans tambour ni trompette, Celine fit irruption sur scène dans son fauteuil roulant.

— Alors, comment nous sentons-nous tous ?

Sa voix portait dans toute la salle. Helen lorgna la sortie avec envie. Elle décida d'attendre que l'assistance fût absorbée pour s'éclipser.

— Je tiens tout d'abord à accueillir nos nouveaux amis. Je me réjouis que vous ayez pu nous rejoindre. On va tous prendre soin les uns des autres, ici. C'est un endroit sûr. Tant que nous restons ensemble, tout ira bien. Sachez ceci : chacun d'entre vous a ses propres anges gardiens et ses propres guides qui veillent sur lui. Vous ne les voyez peut-être pas, mais vous les sentez, n'est-ce pas ?

Un murmure parcourut la salle. Helen jeta un coup d'œil à Maddie, mais la jeune femme semblait examiner le dos de ses mains. Tous les autres fixaient Celine.

— Sachez ceci : vos gardiens, vos guides et les esprits de ceux qui nous ont quittés s'avancent vers nous. Sachez ceci : la mort n'existe pas. (Comme Celine marquait une pause, Helen eut la quasi-certitude qu'elle regardait droit vers elle.) Mais cela ne signifie pas que la vie n'est pas un don précieux. (Un sourire sardonique. Helen se tortilla sur sa chaise, mal à l'aise.) Attendez… mes guides, Archie et ma très chère Lizzie Bean, m'informent de messages urgents à transmettre, de connexions à effectuer.

L'assistance retenait son souffle.

— Un homme… un homme se manifeste. Oui. Sachez ceci : il y a ici une personne qu'il désire contacter. La lettre G représente-t-elle quelque chose pour quelqu'un ? Attendez… Oh, c'est un homme de haute taille. Séduisant. Un peu de bedaine, mais nous sommes humains, n'est-ce pas ? Nous pouvons pardonner nos petites faiblesses, hein, mes Amis ?

La foule s'anima d'un éclat de rire. Helen sentit un frisson désagréable lui parcourir la peau : elle savait ce qui allait suivre.

— Et dites-vous ceci : le corps physique n'est pas un élément dont on doit se préoccuper quand on passe dans l'au-delà. À présent… je reçois… Pardonnez-moi, j'éprouve le besoin de chanter. Ma voix n'est pas géniale, mais l'homme qui se manifeste veut que je chante ceci : *She was right next door, and such a strong persuader…* (Celine s'interrompit un instant.) Est-ce que cela dit quelque chose à quelqu'un ?

Une main serra le cœur d'Helen qui, un instant, crut qu'elle allait être malade. Calme-toi, se dit-elle. Les voyants et les médiums sont très intelligents. Très malins pour les lectures à froid et les arnaques.

— Personne ? C'est pourtant quelque chose que je reçois très fort. Et en plus, j'ai l'impression que je vais tousser. (Un rire bas.) Il y a des années que j'ai cessé de fumer, mais laissez-moi vous dire que là, j'en ai très envie.

Helen se leva, très raide.

— Je vous verrai plus tard, Maddie, s'entendit-elle assurer.

La jeune femme releva les yeux.

— Ça ne va pas ?

— J'ai juste besoin de prendre un peu l'air.

Helen sortit à la hâte, se cognant le tibia sur le bord d'une table basse dans son empressement. Elle le sentit à peine.

— Helen ? Où allez-vous ? lança la voix d'Annabeth derrière elle.

Essuyant ses yeux inondés de larmes – de choc, de fureur ou de chagrin, elle ne savait trop –, Helen se mit à courir. Quand elle dépassa à toutes jambes le casino et les portes noires et closes du bar du Marchand de Sable, elle sursauta brièvement à l'apparition de sa propre silhouette maigre dans la vitre. Celine n'avait aucun moyen de connaître cette chanson. Elle avait dû entrer dans leur suite, peut-être faire des recherches à son sujet sur Facebook – il y avait une photo de Robert Cray sur son mur, datant de la dernière fois que Graham et elle l'avaient vu en concert à Londres, plusieurs années auparavant. Voilà, c'était ça. Elle commença à se détendre. Tout était truqué.

Lorsqu'elle atteignit le pont-terrasse, sa respiration s'était apaisée. Elle se composa un visage calme avant d'entrer dans la suite : inquiéter Elise était la dernière chose qu'elle désirait.

— Elise ?

Le lit de sa compagne était désert, les draps et les oreillers en désordre.

— Elise ?

Un cri étranglé lui parvint du cabinet de toilette. Helen en ouvrit la porte à la volée. Elise était étendue sur le sol, la jupe relevée.

— Je ne me sens pas très bien, Helen. J'ai mal à la tête. Je crois, je crois que je…

L'ange de miséricorde

L'homme était à présent inconscient, mais Jesse savait qu'il devait le surveiller attentivement. Seigneur, quel cirque ! L'adrénaline refluait dans ses veines lorsqu'il se rappelait comment Bin et lui avaient été envoyés à la cabine du passager pour lui donner un sédatif. Ils l'avaient trouvé recroquevillé dans un angle, hurlant dès qu'on l'approchait. Il avait fallu que deux agents de la sécurité le maintiennent en attendant que le calmant agisse.

Et ce nouveau venu n'était pas l'unique souci du médecin. Alfonso, encore au bord de la catatonie, avait à peine réagi quand le passager hystérique avait été amené en salle de soins. Jesse ne pouvait pas lui faire dire un seul mot. La compresse antibrûlures ferait son office – il serait inutile de la changer avant le lendemain, et Dieu veuille que la situation se soit arrangée d'ici là –, mais le blessé avait à peine touché le yaourt et la banane que Martha lui avait apportés, pas plus qu'il n'avait utilisé la chaise percée installée dans la petite salle de bains. : Jesse ne voyait pas quoi faire de plus, à part acheminer un psychologue par hélicoptère.

Un psychotique, une morte, une épidémie de gastro-entérite et un technicien quasi catatonique. *Qu'est-ce qui pourrait bien encore s'ajouter à ce tas d'emmerdes ?*

Martha entra bruyamment dans la salle de soins et jeta ses gants dans la poubelle.

— On en a une autre, Jesse.

— Une autre gastro ?

— Une autre gastro.

— On en est à combien ?

— Six en tout. Trois dans l'équipage et trois passagers. Et le nouveau cas m'inquiète. Une patiente âgée, en surpoids. Elle est très faible. Son amie l'a trouvée par terre dans le cabinet de toilette.

— On la fait transporter ici ?

— Non, il vaut toujours mieux garder ces cas-là en quarantaine dans leur cabine.

— Tu veux que j'aille l'examiner ?

— Tu as assez de pain sur la planche comme ça. (Elle désigna le psychotique d'un geste.) Comment va ton type ?

— Le midazolam agit, Dieu merci.

— On sait ce qui a provoqué ça ? Il a des antécédents psychiatriques ?

— On n'en sait rien encore. La sécurité essaie de trouver sa femme.

— Des blessures ?

— Je n'ai pas eu le temps de faire plus qu'un examen superficiel. Des ecchymoses en haut des cuisses et sur les poignets, une contusion au front. Le tout dû à la lutte, sûrement. Il a fallu deux gars de la sécurité pour le maîtriser.

— Merde. Et Bin ?

— Il s'occupe de la femme de chambre que le type a attaquée avant d'être conduit ici. Rien de grave, mais elle est traumatisée et ça se comprend.

Martha le considéra de la tête aux pieds.

— Tu as trouvé le temps de te reposer ?

— Non. (Il tenait grâce à du café froid et à d'innombrables canettes de Coca, la caféine parvenant tout juste à masquer son épuisement.) Je devrais dire au commandant de passer en alerte rouge, à ton avis ?

Il n'y avait pas – encore – assez de cas de gastroentérite pour justifier pareille mesure, mais mieux valait prévenir que guérir, surtout au vu du problème du système de propulsion. Bien qu'il eût déposé la veille une demande d'entretien avec le commandant, le médecin avait jusqu'ici été ignoré.

Martha s'appuya contre le brancard.

— En plus de tout le reste, ça va être dur à avaler, mais je crois qu'on doit le proposer. Il faut au moins inciter les passagers à utiliser les lingettes désinfectantes pour les mains.

Oui, c'est vrai, songea Jesse. Depuis qu'il se trouvait à bord, il n'avait jamais vu personne s'en servir.

— Combien de temps est-ce que ça peut durer ?

— Dieu seul le sait.

— Tu as entendu autre chose ?

— Non. Les communications sont toujours coupées.

— Je m'inquiète pour la morgue. Sans électricité, ça va devenir problématique.

— Ne t'en fais pas pour ça. Elle est en dessous de la ligne de flottaison. Il y fait assez frais.

Pour l'instant.

On frappa à la porte, et un homme en tenue blanche d'officier entra d'un pas hésitant. Comme la plupart des occupants de la passerelle, c'était le stéréotype du bel Italien, avec uniforme amidonné et cheveux noirs bien coupés ; séduisant sans effort. En présence des officiers, Jesse se sentait souvent désespérément inadapté.

— Pardon ? Est-ce que je peux rendre visite à Alfonso ?

— Il dort. Vous ne devriez pas être ici.

— Je suis désolé. (Les yeux de l'arrivant se dirigèrent vers le blessé, allongé, immobile, les yeux fermés.) J'ai frappé à la porte extérieure mais personne n'a répondu.

Jesse interrogea du regard Martha, qui haussa les épaules comme pour dire : « À toi de voir. »

Quel mal cela pourrait-il provoquer ? Peut-être un ami réussirait-il à faire parler Alfonso.

— Allez-y.

Martha gratifia le médecin d'un sourire d'encouragement et quitta la pièce.

Le visiteur s'avança au chevet du blessé et prononça des phrases dans sa langue maternelle. L'italien de Jesse se limitait à *Nessun Dorma* et à quelques mots d'argot glanés çà et là, aussi n'avait-il aucune idée de ce que l'homme disait. En tout cas, quoi que ce fût, cela ne semblait avoir aucun effet.

L'officier – Baci, d'après son insigne – se tourna vers lui.

— Pourquoi Alfonso n'est-il pas conscient ? Qu'est-ce qui ne va pas ? Je vois son bras, mais il y a autre chose ?

— Il dort presque tout le temps. Peut-être une réaction aux analgésiques. C'est un bon ami à vous ?

— Il m'a fait engager sur les paquebots. On est originaires de la même région. Il est comme un père pour moi. Mais je suis préoccupé. Il faut absolument qu'il reprenne le travail. Ça fait cinq ans qu'il bosse dans la salle des commandes. Personne ne connaît mieux que lui le moteur et les générateurs.

— Vous avez identifié le problème ?

Un haussement d'épaules exagéré.

— Les systèmes auxiliaires n'ont pas fonctionné comme prévu. À présent, le navire n'est commandé que par les deux générateurs de secours. Il n'y a pas d'énergie.

— Mais vous allez réparer, hein ?

Jesse ne voyait pas ce qui l'empêcherait. On lui avait fait visiter le paquebot à son arrivée et, bien qu'il n'eût pas eu le droit de descendre dans les tréfonds bruyants de la salle des machines, il avait vu les ateliers, les magasins emplis de pièces détachées.

— Peut-être. Je ne sais pas. Je travaille sur la passerelle. Troisième officier. (Baci s'adressa encore à Alfonso, d'une voix plus forte, mais le technicien ne réagit pas davantage.) Je peux essayer de le réveiller ?

— Vous pouvez essayer.

— Alfonso !

Il secoua le blessé avec plus de force que ne l'aurait voulu Jesse. Soudain, Alfonso battit des paupières et se contracta, lâchant un cri étranglé. De la peur – c'était de la peur pure et simple qui brûlait dans ses yeux.

— Dites-lui qu'on veut l'aider, enjoignit Jesse. Demandez-lui s'il a mal quelque part.

Baci baissa la voix. Un moment, Alfonso parut regarder à travers lui, puis il sembla enfin le voir et prendre conscience de son environnement. Quand l'officier lui posa une question, il répondit d'une voix basse, tremblante. Tous les deux discutèrent plusieurs minutes, les yeux du blessé ne cessant d'explorer tous les coins de la salle, tandis que son interlocuteur paraissait de plus en plus agité par ses réponses.

— Qu'est-ce qu'il dit ? intervint Jesse.

— Je ne sais pas comment formuler ça, répondit Baci en se tournant vers lui.

— Pouvez-vous au moins essayer ?

— Il dit qu'il a vu le diable.

— Le quoi ?

— Il était présent quand l'incendie s'est déclenché.

— Le diable était dans la salle des machines ?

Un haussement d'épaules.

— *Si.* Il l'appelle l'homme noir.

— D'accord. Euh… C'est normal chez lui ?

— Non. Il est croyant, mais pas…

Baci agita la main autour de sa tête.

— Sujet au délire ?

— *Si.*

— Vous pouvez lui demander s'il a mal quelque part ?

— Il parle anglais.

— *Ja.* Mais il ne nous dit rien du tout, à nous.

Le blessé ajouta quelque chose.

— Il dit que l'homme noir est avec nous ici, en ce moment.

Le médecin regarda autour d'eux.

— Vous croyez qu'il parle de l'autre patient ?

— Je ne sais pas.

Brusquement, Alfonso se tourna sur le côté et ferma les yeux. Baci tenta de le faire réagir durant une minute ou deux, mais il garda le silence.

— Vous prendrez soin de lui ?

— Bien sûr.

— Je reviendrai le voir bientôt. (L'officier se lissa les cheveux des deux mains.) C'est ennuyeux. Il faut que je retourne à mon poste.

Jesse le suivit à l'extérieur.

— Quand allons-nous obtenir des réponses ?

— *Scusi ?*

— Quand allons-nous retrouver un accès Internet ? J'ai au moins besoin d'informer le soutien médical à terre.

— Vous avez parlé au commandant ?

— J'ai essayé.

— Il est très occupé.

Mais c'est pas vrai !

— Écoutez, pouvez-vous lui demander de me contacter d'urgence ?

— Je ferai ce que je pourrai. Je ne suis que troisième officier sur la passerelle, mes demandes n'ont pas beaucoup de poids.

— Je n'ai pas besoin de le voir en personne.

— Je ferai ce que je pourrai, répéta Baci.

Jesse était conscient de harceler ce pauvre type – Martha, qui rédigeait un rapport au bureau, l'observait avec intérêt – mais, à part gagner la passerelle et tambouriner à la porte, qu'eût-il pu faire d'autre ?

— Est-ce que vous savez au moins où on est ?

— *Scusi ?*

— Sur la mer. On a dérivé. Vous savez où on est ?

— On peut utiliser la navigation manuelle.

— Est-ce qu'on s'est écartés de notre route, alors ? C'est pour ça que personne ne nous a trouvés ?

— On dérive mais on est capables de déterminer à quelle distance et à quelle vitesse.

— Et alors ?

— Il faut que je retourne sur la passerelle.

Jesse le laissa partir.

— Est-ce qu'il a fait parler Alfonso ? s'enquit Martha.

— *Ja.* Un peu.

— Et qu'est-ce qu'il a dit ?

— Seulement que le diable est à bord.

— Ça, j'aurais pu le dire aussi. Mais, sérieusement, qu'est-ce qu'il a dit ?

— Je suis sérieux. Il a dit que c'était le diable qui avait allumé l'incendie.

— Seigneur !

Le médecin engloutit le reste de son dernier shoot de caféine et tenta de ne pas penser à la délicieuse promesse d'évasion cachée derrière la porte de la pharmacie.

Il devait avoir une mine affreuse. Il avait besoin de se raser. De se doucher. Sa tenue blanche était froissée, sale, tachée par le curry froid dévoré à la hâte la veille au soir.

Il retourna à la salle de soins. Les yeux d'Alfonso étaient à nouveau fermés, son souffle lent et régulier. Le psychotique restait inconscient. Jesse lorgna la troisième couchette, inoccupée. Tentante. Il pouvait s'y recroqueviller, et à son réveil, le paquebot serait de retour à Miami et toute cette histoire serait terminée. Fermant les yeux, il vit des étoiles exploser sur ses paupières, se mettre à danser.

Des éclats de voix lui parvinrent de la réception. Quelques secondes plus tard, Martha passait la tête par la porte.

— La femme de Gary Johansson est ici. Elle veut le voir.

— La femme de qui ?

— Ton patient, là.

Un cri aigu retentit.

— Où est-il ? Je veux le voir.

Une femme aux cheveux bruns coupés court, au short encore plus court et à l'attitude agressive s'engouffra dans la pièce.

— Je vous avais demandé d'attendre dehors, madame ! lui reprocha Martha.

— Où est-il ?

Un agent de la sécurité à l'air fatigué se tenait derrière elle. Ce n'était pas un de ceux que Jesse avait rencontrés lorsqu'on l'avait appelé à la cabine de la morte. Celui-ci – Pran – était jeune et portait une moustache clairsemée.

L'arrivante venait de découvrir son mari.

— Gary ! (Elle vola à son chevet puis se retourna pour foudroyer le médecin du regard.) À quoi elle sert, la perf ?

— Il faut qu'il reste endormi, madame.

— Endormi ? Pourquoi ?

— Il était très agité.

— Une femme de chambre affirme qu'il l'a attaquée, ajouta l'agent de sécurité, visiblement peu psychologue.

— Hein ? Attaquée ? Elle ment. Gary ne ferait jamais une chose pareille. Il est doux comme un agneau.

— Calmez-vous, maintenant, dit Martha. Il y a un autre patient ici, et on ne veut déranger personne, n'est-ce pas ?

Elle sourit à la femme qui parut se calmer un peu.

— Gary ? Gary, tu m'entends ?

— Il ne reprendra pas conscience avant un moment, déclara Jesse.

— Qu'est-ce qui ne va pas ?

— On ne sait pas trop. Est-ce qu'il a des antécédents d'instabilité mentale ?

— Non ! Qu'est-ce que vous racontez ?

— J'essaie juste de me faire une idée plus claire de ce dont il pourrait souffrir.

— Eh bien, il n'a attaqué personne. Impossible.

— Est-ce qu'il est allergique à quoi que ce soit ?

— Quoi ?

— Est-ce qu'il a des allergies que nous devrions connaître ?

— Non. Non, pas du tout. Oh, attendez. Il n'aime pas le fromage.

Martha, à son grand honneur, parvint à réprimer son sourire.

L'épouse du psychotique jeta à Jesse un regard venimeux.

— Il n'y a pas de médecin américain à bord ?

— Le docteur Zimri est on ne peut plus compétent, affirma Martha.

La femme ne paraissait pas convaincue.

— Vous prendrez soin de lui, n'est-ce pas ? demanda-t-elle à l'infirmière d'une voix plaintive.

— Oui, madame. Partez, maintenant. Nous vous ferons prévenir quand il se réveillera, c'est promis.

— Je ne serai pas dans ma cabine. Je suis sur le pont du Lido, avec des amis.

— Nous veillerons à ce que vous soyez contactée.

Martha l'escorta à l'extérieur, l'agent de sécurité dans leur sillage.

Cette fois, Jesse se laissa bel et bien tomber sur la couchette libre. Cinq minutes, se promit-il. Il avait à peine dormi la nuit précédente. Cette vieille folle de voyante l'avait secoué, et il avait passé des heures à ruminer au sujet de Farouka. À bâtir des monstres à son sujet, à l'imaginer avec d'autres hommes, plus heureuse que jamais, disant à tout un chacun combien elle était soulagée qu'ils aient divorcé. Peut-être allait-il passer le reste de sa vie à traîner les débris de son ancienne existence derrière lui.

Faible. Il était faible.

— Vous pouvez venir, docteur ?

Cette fois, c'était Bin.

— C'est la femme de chambre ?

— Non, la morgue. Les blanchisseurs disent qu'ils ont entendu du bruit à l'intérieur.

— Ne soyez pas ridicule.

— Je vous répète juste ce qu'on m'a dit, docteur

— Vous êtes allé voir ?

— Non, répondit Bin en secouant la tête. (Jesse réalisa brusquement que c'était la première fois qu'il ne le voyait pas serein et maître de lui-même.) Je crois que vous devriez venir.

— Sérieux ?

L'infirmier hocha la tête d'un air désolé.

Plusieurs hommes discutaient devant la buanderie. Ils se turent à l'approche de Jesse et Bin. La morgue proprement dite – un unique compartiment, dont l'écoutille évoquait une boîte à pain métallique géante – était située à l'intérieur d'un magasin, derrière un battant également métallique, sur la droite de la buanderie.

Jesse sentit sur lui le poids de tous les regards tandis qu'il forçait pour ouvrir la porte. On manquait toujours de place, sur un bateau, si bien que dans la petite pièce s'entassaient des boîtes de tomates et des sacs rouges à déchets dangereux, qu'on conservait sans doute là en attendant d'en avoir besoin. Au contraire des tiroirs à cadavres de la plupart des morgues, celui-ci était inséré dans une alcôve latérale. Il était hermétiquement clos.

— Tout m'a l'air normal. Vous êtes sûrs que ça venait de là-dedans ?

Même si quelqu'un à l'intérieur (qui, par exemple ?) tambourinait contre l'écoutille, il était peu probable que les coups portent hors du magasin.

Un des hommes, un quadragénaire au ventre proéminent et à la dentition de fumeur, murmura quelque chose à Bin.

— Il dit que ça venait vraiment de la morgue. Ils ont entendu le bruit après avoir ouvert la porte du magasin.

— Eh bien, il doit être…

Boum.

Jesse fit la moue.

— C'est quoi, cette merde ?

Boum. Il y eut une longue pause puis, cette fois, un *bang* métallique. Tous sursautèrent.

— On devrait appeler la sécurité, déclara l'infirmier, la voix vibrant de peur.

— Non, trancha Jesse, c'est la chaleur. Ça dilate le métal.

Il toucha la poignée de l'écoutille puis laissa courir la main sur sa façade. Elle était fraîche mais pas froide. On n'avait pas encore réfrigéré le logement – un oubli, ou bien il n'était pas relié aux générateurs de secours.

— N'ouvrez pas, Jesse, chuchota Bin.

Le fumeur corpulent marmonnait dans sa barbe ce qui ressemblait à une prière. Les autres avaient fui.

L'écoutille coulissa aisément, révélant le sac à cadavre, que le médecin contempla en s'attendant presque à le voir bouger.

Du délire.

Que pensait-il trouver là-dedans ? La fille, vivante ? Mes couilles, comme aurait dit Martha. Il était peut-être fou, mais pas à ce point-là.

— Ils disent qu'elle hante le bateau, chuchota Bin. Que c'est une âme en peine. Qu'elle encourage d'autres mauvais esprits à la rejoindre. Ils disent qu'elle porte malheur et que c'est à cause d'elle qu'on est en panne.

— Bon Dieu, quelles conneries !

Malgré lui, toutefois, Jesse ouvrit la fermeture à glissière du sac. L'odeur de décomposition lui sauta aux narines. Le visage de la défunte était flasque, ses yeux révulsés. Sa bouche ouverte, figée par la rigidité, révélait une rangée de plombages bon marché à l'ancienne dans les molaires inférieures. Le médecin recula pour permettre à Bin et au blanchisseur de voir par eux-mêmes.

— Vous voyez ? Morte.

Bel et bien *morsdood*.

L'homme ventru grimaça et recula. Bin – le très fiable Bin, à la tête froide – paraissait sur le point de s'évanouir de soulagement. Jesse se trompait-il à son sujet depuis le début ? Non. L'infirmier était effrayé, voilà tout. Lui aussi l'était, bon Dieu !

Il referma le sac, débloqua les attaches qui empêchaient l'écoutille du compartiment de retomber, et recula pour la laisser se refermer en claquant.

— Bon, maintenant, on peut peut-être tous retourner à…

Boum.

Le gardien des secrets

Devi fixait la base métallique de la couchette qui surmontait la sienne. Madan et Ashgar avaient tapissé de photos suggestives les parois et plafonds des leurs, mais lui n'avait pour se distraire que les fantômes griffonnés de très vieux graffitis : plusieurs versions de « Va chier », « Monica baise en levrette », et une gravure montrant une femme à demi nue soudée à une Ferrari.

Il avait dormi trois heures avant de se réveiller en sursaut, convaincu qu'on venait de le secouer par l'épaule. Depuis, il somnolait par intermittence, tentant d'ordonner ses pensées dans l'odeur de tabac froid qui imprégnait les couvertures de Madan, jetées sur la couchette inférieure. Il n'avait pas vu passer la journée, pas encore trouvé le temps de visionner les vidéos de sécurité de la nuit précédente. Tout son temps avait été consacré à l'interrogatoire du groupe de célibataires et du steward censé avoir vérifié les chambres, ainsi qu'à des patrouilles sur le pont principal et le pont du Lido. Il était las d'entendre des plaintes concernant l'absence de repas chauds, le manque d'informations et, grief le plus courant, la fermeture des bars. Fort de son expérience, Devi savait que la plupart des passagers étaient incapables de se passer de manger ou de boire pendant plus d'une heure sans faire des bêtises.

Quelques heures plus tôt, Ram lui avait envoyé par l'intermédiaire de Madan un message insistant pour qu'il prenne une pause. Son supérieur avait passé l'essentiel de la journée en discussion avec le commandant sur la passerelle, aussi Devi ne lui avait-il pas encore exposé le contenu des vidéos. Un détail qu'il ne mentionnerait pas, y compris dans son rapport, était ce qu'il avait vu d'autre : la paume d'une main, d'une toute petite main, couvrant l'objectif de la caméra. C'était impossible. Les caméras étaient fixées en haut des parois. Il s'agissait forcément d'une illusion d'optique, peut-être d'une interférence avec un autre réseau de télévision en circuit fermé. Il y avait toujours une explication rationnelle. Et Devi ne s'était toujours pas entretenu avec la femme de chambre – Althea Trazona.

Fermant les yeux, il se frotta le visage de ses mains. Il devait se laver et manger un morceau avant de retourner travailler. Il aurait besoin de forces et…

La porte de la cabine s'ouvrit. L'agent de sécurité s'efforça de masquer son irritation en voyant entrer Rogelio.

Il bascula les jambes hors de la couchette et se leva.

— Tu ne peux pas rester ici, dit-il. Ashgar ou Madan peuvent arriver d'un moment à l'autre.

— Ils ne sont pas dans le coin, j'ai vérifié. (Rogelio se plaqua contre lui après avoir enjambé les affaires de Madan.) Il fallait que je te voie. (Devi, qui avait grand besoin de prendre une douche, sentait l'odeur âcre de sa propre sueur, mais cela ne semblait pas déranger son amant. Cela ne le dérangeait jamais.) Pourquoi n'es-tu pas venu cette nuit ? J'avais besoin de toi.

— J'ai eu du travail, répondit Devi en se dégageant. Désolé.

— J'ai peur. C'est une sale situation. Damien… Il m'a fait promettre de ne pas le répéter, mais il paraît que le commandant est très inquiet. On n'a toujours pas d'Internet. Pas de radio. On ne reçoit rien des bateaux qui devraient être dans le coin. Ça fait des heures qu'ils auraient dû nous rejoindre, puisqu'on a envoyé le signal de détresse au radiophare.

— Peut-être qu'il y a du mauvais temps au port et qu'ils ne peuvent pas prendre la mer. (Devi jeta un nouveau coup d'œil anxieux à la porte ; il devait absolument faire sortir son visiteur.) Je t'en prie, il faut que tu partes.

Rogelio eut une moue boudeuse.

— Pourquoi est-ce que tu me repousses toujours ? Tu as honte de moi ?

— Non, bien sûr que non. (S'il avait honte de quelqu'un, c'était de lui-même. *Lâche.* Il savait ce que voulait Rogelio – et qu'il ne pourrait jamais lui donner.) Tu connais ma situation.

— Pourquoi n'es-tu pas venu me parler de Kelly Lewis, hier soir ? Il a fallu que ce soit cet affreux Ram qui me mette au courant, et il s'est adressé à moi comme si j'étais un criminel.

— Désolé. Ça ne dépendait pas de moi.

Le jeune homme eut un frisson qui le secoua tout entier.

— J'ai de la peine pour Kelly. Ça a dû être terrifiant de mourir toute seule, comme ça.

— Ram t'a dit comment elle est morte ?

— Juste qu'elle avait trop bu. Les célibataires boivent toujours trop. (Un haussement d'épaules.) C'est triste. Du gâchis. (Rogelio laissa courir un doigt le long des boutons de la chemise de Devi.) Tu aurais dû m'en parler.

— Je sais. Comment elle était, Kelly Lewis ?

— Sympa. Discrète. Pas comme certains. J'aurais voulu que tu entendes les noms qu'on m'a donnés aujourd'hui. Tu aurais été furieux.

Devi envisagea d'évoquer la manière dont, selon lui, Kelly était vraiment morte. Puisqu'il participait à l'organisation des divertissements, son amant croisait chaque jour des centaines de passagers : peut-être reconnaîtrait-il l'homme sur la vidéo de surveillance.

Sa radio crépita, puis la voix épuisée d'Ashgar résonna, entrecoupée de parasites.

— Répondez... contrôle... altercation... bar de l'équipage... tout de suite...

— Je dois y aller.

Il poussa Rogelio hors de la cabine. Alors que les couloirs étaient la plupart du temps encombrés, les membres de l'équipage s'en servant pour des réunions informelles, ils n'accueillaient personne cette nuit-là.

— On se retrouve plus tard ?

— J'essaierai.

Une autre moue boudeuse.

Devi laissa le jeune homme marcher devant lui. Sa nervosité s'apaisa quand ils atteignirent l'escalier qui menait au I-95. Rogelio lui envoya un baiser et se dirigea vers la cantine de l'équipage.

Cette liaison devait prendre fin. Les ragots se répandraient vite, surtout par l'intermédiaire du réseau mafieux indien, lié à toute l'industrie des croisières. Cela risquait d'arriver aux oreilles de la famille de Devi, dont un cousin travaillait dans les cuisines du *Joyau Magnifique*. Et puis il y avait les paroles de Ram, la veille au soir... Mieux valait prendre toutes les précautions et y mettre un terme avant d'être surpris. Voilà comment l'ancien policier s'était fait piéger la dernière fois. Il avait baissé la garde, pris des risques. On l'avait suivi à la station-service de Matungas, on avait attendu qu'il disparaisse dans les toilettes. Quand il en était ressorti en compagnie du garçon – un maigrichon de vingt ans dont il ne se rappelait plus les traits avec précision –, les types lui avaient sauté dessus. Ils lui avaient posé un ultimatum : mettre un terme à son enquête sur le viol de l'enfant, sans quoi sa famille serait mise au courant de ses tendances. Le garçon s'était enfui, échappant de justesse à un passage à tabac, et Devi avait démissionné de la brigade pour s'engager dans la sécurité des paquebots, préférant l'exil aux autres possibilités. Un *coming out* était hors de question. Ce n'était pas la crainte de la justice – il existait à Mumbai une communauté gay très active –, c'était l'idée de dégoûter ses parents qu'il ne pouvait supporter. Très conservateurs, ils ne comprendraient pas. Ses frères, tous dûment mariés, s'employaient à produire des petits-enfants. Ses parents avaient été atterrés lorsqu'il leur avait annoncé son contrat avec Foveros, tout comme ils avaient été déçus quand il était entré dans la police au lieu de se choisir une femme et de suivre ses frères dans les affaires familiales. Ce n'était toutefois rien par rapport à ce qu'ils éprouveraient s'ils apprenaient les secrets de sa vie privée.

Des cris l'accueillirent quand il pénétra à grands pas dans les profondeurs obscures du bar de l'équipage. Ashgar ceinturait un Blanc squelettique en qui Devi reconnut le chef adjoint du département d'informatique. Jaco, le musicien du bord, était maintenu par deux serveurs. Les rares occasions où il s'était rendu au bar, l'agent de sécurité l'avait trouvé agréable et amical. La nervosité commençait à gagner tout le monde. Une croupière du casino sanglotait dans un angle, les cheveux trempés de bière.

— Va te faire foutre ! cria l'informaticien, qui cherchait à se jeter sur Jaco.

— Toi, va donc faire ton boulot et réparer ce putain d'Internet ! rugit le musicien.

— Je te l'ai déjà dit, merde : il n'y a rien à réparer !

Ashgar peinait à retenir son homme. Devi allait intervenir quand Ram se matérialisa et s'interposa entre les employés furieux. Il n'eut pas besoin d'autre chose. Pas de violence. Juste d'un regard.

— Vous allez vous calmer ? interrogea-t-il sans élever la voix.

— C'est lui qui a commencé, se plaignit l'informaticien.

— Vous allez arrêter, oui ou non ? Vous voulez que je ferme le bar ?

Un gérant du département provisions, ivre au dernier degré et assis au milieu d'un groupe de serveuses, le hua. Puisqu'il n'y avait pas de prison sur le paquebot, Ram ordonna à Ashgar d'escorter l'informaticien jusqu'à sa cabine, avant de jauger Jaco.

— Tu es calmé ?

— Ouais. Je m'excuse, d'accord ?

— Que ça n'arrive plus.

Accordant à peine un regard à Devi, Ram se dirigea vers la porte. Son subordonné le suivit.

— Monsieur !

— Qu'y a-t-il, Devi ?

— Est-ce que je peux vous parler ?

— Vous vous êtes reposé ?

— Oui, monsieur.

— Bien. Et vous avez mangé ? Vous aurez besoin de toutes vos forces, ce soir.

— À propos de la nuit dernière, monsieur. J'ai visionné les vidéos. Un homme a suivi Kelly Lewis dans sa cabine.

— J'ai besoin de vous sur le pont principal, Devi. Madan et Pran sont tout seuls là-haut.

— Mais, *monsieur*. Les vidéos.

— On ne peut pas s'en occuper maintenant. On a suivi la procédure. Est-ce que vous avez vu l'homme agresser la fille pour de bon ?

— Non. Mais, à l'évidence, il s'est arrangé pour entrer dans sa cabine.

— Alors le FBI s'en occupera quand on arrivera au port. On ne peut pas risquer qu'une rumeur pareille se répande. Les passagers sont déjà assez remontés.

Ram le salua d'un signe de tête et tourna les talons. Devi fut incapable de se retenir plus longtemps.

— Monsieur ! Il y a un assassin à bord !

Son supérieur se figea, puis lissa lentement sa moustache de deux doigts.

— Je pardonne votre insubordination pour cette fois, Devi, mais n'en faites pas une habitude. Montez sur le pont principal. Ensuite, vous pourrez prendre la garde à la salle de contrôle.

— Monsieur…

— Ce sera tout, Devi.

— Oui, monsieur.

Bouillonnant de colère, Devi regarda s'éloigner Ram. Comment pouvait-il se montrer aussi entêté dans une situation pareille ? Voulait-il réellement éviter de semer inutilement la panique parmi des passagers déjà effrayés, ou bien était-ce la première étape d'une tentative pour étouffer l'affaire ? Toujours décontenancé, l'agent de sécurité gagna la zone des voyageurs puis traversa l'atrium. Le guichet du service clients était fermé, ses volets clos, tout comme les bars à cocktails alentour. Une passagère l'arrêta alors qu'il montait l'escalier.

— Quand les bars vont-ils rouvrir ?

— Il y aura une annonce sous peu.

— C'est ce que tout le monde répète !

Devi marmonna qu'on avait besoin de lui ailleurs et la laissa.

Sur le pont Promenade de Rêve, des applaudissements jaillissaient du théâtre Osons Rêver. Un costaud, debout à l'entrée, le salua au passage d'un signe de tête. Un homme et une femme avaient installé leurs matelas dans le couloir, près de l'ascenseur du pont des VIP. Puisqu'ils n'empêchaient pas l'accès à l'escalier, il ne les ennuya pas.

Le pont principal était encore plus peuplé que lorsqu'il était de service plus tôt dans la journée. Longeant la piscine, Devi rejoignit Madan et Pran qui tentaient d'expliquer à un passager pourquoi il n'avait pas le droit de bloquer l'entrée du point de rassemblement avec une barricade de transats et de coussins.

Madan l'accueillit d'un sourire las. Pran leva la main comme pour saluer, avant d'y renoncer. Devi le connaissait assez peu ; parmi les plus jeunes des agents, il venait d'entamer son contrat initial et était officiellement encore en formation. Avec son nez crochu, sa moustache clairsemée et ses yeux expressifs presque féminins, peut-être n'était-il pas assez solide pour ce boulot.

— *Gandu*, souffla Madan derrière le dos du rassembleur de transats. C'est une horreur, Devi. Ils sont tous dingues.

— J'étais là ce matin.

— Pran et moi, on a eu un incident très pénible cet après-midi. On a été obligés de maîtriser un fou furieux.

— Quoi ?

— Un passager a attaqué une des femmes de chambre. Pran a failli se chier dessus, hein, mon gars ?

L'intéressé baissa les yeux, gêné.

— De quoi il avait l'air ? s'enquit Devi.

— Hein ?

— Le type qui a attaqué la femme de chambre, de quoi il avait l'air ?

— Pourquoi tu me demandes ça ?

Après une infime hésitation, Devi expliqua ce qu'il avait vu sur la vidéo. Madan siffla entre ses dents.

— Ce ne serait pas la première fois qu'un enfoiré drogue les boissons des dames, hein ? Mais je ne crois pas que mon fou soit ton client. Il était complétement à la ramasse. Le type dont tu parles a l'air organisé.

La remarque ne manquait pas de pertinence.

— Ram veut qu'on reste discrets à ce sujet.

— Ça ne m'étonne pas.

Madan désigna un groupe d'hommes en train de haranguer un serveur qui distribuait de l'eau près du guichet des serviettes.

— Va leur parler, Pran.

Le jeune agent hocha la tête et s'exécuta.

— Il ne va pas tarder à y avoir du vilain, reprit Madan.

Il avait raison. Seuls cinq agents de sécurité se trouvaient à bord, Madan et Ram étant les deux seuls qui, selon Devi, se révéleraient utiles en cas de crise – le premier n'avait jamais fait partie de la police, mais il savait garder son sang-froid. Ils disposaient d'un canon à son à moyenne portée, mais Ram lui-même ne l'avait peut-être jamais utilisé. Devi, en revanche, avait connu sa part d'émeutes au cours de sa première carrière : un soulèvement après le meurtre d'un homme d'affaires musulman à Dharabi ; une manifestation antiviol qui avait mal tourné. Il ne fallait pas grand-chose à une foule pour se changer en troupeau violent, et à bord d'un bateau, on ne pouvait la disperser nulle part.

Un autre passager s'approcha d'eux.

— Quand est-ce qu'on va rouvrir les bars ?

Madan reprit une expression neutre.

— Il y aura bientôt une annonce, monsieur.

— Et ma femme a besoin de recharger son iPhone.

— Il y aura bientôt une annonce, monsieur.

— Quand ?

— Circulez, monsieur, intervint Devi.

L'homme poussa un long soupir mais obtempéra.

Madan fit signe à son collègue de le suivre jusqu'au pont latéral qui abritait les points de rassemblement. Sortant une e-cigarette, il inspira profondément la fumée. Si Ram le surprenait, cette faute professionnelle pourrait être un motif de renvoi ; mais Devi le savait très doué pour contourner les règles et prendre des risques.

— Écoute… tout ça… Ce n'est pas normal. L'incendie était minuscule – rien à voir avec ceux qu'on a combattus pendant la formation. On raconte que c'est parti d'une fuite de carburant, mais j'ai des contacts et ce n'était pas ça. (Madan désigna l'océan au-delà des rambardes.) Le golfe fourmille de monde, Devi. Il y a toujours des bateaux.

Il avait raison. On ne voyait aucune lumière à l'horizon.

— Où veux-tu en venir ?

— Je pense que le paquebot a dérivé hors de sa route. C'est la seule explication au fait qu'on ne soit pas encore venu nous chercher.

Un couple sortait du pont latéral en se querellant, les bras chargés d'oreillers et de duvets. Soudain, le ciel explosa de lumières, et des acclamations résonnèrent sur le pont principal.

— Pourquoi est-ce qu'il y a un feu d'artifice ? lança une femme.

Devi le savait. Ce n'étaient pas des feux d'artifice. C'étaient des fusées de détresse.

Le Blog du Joker

Qui combat sans peur les charlatans pour vous en dispenser

Encore en panne. Toujours pas de WiFi. Toujours pas de réseau.

Le pont de la piscine est envahi par des passagers avec la gueule de bois. Ils ont traîné matelas et draps en plein air car l'absence de climatisation a changé les cabines et les ponts inférieurs en véritables saunas. Tout ça commence à évoquer un camp de réfugiés d'Amérique centrale.

Jusqu'ici, nous avons : une passagère morte, des avions ratés, des fusées de détresse, une puanteur tellement forte qu'elle fait monter les larmes aux yeux. Et je ne parle même pas du système de pompage qui commande les toilettes, en panne, si bien qu'il nous faut « faire la grosse commission » (l'euphémisme favori de Damien) dans des sacs. Oui, il y a aussi ça.

Je griffonne des notes au dos des flyers annonçant les divertissements car je dois économiser ma batterie. Il m'en reste pour à peine plus de quatre heures. J'ai emporté la batterie de rechange mais je ne prends pas de risques. J'enverrai ça, brut de décoffrage, à la seconde même où j'arriverai en ligne. Il faut que les gens sachent ce qui est arrivé ici. Et je serai le premier à le leur apprendre.

Je vais vous résumer toute cette journée de folie dans l'ordre chronologique :

9 h 30 : je viens de rencontrer l'assistante de la Prédatrice. Un entretien glacial, mais je crois qu'on a quand même établi une connexion. Qu'elle soit mignonne ne nuit pas :-) Un contact possible avec Celine ?

Me sentant encore vaseux, j'ai décidé de commencer ma chasse à la Prédatrice après avoir pris une douche.

Vers 10 heures : en gagnant ma cabine, j'ai vu une fille qui pleurait, hystérique, à une table du buffet du Lido, entourée d'un tas de gens. Je me suis arrêté pour jeter une oreille. Ses copines et elle font partie du groupe des célibataires, et une des filles est morte hier. La sécurité affirme que la cause est une intoxication alcoolique, mais les autres ne sont pas convaincus. Ça pourrait être plus dramatique que ça. Il n'y a pas encore eu d'annonce à ce sujet, mais c'est sans doute pour cette raison qu'on a posé les scellés sur une des cabines à mon niveau. Il faut que je trouve Trining pour avoir des infos supplémentaires. Je ne l'ai pas vue ce matin.

10 h 20 : la cabine pue car l'air ne circule pas. Je me suis douché - pas d'eau chaude. Toujours pas de Trining mais j'ai causé avec Paulo, le steward épuisé qui travaille de l'autre côté. Il m'a dit ne rien savoir d'une passagère morte (j'ai senti qu'il mentait) et que Trining était malade (j'espère vraiment ne pas l'avoir contaminée).

10 h 30 : merde. Littéralement. Message de Damien. Problème de propulsion dans le bateau. Toilettes en panne. « Utiliser la douche pour la petite commission, un sac rouge pour la grosse. » Des sacs rouges destinés à recevoir les « déchets dangereux » nous seront distribués. J'ai essayé de tirer la chasse d'eau, et ça a produit des gargouillis bizarres. Vachement soulagé que mon estomac ne soit plus explosif. Il faut que je me débrouille pour parler à un officier, ou même à Damien. Silence assourdissant du commandant sur la situation. Je me dis que c'est peut-être un écran de fumée, une espèce de complot avec la direction de Foveros pour cacher à la presse qu'on est en panne. Cette histoire a des chances de me valoir un vrai scoop. J'ai demandé à Paulo s'il pouvait trouver le moyen de charger mon ordinateur et mon téléphone. Je lui ai donné 50 dollars.

Fait la sieste, réveillé par un hurlement vers 11 h 30. Pas pu déterminer d'où ça venait.

11 h 45 : retourné sur le pont de la Tranquillité (mais est-il tranquille ? Merde alors). Des queues interminables au buffet du Lido (sandwiches et hot-dogs - non, merci), donc j'ai bouffé un paquet de Curly que j'avais apporté à bord. Je ne l'ai pas rendu.

Mes deux objectifs principaux sont : trouver la Prédatrice et découvrir pourquoi personne n'est encore venu nous secourir. Merde, il devrait y avoir des hélicos, au moins un remorqueur, peut-être un autre paquebot Foveros. Tous les gens que je croise râlent à propos de leurs avions ratés, de la bouffe froide dégueulasse, du manque de café et d'alcool.

Midi : j'ai décidé de faire un tour au loto. Damien sur la scène. Plus petit en vrai qu'à la télé, et avec une pilosité faciale tragique. Il n'a pas arrêté de faire des vannes sur les sacs à caca. Il faut lui reconnaître une chose, il sait s'arranger pour que tout le monde lui mange dans la main. D'après lui, si on ne sort pas d'ici bientôt, il y aura des spectacles de cabaret supplémentaires. Le pied !

13 heures : me suis baladé, j'ai visité le foyer Rêve d'Étoiles. J'y ai trouvé un tas de gens avec un badge des Amis de Celine. Comme j'ai vu qu'ils me reconnaissaient, j'ai

préféré m'éclipser. Suis allé au parcours de minigolf. Me suis mêlé à nouveau au groupe des célibataires. La plupart sont logés sur le pont en dessous du mien. Il paraît que certaines cabines sont inondées par les remontées des canalisations.

J'ai appris par une des célibataires (Donna, de Providence) que Celine del Ray donnerait une représentation publique ouverte à tous à 14 heures. J'ai demandé comment elle le savait, et elle m'a répondu que deux vieux types faisaient le tour du paquebot pour prévenir tout le monde. La fille qui pleurait (Emma ou Amanda ou quelque chose comme ça, une Anglaise) dit qu'elle veut essayer de « contacter Kelly pour savoir comment elle est vraiment morte et si elle a un message pour sa maman ». J'ai essayé d'expliquer le concept de la lecture à froid. Ça n'a pas pris.

J'ai vu un type pisser par-dessus bord.

14 heures : j'ai voulu entrer au foyer Rêve d'Étoiles pour voir la Prédatrice vendre ses salades, mais deux vieux schnocks qui m'ont reconnu de la veille au soir m'ont arrêté à la porte. J'aurais bien discuté mais j'étais trop crevé, pas d'énergie. Je réessaierai plus tard. J'ai regardé si l'assistante était là, mais je ne l'ai pas vue. Je suis resté un moment dans le coin, espérant coincer Celine à sa sortie de scène. Ça n'a pas marché.

16 heures : intenses, les queues pour la bouffe. J'ai réussi à récupérer un sandwich jambon-tomate et une banane.

17 heures : OK, ça commence à devenir délirant. On n'est pas dans l'Antarctique en 1917. On est dans ce putain de golfe du Mexique. Pourquoi est-ce que personne n'est encore venu nous chercher ?

Vers 18 h 30 : il va y avoir du vilain. Les gens sont non seulement effrayés (parce que merde, on était censés arriver au port il y a presque douze heures), mais en plus, ils commencent à s'engueuler. Deux types ont failli en venir aux mains à cause d'un putain de transat.

J'ai encore rejoint « mon » groupe.

Vers 19 h 30 : des gens se sont pressés sur le pont du Lido, le pont de la piscine, la piste de jogging et les toboggans pour voir tirer les fusées de détresse. Ces pauvres connards n'ont pas arrêté de pousser des acclamations.

Si j'avais besoin d'une preuve qu'on est dans la merde, je suis servi. J'ai discuté avec un passager à l'air raisonnable, plus âgé que la plupart, qui dit que selon lui, le commandant nous a perdus, ou bien qu'on a dérivé hors des grandes routes maritimes. Que si c'est le cas, on peut facilement être emportés par le Gulf Stream, vu que le courant y est très fort, et terminer dans le triangle des Bermudes. C'est là que la conversation a pris un tour bizarre et qu'il a commencé à partir dans une théorie du complot à la con. J'ai essayé de lui expliquer que le TdB, c'est juste un mythe, de la connerie pure et simple, mais il a continué à se répandre sur les avions disparus sans raison pendant la Seconde Guerre mondiale.

J'ai laissé tomber.

Faut pas trop faire chier les cinglés.

20 h 30 : fait la queue pour la bouffe. Ça m'a pris une heure.

Voilà le choix :

Hot-dogs froids.

Sandwiches et wraps à la viande froide.

Queues de homard et crevettes précuites (et décongelées). Il y en avait des baquets entiers. Les gens faisaient des pieds et des mains pour en avoir. J'imagine qu'il faut bien les bouffer. Je ne m'y risque pas après avoir été malade.

Tomates en tranches.

Salade de pommes de terre.

Pain, olives, lamelles de poivrons.

Des montagnes de desserts. Du cheesecake à moitié fondu et du gâteau au chocolat qui dégouline de jus de cerise.

Les desserts ont été raflés en trente secondes.

21 h 30 : me suis installé avec les célibataires, qui ont tous décidé de dormir sur le pont. Je crois que Donna a essayé de me dra-

guer. Ils faisaient circuler une bouteille de vodka bon marché. Je n'en ai pas bu.

Je me sentais à nouveau écœuré, donc je suis retourné dans ma cabine. Il n'y a que moi sur ce pont-là. Ça schlingue mais je suis trop crevé pour bouger maintenant.

Bonne nuit.

JOUR 6

L'assistante de la sorcière

Les toilettes de la suite de Celine s'étaient obstruées vers 4 heures du matin, signalant leur trépas par un gémissement, humain au point d'en être déconcertant. Maddie se retint autant qu'elle le put, mais finalement, elle n'eut d'autre choix que de se soulager dans la douche. Dieu merci, il y avait encore de l'eau courante, si bien qu'elle se déshabilla et se badigeonna avec le gel douche de son employeuse. L'eau froide ne parvint pas à lui éclaircir les idées.

Bien qu'ayant pris un des somnifères de Celine, elle n'avait pas réussi à dormir plus de quelques minutes d'affilée. Ce que le médium était en train de faire l'obsédait.

Incapable de supporter plus longtemps l'atmosphère joyeuse et les applaudissements du foyer Rêve d'Étoiles, elle avait regagné la suite vers 18 heures la veille au soir ; il n'était pas question pour elle de braver les profondeurs de sa propre cabine : elle avait voulu s'y rendre pour récupérer ses affaires, mais arrivée à la moitié du couloir, la puanteur l'avait à nouveau chassée dans les niveaux supérieurs. Maddie avait tenté plusieurs fois de s'entretenir avec sa patronne durant la journée, Celine avait persisté à l'ignorer et à concentrer son énergie sur les Amis, qu'elle encourageait à sortir chercher « d'autres personnes qui auraient besoin de notre soutien ». D'autres personnes comme Helen, visiblement très affectée par les conneries pernicieuses qu'elle lui avait débitées. Car c'était bien le problème : Maddie ignorait d'où Celine tirait ses informations. Peut-être avait-elle convaincu Jacob, Juanita et toute la bande d'aller pour elle à la pêche aux renseignements, mais la jeune femme doutait qu'elle eût pris un tel risque. Elle n'avait rien pu glaner sur Facebook ou Zoop : la connexion n'était toujours pas rétablie. Or malgré cela, elle avait offert une suite de lectures exactes et troublantes aux inconnus ramenés au hasard par les Amis. Et son groupe grandissait : au départ de Maddie, il avait presque doublé. Parmi les nouveaux venus se trouvaient un couple du Kansas en pleine lune de miel (« Sachez ceci : votre grand-mère vous pardonne de n'être pas venue à ses obsèques. »), une femme obèse à l'air agressif qui, arrivée avec l'air de dire « Allez-y, faites-moi rire », était lentement passée du choc à l'émerveillement (« Sachez ceci : votre époux désire que vous vous fassiez opérer. »), et un homme en fauteuil roulant, accompagné d'une femme semblant porter un poids permanent (« Sachez ceci : votre sœur ne vous rend pas responsable de l'accident. »). Quelques-uns, telle Helen, restaient très peu, mais la plupart s'installaient pour de longues heures. C'était en partie grâce à l'atmosphère. Les Amis s'efforçaient d'accueillir avec chaleur les nouveaux arrivants, offrant de l'eau, partageant leurs vivres, si bien que même un ou deux serveurs s'étaient attardés bien après la fin de leur service. Celine – l'ancienne Celine – savait maîtriser une foule, mais elle poussait à présent ce talent à un degré nouveau. Ce qu'elle avait toujours affirmé désirer – aider les gens – semblait désormais sa seule mission.

Maddie ne prit pas la peine de s'essuyer. Enveloppée dans un peignoir de Celine, elle sortit sur le balcon. Le soleil claudiquait dans le ciel, la lumière trouble révélant une mer livide, couverte des cadavres de sacs rouges utilisés. *Un banc de méduses de merde. Charmant.* La jeune femme se laissa tomber sur la chaise en plastique du balcon et posa les pieds sur le garde-fou. Elle avait besoin de courir – elle était toujours sur les nerfs si elle ne faisait pas de l'exercice tous les jours –, mais elle n'avait aucun espoir d'y parvenir puisque la piste de jogging servait de terrain de camping. Le paquebot était silencieux : les cris et les sifflets qui retentissaient sur le pont du Lido, au-dessus d'elle, s'étaient tus vers 3 heures du matin.

Ses pensées se reportèrent sur Celine – qui ne faisait jamais rien sans une bonne raison ou la promesse d'un paiement conséquent. En outre, Maddie avait assez d'honnêteté intellectuelle pour reconnaître qu'elle se sentait blessée. Pourquoi son employeuse ne lui avait-elle pas dit ce qu'elle préparait ? Alors qu'elle était sa confidente depuis trois ans, elle se retrouvait soudain mise à l'écart.

Peut-être était-ce ce dont elle avait besoin. L'impulsion nécessaire pour quitter ce foutu boulot. Oui. Quand ils arriveraient enfin au port, elle donnerait sa démission. Elle rentrerait en Angleterre – rien ne l'obligerait à retourner à Nottingham, elle pourrait habiter n'importe quelle ville de son choix ; elle avait assez d'économies pour subsister un ou deux mois. Avec un peu de chance, son employeur suivant ne fouillerait pas trop dans son passé et ne s'aviserait pas des deux années de liberté surveillée dont elle avait écopé pour, en gros, s'être comportée comme une vraie conne – encore une femme qui avait foutu sa vie en l'air en tombant amoureuse de l'homme qu'il ne fallait pas.

Oui. Elle en avait fini d'être le laquais de Celine.

Laissant aller sa tête en arrière, elle ferma les yeux.

Un bruit d'éclaboussures la réveilla en sursaut. Elle ouvrit les yeux à temps pour voir un jet décrire un arc de cercle au-dessus du balcon. Un connard était en train d'uriner depuis le pont du Lido au-dessus d'elle.

— Hé ! hurla-t-elle. Arrêtez ça !

Un rire sardonique lui répondit.

Retenant un hoquet, elle rentra dans la cabine et claqua la porte du balcon derrière elle. Dégoûtant. Combien de temps cela pouvait-il durer ? On savait forcément, à terre, que quelque chose n'allait pas – Foveros n'aurait aucun moyen de le cacher si longtemps. Maddie vérifia l'heure sur son téléphone – on approchait de 9 heures du matin, plus tard qu'elle ne le pensait –, et avala une gorgée d'eau tiède à même la bouteille posée près du lit.

Après des coups frappés à la porte, l'appel « Service de chambre » retentit et Althea entra, plus maussade qu'à l'ordinaire, ce qui n'avait rien d'étonnant. Une situation pareille devait être un cauchemar pour le personnel. Maddie n'imaginait pas les conditions de vie dans les quartiers de l'équipage. Ici, au moins, elle respirait. Tout en bas, on étouffait. Ce devait être intolérable.

Elle tenta de sourire à l'arrivante.

— Bonjour.

— Je suis désolée, je ne peux pas vous apporter de serviettes propres : la blanchisserie est indisponible.

Althea déposa une bouteille d'eau près de la table, ainsi qu'une pile de sacs rouges. Seigneur ! Maddie espérait ne pas en arriver là. Uriner dans la douche l'avait déjà assez gênée.

— Où est Mme del Ray ?

— Au foyer Rêve d'Étoiles. Elle y a passé la nuit.

— Elle se sent mieux ?

Je n'en ai pas la moindre putain d'idée.

— Oui, merci.

— Elle a dormi là-bas ?

— Je ne sais pas.

Maddie ignorait si Celine avait dormi ou non. Et maintenant qu'elle y pensait, elle ne l'avait rien vue boire d'autre que de l'eau. Ce seul détail aurait déclenché ses sonnettes d'alarme si elles n'étaient pas déjà en train de hurler dans sa tête. Son estomac gargouilla. Elle n'avait rien mangé depuis la veille, hormis un paquet de biscuits sablés trouvé au fond de la valise de Celine.

— Est-ce qu'on sait quand on pourra repartir ?

— Je suis désolée. Aucune nouvelle.

Maddie n'interrogea pas plus Althea qui paraissait au-delà de l'épuisement. Distraite et blafarde.

— Ne vous embêtez pas avec ça, dit-elle alors que la femme de chambre commençait à arranger le lit.

— Vous en êtes sûre ?

— Oui. Vous devez avoir un tas de trucs à faire avec tout ce qui se passe.

— C'est vrai. (Althea eut un sourire de gratitude.) Il y a deux personnes malades à ce niveau-ci.

Maddie déglutit. *Mon Dieu !*

— Il y a un virus qui circule ?

Xavier avait été malade plusieurs jours. C'était possible. Et elle avait lu que ce genre d'épidémie pouvait se répandre à toute vitesse.

— Je crois. La vieille dame de la V25 est très mal.

— Quelle dame ? Vous voulez dire Helen ou Elise ?

— Oui. La plus grosse. L'Américaine.

Elise.

— Le docteur est passé la voir ?

— Je crois que l'infirmière est passée hier.

Helen et Elise lui étaient venues en aide. La moindre des choses était de leur demander si elles avaient besoin de quelque chose en retour. Elle n'avait vraiment aucune envie de s'exposer au virus, mais elle pouvait prendre des précautions. Tant qu'elle ne pénétrait pas dans la cabine des deux femmes, elle ne devrait pas avoir de problèmes.

— Beaucoup de gens tombent malades, continua Althea, mais ça ne vous arrivera pas si vous faites attention à ce que vous touchez. Je vous conseille de mettre de côté des couverts que vous seule utiliserez. Ainsi qu'une assiette. Au cas où.

— Merci, Althea. Je vous suis reconnaissante.

— Pas de problème.

La femme de chambre vaporisa du désinfectant au sommet du minibar et commença à l'essuyer.

— Ne vous donnez pas la peine de nettoyer ici.

Ce n'était pas que de l'altruisme : Maddie ne voulait pas avoir à se préoccuper des microbes qui devaient se cacher dans les chiffons de nettoyage.

— Vous êtes sûre ?

— Oui. Et je veillerai à ce que vous soyez récompensée de votre dur labeur.

Seigneur ! J'ai dit ça sur un ton condescendant.

— Merci.

Althea lui lança un sourire sans chaleur et sortit.

Maddie se percha sur le lit. Et maintenant ? Aller voir Helen et Elise était sa priorité. Ensuite, elle aurait sans doute intérêt à aller manger, même si ce qu'avait dit la femme de chambre à propos du virus l'avait inquiétée. Elle ne pouvait pas remettre ses vêtements de la veille, mais elle ne se sentait pas encore capable d'aller en chercher d'autres dans sa cabine. Ce qui lui rappelait qu'elle n'avait pas vu Ray depuis leur altercation – en tout cas, il ne faisait pas partie du groupe réuni au foyer Rêve d'Étoiles. Il sortirait de sa cabine tôt ou tard : sans la climatisation, il y faisait sans doute une chaleur étouffante.

Après de très brefs scrupules, elle fouilla dans le placard de Celine. Elle y trouva une chemise lilas ornée de strass en forme de chats – six tailles trop grande pour elle mais tant pis – qu'elle enfila par la tête. Il faudrait que son jean lui fasse un jour supplémentaire : les pantalons et les jupes du médium lui tomberaient sur les chevilles. Dans le tiroir, elle trouva une paire de gants en cuir noir prévus pour le froid qu'elles auraient à affronter en rentrant chez elles. Elle enroula un des foulards de soie de Celine autour de son cou : elle pourrait s'en couvrir la bouche. Les microbes le traverseraient mais elle serait au moins protégée de la puanteur. Elle aurait l'air ridicule de l'homme invisible, mais cela valait mieux que passer les prochains jours à vomir tripes et boyaux.

Quittant la suite avant de ne plus en avoir le courage, elle alla frapper à la porte de ses deux voisines.

Il fallut un moment à Helen pour lui ouvrir, et quand elle le fit, Maddie dut reculer d'un pas et se poser la main sur la bouche. Une forte odeur de vomi régnait dans la chambre.

— Pardon. Je ne suis pas très douée avec les… vous savez, la maladie, les odeurs. (Déplorable entrée en matière.) Désolée.

— Je comprends.

Quand Helen remarqua la chemise de Maddie, sa bouche fut animée d'un frémissement.

— Althea dit qu'Elise est malade.

— Oui. Une espèce de virus.

La jeune femme était choquée : Helen était d'une pâleur extrême, et sa peau semblait totalement déshydratée.

— Comment va-t-elle ?

— Pas bien.

— Je peux faire quelque chose ? Vous apporter à manger, peut-être ?

Helen porta la main à sa gorge.

— Je n'ai pas très faim.

— Vous devriez essayer de conserver vos forces.

— Peut-être juste un sandwich. Si ça ne vous dérange pas trop.

— Pas du tout.

Maddie hésita, se demandant si elle devait mentionner la rencontre d'Helen avec Celine, la veille. Elle décida de n'en rien faire. Si la vieille femme avait voulu en discuter, elle aurait abordé le sujet elle-même. Elle avait l'air du genre à dire ce qu'elle pensait.

Serrant son foulard sur sa bouche, Maddie monta l'escalier et sortit sur le pont principal, couvert de tentes improvisées et de matelas jusqu'à la piste de jogging et au parcours de minigolf. La queue devant le maigre buffet – il semblait n'y avoir encore que deux guichets ouverts – franchissait en serpentant la porte du salon couvert et se prolongeait presque jusqu'à la piscine. La jeune femme s'y joignit, tentant de ne pas songer aux microbes qui ne devaient pas manquer de pulluler partout. Sous ses gants, elle avait les paumes moites.

La file d'attente avançait comme un zombie. L'homme qui se tenait devant Maddie – un Anglais au visage large et sans grâce, avec un coup de soleil sur le nez – se retourna et lui adressa un large sourire.

— Sympa, les gants. Et futé. Le virus, c'est ça ?

— Oui.

— Ma copine l'a chopé. C'est carrément horrible. Le docteur dit que le mieux, c'est qu'elle reste dans la cabine. On a du pot d'avoir une suite sur le pont supérieur. C'est les pauvres types logés tout en bas que je plains.

La jeune femme hocha la tête, écoutant d'une oreille les théories de son interlocuteur sur la panne du paquebot tandis que la colonne continuait d'avancer à une allure d'escargot.

Elle prit deux assiettes en haut de la pile, puis sursauta quand on lui tapa sur l'épaule.

— Vous ne pouvez pas faire ça, dit sèchement une femme juste derrière elle.

— Faire quoi ?

— Stocker à manger. Vous n'avez le droit qu'à une assiette.

Les bras croisés sur la poitrine, elle foudroya du regard Maddie qui tenta d'afficher un sourire conciliant.

— Je ne stocke rien du tout. Je dois apporter à manger à une amie qui ne peut pas quitter sa cabine.

— Alors, vous devez faire la queue deux fois.

Oh, Seigneur !

— Pas question. Écoutez, je n'ai rien mangé hier, alors ce n'est pas comme si je…

— C'est votre problème. Vous n'avez pas le droit de stocker.

Un murmure approbateur monta derrière elles. Maddie se tourna vers l'Anglais amical qui lui avait parlé, mais il lui présentait désormais le dos, et elle se sentit soudain au bord des larmes. *Réagis.* Si elle avait été du genre à se laisser faire facilement, elle ne serait pas restée très longtemps l'assistante de Celine. Elle se redressa.

— Alors qu'est-ce que mon amie est censée faire ? Elle ne peut pas quitter sa cabine.

— Ce n'est pas mon problème.

Sa colère monta à toute vitesse, incandescente.

— C'est le problème de tout le monde, pauvre conne.

Maddie était choquée par sa propre réaction. D'abord Ray, et maintenant ça. Son interlocutrice cligna des paupières.

— Comment m'avez-vous appelée ?

— Vous m'avez très bien entendue.

— Vous... Vous ne pouvez pas...

— C'est vous qui m'avez agressée. Occupez-vous donc de vos affaires.

— Il y a un système...

Maddie pesait quinze bons kilos de moins que son interlocutrice, mais avec de la chance, elles n'en viendraient pas aux mains. Elle chercha en vain du regard un agent de sécurité.

— Vous ne pouvez pas vous servir comme ça alors qu'on est tous obligés de faire la queue, insista la femme. Ce n'est pas juste !

Un homme s'inséra entre elles – le blogueur, Xavier.

— Merci, chérie, dit-il en touchant le bras de Maddie. (Avant qu'elle ne puisse réagir, il s'adressa à la mécontente.) Elle me gardait ma place.

L'autre ne s'apaisa pas.

— Elle a deux assiettes. Elle stocke. Elle n'a pas le droit. Et on n'a pas le droit de garder des places.

— Ouais, vraiment désolé. J'étais... (Il se tapota l'estomac.) Vous voyez ce que je veux dire ?

La femme tordit la bouche de dégoût.

— Ne recommencez pas.

— Sûrement pas. Merci d'être aussi compréhensive.

La femme continua de fixer Maddie, mais celle-ci ne détourna pas le regard.

— Il y a autre chose qui vous dérange ?

— Non, fit la femme en baissant les yeux.

L'Anglais qui marchait devant Maddie se retourna.

— Les gens commencent à s'énerver, remarqua-t-il.

— Ouais, et merci de ton soutien, Ducon, répliqua-t-elle, se surprenant à nouveau elle-même, tandis que Xavier réprimait un rire.

L'homme s'empourpra et regarda ailleurs.

— Merci, murmura Maddie au blogueur.

— Je vous en prie. Malin, les gants. Je regrette de ne pas y avoir pensé. Apparemment, on peut encore choper la gastro. Ce serait carrément le comble, hein ?

Ils finirent par arriver au bout de la file d'attente. Un sandwich à la viande froide tomba mollement sur chacune des assiettes de Maddie. Au moins, le pain avait l'air frais. La jeune femme remercia le serveur, qui lui lança un regard vide.

— Vous allez vraiment manger ça ? demanda Xavier.

— Je n'ai rien avalé depuis hier.

Il marqua un temps.

— Venez avec moi. Je veux vous montrer quelque chose.

— Quoi ?

— C'est intéressant.

Elle leva les assiettes.

— Il faut que je porte ça à mon amie.

— Je vous accompagne.

— Non. Attendez-moi ici. Je n'en ai pas pour longtemps.

Elle ne le connaissait pas. Le guider jusqu'à la cabine de Celine n'aurait pas été une idée géniale.

— Super, répondit-il avec un sourire narquois.

Elle retraversa d'un bon pas l'atrium pour gagner le pont des VIP, tentant de faire abstraction des sacs rouges usagés qui s'entassaient devant une des suites.

Helen accepta l'assiette avec un sourire las. Maddie retourna alors dans la cabine de Celine, où elle prit une bouchée de son propre sandwich. Le pain lui faisait l'effet d'un morceau de moquette sur la langue. Elle déposa le reste dans le frigo du minibar – ce qui ne servait à rien puisqu'il ne fonctionnait pas.

Elle n'était pas obligée de ressortir. Toutefois, elle devait s'avouer assez curieuse de ce que le blogueur voulait lui montrer. Et merde ! Elle n'avait rien de mieux à faire !

Il lui adressa un salut un peu suffisant lorsqu'elle le rejoignit.

— Je me disais que vous aviez peut-être changé d'avis.

— Qu'est-ce que vous voulez me montrer ?

— Venez. Ça ne prendra qu'une seconde.

Il désigna l'escalier qui montait à la piste de jogging. Tandis qu'ils zigzaguaient entre les matelas et les chaises couvrant le pont, une jeune femme en bikini salua Xavier et jeta un coup d'œil curieux à sa compagne. Plusieurs personnes les fusillèrent du regard comme s'ils violaient une propriété privée. Consciente de son extravagant chemisier, Maddie gardait les yeux rivés au dos du blogueur qui gagnait à grands pas le pont panoramique. Quand ils furent arrivés devant le garde-fou, elle observa les passagers et les employés qui occupaient le pont du Lido et le pont principal.

— Regardez.

Xavier se pencha vers elle et lui désigna la proue du navire. Tout au bout du côté tribord, quelques matelots s'activaient autour d'un des canots de sauvetage de l'équipage.

— Qu'est-ce qu'ils font ?

— Quelqu'un va partir. Quelqu'un compte aller voir ce qui peut bien se passer. Ça signifie forcément qu'on est dans une merde noire.

— Ils vont envoyer un canot ?

— Une navette. Un des canots qui sont équipés d'un moteur plus gros. Le genre dont ils se servaient pour nous emmener sur l'île de Foveros, vous voyez ? Ça nous apprend plus ou moins tout ce qu'on a besoin de savoir : s'ils savaient que les secours sont sur le point d'arriver, pourquoi affréteraient-ils une navette ? Donc, on n'est pas là où on est censés être.

— Pourquoi n'appellent-ils pas simplement à l'aide par radio ?

— Le WiFi est en rade, peut-être que la radio l'est aussi. Ce n'est pas normal. Vous vous rappelez la panne du *Joyau Magnifique* ? (Maddie ne s'en souvenait pas, mais elle hocha tout de même la tête.) Une heure plus tard, le monde entier était au courant. Nous, ça fait deux jours que ce bordel dure, et *nada*. On est livrés à nous-mêmes. Et ils ne vont pas réussir à le cacher encore très longtemps. Ils doivent remercier leur bonne étoile pour l'épidémie de gastro. Vous avez vu ce qui s'est passé dans la file d'attente ? Une mutinerie générale n'est plus qu'une question de temps. Il n'y a pas d'armes à feu sur les paquebots.

— On n'en arrivera pas là.

— Ah ouais ? Vous croyez ?

Un bip retentit, puis : « B'jour, mesdames et messieurs. Ici Damien, votre directeur de croisière. Je vous annonce que le commandant ne tardera plus à s'adresser à vous pour vous tenir au courant de la situation. En attendant, notre célèbre invitée, Celine del Ray, a généreusement offert de se produire sur scène pour tous ceux qui désireraient la rejoindre. La séance débutera au théâtre Osons Rêver dans trente minutes. »

Xavier lança un regard étonné à Maddie.

— C'est trois fois plus grand que le foyer Rêve d'Étoiles de merde. Elle doit attendre une sacrée foule. J'ai essayé d'entrer, hier, mais je me suis fait bloquer.

— Grosse surprise, fit la jeune femme avec un petit rire.

— À quoi elle joue ? Elle lance une secte ?

— Je ne sais pas à quoi elle joue. Elle n'est plus du tout elle-même. Elle a changé radicalement de personnalité d'un jour à l'autre. Elle prétend aider les gens.

— Hier, vous disiez qu'elle ne faisait que ça.

Merde ! Mais ce qu'elle racontait à Xavier avait-il encore de l'importance ? Elle allait démissionner. Son projet était bien arrêté.

— Ouais mais, là, elle les aide sans se faire payer. Ça ne lui ressemble pas du tout.

— Ah.

— Et je ne sais pas où elle prend les informations qu'elle utilise.

— En général, c'est sur Google, hein ? Et je suppose que le reste est obtenu par la lecture à froid.

Maddie haussa les épaules. Elle n'était pas encore prête à aller aussi loin.

— Peut-être.

Était-ce Ray qui se tapait le sale boulot pour le médium ? Elle ne l'avait pas vu au foyer depuis leur altercation de la veille, mais Celine avait pu envoyer un des Amis le chercher.

Près de la navette, un officier s'adressait en gesticulant à deux hommes en bleu de travail.

— Je n'aurais rien contre un petit entretien avec elle, déclara Xavier.

— Ben tiens.

— Vous pourriez me faire entrer. Allez, vous me devez un service. Je vous ai sortie d'un mauvais pas dans la file d'attente, non ?

Il lui sourit à nouveau. Il ne correspondait pas tout à fait à sa définition d'un homme séduisant, et il n'était en aucun cas son genre (bien qu'elle n'en eût aucun, ces temps-ci), mais il n'était pas non plus répugnant, comme ses copines et elle disaient à l'école. Bon sang, d'où sortait donc ce souvenir ? Maddie réfléchit à la question. Celine était plus que capable de tenir tête à Xavier, et la scène pourrait être intéressante.

— Pourquoi pas ? Vous voulez la rencontrer ? Je vais vous conduire auprès d'elle.

— Génial.

Comme ils quittaient le pont principal pour se diriger vers le théâtre, Xavier continua de la bombarder de questions sur Celine et ses méthodes, mais Maddie noya le poisson. Elle n'allait pas lui faciliter les choses à ce point.

Un flot régulier de passagers s'engageait dans la salle de spectacle. Il n'y avait aucun signe de Jacob ou d'Eleanor, ni d'aucun autre Ami connu. En revanche, alors que le dernier groupe entrait, la jeune femme vit Ray devant les portes, les bras croisés, les jambes un peu écartées dans une posture de videur.

— Je m'en charge, murmura-t-elle à Xavier.

Le garde du corps l'accueillit avec un de ses sourires à la noix.

— Salut, tigresse. Celine m'a prévenu que vous alliez vous pointer. C'est quoi, ce truc que vous portez ?

— Je croyais que vous n'en aviez rien à foutre de Celine. Qu'est-ce que vous faites-là ?

— Ma foi, mon chou, il se trouve que c'est ici que tout se passe. Je fais mon boulot.

Une expression étrange passa sur son visage.

— Elle vous a dit quelque chose ?

— Non.

Il mentait. Celine avait pu utiliser un élément du dossier que lui avait sûrement envoyé l'agence de sécurité, en le déguisant pour donner l'impression qu'elle ne pouvait en aucun cas le connaître. Toutefois, cela ne collait pas : Ray savait très bien comment elle opérait. Peut-être était-il vraiment très bête. Ou peut-être faisait-il son travail pour une autre raison.

— Combien vous verse-t-elle en plus ?

Un sourire rusé.

— Hé, un bonus, c'est un bonus, hein ? (Il parut voir Xavier pour la première fois.) Vous êtes le type qui a essayé de forcer le passage l'autre soir ?

— Ouais.

— Qu'est-ce que vous foutez avec ce connard, Maddie ?

— On veut voir Celine.

Maddie fit mine de passer derrière Ray.

— Désolé, mon chou. Celine ne veut pas vous voir, elle.

— Qu'est-ce que vous racontez ?

— Vous ne pouvez pas entrer. Pas avant qu'elle ne le dise.

— C'est ma patronne.

Il haussa les épaules.

— J'ai mes ordres. Et pas la peine d'essayer l'autre porte : elle est barricadée. Celine dit que vous n'êtes pas encore prête.

— Prête à quoi ?

— Je transmets le message, mon chou. C'est tout.

— Laissez-moi passer.

— Je ne peux pas, Maddie.

— Et si on vous payait ? intervint Xavier.

— Vous m'offrez de l'argent ?

— Ouais.

— Vous êtes riche ?

— Je me débrouille.

Ray hocha la tête.

— Je vois. Vous pensez qu'un connard d'ancien flic comme moi acceptera un pot-de-vin.

— Je n'ai pas dit ça.

— Écoutez, Ray, intervint Maddie, il n'y a aucune raison de s'énerver. Je travaille pour Celine depuis des années, et vous…

— C'est un lieu public, vous ne pouvez pas nous empêcher d'entrer, l'interrompit Xavier.

— Ah non ?

Maddie réalisa que des gens se massaient derrière eux. Ils venaient assister à un spectacle, songea-t-elle, et on leur en offrait un sur un plateau. Elle tenta le charme.

— Allez, Ray, juste un coup d'œil. On ne restera pas longtemps. Vous n'aurez qu'à dire à Celine qu'on vous a filé entre les doigts.

Pourquoi se donnait-elle seulement cette peine ? Tout ce qu'elle savait, c'était qu'entrer devenait soudain très important pour elle.

Xavier tira deux billets de cent dollars de son portefeuille et les agita devant Ray.

— Prenez ça.

— Je ne veux pas de votre argent.

— Prenez-les.

— J'ai dit : je ne veux pas de votre argent.

— Allez, mon vieux. Deux cents dollars, où est-ce qu'un type comme vous…

Ray se détendit brutalement, empoigna le blogueur par sa chemise, le tira à lui et lui assena un coup de tête au visage. Xavier tituba en arrière, les mains plaquées sur le nez. Maddie demeura un instant figée, ne se portant au secours du blessé que lorsqu'une des femmes derrière eux poussa un cri aigu.

Ray se pencha vers elle.

— Foutez le camp, Maddie. (Elle sentait à présent son haleine avinée.) Foutez-moi le camp tout de suite, merde !

Le condamné

Douillet. Chaud. Comme dans un rêve. Gary se plaisait dans cette pièce : il y faisait bon, le calme y régnait. Des murs blancs, de l'air chaud, un peu lourd mais tolérable. Il se tourna sur le côté. Un homme reposait sur le lit voisin, un épais bandage sur le bras. Aussi basané qu'un pirate, il fixait droit devant lui, la bouche ouverte. Gary tordit le cou pour suivre son regard.

Un Noir corpulent vêtu d'une salopette, très ridé, était adossé au mur d'en face. La tête baissée, il se frottait les mains. Gary ne voyait pas ses yeux, cachés dans les plis du visage. Une brumeuse pensée l'alerta que cela aurait dû être inquiétant, mais sans qu'il sût pourquoi, ce ne l'était pas.

— Hé, croassa-t-il.

L'homme en salopette tira une langue grise et porta un doigt à ses lèvres.

— Chut.

— Je ne dirai rien.

L'homme eut un petit rire, et Gary se joignit à lui. Une amitié instantanée. Ce type lui plaisait. Comme disaient les gamins à l'école, il était *cool.*

Était-ce la nuit ? Le jour ? Quelle heure était-il ?

Quelle importance ? Et, mmmmmm, il se sentait bien, comme s'il était enroulé dans de la barbe à papa, comme s'il flottait dans une grande baignoire d'eau chaude. Il se pelotonna sous le drap qui le couvrait. Aïe ! Quelque chose lui pinçait le bras. Baissant les yeux, il découvrit un tube sinueux retenu au pli de son coude. Une aiguille. Ah non ! L'extraire. Il tira, tira encore, mais elle refusa de sortir. Du sparadrap. Elle était fixée avec du sparadrap. Le décoller. Ses doigts refusèrent de lui obéir, mais il comprit pourquoi. Ce n'étaient pas les siens ! Ils n'étaient pas attachés à lui. Les doigts de quelqu'un d'autre. Engourdis. Il pouvait les faire jouer par la force de l'esprit. Oui. Faire jouer les doigts de l'autre personne par la force de l'esprit. Gratter, gratter, soulever le bord et… arracher. Il ôta l'aiguille et regarda un filet de sang couler lentement le long de son bras. Très rouge. C'était très bien. C'était plus que bien. Il voulut lever la tête pour mieux voir l'homme au bras bandé, mais elle était lourde. Fatigue. Sommeil. Oui, ce serait agréable. Il allait faire une petite sieste.

Une secousse sur son épaule. Il ouvrit les yeux. Avait-il dormi ? Il était incapable de le dire, mais sa tête ne lui paraissait plus aussi encombrante.

Son voisin gémit et murmura quelque chose dans une langue qu'il ne comprenait pas.

Gary cligna des yeux et examina à nouveau la pièce. Les murs blancs. Bien sûr. Il comprenait à présent. Le gros homme en salopette s'était approché. On ne distinguait toujours pas ses yeux.

— Je suis à l'hôpital ? Je suis tombé ?

— Chut.

L'homme arriva devant la porte, le doigt sur les lèvres, et fit signe à Gary de le rejoindre.

— Il est l'heure de partir ?

Pas de réponse.

Se lever, se lever, il devait se lever. Il repoussa d'un coup de pied les draps, qui s'emmêlèrent dans ses jambes. Alors qu'il s'apprêtait à lui demander de l'aide, il se rendit compte que le gros homme n'était plus là. Le sang avait séché sur son bras. Des fragments de rouille. Il les essuya avec le drap. Doucement, va doucement. Oh ! Le sol, sous ses pieds, était spongieux. Il trébucha sur un sac à demi glissé sous le lit. Des vêtements. Et ses lunettes ? Où étaient ses lunettes ? Pas grave. Sans elles, il n'était pas aveugle, il avait juste des maux de tête.

— Je m'en vais, annonça-t-il à l'homme au bras bandé, désormais couché en position fœtale. Au revoir.

Il sentait un goût bizarre dans sa bouche, comme s'il avait sucé de la craie. Comment était-il arrivé ici ? Peut-être était-il tombé. Peut-être avait-il eu un petit accident. Oups.

Il gagna l'entrée d'un pas traînant, dériva au-delà du seuil et flotta devant un bureau, se dirigeant vers une seconde porte. Celle-là était lourde, et plusieurs essais lui furent nécessaires pour contraindre sa main à tourner la poignée. Le voilà sorti dans un couloir.

Deux personnes marchaient vers lui, floues. Un homme et une femme. Noir et blanc, ébène et ivoire. L'allure de la femme lui plaisait, elle était…

Non.

L'homme avait le visage ensanglanté.

— Est-ce que le docteur est là ? interrogea la femme.

Gary était incapable de parler, et il devait poursuivre son chemin. Son ami en salopette, qui l'attendait au pied de l'escalier, lui fit signe d'approcher. Il le suivit, monta les marches tandis que le sol bougeait à nouveau. Il continua de se déplacer comme on flotte. Ce n'était pas déplaisant. L'homme l'encourageait à avancer encore, et il ne voulait pas le perdre de vue. Il avait l'impression de le connaître. D'où ? Un trou dans sa mémoire.

Marilyn. Il devait la trouver. Où aller ?

Il franchit un angle, dépassant une femme qui nettoyait la moquette. Odeur de vomi.

— Tout va bien, monsieur ?

— Oui. Je dois trouver Marilyn.

Devant lui, deux femmes discutaient avec animation et masquaient son ami. L'une se tourna pour le regarder. La peau de son visage était mangée de rides, comme de la terre craquelée.

— Je peux vous aider ? s'enquit-elle.

— Je monte.

Gary pouffa. Son ami gravissait les marches d'un pas énergique devant les femmes. Il les dépassa pour le rattraper.

— Hé ! s'écrièrent-elles.

Il franchit l'angle d'un autre couloir. Celui qu'il suivait avait disparu. Où aller à présent ? Gary disposait d'une cabine, peut-être Marilyn y serait-elle ? Mais il ne pouvait pas y descendre. L'idée lui en était insupportable. Quelque chose s'était produit dans les niveaux inférieurs, mais le seul souvenir qui lui revenait était celui d'une odeur déplaisante. Il continua de monter, encore et encore, jusqu'à l'atrium, un endroit qu'il se rappelait bien, où il tapota du bout des doigts les décorations de Noël enroulées autour des rambardes. Mmmm. Joli. Il ne s'était encore jamais vraiment arrêté pour les regarder. Noël. Il aimait bien Noël.

Puis il sortit, poussant la vitre grasse. La mer… Il adorait la mer. Il dériva vers le bastingage, trébuchant sur une paire de jambes tendues.

— Fais gaffe, mec ! lança sèchement une voix grincheuse.

Comment trouver Marilyn au milieu d'une telle foule ? Sa poitrine se serra. Il avait besoin de son ami pour le guider.

Gary resta aussi immobile que possible, les yeux baissés sur les vagues. Quelque chose flottait dans l'eau. S'agitait de haut en bas et dérivait – comme lui. Quelque chose de rouge et de luisant. Le soleil lui martelait le crâne. Il leva la tête et ferma les yeux. Mmmm.

— Gary !

— Il est à toi, ce gars-là, ma belle ?

— Gary ! C'est toi ?

Il ouvrit les yeux et se retourna. Il se tenait à présent tout près d'une file de personnes. Comment était-il arrivé là ? Marilyn. La voilà. Sa femme. Seigneur, il la détestait ! Il avait les idées embrumées mais il se rappelait de ça. Un coup de soleil sur le visage, la bouche pareille à une cicatrice, les lèvres trop fines. Pas comme…

Non.

— Gary. Tu es resté évanoui plus de vingt-quatre heures. J'étais tellement inquiète, chéri.

Il se contraignit à faire sortir les mots de sa bouche. Ils lui parurent lointains.

— Qu'est-ce qui m'est arrivé ? Tombé ?

Un homme aux yeux bleu terne avait rejoint Marilyn. Gary pêcha son nom au fond de sa mémoire : Mason, un entrepreneur.

— Ils t'ont laissé sortir, alors, Gary ?

Il hocha la tête. Mais était-ce le cas ?

— Qu'est-ce qui m'est arrivé ?

Sa voix lointaine lui paraissait sanglotante ; pourtant, il n'avait pas envie de pleurer.

— Tu ne te rappelles pas ? demanda Marilyn.

— Non.

Elle jeta un coup d'œil à Mason.

Un souvenir le démangeait dans un coin de sa tête. *Des doigts.*

— Chéri… tu as… Ça m'ennuie de te le dire. Tu t'es évanoui dans la cabine, et quand on a essayé de te déplacer, tu t'es mis à hurler. On t'a donné un tranquillisant.

Dans un coin de sa tête… qui l'aiguillonnait. Des doigts. Des doigts et…

Non.

— J'étais tellement inquiète. Je suis venue te voir, tu te rappelles ? Je t'ai apporté des vêtements propres hier soir. Mason a été très gentil avec moi, chéri. Il m'a accompagnée à la cabine chercher le reste de mes affaires.

— Et ça schlingue, en bas, gronda l'intéressé. Tu vas pas encore péter les plombs, hein ?

— Qu'est-ce qui s'est passé, Gary ? Est-ce que quelqu'un t'a attaqué ? Est-ce qu'on a mis une drogue ou un truc comme ça dans ton verre ? On peut porter plainte.

— Ouais. La sécurité, ça compte, sur ces saloperies. Il faut qu'ils assurent mieux que ça. Il y a aussi l'histoire de la fille.

— La fille ? interrogea Marilyn.

La sienne. C'était de la sienne qu'ils parlaient, mais elle était…

— On a trouvé une fille morte dans sa cabine. Sam a appris ça d'une copine de la victime quand elle faisait la queue pour avoir des hot-dogs, ce matin.

Marilyn porta la main à sa gorge.

— Oh, Seigneur ! Et si c'était celui qui a fait ça qui s'était attaqué à toi, Gary ?

— Hé, comment t'es fringué, mec ? T'essaies d'avoir le look *Deux flics à Miami ?*

Gary baissa les yeux pour examiner sa tenue. Il ne se rappelait pas s'être habillé. La braguette de son short était ouverte, et une touffe de poils pubiens en sortait. Sa chemise était déboutonnée.

— Je…

— Viens avec nous, reprit Mason en lui tapant sur l'épaule. On est en train de s'organiser. On a un coin peinard.

Marilyn lui prit le bras et le guida vers un escalier métallique. Son ami – où était son ami ? Il le chercha du regard, en vain.

— On s'installe sur le pont de la Tranquillité, chéri, lui apprit Marilyn. Mason veille à ce qu'il n'y ait pas trop de monde.

L'entrepreneur approuva d'un grognement. Il avait une femme, Gary se la rappelait. Une femme en plastique, une vraie poupée.

— Il faut faire caca dans des sacs. C'est terrible, non ? Mason n'arrête pas de demander à parler au capitaine, mais on l'envoie toujours promener.

— Je finirai par y arriver. Ils n'ont pas le droit de nous laisser dans le flou comme ça. Et ils nous mentent. Un type de notre groupe est technicien sur téléphones portables, il a apporté du matériel high tech et il n'arrive pas à le faire marcher. Il dit que tout est en panne.

— On dérive, chéri. Comme on ne peut pas retourner dans les cabines, la plupart d'entre nous sont montés sur le pont…

Gary laissait ces paroles glisser sur lui. Le soleil l'éblouissait.

— … on pense qu'on sera obligés de passer par le bar de l'équipage pour arriver sur la passerelle. Il y a des escaliers qui y mènent.

— Regardez ! cria quelqu'un.

Un bip puis : « B'jour, mesdames et messieurs. Ici Damien, votre directeur de croisière. Je suis sûr que vous êtes tous très reconnaissants envers notre merveilleux équipage… (Gary s'efforçait de se concentrer sur ses paroles, mais c'était très difficile.) Merci de votre patience. Le commandant de bord, Guiseppe Leonidas, va très bientôt s'adresser à vous. Comme vous l'aurez remarqué, une de nos navettes est sur le point d'être mouillée. »

Une longue pause, des parasites, puis une voix au fort accent : « Mesdames et messieurs, je suis désolé de ne pas vous avoir parlé plus tôt. Nous travaillons très dur pour essayer de régler le problème. En bref, nous avons un souci avec le générateur. Un petit incendie qui a créé une rupture dans la connexion. Jusqu'à ce que ce soit arrangé, nous n'aurons pas d'énergie pour bouger. Nous avons aussi tenté à de nombreuses reprises d'appeler notre contrôle pour demander de l'aide, mais il n'y a eu aucune réponse. Nous avons fait tout notre possible. Nous sommes sûrs que… »

La vue de Gary se troubla. Il avait envie de s'allonger, de se rendormir. La voix de Marilyn lui parvenait par intermittence.

— … veux dire, Mason ? … bon signe ?

— Au moins ils font quelque chose… hé… si malin… en bas s'il a le…

Des acclamations.

— Un bateau !

Des gens bousculèrent Gary pour s'approcher du bastingage. Il se retrouva seul près du jacuzzi. Il contempla leurs corps alignés. Son ami n'était pas avec eux, mais…

La fille. La fille y était.

Non nonononononononon.

Blonde. Elle était blonde. Grosse. Elle se tenait là, lui tournant le dos. Elle le provoquait. Il s'approcha d'elle d'un pas retenu. Elle était vivante, finalement. Il le savait.

Quand il l'empoigna par le bras, elle poussa un cri aigu et se retourna. Pas la sienne. Ce n'était pas elle.

— Qu'est-ce qui vous prend, bordel ? hurla-t-elle.

— Pardon. Pardon.

Gary recula et se prit les pieds dans une chaise posée derrière lui. Il se sentit tomber au ralenti, atterrit sur le coccyx et leva les yeux. Le soleil changeait en fantômes les gens qui se penchaient sur lui. Il voyait leurs visages, mais aucun n'avait d'yeux.

— Oh, Gary ! s'exclama Marilyn.

Puis un trou s'ouvrit dans sa tête et l'entraîna sous la surface.

La servante du diable

La buanderie, naguère véritable ruche d'activité, d'odeurs de lessive, de voix et de ronflements de machines géantes, était déserte, obscure. Il y régnait un fort parfum de renfermé. Althea jeta dans un angle ses sacs de draps et de serviettes sales. *Maintenant, que quelqu'un d'autre s'en occupe.* La plupart appartenaient aux Lineman. Mme Lineman n'avait ni levé le petit doigt pour l'aider, ni parue gênée par la porcherie emplie de linge sale et de fluides corporels qu'était devenue sa cabine. Il avait fallu une heure à la jeune femme pour tout remettre en ordre. Toutefois, imaginer ce *bastardo* stupide en train de se vider les tripes dans un sac la payait presque du travail supplémentaire. À l'inverse, Helen avait insisté pour changer les draps elle-même et lui avait demandé respectueusement si elle pourrait lui apporter un seau, un vaporisateur d'eau de Javel et des chiffons pour nettoyer derrière Elise au besoin. Althea devait à tout prix retourner voir les deux vieilles dames plus tard, s'assurer qu'elles avaient tout ce qu'il leur fallait.

Que le bateau n'ait pas été mis en alerte rouge la surprenait ; elle avait déjà connu deux épidémies de gastro-entérite au fil des ans, et c'était la procédure standard. Althea comptait bien éviter de tomber malade. C'était simple : se laver et se désinfecter les mains ; ne rien toucher sans porter de gants et ne pas lésiner sur l'eau de Javel. On comptait deux passagers malades de plus côté tribord – Electra ne s'était pas montrée pour travailler dans sa section –, et Althea s'était assurée qu'ils ne manquent de rien. Quand le paquebot rentrerait enfin au port cahin-caha, qu'ils soient restés si longtemps en panne ferait beaucoup de bruit, et une fois toute l'histoire terminée, ce serait d'Althea que les passagers se souviendraient. Elle qui n'aurait pas abandonné son poste une seule fois. Ce n'était toutefois pas sans conséquence : l'épuisement, en vagues acides, remontait le long de ses jambes. Elle avait mal dormi. Comment aurait-il pu en être autrement ? Le garçon lui était apparu en rêve pendant la nuit – du moins, elle espérait que c'était un rêve. Il s'était pelotonné au pied du lit, et elle avait à peine osé respirer par crainte de le déranger.

Puis Mirasol était revenue des toilettes, elle avait claqué la porte, et le garçon… le garçon avait disparu. Peut-être cet enfant qu'elle voyait était-il le sien. Celui qui grandissait dans son ventre. Le bébé qu'elle allait avoir, lui disant qu'elle devait accepter son sort. Elle secoua la tête. *Loca*. Il n'y avait pas de fous dans sa famille, quoique sa sœur, d'un caractère nerveux, fût devenue capricieuse, irrationnelle et renfermée après avoir eu son troisième enfant. Mais c'était normal, Althea avait observé cela bien des fois. Non. Ce qui la travaillait, c'était le stress. La situation effrayante. Aujourd'hui, même les vétérans qui travaillaient sur les paquebots depuis des années avaient les jetons. L'Internet était encore en panne, et d'après Angelo, il ne faudrait pas longtemps aux générateurs de secours pour tomber à court de carburant. Paulo avait un petit poste de radio à ondes courtes dans sa cabine, et même lui ne recevait aucun signal. Une bonne partie des employés choisissait de dormir sur le pont de l'équipage ou les ponts de chargement plus aérés, chassés de leurs cabines par l'odeur des canalisations et la peur de l'inconnu. Les rumeurs fantastiques allaient bon train parmi eux : le bateau était hanté, la jeune femme décédée à la morgue, ressuscitée, attendait son heure pour faire mourir de peur les imprudents. Il y avait encore de l'eau courante, donc on pouvait se doucher, mais c'était tout. Althea était soulagée que nettoyer les salles de bains communes de l'équipage ne fasse pas partie de son travail.

Se forçant à bouger, elle gagna le bureau de Maria. La porte était ouverte et des voix fortes s'en échappaient. Elle hésita, tentée de rester dehors et de tendre l'oreille, mais sa supérieure l'aperçut avant qu'elle eût le temps de reculer hors de vue.

— Entre, Althea.

Mirasol, qui avait visiblement pleuré, eut un sourire soulagé en la voyant. L'agression de la veille ne lui avait laissé qu'un bleu minuscule sous l'œil droit.

Maria croisa les mains sur le bureau, devant elle.

— Si tu ne veux pas faire ton travail, je serai obligée de te renvoyer.

— Mais je vous l'ai dit : je ne peux pas aller en bas !

— Je sais que tu as subi un choc hier, Mirasol, mais je t'ai demandé si tu étais en état de travailler et tu as répondu oui. Maintenant, tu dis le contraire. Décide-toi.

— Il n'y a pas de passagers, tout en bas. Les moquettes sont souillées. Les toilettes ont débordé. Et… et puis, les esprits rôdent.

Maria soupira.

— Je peux m'en occuper, intervint Althea. Je descendrai, moi.

Elle n'avait pas besoin de ce travail supplémentaire, mais c'était dans cette section qu'elle avait vu le garçon la première fois, et elle voulait en avoir le cœur net.

— Tu ne peux pas faire ça, Althea, gémit Marisol. La Dame y est. Je te l'ai dit.

— Je n'ai pas peur.

— Va-t'en, s'il te plaît, Mirasol, enjoignit sèchement Maria.

Après avoir lancé un regard angoissé à Althea, la jeune fille s'enfuit.

— Tu es sûre de vouloir faire ça, Althea ?

— Oui.

— Bon. Merci. (Un minuscule sourire de gratitude.) Il faut retirer les draps. Mirasol a raison : les toilettes ont refoulé. (Maria soupira à nouveau.) Le service de maintenance refuse aussi d'y descendre. C'est une vraie catastrophe.

Pas de haussement de sourcils aujourd'hui. Un instant, son assurance de façade se fissura pour laisser entrevoir une inquiétude latente – quelques jours plus tôt, sa subordonnée aurait payé cher pour voir cette expression. Maria perdait les pédales. Parfait. Il était bien temps que cette *puta* craque. Althea, elle, resterait forte.

— Je peux faire autre chose ?

Cela lui valut un regard sec. Peut-être en faisait-elle un peu trop.

— Non, c'est bon, Althea. Tu peux t'en aller.

Mirasol l'attendait dehors.

— Tu crois que je vais perdre mon travail ?

— Non, bien sûr que non. Maria est stressée et elle passe ses nerfs sur toi. Ignore-la.

— Mais il suffit d'un mot d'elle pour que je sois virée des croisières. Je ne peux pas me permettre de perdre mon travail. Je dois beaucoup d'argent à l'agence.

Althea retint un soupir. La jeune fille commençait à la fatiguer.

— Fais-moi confiance, tout va s'arranger. Tu ne perdras pas ton travail. Tu as été agressée par un passager. Évidemment que tu ne veux pas redescendre. (Marisol ouvrit la bouche, sans doute pour parler de la Dame, mais sa compagne la coupa net.) On t'a appris ce qu'il fallait faire en cas de virus à bord, pendant les cours de formation, hein ?

— Oui.

— Suis bien les instructions.

— D'accord. Merci. Comment pourrai-je te remercier ?

Althea sourit. Elle trouverait quelque chose.

Elle longea le I-95 à grands pas. Partout, négligence et laisser-aller. Des employés indonésiens de la maintenance et du ramassage des ordures, rassemblés en un petit groupe compact, discutaient à voix basse. Un officier, sa chemise blanche tachée apparemment par du café, passa à toute vitesse, manquant de la bousculer. Nulle part on ne sentait l'énergie habituelle de cette heure de la journée. Althea devrait aller chercher une autre boîte de gants chirurgicaux. Si en bas la situation était aussi grave qu'on le disait, elle aurait besoin de prendre toutes les précautions. Comme elle gagnait sa cabine, elle remarqua que la porte de celle de Trining était ouverte, sûrement pour faire circuler le peu d'air présent à ce niveau. Althea n'avait pas revu sa collègue depuis que cette dernière lui avait demandé de la remplacer, le jour où le bateau était tombé en panne – cela lui semblait une éternité. Maria lui avait-elle déjà appris qu'elle était licenciée ? Curieuse, elle passa la tête à l'intérieur de la cabine. Une forte odeur de chlore s'échappait du minuscule cabinet de toilette. Bien. Quelqu'un avait eu le bon sens de nettoyer.

Trining, allongée sur le côté, tournait le dos à la porte.

— Bonjour.

— Va-t'en Althea !

— Pourquoi est-ce que tu me parles comme ça ?

Trining se retourna en roulant sur elle-même. Elle n'avait pas l'air si malade. Sans le seau et les mouchoirs froissés près d'elle, Althea aurait pensé qu'elle jouait la comédie.

— Je sais que tu as menti.

Merde de merde !

— Menti ?

— D'après Maria, tu dis que je ne t'ai pas demandé de t'occuper de ma section.

Althea écarquilla les yeux.

— Quoi ? Je ne sais pas pourquoi elle raconte ça. Est-ce que je t'ai jamais laissée tomber, Trining ?

— Non.

— C'est un malentendu. Je vais parler à Maria. (Trining n'était pas idiote. Elle ne répondit pas à son sourire.) Je vais m'occuper tout de suite de ta section.

— Je ne te paierai pas pour ça.

— Bien sûr que non. (Althea ne cessa pas de sourire.) Dis… dans ta section, justement. Est-ce que tu as vu quoi que ce soit de bizarre ?

— Comme quoi ? demanda la malade avec une pointe d'intérêt.

— Est-ce que tu as eu l'impression d'être observée ?

— Non. Tu as trop écouté les histoires de fantômes. Angelo m'a dit tout ce que ces ploucs racontent sur la passagère morte.

Attends que je te parle des petits garçons fantômes.

— C'est moi qui l'ai trouvée.

— C'est vrai ?

— Oui. Ça m'a fait un sacré choc. Tu as de la chance d'avoir été malade et de ne pas avoir vu ça.

Althea remarqua avec amusement que la curiosité de Trining était plus forte que sa colère.

— Qu'est-ce que tu as vu ?

— Je ne peux pas en parler, répondit-elle en faisant mine de frissonner.

Un éclair de déception.

— Je comprends. Je l'aimais bien. La passagère qui est morte. C'était une des plus sympas dans ma section.

Althea haussa les épaules. Bon ou mauvais, tout le monde devait mourir un jour. C'était le petit garçon qui la préoccupait.

— Je suis inquiète pour toi, Trining. Viens me voir si tu as besoin de quoi que ce soit. Et je ne te demanderai pas de me payer.

Compte là-dessus !

— Merci. Désolée d'avoir été méchante avec toi.

Althea ressortit, laissant retomber son sourire à la seconde même où elle tourna le dos à sa collègue. Ça avait été presque trop facile.

Arrivée dans sa cabine, elle fourra une autre poignée de gants violets dans les poches de sa blouse puis remonta à nouveau le I-95. Elle marqua une pause au bout du couloir : l'agent de sécurité qui se trouvait avec elle au moment de la découverte du cadavre de la jeune femme se tenait dans une alcôve, près du bureau de Maria. Il secouait la tête, probablement en pleine conversation avec quelqu'un. Il n'était pas encore venu l'interroger, mais cela ne la surprenait pas : en pareille situation, les services de la sécurité et du ménage devaient assurer l'essentiel des tâches. Elle attendit qu'il s'éloigne pour partir dans la direction opposée, manquant de percuter Rogelio qui sortait à son tour de l'alcôve.

Althea salua le jeune homme, mais il s'en rendit à peine compte. Les yeux baissés, il paraissait sur le point de pleurer. Ce fut presque en courant qu'il s'engouffra dans la cantine de l'équipage. Pourquoi l'agent de sécurité s'était-il entretenu avec lui ?

Soudain, elle comprit. Elle ne l'avait pas vu plus tôt parce qu'elle n'avait pas voulu le voir. Angelo ne se trompait pas sur Rogelio, finalement. Sauf que ce n'était pas avec Damien qu'il avait une liaison. Althea classa dans un coin de sa tête cette information qui lui serait peut-être utile un jour. Certes elle aimait bien le jeune homme, mais la vie était dure, et dans sa situation, toutes les munitions étaient bonnes à engranger.

Lorsqu'elle franchit la porte de service pour pénétrer dans la section de Trining, l'odeur s'avéra plus agressive qu'elle ne s'y attendait, rendue plus forte encore par l'absence de climatisation. L'éclairage était plus faible que dans son souvenir. Des affaires appartenant aux passagers jonchaient le sol : une tong rose, un coussin, des ailes d'ange en plastique… Mirasol avait raison : il n'y avait plus personne à ce niveau. La jeune femme s'approcha à pas lents de la cabine de la morte dont la porte était condamnée par du ruban adhésif. Si le petit garçon se trouvait quelque part, ce devait être là, mais elle n'osait pas briser les scellés : ce serait une faute professionnelle susceptible de la faire renvoyer, et des caméras étaient disposées tout le long du couloir.

— Tu es là ? chuchota-t-elle. Montre-toi.

Un bruit sourd résonna au cœur du navire tandis qu'elle s'avançait avec prudence. À la moitié du couloir, une porte était entrouverte. Cela n'aurait pas dû être le cas : les battants étaient lestés pour se refermer quand ils n'étaient pas collés à leurs aimants. Retenant son souffle, elle entra et attendit que ses yeux s'accoutument à l'obscurité. Une vague de peur emplit sa poitrine lorsqu'elle vit le garçon, assis dans un angle, les genoux contre la poitrine. Son visage était trempé de larmes et elle ne distinguait pas ses yeux. La seule clarté provenait de l'éclairage de secours vert.

— Bonjour.

Sa peur s'évanouit peu à peu, remplacée par un sentiment de soulagement. Elle n'était pas en train de devenir *loca*. Il était là. Il était réel. Elle s'approcha de lui à pas lents.

— Comment es-tu arrivé ici ? Où est ta mère ?

Brusquement, il eut un haut-le-corps, déplia bras et jambes et fila vers elle à quatre pattes, pareil à une araignée. Trop rapide – nul ne pouvait bouger si vite. Hurlant, elle bondit vers la porte et jaillit dans le couloir. Un petit rire s'éleva derrière elle. Elle fit volte-face : le garçon se tenait à quelques mètres, presque devant la porte de la passagère décédée.

Impossible.

Il renifla. À présent qu'il était en pleine lumière, Althea voyait ses vêtements : une chemise élimée et un pantalon qui s'arrêtait bien au-dessus des chevilles. Ses pieds et ses bras nus étaient couverts de crasse.

Elle marcha vers lui la main tendue, avec précaution, comme si elle s'approchait d'un animal féroce. Bien qu'elle s'attendît à le voir s'enfuir, il demeura en place. Elle lui toucha le bras, presque convaincue qu'elle ne rencontrerait que de l'air. Mais non. Il était bien réel. Fait de chair et de sang.

Ricanant à nouveau, il s'écarta vivement et se mit à courir vers la porte de service.

— Attends !

Il hésita, puis disparut de l'autre côté du battant.

— Attends ! lança-t-elle encore, avant de se lancer à sa poursuite.

Elle entendait ses pas légers qui descendaient les marches mais ne le voyait plus. Il l'attendait au croisement du I-95. Souriant, il se couvrit la bouche d'une main et fila tout droit dans le passage. Deux techniciens de maintenance jetèrent à la jeune femme un regard curieux quand elle passa près d'eux en courant. Elle suivit le bruit des pas du garçon, à peine consciente du chemin qu'elle empruntait, jusqu'à un couloir au plafond bas, bordé de tuyaux blancs. Elle ne savait pas où elle était, connaissant surtout les quartiers de l'équipage et le pont-terrasse : elle n'avait pas le droit d'entrer dans les sections réservées aux passagers et n'avait aucune raison de s'être déjà aventurée dans cette portion du paquebot.

Un petit rire s'éleva et elle le vit de nouveau. Juste à côté d'elle. Sentant une pression froide sur sa main, elle baissa les yeux ; il la serrait. Il l'entraîna, lui fit franchir une autre porte puis longer un couloir bordé de cabines dévolues à l'équipage. Un des battants était bloqué en position ouverte, Althea le dépassa comme dans un rêve, sans accorder plus d'un regard au couple qui s'agitait sur la couchette de l'autre côté. Suivant toujours l'enfant, elle traversa une nouvelle porte, qui ouvrait sur une vaste salle obscure : de grands rideaux et des caisses noires volumineuses, aux coins renforcés d'acier, s'entassaient contre les murs. La jeune femme finit par comprendre : ils se trouvaient derrière la scène.

Elle retrouva sa voix.

— Qu'est-ce qu'on fait ici ?

Le garçon s'essuya le nez, lui lâcha la main et disparut en bas d'une courte volée de marches. Althea le suivit d'un pas hésitant et pénétra dans un espace au plafond bas, au fond duquel des costumes pailletés pendus à des portants reflétaient la lueur de l'éclairage de secours. Il arrivait à l'équipe des divertissements d'organiser un spectacle pour le personnel, mais elle travaillait sans relâche et n'en avait vu aucun. Cette zone du paquebot lui était inconnue.

Où était le garçon ? Elle s'avançait vers les portants pour voir s'il se cachait au milieu des costumes quand un rire s'éleva derrière elle. Elle n'était pas seule. Quand elle pivota, quelqu'un bougea dans un coin sombre près de la porte. C'était Mme del Ray. Assise dans son fauteuil roulant, la vieille femme l'observa un instant avant de se propulser en avant.

— Althea, comme c'est gentil à vous d'être venue.

L'enfant réapparut, prit la main d'Althea et colla sa tête contre elle. Une vague de chaleur la traversa. Sans doute aurait-elle dû éprouver de la répulsion, mais ce n'était pas le cas.

— Il vous aime bien. Et c'est un excellent juge. Vous devriez voir comment il traite ceux qu'il n'aime pas.

Bien qu'elle eût la bouche sèche, Althea parvint à articuler :

— C'est vous qui l'avez fait monter à bord ?

— C'est Celine. D'une certaine manière

— Je ne comprends pas.

Mme del Ray se tapota les cheveux et sourit. Il y avait trop de dents dans sa bouche. Des mèches blondes s'échappaient de son casque permanenté, qui avait pourtant paru à Althea aussi solide qu'un bloc de bois.

— J'ai une proposition à vous soumettre, Althea. Vous pouvez m'aider et je peux vous aider.

— M'aider à quoi faire ?

— À obtenir ce que vous voulez. Parfois nous faisons cela, nous donnons aux gens ce qu'ils veulent. D'autres fois, nous leur donnons ce qu'ils méritent.

— Je ne comprends pas ce que vous dites.

Cette femme parlait par énigmes.

— Je sais que vous avez un secret. Un secret que vous ne voulez révéler à personne. Mais tout le monde sera au courant d'ici environ sept mois.

Althea se sentit oppressée. Des petits garçons fantômes, et à présent ça.

— Comment savez-vous que je suis enceinte ? Même moi, je n'en suis pas certaine.

Elle était fière d'avoir réussi à parler calmement.

Un clin d'œil.

— Il n'y a pas grand-chose que j'ignore, mon petit canard. La situation va sérieusement empirer avant de s'améliorer. Je suis la seule à pouvoir vous emmener là où vous voulez aller.

— À savoir ?

— Loin de tout ça. Loin de Joshua.

— Comment connaissez-vous Joshua ?

Était-ce Angelo qui avait parlé ? Non. Celine était voyante. Peut-être pouvait-elle vraiment lire dans les pensées. Althea se signa. Une *bruha*, une sorcière. Comme celles dont parlait sa *lola*, celles qui envoyaient des insectes fouiller sous la peau de leurs victimes ou dévorer les bébés au sein de la matrice.

— Non, je ne vois pas dans votre tête, ma chérie. Mais presque. Alors, est-ce qu'un marché vous intéresse ?

Le garçon se mit à sucer son pouce et leva les yeux vers Althea. Cette femme était le diable, la jeune femme le sentait. Le savait. Mais pas le diable avec lequel elle avait été élevée – un autre. Un diable étranger. Mme del Ray n'était pas maléfique – Althea avait déjà rencontré le mal et c'était différent –, mais il y avait en elle quelque chose d'anormal. Elle faillit éclater de rire : *quelque chose d'anormal !* Elle était en train de serrer la main d'un petit garçon fantôme et tout ce qu'elle était capable de penser, c'était qu'il y avait *quelque chose d'anormal.*

— Nous sommes tous obligés de changer notre façon de voir le monde, ma chérie, reprit Celine. Modifier nos perceptions demande un saut dans le vide. Nous avons tous été obligés d'y passer à un moment ou à un autre. Même moi.

— Et qu'avez-vous besoin que je fasse pour vous ?

— Oh, des choses et d'autres. Rien qui ne soit à votre portée. Vous avez trois qualités dont j'ai besoin, ma chérie. Vous êtes intelligente et vous avez des relations utiles.

— Ça ne fait que deux qualités.

— La troisième viendra à son heure. (Mme del Ray se passa la langue sur les lèvres.) Et je peux vous payer. J'aurais peut-être dû commencer par là ?

Le garçon se pressa encore plus fort contre Althea.

— Je vous repose ma question : que me demanderez-vous de faire ?

— Approchez, et je vous le dirai.

D'un pas malhabile, l'enfant toujours collé à elle, la jeune femme s'exécuta.

— Maintenant, écoutez.

Et Althea écouta.

Les sœurs suicide

Helen roula en boule les serviettes sales dont elle s'était servie pour protéger le matelas et les draps d'Elise, et elle les emporta jusqu'à la douche. Elle vida le reste de la bouteille de shampoing et laissa l'eau couler. La vieille femme était heureuse qu'il y eût encore un peu d'eau, quoique la pression fût faible. Elle ne voulait pas demander à Althea de lui apporter de nouveaux draps propres ; la dernière fois qu'elle l'avait vue, la pauvre fille paraissait épuisée.

Les mains tremblantes, Helen passa un gant de toilette sous le robinet. À plusieurs reprises au cours de la nuit, elle avait eu la conviction qu'Elise était partie. Morte. Éteinte, ou quel que soit l'euphémisme qu'on préfère employer. Elle les avait tous entendus après le décès de Graham, ainsi que : *Vraiment désolé de la perte qui vous frappe ; la douleur finira par passer ; si je peux faire quoi que ce soit…* Des phrases préfabriquées qu'elle avait elle-même employées souvent. *Je suis désolée, vous êtes désolé, nous sommes tous désolés, merde !* Elle eut un hoquet et se cramponna au lavabo. Une douleur constante la tourmentait juste en dessous du plexus solaire. Si Elise mourait, elle serait tout à fait seule sur ce fichu bateau. Cette simple idée lui donnait l'impression de se trouver au bord d'un précipice à regarder le vide. Il lui restait les somnifères, mais ils risquaient de ne pas fonctionner. De ne pas être suffisants. Et elle ne voulait pas partir seule.

Mieux ensemble.

Elle ne pensait pas avoir le courage de partir seule.

Elle avait envie de pleurer, mais ce seraient juste des larmes de pitié pour elle-même, et elle ne pouvait se permettre de se laisser aller sur cette pente-là. *C'est ça. Reprends-toi, ma fille*, lui intima la voix de Graham. *Tu es forte, tu peux surmonter ça. Tu es plus forte que tu ne le crois.* La douleur dans sa poitrine s'amplifia, et elle fut frappée par un mal du pays aussi soudain qu'inattendu.

Tu n'as plus de foyer.

Emballer les preuves de sa vie commune avec Graham était une des tâches qu'elle s'était contrainte à achever avant de partir pour Miami. Au début, elle n'arrivait pas à jeter le moindre objet qu'il avait touché – il lui avait fallu puiser dans ses dernières forces simplement pour se résoudre à fouiller dans son bureau ou à se débarrasser de toute affaire qui pouvait encore porter son odeur. Toutefois, après avoir réussi à mettre en carton ses chemises pour Oxfam (une occupation qui l'avait fait pleurer tout un après-midi), elle avait franchi une étape et s'était mise à jeter avec un abandon sauvage. Mieux valait cela que laisser cette mission aux neveux de Graham, à qui la maison finirait par revenir.

Helen étouffa une bouffée d'émotion, se lava les mains et la figure puis rentra dans la chambre. Elle savait qu'elle courait un véritable risque d'infection. L'infirmière venue s'informer de la santé d'Elise– une rousse lasse, nerveuse, qui dégageait une vague odeur d'alcool éventé – lui avait dit combien le virus de la gastro-entérite se transmettait facilement. Helen prenait des précautions, mais elle doutait pouvoir éviter très longtemps d'être contaminée. Elle avait demandé que son amie soit transportée à l'infirmerie, sous surveillance médicale, mais l'infirmière avait répondu qu'elle était mieux dans la suite. Au moins, grâce au balcon, elle pouvait respirer de l'air frais.

— Helen, croassa Elise en cherchant sa main.

Sa peau était chaude et moite, sa chemise de nuit trempée de sueur.

— Tu as besoin d'aller aux toilettes ?

— N… non. Soif.

Helen porta le verre aux lèvres d'Elise, qui parvint à boire trois petites gorgées – mieux que rien. Il aurait vraiment fallu lui faire enfiler une chemise de nuit propre. La première fois qu'elle s'y était employée, Helen avait été choquée de découvrir tout ce que son amie lui avait caché. Nu, le corps révélait des secrets. La cicatrice de sa mastectomie, une cruelle excroissance de chair dressée, l'avait choquée. Elise n'avait jamais mentionné cette opération, et sa prothèse était invisible – ou bien sa compagne avait été trop préoccupée d'elle-même pour la remarquer. Pourtant, son corps était beau à sa manière, ses cuisses et son ventre lisses, volumineux mais dépourvus de la cellulite dont Helen, elle, n'arrivait pas à se débarrasser.

Un bip retentit dans les haut-parleurs, annonçant un nouveau message interminable de Damien. Il y en avait eu un du commandant un peu plus tôt – il était bien temps, nom d'un chien ! –, disant que tous les systèmes de communication étaient encore en panne, qu'une navette avait été envoyée pour informer les gardes-côtes de leur position. Ils se trouvaient à l'évidence dans une situation bien pire que l'équipage ne voulait l'admettre. Helen tentait de ne pas écouter le directeur de croisière débiter ses platitudes habituelles, mais soudain, quelque chose retint son attention : « … pour nous aider à garder le moral, notre célèbre invitée, la merveilleuse Celine del Ray, donnera généreusement un nouveau spectacle au théâtre Osons Rêver dans une demi-heure tout juste. Vous êtes tous les bienvenus ! »

Helen frissonna. Songer à Celine lui donnait la nausée. Cette femme vivait sur une imposture. Une escroquerie malsaine et manipulatrice.

On frappa à la porte – peut-être encore Maddie qui venait prendre de leurs nouvelles. Celine était certes un monstre, mais son assistante avait fait preuve de gentillesse. Par le judas, Helen reconnut le médecin – celui qui était venu voir Celine le soir du Nouvel An. Pas trop tôt.

— Puis-je examiner la malade ? demanda-t-il quand elle lui fit signe d'entrer. Le blanc de ses yeux était jauni et injecté de sang ; un masque chirurgical pendait mollement à son cou.) Je crois qu'une infirmière l'a vue hier ?

— C'est exact.

— Comment va-t-elle ?

Il réprima un bâillement.

— Pas bien.

— Vomissements ? Diarrhée ?

— Oui. Mais pas depuis une heure. C'est bon signe, n'est-ce pas ?

Le médecin émit un son qui n'engageait à rien.

— Son nom ? Excusez-moi, je sais que vous me l'avez dit hier soir… non, le soir d'avant. Je perds la notion du temps.

Il tenta de sourire et échoua. Helen eut presque pitié de lui. Presque.

— Elle s'appelle Elise. Elise Mayberry.

— Pardon.

— Examinez-la, s'il vous plaît, docteur.

Elle le regarda avec inquiétude promener son stéthoscope sur le torse de son amie, puis serrer le tensiomètre autour de son bras.

— Alors ?

Encore un grognement peu explicite.

— J'ai besoin de savoir, docteur. Est-il possible que... Est-ce qu'elle peut mourir ?

Ne me laisse pas, Elise. Ne me laisse pas.

— C'est très peu probable. Son pouls est assez fort. Sa tension ne m'inquiète pas trop, mais vous devez veiller à ce qu'elle boive assez. Si son état ne s'améliore pas, je la mettrai peut-être sous perfusion.

— Quand est-ce que tout ça va se terminer ?

Il se leva en soupirant.

— J'aimerais pouvoir vous le dire. Ce doit être très dur pour vous. Est-ce que vous dormez bien ?

— Ça va.

Faux. Elle dormait à peine depuis qu'Elise était malade. Mais ce n'est pas d'elle qu'il s'agissait.

Ayant raccompagné le médecin à la porte, elle s'allongea sur son lit. Ce serait si facile. Les somnifères étaient dans le sac à main de son amie, pendu au dossier de la chaise. Toutefois, elles ne pourraient pas se jeter par-dessus bord à présent, même si Elise en avait eu la force. Et, à supposer qu'elles s'assurent que nul ne les repêche, l'eau qui léchait le bord du paquebot était aussi plate qu'un étang stagnant, sa surface jonchée de sacs en plastique rouge. Sauter reviendrait à avaler les déjections de quelqu'un d'autre. Non. Il fallait avoir du courage. Cela ne pouvait plus durer très...

Il y avait quelqu'un – un homme – sur le balcon. Helen poussa un petit cri, se rappelant la silhouette noire aperçue dans la cabine de Celine le soir du Nouvel An. Plissant les yeux pour combattre l'éclat du soleil, elle observa l'intrus qui lui paraissait familier. Soudain, elle le reconnut : Jaco, le musicien. Elle se hâta de gagner la porte vitrée et de la claquer, juste au moment où il se tournait pour offrir sa main à la grande blonde qui descendait de l'échelle métallique menant au canot de sauvetage fixé juste en face de la suite. Helen n'avait jamais réalisé qu'il était si facile d'accéder à leur cabine par le pont inférieur.

Jaco tapota à la vitre et lui adressa un large sourire.

— Hé ! On peut entrer ?

— Que… Qu'est-ce que vous faites là ?

— C'est vraiment l'enfer sur le pont. On cherche un coin tranquille pour se rafraîchir un moment. Je m'appelle Jaco et voici Lulia. Lulia fait partie des danseuses.

— Bonjour. Ravie de vous connaître, dit la blonde.

Longs cheveux décolorés et maquillage outrancier, elle avait ce que Graham appelait un « regard fuyant ». Il jugeait toujours les gens sur la mine et, à la connaissance d'Helen, il ne s'était jamais trompé.

— Vous ne devriez pas être ici. Mon amie est malade. Elle a besoin de repos.

La jeune femme eut un léger mouvement de recul mais Jaco ne lâcha pas son poignet.

— On espérait rester un instant sur votre balcon. Peut-être avoir quelque chose à boire.

— Comme je le disais, mon amie est au plus mal.

— On repartira vite.

— S'il vous plaît, insista Lulia. Il y a des gens malades partout. On voudrait juste rester assis au calme en attendant que tout soit terminé.

— Vous devez bien pouvoir aller ailleurs ?

— Non. Les quartiers de l'équipage sont insalubres. L'air est vicié.

Helen n'avait qu'une envie, se débarrasser d'eux, mais quel monstre serait-elle si elle ne leur offrait pas au moins à boire ? À regret, elle déverrouilla la porte vitrée.

— Entrez. Mais juste une minute.

— Merci, dit Jaco en souriant. C'est vraiment gentil de votre part.

— Ça pue, commenta Lulia en agitant la main devant son visage. On aurait dû essayer de s'introduire dans la suite du propriétaire.

— Je vous ai dit que mon amie était malade. Elle est contagieuse.

— On fera attention, assura le musicien.

— Comment vous appelez-vous ? demanda Lulia.

— Helen.

La jeune femme s'assit sur le canapé et croisa des jambes bronzées par brumisation, couvertes de duvet. Pieds nus, elle exposait des orteils presque anormalement longs.

— Vous avez vu les spectacles ?

— Oui.

Un mensonge. Helen détestait le cabaret. Le premier soir, Elise avait assisté à la « Fantastique Extravagance Onirique », ou quel qu'ait été le titre ridicule du spectacle en question, et déclaré que c'était « intéressant », la critique la plus virulente qu'elle fût susceptible de formuler.

— On doit chanter *et* danser.

— Vous étiez très bonne.

— Merci. Votre amie, vous êtes ensemble ?

— Non, on est juste amies.

— Pourquoi faites-vous cette croisière ? C'est pour les jeunes.

— Assez de questions, trancha Jaco en s'esclaffant. Je vous remercie vraiment beaucoup, Helen. Il y a des gens qui pètent les plombs dans tout le paquebot. Qui voient des fantômes.

La vieille femme blêmit.

— Des fantômes ?

— Ouais. Il y a plein de gens superstitieux sur les bateaux.

— Et ça pue affreusement, ajouta Lulia. Les passagers font caca partout. De vrais cochons.

Jaco désigna le minibar.

— On peut vous prendre un peu d'eau ? J'irai vous en chercher d'autre.

— Servez-vous.

S'accroupissant, il examina le contenu du réfrigérateur.

— Du champagne. Vous ne l'avez pas bu le soir du Nouvel An, hein ?

— Non.

— Je vais vous dire : vous nous aidez, on vous aide. C'est un bon plan, non ?

— Je ne suis pas sûre que ce soit vraiment une bonne idée.

Il tourna la tête vers elle, toujours souriant.

— Hé, vous pouvez me faire confiance. Je suis musicien.

L'ange de miséricorde

Martha l'attendait quand il regagna l'infirmerie après avoir achevé sa tournée. Les cheveux réunis en un chignon flou, elle grattait une particule de peau séchée sur sa lèvre inférieure.

— Quoi de neuf ?

Il n'était pas sûr de supporter l'annonce de nouvelles catastrophes. En plus des gastros, on comptait deux cas d'insolation assez graves et un orteil qu'on supposait cassé. Il avait besoin d'une injection de caféine. Il avait besoin d'une douche. Il avait besoin de dormir plus de deux heures, bon sang !

— Ah, Jesse. On a un petit souci. C'est le nouveau patient. Le type qui est arrivé hier.

— Qu'est-ce qu'il a ?

— Il est parti.

Le médecin s'efforçait de comprendre ce que disait Martha.

— Tu l'as laissé sortir ?

— Non. Je suis allée me chercher à manger. Ça ne m'a pas pris longtemps mais, quand je suis revenue, il n'était plus dans son lit.

— Mais il était dopé jusqu'aux yeux !

Jesse avait décidé d'augmenter la dose de midazolam du patient la nuit précédente, après son réveil agité. En dehors de l'enfermer dans sa cabine, où il pourrait aisément se blesser, il n'y avait aucun autre moyen de l'obliger à se tenir tranquille. On était sur un bateau, bon Dieu, pas dans un asile psychiatrique.

— Je sais. Je ne me l'explique pas.

— Où est Bin ?

— Je l'ai envoyé se reposer une heure ou deux. Il est resté de service toute la nuit, le pauvre. Tu sais comment il est : il faut l'arracher à son poste. (Elle tira à nouveau sur sa lèvre.) Et ce n'est pas tout.

Jesse sentit son estomac se nouer.

— Vas-y.

— Alfonso aussi a disparu.

— C'est vrai ? Où diable est-il parti ?

— Aucune idée. Je suis allée à sa cabine, puis je suis descendue à la salle du générateur et à celle de commande, mais personne ne l'a vu.

— Donc on a perdu deux patients, c'est ça ?

— On dirait bien. Désolée, Jesse.

— Ce n'est pas de ta faute. Comment aurait-on pu anticiper tout ça, merde !

Ils n'étaient pas équipés pour. Deux médecins auraient dû se trouver à bord, mais d'après Martha, ce règlement était souvent ignoré pendant les croisières les plus courtes.

— Tu as l'air au trente-sixième dessous, Jesse. Tu es sûr que tu n'es pas en train de tomber malade ?

Il secoua la tête. Il était fatigué, voilà tout. Oui, bien sûr, il avait mal au cœur, mais il n'ingurgitait que du Coca light et des chips depuis trois jours. Et il aurait dû se réjouir que tout le navire ne soit pas submergé par l'épidémie. Ce virus-là se répandait vite et, compte tenu de la situation, que tout le monde ne l'ait pas attrapé tenait du miracle. La nuit précédente, dans sa cabine, Jesse s'était discrètement servi d'un sac rouge. Ne voulant pas obliger Paulo à l'emporter, il l'avait descendu lui-même à l'incinérateur. Il n'avait pas la moindre idée de la raison pour laquelle cela le gênait tant. *Tu es médecin.*

— Je suis inquiet pour la patiente âgée, Elise Mayberry, dit-il. Son pouls est irrégulier. Est-ce qu'elle a des antécédents de maladie de cœur ?

— Pas à ma connaissance.

Il aurait dû poser la question à son amie, la femme qu'il avait cruellement surnommée Tatie Clou, mais le patient vu juste avant Elise – un homme entre deux âges, au même étage – s'était montré impoli, grossier, et cela l'avait secoué davantage qu'il ne voulait bien l'admettre.

— Tu veux qu'on la fasse venir ici ? interrogea Martha.

— Peut-être. Il y a trois autres malades rien que sur ce pont-là. Combien d'employés sont touchés ?

— Sept en tout. Peut-être plus. Le problème, c'est que la plupart ne veulent pas rester dans leur cabine.

— S'ils n'y restent pas, ça va se répandre comme un feu de broussailles.

Ils furent interrompus par un message de Damien les informant que Celine del Ray allait donner un autre spectacle – ou quoi que ce fût – au théâtre Osons Rêver.

De la folie. Encourager les gens à s'entasser alors qu'une épidémie de gastro faisait rage dans le paquebot relevait de l'inconscience. Il soupira.

— Bon, ça règle la question. Je vais insister pour qu'on passe en alerte rouge. On sait enfin quand cette putain de cavalerie doit arriver ?

— Non. Toujours pas de WiFi. Une navette est partie ce matin, mais je n'en sais pas plus.

Jesse ne comprenait pas comment le fait qu'on ait envoyé une navette pouvait être interprété comme un signe positif. Rien de tout cela n'avait de sens. Foveros aurait dû dépêcher un des jumeaux du *Rêveur Magnifique* à la rescousse.

— Mon Dieu, souffla-t-il.

— On aurait bien besoin de son intervention, oui.

— Et merde. Je vais voir le commandant. Et je ne partirai pas avant qu'il m'ait reçu.

— Qu'est-ce que tu veux que je fasse ?

— Reste ici. Je serai vite revenu.

— Bonne chance.

Le médecin vaporisa sur sa chemise une bonne dose de déodorant – une douche en boîte, ce qu'il pouvait faire de mieux pour le moment – et se mit en route. Après s'être égaré momentanément – il n'était pas attentif au chemin qu'il prenait –, il dut revenir sur ses pas, passant devant le bar du personnel. De l'établissement bondé s'échappaient une odeur de bière et des éclats de voix. Encore un bon moyen de disséminer l'infection. Il faudrait fermer le bar, désinfecter les snacks et les restaurants du sol au plafond, et isoler toute personne manifestant des symptômes de la maladie. Jesse n'ignorait pas quel cauchemar ce travail supplémentaire représenterait pour l'équipage et le reste du personnel, mais on n'avait pas le choix.

Ram se tenait devant la porte de la passerelle.

— Je peux vous aider, docteur ?

— Il faut que je voie le commandant sur-le-champ.

Sa voix tremblait à peine. Parfait.

Le visage du chef de la sécurité ne trahit aucune émotion.

— Il est en réunion.

— C'est urgent.

Ram fixa le médecin durant plusieurs secondes, puis eut un petit hochement de tête.

— Attendez ici.

— D'accord, cependant, je…

Mais il était déjà parti, claquant la lourde porte au nez du visiteur avant que ce dernier ne pût se glisser à sa suite. Jesse essuya ses mains moites sur son pantalon.

Deux minutes plus tard, la porte s'ouvrit à nouveau dans un bruit métallique, et Ram lui fit signe d'entrer. Le médecin n'avait été admis qu'une ou deux fois sur la passerelle depuis son arrivée à bord. L'air lui semblait plus frais dans cette salle immense bordée de baies vitrées, mais c'était sûrement un effet de son imagination. Le commandant – un homme rondouillard, proche de soixante-dix ans, aux cheveux d'un blanc éclatant –, debout non loin de la console de navigation, haranguait plusieurs officiers en uniforme blanc. Jesse reconnut le dirlhot (le directeur de l'hôtellerie, un Grec dédaigneux qui semblait incapable de sourire), un informaticien (paré d'un spectaculaire œil au beurre noir ainsi que d'une coupure sur la joue droite qui paraissait infectée) et Damien. Ce dernier, un petit homme ronchon, entrait toujours dans le bar de l'équipage comme s'il s'attendait à être acclamé. Jesse, par choix, ne le fréquentait pas beaucoup, et Martha le qualifiait de « parfait connard ».

Les autres officiers de la passerelle – dont Baci, le visiteur d'Alfonso, qui salua le médecin d'un signe de tête – étaient discrètement rassemblés près de la baie vitrée. Jesse prit une seconde pour regarder le paysage. Un océan immense, infini, et rien d'autre. Ni bateau ni station de forage. Pas même le sillage effiloché d'un avion dans le ciel.

Enfin, le commandant s'adressa à Jesse.

— Comment va Alfonso, *dottore* ? Est-ce qu'il peut reprendre le travail ?

Pris à contre-pied, le médecin cligna des yeux.

— Il a quitté la salle de soins ce matin.

Le commandant aboya en italien à l'adresse de Baci, qui secoua la tête, puis il considéra Jesse d'un air accusateur.

— Il n'est pas dans la salle de commande.

Jesse prit une profonde inspiration. Il n'était pas venu parler d'Alfonso.

— Je demande à vous voir depuis que ce bazar a commencé, commandant. Vous devez prendre conscience de la situation. Il y a chaque jour de nouvelles victimes du virus.

— Combien, pour l'instant ?

La question venait du dirlhot.

— Une vingtaine. Peut-être plus. (Damien se passa la langue sur les dents ; Jesse laissa s'écouler une seconde avant de reprendre la parole.) Il faut mettre le paquebot en état d'alerte rouge.

— Non, ce n'est pas possible, affirma le commandant.

— Sauf votre respect, monsieur, si vous ne le faites pas, nous allons nous retrouver avec une terrible…

— Le personnel est déjà surmené, fit le dirlhot. On ne peut pas ajouter une charge supplémentaire.

— Vous voulez que l'infection gagne tout le bateau, c'est ça ? De quoi ça aura l'air quand on sera revenus au port ?

— N'élevez pas la voix quand vous parlez au commandant, intervint Damien.

Jesse était conscient que Ram le fixait avec attention. Merde ! Il ne s'attendait pas à une telle réaction.

— Je n'élève pas la voix, je dis juste qu'il faut…

Le dirlhot lui coupa à nouveau la parole.

— Le moral est déjà très bas. Si on rajoute du travail à mes employés et si on les tient confinés dans leurs cabines, ils...

Ce fut au tour de Jesse de l'interrompre.

— Combien de temps pensez-vous que cette situation va se prolonger au juste ?

— Pas très longtemps, fit le commandant en reniflant.

— Une journée ? Deux ? Une semaine ? Quoi ? Est-ce que quelqu'un est seulement au courant qu'on est coincés ici ?

— La situation est sous contrôle, *dottore.*

Conneries ! Le Coca dont se nourrissait Jesse se changeait en acide dans son estomac.

— On est perdus ? C'est ça ?

Le regard du commandant se durcit.

— Nous ne sommes pas perdus.

— Alors pourquoi est-ce que personne ne vient nous chercher, nom de Dieu ?

Il devait bien y avoir un moyen de repérer le paquebot, même avec les systèmes électriques et les communications en panne. Le *Rêveur Magnifique*, sans être à la pointe du progrès, était forcément équipé de balises et de transpondeurs.

— Il y a du mauvais temps dans notre port d'attache. Nous recevrons bientôt de l'aide.

— Donc vous avez été en contact avec le soutien à terre ?

— Il ne faudra pas longtemps aux secours pour arriver.

Bon Dieu ! Jesse tenta de chasser la boule qui se formait au fond de sa gorge, incapable de dire si le commandant lui disait ou non la vérité.

— Écoutez, tout ce que je demande, c'est que les passagers soient informés de l'épidémie, encouragés à jeter les sacs à déchets en respectant les règles d'hygiène, et que la préparation des repas soit surveillée. Et aussi que toute personne présentant les symptômes du virus soit consignée dans sa cabine. C'est vital.

— Où suggérez-vous de les mettre, docteur ? rétorqua sèchement le dirlhot. Les cabines du bas sont inhabitables.

— Ouais, et la moitié de l'équipage voit des fantômes dans tout ce foutu paquebot, renifla l'informaticien, auquel Ram lança un regard de mise en garde.

— La plupart des membres de l'équipage sont superstitieux. Il fallait s'y attendre, déclara le commandant. Il n'y a aucun fondement à ces… peurs irrationnelles.

Par exemple une morte qui tambourine à la porte de la morgue ? Ou bien des victimes d'AVC qui se mettent à lire dans les pensées ?

— Est-ce qu'on peut au moins demander aux passagers de ne pas former de groupes importants ? (Jesse se tourna vers Damien.) Le spectacle au théâtre devrait être annulé.

Le directeur de croisière secoua la tête.

— Non, non, non. Ça occupe les gens. On ne peut pas leur retirer ça.

— Ils seront très occupés quand ils vomiront tripes et boyaux.

Damien secoua à nouveau la tête. Une chèvre. Une petite chèvre. *Ja*, voilà ce que cet homme lui rappelait. Des sabots fourchus et des yeux globuleux emplis de malice.

— Hors de question. On ne peut annuler aucune représentation de Celine del Ray. Ni les autres attractions. Les passagers en ont besoin.

Le commandant leva la main.

— Assez. *Dottore*, nous vous sommes reconnaissants de vos efforts, bien sûr. Le personnel de cuisine aura pour consigne de rester vigilant. Nous augmenterons la proportion d'eau de Javel dans le… euh… le liquide nettoyant, et nous distribuerons plus de lingettes désinfectantes.

Jesse sentait la chaleur lui monter aux joues. Un filet de sueur le chatouillait derrière l'oreille.

— Je dois insister pour que…

— C'est tout ce que nous pouvons faire pour le moment. Merci d'avoir pris le temps de venir.

Le commandant se détourna et Jesse se retrouva à contempler son dos. Ram fit un pas vers lui. Ne sachant que faire d'autre, le médecin quitta la passerelle. La porte claqua derrière lui.

Il venait d'arriver à l'entrée du I-95 quand un bip retentit. La voix mielleuse de Damien se déversa des haut-parleurs.

« B'jour, mesdames et messieurs. Ici Damien, votre directeur de croisière. Juste pour vous informer que nous continuons de tout faire pour assurer au mieux votre sécurité et votre confort, et que nous sommes reconnaissants de votre patience. Petit rappel : veuillez utiliser autant que possible les lingettes mises à votre disposition à l'entrée de tous les locaux publics. Et n'oubliez pas que Celine del Ray se produira au théâtre Osons Rêver d'ici cinq minutes. Cinq minutes, les amis. »

Salopard ! On aurait dit que cet enfoiré cherchait à ce que tout le monde soit contaminé.

Ce ne serait pas suffisant. Si les responsables refusaient de s'en charger, il allait agir seul. Au moins dire un mot à Celine del Ray ou aux organisateurs du spectacle, et tenter de leur faire entendre raison. Ni le commandant ni Damien la Chèvre ne pouvaient l'en empêcher.

Sans s'arrêter pour raconter à Martha son entretien sur la passerelle, il fila le long du I-95 puis monta d'un pas rapide l'escalier de l'atrium, prenant son air « urgence médicale » chaque fois qu'un passager apparaissait. Trouvant les portes du théâtre verrouillées, il monta à l'étage supérieur. Devant une entrée latérale, la seule ouverte, plusieurs personnes âgées étaient rassemblées. Deux femmes et un homme vêtu d'un costume en tweed extravagant ainsi que d'une cravate violette l'accueillirent amicalement.

— Bonjour, docteur, dit l'élégant en souriant. Vous venez pour le spectacle ?

— Non, répondit Jesse, avant d'enchaîner sur sa crainte que le virus ne se répande dans le théâtre.

— Oh, il ne faut pas vous inquiéter pour nous, docteur. Personne n'est malade dans le groupe de Celine. Nous sommes très prudents. Nos toilettes sont récurées deux fois par jour à l'eau de Javel et nous utilisons tous les lingettes.

— Nous savons ce qu'il faut faire, intervint une femme à l'accent hispanique, entre cinquante et soixante ans. J'ai déjà participé à une croisière qui a été frappée par un virus. On a même des poubelles spéciales pour les sacs à déchets.

Jesse avait déjà eu des patients de ce type. Des je-sais-tout convaincus de connaître son métier mieux que lui.

— Tout cela est très bien, mais j'aimerais vraiment parler à Mme del Ray.

— En ce moment, elle communique avec l'Esprit.

— Je vais entrer et je verrai bien, hein ? conclut-il avec un sourire, avant de la bousculer pour passer.

Il lui fallut une seconde pour s'acclimater aux profondeurs obscures du théâtre. L'atmosphère y était sombre et pesante au point qu'il avait l'impression d'entrer dans une cathédrale. Il s'avança lentement dans l'allée. La salle était presque pleine, loges et fauteuils occupés par des passagers et du personnel qui chuchotaient en fixant la scène avec impatience. Le médecin imaginait sans peine le virus incuber dans un endroit pareil. Il marqua une pause. Alfonso était vautré sur un siège, au milieu d'une rangée. Une vieille femme lui tenait le poignet et murmurait à son oreille, mais il regardait droit devant lui et ne répondait pas. Jesse eut envie d'aller lui parler, mais il n'était pas là pour ça. Quand il aurait discuté avec la del Ray, il dirait à Baci où trouver sa figure paternelle disparue. Alfonso n'était pas son prisonnier : il ne pouvait pas le forcer à retourner au travail pour réparer ce foutu paquebot. Plusieurs personnes assises au bord des rangées lui lancèrent un sourire de bienvenue, et Paulo, son steward, debout entre une caisse de bouteilles d'eau et un carton de bananes, lui adressa un signe de la main.

Bon Dieu ! Tous ces gens-là avaient vraiment trouvé refuge ici.

Un cliquètement retentit et la scène s'illumina. Comme il s'en approchait, Jesse distingua un assemblage complexe de batteries de véhicules – peut-être récupérées sur les chariots élévateurs de la baie de chargement – relié à des lampadaires halogènes. Astucieux.

Celine del Ray fit rouler son fauteuil jusqu'au centre de la scène. Elle s'éclaircit la voix, adressa un large sourire à son public et déclara :

— D'abord, j'aimerais souhaiter la bienvenue à tous nos nouveaux amis, surtout à ceux qui travaillent dur pour que ce théâtre reste propre et confortable. Aidons-les en faisant chacun notre part. (Jesse s'étonna de la manière dont sa voix portait sans micro.) Bien. Tout au long de la situation éprouvante que nous supportons, je veux vous demander, à mes vieux amis comme aux nouveaux : vous ai-je abandonnés ?

À l'unisson, le public murmura un « non » long et étiré. Perturbé, Jesse gagna discrètement le côté de la salle.

— Vous ai-je menti ?

— Non.

— Non, en effet. Certains d'entre vous disent avoir été témoins de phénomènes étranges à bord et en sont effrayés. Il n'y a aucune raison d'avoir peur. Sachez ceci : ce que vous sentez, c'est l'Esprit qui vous attire à moi pour que je vous aide à surmonter cette épreuve. Certains veulent savoir d'où je tiens mon don, et comment j'entre en contact avec l'Esprit. Sachez ceci : ce que je fais n'est pas maléfique. Je suis aussi en harmonie avec Dieu – quelle qu'en soit votre conception. Vous pratiquez tous des religions diverses et je vous invite à vous appuyer sur elles en ce moment. Regardez au fond de vos cœurs et cherchez le soutien de vos propres guides, le soutien de vos proches qui ont franchi le pas.

Alors que Celine marquait une pause pour reprendre son souffle, inclinant la tête, Jesse eut l'impression qu'elle regardait droit vers lui – cela lui donna la chair de poule.

— Attendez… je dois m'interrompre car Archie m'informe qu'il a un message pour quelqu'un ici. Je reçois… oui, une jeune fille s'avance. Elle pleure. (Celine porta la main à sa gorge.) Oh, il y a une douleur dans mon ventre, dit-elle. Une douleur terrible. Je reçois… Elle porte une sorte d'uniforme. Un uniforme scolaire bleu. Est-ce que cela dit quelque chose à quelqu'un ?

Elle le regardait : à présent, il en était absolument certain.

— Elle dit… que sa mort aurait pu être évitée. Elle dit que ce n'était pas un accident.

La chair de poule s'intensifia. Durant une seconde, juste une seconde, le visage de la fille s'imposa à lui. Elle était venue le voir après l'école. Comment aurait-il pu savoir qu'elle mentait quand elle jurait ne pas avoir de relations sexuelles ? Il aurait dû demander à la mère de rester avec lui dans la salle de consultation, ou bien ordonner à l'infirmière d'assister à l'examen. Il n'avait pas les idées claires : à cette époque-là, il était dépendant à la péthidine.

Jesse remonta l'allée en titubant, manquant de bousculer le gorille désormais posté devant la porte, les bras croisés.

— Eh, fais gaffe, mon pote.

Les joues brûlantes, il regagna l'escalier en aveugle, haussant les épaules à l'adresse des passagers qui voulaient l'interpeller. Une fois dans l'atrium, il se cramponna au garde-fou et inspira profondément par le nez.

Calme-toi, nom de Dieu ! Mais une seule chose le calmait vraiment, n'est-ce pas ?

Non.

Il se laissait submerger par les difficultés de cette journée de merde, voilà tout. Celine avait dû lire l'histoire sur Internet. Sauf qu'Internet n'était pas accessible. Peut-être avait-elle tapé son nom sur Google avant de monter à bord, et enquêter sur autant de passagers et de membres de l'équipage que possible.

Peu probable – mais il devait se raccrocher à des faits tangibles. Plus sûrement, elle était partie à la pêche aux informations, lançant sa ligne au hasard jusqu'à avoir une touche. *Ja.* C'était forcément ça. Tout médecin cachait un vilain secret – une erreur de diagnostic, la mort imprévue d'un patient. Et quelles précisions avait-elle apportées, exactement ? Très peu. Un uniforme scolaire. La belle affaire.

Ça n'allait pas plus loin que ça.

Cherchait-il une excuse pour craquer afin de pouvoir céder aux charmes de Dame Demerol ? Non. Il venait de se laisser effrayer par les entourloupes d'une vieille escroc, voilà tout.

Martha était sortie lorsqu'il revint à l'infirmerie, mais il trouva sur le bureau de la réception un Coca et un sandwich, ainsi qu'une note manuscrite : « Encore un. »

Génial.

Ouvrant la canette, il s'assit et posa les pieds sur le bureau. Il aurait vraiment dû retourner au théâtre et en faire sortir Alfonso. Toute cette scène lui avait évoqué les activités d'une secte. À tout le moins, il lui fallait transmettre un message à Baci. Si le technicien allait assez bien pour quitter la salle de soins et se fourrer entre les pattes de cette sinistre bonne femme et de ses acolytes, il était capable de descendre à la salle du générateur pour réparer ce putain de paquebot. Et les arracher tous à cette situation.

— Docteur ?

Bin se tenait sur le seuil de la pièce, la peau tirée, les yeux creusés. Bon Dieu ! Le médecin espéra qu'il n'était pas en train d'attraper la gastro.

— On a un problème, docteur.

Combien de fois avait-il entendu cela aujourd'hui ?

— Qu'est-ce qu'il y a encore ?

— La fille de la morgue. Ils…

Oh, putain de merde !

— Ça ne va pas recommencer ? C'était juste le métal qui se dilatait à la chaleur.

— Docteur… Jesse… Ils disent qu'ils vont devoir jeter son cadavre par-dessus bord.

Le gardien des secrets

Avec Ashgar malade et consigné dans sa cabine, Devi était le seul agent de sécurité sur le pont principal. La colère et la peur des passagers étaient palpables autour de lui. Soit les gens l'ignoraient, soit ils le fixaient avec une hostilité non dissimulée, et les autres employés recevaient plus ou moins le même traitement. Ils étaient moins nombreux qu'à l'ordinaire, si bien que la crasse et les ordures s'accumulaient. Certains s'affairaient tout de même, vigilants, ramassant gobelets et assiettes sales, mais cela ne leur valait aucun remerciement, et ils devaient subir des questions incessantes sur l'heure de réouverture des bars ou le temps qu'il faudrait encore attendre avant d'être évacués par la voie des airs. Dieu merci, aucun conflit important n'avait éclaté depuis une ou deux heures, quoique Devi eût été contraint de mettre en garde un groupe de jeunes gens – ils appartenaient au groupe de célibataires interrogés après la mort de la jeune femme – qui fumaient du cannabis sur le pont fitness. Certains passagers utilisaient désormais la salle de jeu des enfants en guise de toilettes, et il avait dû demander à plusieurs autres de se retenir d'uriner par-dessus bord. Ram avait ordonné à ses hommes de n'intervenir que dans les cas graves : vu la situation, on ne pouvait pas consigner les coupables dans leurs cabines et détacher du personnel pour les garder.

Devi dépassa un groupe d'individus accroupis autour d'une table en plastique, les mains jointes, la tête baissée, et se dirigea vers le buffet. L'eau de la piscine commençait à prendre une teinte verte écœurante, mais cela n'empêchait personne de l'utiliser. Dans le jacuzzi – dont l'accès aurait dû être interdit, car l'eau ne pouvait plus circuler, faute d'électricité –, une femme dont le haut du bikini avait glissé pour révéler un mamelon brun dormait la bouche ouverte. Elle s'éveilla en sursaut quand les haut-parleurs émirent un bip.

« B'jour, mesdames et messieurs, ici Damien, votre directeur de croisière. Je tiens à vous remercier encore de votre patience tandis que nous cherchons à régler les problèmes qui nous frappent. Le commandant vous parlera de nouveau sous peu. J'aimerais saisir cette occasion pour vous rappeler d'utiliser les lingettes aussi souvent que possible, et de contacter un membre de l'équipage si vous souffrez de désordres digestifs. Pour parler de sujets plus joyeux, d'ici quelques minutes, Jeri et Jason, deux de nos plus grandes stars, vous feront une démonstration de rumba sur la scène du pont du Lido. Ce soir, la merveilleuse Celine del Ray donnera un autre spectacle au théâtre Osons Rêver, si vous souhaitez vous joindre à elle. »

Tout en faisant sa ronde, Devi cherchait à repérer toute personne qui pourrait correspondre à l'assaillant de Kelly. Il avait déjà décidé de se rendre à l'infirmerie après son service afin de vérifier que le passager qui avait attaqué la femme de chambre n'était pas le même homme.

— Hé ! Vous !

Un homme debout en haut des marches qui montaient du pont de la Tranquillité le hélait comme un domestique. L'agent de sécurité réprima un soupir d'agacement. C'était un de ces Américains arrogant dont on ne manquait jamais à bord des paquebots. Grognons s'il fallait faire la queue sur la passerelle d'embarquement. Débordants d'autosatisfaction. Le genre à traiter les agents de sécurité en hommes invisibles, sauf s'ils devaient attendre plus de cinq secondes qu'on les laisse remonter à bord après les excursions.

Devi prit son temps pour le rejoindre, profitant de l'occasion pour se pencher par-dessus la rambarde et observer en détail le groupe sur le pont inférieur : une cinquantaine de personnes, semblait-il bien organisées, avec des matelas soigneusement alignés. Parmi les hommes qu'il pouvait voir – une partie de leur domaine, située sous le pont où il se trouvait, lui restait cachée –, aucun ne ressemblait à l'agresseur de Kelly.

— Hé ! cria celui qui l'avait appelé. Hé, je vous cause !

— Puis-je vous aider, monsieur ?

— Ouais. Il faut que je voie le commandant.

— Je n'ai pas qualité pour vous obtenir cela, monsieur.

— Qui l'a, alors ? J'ai payé assez cher pour monter sur ce paquebot, et vous nous traitez comme ça ?

Devi laissa ces paroles glisser sur lui. Au bout du pont de la Tranquillité, une femme très maigre, à la peau marquée de coups de soleil, était accroupie près d'un seau. Une autre lui frictionnait le dos et lui tenait les cheveux pendant qu'elle vomissait.

— Eh bien ?

— Il y aura bientôt une annonce, monsieur.

L'homme lui lança un regard dégoûté et jura à voix basse. Devi se dirigea vers la zone couverte. Devant le buffet, un client hurlait que la laitue avait viré au brun.

Évitant son regard, le serveur présentait d'incessantes excuses sur un ton monocorde. L'agent de sécurité se préparait à intervenir quand, avec un « Et puis merde » assez sec, le passager s'écarta.

La radio de Devi crépita, et la voix tremblante de Pran bredouilla :

— Besoin d'aide… équipage… Buanderie.

Répugnant à quitter le pont principal, il attendit que quelqu'un d'autre réagisse mais ne perçut que le silence entre les parasites. Il devait aller voir de quoi il retournait. Il se baissa pour pénétrer dans le couloir de service près des cuisines du buffet et se hâta de descendre aux étages de l'équipage.

Une vingtaine d'hommes, en majorité des Indonésiens mais aussi quelques Européens de l'Est, se bousculaient près de la buanderie. Pran, qui tentait de se frayer un chemin entre eux, se voyait proprement ignoré. À la périphérie du groupe le médecin hurlait aux autres de « foutre le camp d'ici, merde ».

Une porte claqua, un cri retentit et la foule recula. Par la brèche ainsi ouverte, Devi vit deux hommes sortir un grand sac noir du magasin.

Un sac à cadavre.

Pran jouait des coudes pour le rejoindre, l'air soulagé.

— Ils veulent jeter le cadavre à la mer. Ils disent que c'est la morte qui hante le navire.

Devi avait entendu son lot de superstitions depuis qu'il travaillait à bord des paquebots, aussi n'était-il pas surpris, mais ce manque de respect à l'égard de la jeune femme le mettait en colère. Elle avait déjà assez souffert.

— Hé ! cria-t-il. Hé !

Les hommes levèrent les yeux. Quelques-uns s'écartèrent. Ceux qui traînaient le sac étaient de toute évidence les meneurs. Devi observa celui qu'il estimait être le leader – un type au ventre rond qui portait un badge avec son nom, « Benyamin ».

— Écartez-vous.

Ledit Benyamin marmonna et fit signe à son complice, désormais réticent, de continuer.

— Quiconque touchera ce sac sera débarqué, déclara Devi, adoptant une voix autoritaire – même si la menace, dans l'état actuel des choses, aurait été impossible à mettre à exécution. Si vous n'arrêtez pas, je veillerai personnellement à ce que vous ne travailliez plus jamais sur un paquebot.

Plusieurs hommes baissèrent la tête et s'éloignèrent sans tarder. La plupart avaient sans doute une famille nombreuse à nourrir.

— On ne peut pas arrêter ! s'écria Benyamin. C'est elle qui fait ça ! Si elle reste ici, on ne retournera jamais au port !

— La fille n'y est pour rien, affirma Devi. Le vaisseau est tombé en panne avant sa mort. Pas vrai, docteur ?

Il lança un regard lourd de sens au médecin qui, Dieu merci, joua le jeu.

— C'est exact.

Quelques personnes de plus s'éclipsèrent.

Devi tenta une approche différente.

— Qu'est-ce que ça vous ferait s'il s'agissait du corps de votre mère, ou de votre femme, ou de votre sœur ?

— On l'a tous vu. Ce qu'elle fait…

Mais l'agent de sécurité comprit qu'il avait gagné la partie. Benyamin commençait à manquer d'arguments.

— Tout sera bientôt terminé. Si vous continuez, vous n'aurez plus de travail. Vous retrouverez votre famille les mains vides. Vous savez ce que fera l'agence. Vous leur devez encore de l'argent ?

— Oui. Mais… personne ne vient nous chercher.

— On viendra.

Benyamin le fixa quelques secondes avec colère, puis ses épaules s'affaissèrent. Il s'éloigna sans un mot, suivi par les autres.

— Merci, dit le médecin.

L'infirmier qui l'accompagnait s'inclina avec reconnaissance.

— Comment les empêcher de revenir ?

— Ils reviendront. On n'y peut rien. Il est impossible de poster un garde ici.

— Pourquoi ?

— Nous ne sommes pas assez nombreux.

Le médecin eut un hochement de tête las.

— Viens, Bin. Remettons-la en place.

L'infirmier et lui soulevèrent chacun une extrémité du sac et entrèrent dans le magasin d'un pas traînant.

Pran contemplait ses chaussures.

— Je n'ai pas bien géré ça, dit-il en tirant sur sa moustache clairsemée. J'étais dans la salle de surveillance, mais personne n'est venu lorsque j'ai demandé des renforts.

Il sursauta quand la porte de la morgue claqua. Le médecin s'essuya la bouche d'un revers de main et s'approcha de Devi.

— Dites… on a un autre problème. (L'agent attendit qu'il continue.) Le patient qui a attaqué la femme de chambre. Il a quitté l'infirmerie sans permission.

— Quand ?

— Dans la matinée.

— Docteur, à votre avis… Pourrait-il s'agir de l'homme qui a tué la jeune femme ?

Les yeux du médecin s'agrandirent, et son interlocuteur retint un juron. Ram serait furieux s'il apprenait qu'il répandait la rumeur de la présence d'un prédateur à bord. Mais Devi se rendit compte qu'en réalité, il s'en moquait.

— Alors vous pensez vraiment qu'elle a été tuée ?

— Nous envisageons toutes les possibilités.

— Seigneur.

— J'ai vérifié ça, intervint Pran qui tripotait toujours sa moustache. J'ai interrogé la femme du passager. Elle dit qu'il ne l'a pas quittée cette nuit-là.

— C'est Ram qui t'a demandé de le faire ?

Le jeune agent regarda ses pieds.

— Non. Ce type a bel et bien attaqué la femme de chambre, donc j'ai trouvé logique de m'informer.

Peut-être n'était-il pas si inutile que ça, finalement.

— Bon travail. Bonne réflexion. (Toutefois, on avait déjà vu des gens mentir pour protéger leurs proches.) Tu l'as crue ?

Pran haussa les épaules.

— Je pense qu'elle était sincère. Elle a l'air de considérer son mari comme la victime de toute cette histoire.

Devi réfléchit un instant puis se tourna vers le médecin.

— Je vais voir si j'arrive à localiser ce passager, docteur. Vous pouvez me le décrire ?

— Il s'appelle Gary Johansson. La quarantaine. Blanc. Un peu enrobé. Le crâne dégarni.

La description correspondait à 70 % des passagers à bord, ainsi qu'à l'homme qui figurait sur la vidéo.

Le médecin remercia encore Devi et se dirigea vers l'escalier.

— Quels sont tes ordres à présent, Pran ?

— Je devrais être en repos, monsieur, mais Madan…

— Madan ?

— Il n'est pas venu me relever.

— Il est malade ?

— Non… La dernière fois que je l'ai vu, il était au bar.

— Je vais lui parler. Reste dans la salle de surveillance jusqu'à ce que j'arrive.

— Oui, monsieur.

— C'est bien.

Devi songea qu'il pourrait montrer à Pran le film du matin de l'agression. L'image de l'homme qui suivait la victime n'était pas nette, mais le jeune agent serait peut-être en mesure de repérer un détail susceptible d'incriminer ou de disculper le patient échappé de l'infirmerie.

Devi monta au bar de l'équipage, embrumé comme d'habitude par les vapeurs de cigarettes électroniques. Un des serveurs était allongé – ou plutôt vautré – près du baby-foot. Des employés du casino et des Steiners – les femmes qui travaillaient au centre de remise en forme – discutaient à voix basse autour des tables. Seul dans un coin, Madan était entouré des canettes de Heineken vides empilées autour de lui.

Il fit signe à l'arrivant de s'approcher.

— Devi, Devi. Viens boire un coup.

— Tu sais que je ne bois pas.

— Il y a un début à tout, mon pote.

— Pran dit que tu étais censé le relever.

— Dis à Ashgar de s'en occuper.

— Ashgar est malade.

— Moi aussi. Je suis resté de service pendant dix-huit heures. J'ai besoin d'une pause.

— Si Ram te trouve ici, tu seras puni.

Non, il serait viré.

Madan éclata de rire.

— Sûrement pas, non. Je suis son bras doit. Tu le sais très bien. On a fait un paquet de trucs ensemble. (Devi l'ignorait.) De toute façon, il est avec le commandant. Il est *toujours* avec le commandant. Tu n'as pas remarqué ?

Notre bien-aimé et très dévoué commandant… (Madan se pencha pour cracher par terre.) Il a une peur panique que les passagers se soulèvent et envahissent les cuisines ainsi que les quartiers de l'équipage. Grand bien leur fasse. En bas, il n'y a plus que de la merde. Et pourquoi viendraient-ils ici ? Qu'est-ce qu'ils pourraient faire ?

— Ils veulent juste des réponses.

— Il n'y a pas de réponses. Il faut que je descende de ce rafiot, Devi. C'est un mauvais bateau. Il est malade.

— On a envoyé une navette. Les secours arriveront bientôt.

Madan rota.

— Tu es vraiment naïf. C'est ce qui me plaît chez toi. C'est bien d'être comme ça. Moi, je ne le suis pas. Je suis… je ne suis pas comme ça. Tu es un brave type. Tu as de l'honneur, tu es un homme respectable. (Il éructa à nouveau et s'essuya la bouche d'un revers de main.) Je ne retourne pas à mon poste. Merde, alors ! Tu crois qu'on va nous payer des heures supplémentaires pour cette connerie ? Bordel ! Le commandant a déconné, il nous a perdus. On peut être n'importe où.

— Le golfe du Mexique n'est pas si grand…

— Mais on a pû être été emportés par le Gulf Stream et filer tout le long pour se retrouver… (Il agita la main.) Se retrouver je ne sais où, merde.

— On ne donne pas l'impression de beaucoup dériver.

— On a *sacrément* dérivé, mon pote. On est paumés.

— Impossible.

— Comme je te disais, on est foutus. Allez, bois un coup avec moi.

— Non, Madan. Il faut que tu…

Madan leva la main pour assener une claque sur l'épaule de son collègue, la manqua et envoya le tas de canettes vides rouler au sol avec fracas. Nul ne leva les yeux pour localiser la source du vacarme.

— Et il se passe aussi d'autres choses. Tu l'as vu. Tu l'as forcément vu. Ce n'est pas normal, je te dis. Le paquebot est malade…

Devi n'aurait pas dit de son interlocuteur qu'il était superstitieux. Au contraire, Madan évoquait rarement la religion ou les questions spirituelles. Il travaillait à bord des paquebots depuis plus longtemps que tout le monde, au moins sept ans, et cela avait fait de lui une personne plutôt cynique.

— Il faut que je descende de ce rafiot, Devi. Et je vais y arriver.

— Qu'est-ce que tu as vu ?

— Ça concerne moins la vue que les sensations. Tout le monde le sent.

La main qui couvrait l'objectif de la caméra. L'équipage convaincu que la morte hantait le vaisseau. Les récits de certains employés indonésiens et philippins à propos de la Dame en Blanc qui flottait à travers les entrailles du vaisseau, narguant les passagers comme l'équipage.

Il y avait une explication rationnelle à tout ça. Forcément.

— On est foutus, répéta Madan. Foutus. (Il eut un rire sans joie.) Et puis il y a la question du générateur. Il paraît qu'il n'a pas subi de dégâts majeurs. Aucune raison pour que les moteurs ne tournent pas.

— Alors pourquoi est-on en panne ?

— On n'est pas en panne, répondit-il, penché en avant.

Ce qu'il disait n'avait aucun sens. Devi, toutefois, ne pouvait strictement rien faire à propos du générateur ou de l'électricité à bord. En revanche, il pouvait trouver l'homme qui avait tué Kelly.

— Tiens, quelqu'un qui veut te parler.

Devi se tourna et vit Rogelio, debout à l'entrée du bar. Madan afficha un sourire égrillard et haussa les sourcils. Le cœur de son collègue bondit dans sa poitrine. Il savait. Madan savait. Dommage. Il ne pouvait rien y faire, sinon le supplier de garder ça pour lui.

Il rejoignit discrètement le jeune homme. Il avait espéré l'éviter ce soir-là. Rogelio l'avait coincé le matin dans un couloir où n'importe qui aurait pu les voir pour se plaindre de ne pas avoir reçu sa visite la nuit précédente. Mais comment aurait-il pu ? Il avait à peine trouvé le temps de retourner à sa cabine pour dormir. Il n'avait pas besoin des récriminations d'un amant en plus de tout le reste, mais il n'avait à s'en prendre qu'à lui-même. Avant que le jeune homme pût ouvrir la bouche, il le poussa dans la salle des ordinateurs déserte.

— Je suis occupé, Rogelio. Je suis de service.

— Tu as le temps d'aller au bar, mais pas de me voir.

— S'il te plaît, je n'ai pas besoin de ça.

— Pourquoi ne veux-tu pas me parler ?

— Tu as vu la situation dehors ? Les passagers ont besoin d'être rassurés.

— Moi aussi, j'ai besoin d'être rassuré. Et si ça ne s'arrêtait jamais ? Et si on restait coincés ici jusqu'à ce qu'on tombe à court de nourriture et… (Les épaules de Rogelio s'affaissèrent.) Excuse-moi, je sais que je suis impossible. (Il leva les yeux à travers sa frange.) Tu dois me détester.

La colère qui couvait en Devi depuis sa découverte du cadavre de Kelly explosa.

— Il faut que tu comprennes que j'ai quelque chose à faire, martela-t-il. Je ne peux pas accepter que tu sois sans arrêt après moi !

Voyant Rogelio frémir, il se prépara à recevoir une réplique cinglante. Au lieu de cela, le jeune homme demanda :

— Qu'est-ce que tu as à faire ?

Devi hésita, puis lâcha tout. Il parla de la fille de Merinda – l'enfant violée par son oncle –, raconta comment, pour sauver sa peau, il avait permis à la famille et à ses supérieurs d'étouffer l'affaire. Il parla de l'homme vu sur la vidéo, le monstre qui avait suivi Kelly Lewis dans sa cabine. Il exprima sa crainte que cet individu puisse s'en tirer sans être inquiété, que le meurtre de la jeune femme soit enterré sous la tempête médiatique qui se déchaînerait quand le paquebot serait enfin secouru.

Rogelio l'écouta, puis il déclara simplement :

— Va. Fais ce que tu as à faire.

Et il quitta la pièce.

Devi regagna la salle de surveillance. Il se sentait moins oppressé, comme libéré d'un poids. Peut-être aurait-il dû se confier à son amant depuis le début. Peut-être l'avait-il sous-estimé, supposé aussi creux et superficiel que les divertissements qu'il animait – le karaoké, la danse en ligne, les soirées pour célibataires. Tout juste un joli minois.

— Devi.

Il leva les yeux sur Ram, debout devant le local de la sécurité, les mains derrière le dos.

— Pourquoi avez-vous quitté votre poste ?

— Il y a eu un incident dans le magasin voisin de la buanderie, monsieur. (Il avait à présent une chance de forcer son supérieur à l'écouter.) Il faut que je vous parle, monsieur.

— De quoi ?

— De l'homme qui a assassiné Kelly Lewis.

— Il n'y a pas d'assassin, Devi. Combien de fois dois-je le répéter ? La fille avait trop bu.

— J'ai la preuve, monsieur. Le film des caméras de sécurité…

— Vous êtes ici pour veiller à ce que les passagers et l'équipage restent sous contrôle, coupa Ram sans élever la voix. C'est tout. Je vous l'ai déjà dit : je ne tolérerai aucune insubordination. Est-ce clair ? Si vous ne vous conformez pas à mes ordres, vous en subirez les conséquences.

Insister était inutile, Devi s'en rendit compte.

— Bien, *sahib*.

— Parfait. J'espère que nous nous comprenons.

Il regarda Ram s'éloigner en direction de la passerelle. Quoi que dise le chef de la sécurité, il n'abandonnerait pas. Il ne pouvait pas abandonner.

Quand il pénétra dans la salle de surveillance, Pran fixait les écrans, et Devi eut la certitude qu'il avait tout entendu. Le jeune agent leva les yeux.

— Devi… il y a… regardez. Écran 7.

L'arrivant le consulta par-dessus son épaule. L'écran montrait le couloir du pont 5.

Dans lequel toutes les portes des cabines, jusqu'à la dernière, étaient grandes ouvertes.

Le Blog du Joker

Qui combat sans peur les charlatans pour vous en dispenser

2 Jan

Toujours pas d'hélicoptères ni de bateaux de secours, *nada*.

Grande nouvelle du jour : j'ai été agressé par le garde du corps de Celine. Je vais faire un putain de procès à la Prédatrice et à son singe. Elle ne sait pas à qui elle a affaire. Ce mec m'a attaqué sans prévenir, je n'ai même pas pu me défendre. J'ai l'impression d'avoir le visage explosé.

Je récupère dans la cabine de la Prédatrice – je sais, c'est dingue. Je compte arracher à Maddie la moindre bribe d'information que je pourrai obtenir.

Le commandant de mes fesses a envoyé une navette ce matin, et on attend tous qu'elle revienne avec une flotte de bateaux de secours et d'hélicoptères. La raison pour laquelle nous n'avons pas été secourus est évidente : le commandant a merdé, on est perdus et on dérive là où personne n'a l'idée de venir nous chercher (non, pas dans le triangle des Bermudes). OU BIEN quelque chose de pire encore est arrivé à terre, qui empêche l'envoi des secours. Un ouragan, peut-être.

Maddie dit que, si ça continue comme ça, je pourrai dormir sur le canapé dans la suite de la Prédatrice.

Comment vous faire comprendre à quel point j'ai mal ? D'après l'infirmière, j'ai peut-être le nez cassé. Je ne me suis pas donné la peine d'alerter la sécurité. Ce sera un boulot pour les flics si jamais on rentre à la maison un jour.

Voilà l'emploi du temps de la journée.

15 heures : j'ai fait la sieste (les analgésiques m'ont assommé).

16 heures : message de Damien. La Prédatrice donne une autre représentation. Et on trouvera des hot-dogs au buffet du Lido.

Je suis allé chercher ma batterie de rechange dans ma cabine. Aucune trace de Paulo ni de Trining. Ça pue en bas, les toilettes continuent à déborder. Putain. J'ai entendu dire qu'il y en avait en état de marche près du centre de remise en forme. Je suis allé voir. Mauvaise idée. De la merde et du papier jaillissent de la cuvette et recouvrent le sol. Je plains vraiment les gars qui vont nettoyer ça. J'ai vu un étron parfaitement enroulé sur la moquette, devant la galerie d'art. Qu'est-ce qui ne va pas chez tous ces gens, bordel ? J'ai failli dégueuler.

18 heures : je commence à devenir dingue. Maddie n'est pas d'humeur causante. Elle ne veut pas sortir parce qu'elle a une peur panique d'attraper le virus. Je vais faire un tour.

22 heures : je viens de rentrer à la cabine de la Prédatrice.

Après en être parti, j'ai rejoint les célibataires qui campent sur le parcours de minigolf. Les passagers forment à présent des petits groupes solides. Il y a le groupe biblique, qui passe son temps à prier ; le groupe des défoncés, qui passe son temps à fumer de l'herbe ; le groupe de la Tranquillité, qui passe son temps à empêcher les autres d'entrer sur son territoire. Vous voyez le genre ? Les célibataires ne sont pas trop nuls – au moins, il y a une vraie solidarité. Donna et Emma (la copine de la fille qui est morte) veillent à ce qu'il y ait un roulement pour aller chercher à boire et à manger.

Vers 21 heures, Dane et Carl, des membres de « mon » groupe (qui ont tout à fait la tête de leur nom), sont revenus de leur cabine (pont 5), où ils étaient allés chercher leur réserve d'herbe, complétement retournés. Ils disent avoir vu une femme et un gamin qui les observaient, et qu'ensuite la lumière s'est éteinte.

Ils avaient l'air vraiment secoués, convaincus d'avoir vu des fantômes.

J'ai dit que j'allais jeter un coup d'œil.

En bas, il ne faisait pas aussi noir qu'ils le prétendaient : quand je suis arrivé, l'éclairage de secours était allumé. Et ça puait comme trente-six cadavres. Toutes les portes étaient ouvertes dans le couloir, ce qui, je suppose, était censé avoir l'air flippant. Il faut reconnaître un truc à Dane et Carl : je ne sais pas comment ils ont réussi ce coup-là. Ils ont nié, bien sûr, avoir ouvert les portes.

Pas de fantômes, mais, en repartant, j'ai croisé un agent de sécurité. Il m'a demandé si j'avais vu quelqu'un d'autre en bas. J'ai répondu que non.

Mon nez me fait un mal de chien, alors je vais me coucher.

Bonne nuit.

JOUR 7

L'assistante de la sorcière

La nuit précédente, dans la suite de Celine, Maddie avait réussi à se convaincre qu'elle avait attrapé le virus. Son corps s'était couvert de sueurs froides, ses entrailles bouillonnaient et elle ne pouvait s'empêcher de déglutir sans arrêt. Petit à petit, elle s'était maîtrisée : l'idée d'être contrainte d'utiliser le sac rouge avait suffi à mettre fin à la crise.

Celine n'était toujours pas rentrée. Devait-elle lui apporter des vêtements de rechange ? Non. Celine del Ray n'était plus son employeuse, merde ! Que le médium l'ait mise à l'écart lui faisait toujours mal, pourtant. Elles avaient vécu tant de choses ensemble, depuis si longtemps. Les conséquences de l'émission de Kavanaugh, aggravées par le fait que Celine continuait d'assurer à qui voulait l'entendre que Bobby et Lori Small avaient survécu au Jeudi Noir. Le malade mental qui s'était manifesté devant chez elle tous les soirs pendant une semaine, la suppliant de le mettre en contact avec l'esprit de Johnny Carson. Le journaliste qui avait enregistré une des séances de Celine puis l'avait démontée ligne par ligne sur YouTube. Toutes ces comédies romantiques insupportables. Les innombrables messages d'Amis et de désespérés auxquels elle avait répondu sur Facebook.

Durant trois ans, Maddie avait été d'une loyauté absolue. Et pour quel bénéfice ? Non, c'était injuste : Celine l'avait tirée d'un mauvais pas. Elle lui avait donné le moyen de quitter son bar à cocktails merdique de Long Island – le seul emploi qu'elle avait trouvé après que Neil eut détruit sa vie. Celine et son assistante d'alors, une fille aux traits tirés qui parlait rarement, s'y rendaient environ une fois par semaine. Maddie avait entendu dire par d'autres employés qu'il s'agissait d'une espèce de voyante, façon Sylvia Browne. Amusante, avec ses cheveux bouffants, ses longs ongles rouges et ses faux cils. « L'originale en fauteuil roulant », comme elle l'appelait. Toutes sortes de gens fréquentaient ce bar – des cadres à la recherche d'une liaison d'un soir, des ouvriers, des musiciens au chômage –, mais la vieille femme sortait du lot.

Un soir, alors que Maddie essuyait les tables, Celine lui avait saisi le poignet en disant :

— Sachez ceci : tout va s'arranger pour vous, ma chère.

Prise par surprise, Maddie avait vivement retiré sa main, mais aussitôt, sans qu'elle pût les retenir, ses larmes avaient jailli. Elle s'était mise à sangloter au beau milieu du bar, parmi les clients qui grignotaient des ailes de poulet en descendant des tequilas frappées. Celine avait envoyé son assistante chercher des mouchoirs en papier dans les toilettes, puis elle avait déclaré :

— Cette fille est idiote. Aucune conversation. Aucun charme. J'ai besoin de quelqu'un qui sache parler. Qui ait un peu de cœur au ventre. Quelqu'un à qui je puisse faire confiance. (Elle lui avait mis une carte de visite dans la main.) Appelez-moi demain.

Maddie avait effectué des recherches sur Google cette nuit-là. Les livres du médium, ses interviews. Une vieille émission de télévision, *Celine del Ray, chasseresse d'esprits*, qui n'avait duré qu'une saison. Le lendemain, elle avait téléphoné – et comment ! Celine l'avait invitée chez elle. S'attendant à un manoir colonial délabré ou à une villa étincelante, la jeune femme avait été surprise de se garer près d'une maison de banlieue assez quelconque d'East Meadow. Assise au bar, dans la cuisine terne, elle s'était confessée. Elle avait tout dit de son passé, de Neil, de leur rencontre dans un pub de Hackney. Elle avait cru au coup de foudre, et même quand tout avait tourné au vinaigre, elle continuait de s'accrocher au souvenir idéalisé de ce premier moment. Comment elle avait abandonné son emploi pour partir aux États-Unis, le mariage somptueux dont les frais n'avaient jamais été réglés. Les incessants projets de Neil pour gagner de l'argent, qui ne menaient nulle part. Sa société d'investissement, qui n'était même pas une société. Le jour où elle s'était enfin réveillée et l'avait vu tel qu'il était. Sa décision de ne pas le quitter. Les dernières économies de sa sœur, qu'elle lui avait extorquées, les amis auxquels elle avait emprunté de l'argent avec la promesse d'un remboursement qui n'était jamais venu. Elle avait raconté comment Neil s'était éclipsé juste avant que le couperet tombe. Parlé des deux ans de liberté conditionnelle dont elle avait écopé en tant que complice.

Celine l'avait écoutée, puis lui avait offert la place, à la condition qu'elle signe une clause de confidentialité. Elle avait vu quelque chose en elle. Son absence de moralité, peut-être. Un désespoir qu'elle allait pouvoir exploiter. Le premier mois, Maddie avait failli démissionner plusieurs fois. La femme compatissante qui l'avait écoutée ce jour-là dans la cuisine s'était vite métamorphosée en patronne exigeante. Mais elle avait tenu bon.

Idiote.

Elle se leva et s'étira. Xavier dormait à poings fermés sur le canapé, la bouche ouverte, son ordinateur portable par terre, près de lui. L'ecchymose au-dessus de son nez tournait au violet. La jeune femme avait bien failli ne pas le laisser entrer la nuit précédente, mais elle ne voulait pas rester seule. Il était agréable – rassurant – d'avoir de la compagnie, même celle d'un homme qu'elle connaissait à peine et en qui elle n'avait aucune confiance. Un peu plus tôt, elle avait fouillé dans ses affaires sans rien trouver de plus compromettant qu'un permis de conduire portant une photo de lui avec les cheveux blonds et une adresse à South Beach, Miami.

Un bip, puis un nouveau message à la con de Damien : « B'jour, mesdames et messieurs. Il semble que le mauvais temps dans notre port d'attache retarde toute opération de secours pour le moment… »

Maddie l'ignora, détectant le manque de sincérité dans sa voix. Un talent que lui avait enseigné Celine.

Elle avait besoin d'une douche. Sa peau était poisseuse après sa panique nocturne, et elle aurait tué pour des vêtements propres. Elle pourrait toujours demander à Xavier de lui remonter sa valise des niveaux inférieurs, même si l'odeur avait sûrement imprégné ses affaires. Le blogueur était descendu la veille au soir, et à son retour, ses chaussures puaient les égouts. Elle l'avait obligé à les mettre sur le balcon.

La jeune femme gagna la salle de bains sur la pointe des pieds et ferma la porte derrière elle.

D'abord, elle ne put contraindre son cerveau à accepter ce qu'elle voyait.

Il y avait une femme dans la baignoire.

Il y avait une femme allongée là, vêtue d'un fourreau – une robe de la période Gatsby – cousu de minuscules perles blanches. Sa peau était aussi claire que le vêtement, mais piquée de points sombres, comme enduite d'une matière noire.

— Comment êtes-vous entrée ici ?

Celine lui avait-elle donné sa carte-clé ? Mais non… après avoir laissé entrer Xavier, Maddie avait tiré le verrou de sécurité.

La femme ouvrit grand les yeux – Seigneur, oh, Seigneur, ils étaient entièrement blancs – et découvrit les dents. Petites, pointues et tout à fait noires. Refermant la bouche avec un claquement sonore, elle se mit à fredonner, d'abord à voix basse puis de plus en plus fort, jusqu'à ce que Maddie n'entendît plus rien d'autre.

Une femme habillée à la mode des années vingt, comme Lizzie Bean. La Lizzie Bean de Celine, ce cliché des années folles, était allongée dans sa baignoire.

Maddie comprit qu'elle était en train de faire une crise de nerfs. Elle s'était toujours demandé ce que l'on ressentait dans ces cas-là et, à présent, elle le savait. Cherchant à tâtons la poignée de la porte derrière elle, elle quitta la salle de bains à reculons. La voix qui fredonnait se tut brutalement. La jeune femme tremblait de tout son corps. Dans un coin reculé de son esprit, elle prit note que oui, la terreur pure était bel et bien glaçante.

Elle courut au canapé et secoua le blogueur par l'épaule. Éveillé en sursaut, il ferma bruyamment la bouche.

— Xavier. Il y a quelqu'un dans la salle de bains.

Il s'assit, jeta un simple coup d'œil au visage de Maddie et bondit sur ses pieds.

— Hein ? Il y a quelqu'un là-dedans ?

— Dans la salle de bains.

— Qui ?

Comme elle le poussait sans douceur vers la pièce, il la fixa un instant puis marcha jusqu'à la porte et l'ouvrit à la volée.

— C'est vide.

— Quoi ?

— Il n'y a personne ici, Maddie. Venez. Regardez.

Les ongles plantés dans les paumes, elle jeta un coup d'œil par-dessus son épaule. La baignoire était vide.

— Regardez derrière le rideau de douche.

Il l'écarta d'un geste brusque. Rien.

— Elle était là. Couchée dans la baignoire. Une femme. Une… morte.

Aucun être vivant n'avait une telle couleur de peau.

— Vous vous foutez de ma gueule ? interrogea Xavier en reniflant.

— Est-ce que j'ai l'air de me foutre de vous ? Je sais ce que j'ai vu.

— Une morte dans la baignoire. Comme dans *Shining ?*

— C'était… je crois que c'était Lizzie Bean.

— Hein ?

— Vous savez : un des guides spirituels de Celine.

— Maddie… sérieusement. Vous avez pris un coup sur la tête ou quoi ?

La jeune femme sentit l'hystérie monter en elle.

— Peut-être qu'Archie et Papa Noakes vont se montrer aussi.

— C'est qui, Papa Noakes, merde ?

Maddie hésita, à nouveau tiraillée par sa loyauté. Et puis que Celine aille au diable !

— Le guide spirituel numéro trois. Il était actif dans les années soixante-dix et quatre-vingt.

— Alors parlez-moi de ce… comment il s'appelle, déjà ?

— Papa Noakes. C'est un ancien esclave.

Xavier éclata de rire.

— Oh, nom de Dieu ! Sans blague ?

— Écoutez… Je sais de quoi ça a l'air, mais elle était là, Xavier, je sais ce que j'ai vu. Et vous dites vous-même que des gens ont observé des trucs bizarres sur les ponts inférieurs.

— J'y suis descendu. C'est juste une bande de types qui font des blagues. Tout ce qu'il y a en bas, c'est une odeur franchement dégueulasse.

— Mais…

— Écoutez, Maddie. Vous manquez de sommeil. On en manque tous. Vous avez déjà entendu parler des rêves lucides ?

— Ne me traitez pas comme une gamine.

— Ce n'est pas ce que je fais. Mais votre histoire… Quelle est l'explication la plus logique ? Que le guide spirituel de Celine traînait dans la baignoire ou que vous avez eu un cauchemar si réaliste que vous êtes convaincue d'avoir vu un fantôme ?

— C'était *réel*.

— Maddie, écoutez-moi. C'était votre imagination. Vous devriez être bien placée pour le savoir.

— Je devrais peut-être parler à Celine. Peut-être… peut-être qu'elle m'envoyait un message.

— Allô ? La Terre appelle Maddie. Vous savez que c'est une simulatrice : comment pouvez-vous seulement penser un truc pareil ?

Maddie se mit à marcher de long en large, évitant de regarder la porte de la salle de bains. Helen et Elise n'avaient-elles pas entendu quelqu'un fredonner, elles aussi ? Ouais. Elle perdait les pédales.

— Il faut que je la voie, c'est tout.

— Après ce que son gorille m'a fait ?

Xavier paraissait presque enfantin.

— C'est juste que… Je crois que je devrais lui parler. Je ne suis pas la seule à…

— Mauvaise idée. Écoutez, je sais ce qui se passe, là. Vous subissez le stress de la situation et Celine en tire parti. Je parle d'hystérie collective. D'une maladie psychogène de masse. La seule explication des phénomènes que voient tous ces gens, c'est que Celine leur sert une espèce d'illusion partagée.

Maddie recommença à faire les cent pas.

— Je la connais. Je sais comment elle procède. C'est du chiqué. Mais certaines des choses qu'elle a dites le lendemain du jour où le bateau est tombé en rade… elle ne pouvait pas les connaître.

— Et ce type, Ray ? Il n'a pas pu les lui rapporter ? C'est de la lecture à froid, voilà tout. Les gens croient ce qu'ils ont envie de croire. Ils ont peur. Toute cette situation les angoisse, alors ils se précipitent vers la personne qui a l'air de savoir ce qu'elle fait. (Il prit une inspiration.) Elle profite de la situation. Elle veut passer pour une héroïne une fois que tout ça sera terminé.

— Je veux lui parler.

— Sérieusement, Maddie… Vous croyez que Ray, va vous laisser entrer pour la voir ?

— Je peux le convaincre.

— Et après ?

Ouais, et après ?

— Je ne sais pas, Xavier, d'accord ? (Elle risqua un coup d'œil à la porte de la salle de bains.) Mais, de toute façon, il faut que je sorte de cette cabine.

— Il n'y a nulle part où aller. C'est absolument atroce, dehors, putain !

— Il doit bien y avoir un endroit. Le gymnase, peut-être. Le centre de remise en forme.

— Non. J'ai essayé. C'est le bordel.

— Je m'en fiche. Il faut que je sorte.

Xavier la jaugea une ou deux secondes.

— D'accord, d'accord. Si vous voulez voir Celine, il faut qu'on joue le coup en finesse.

— On ?

— Ouais. On.

Une vague de soulagement. Elle ne lui faisait toujours pas confiance, mais au moins, elle ne serait pas seule.

— Qu'est-ce que vous suggérez ?

— On ne peut pas foncer là-bas la fleur au fusil. (Il effleura l'arête de son nez.) Je me passerais volontiers de prendre d'autres coups dans la gueule, ça ne me va pas du tout au teint. Je me demande si on ne pourrait pas atteindre les locaux réservés à l'équipage par une des portes de service.

— Vous croyez que c'est possible ?

— On peut essayer.

Tandis que le blogueur allait chercher ses chaussures, Maddie s'enroula un foulard autour du cou et enfila des gants. Il avait probablement raison. Son esprit lui jouait des tours. Il avait forcément raison. La peur produisait des effets étranges sur le cerveau.

Mais la vision avait paru tellement réelle.

Ils sortirent dans le couloir. La jeune femme n'avait pas quitté la suite depuis des heures. La moindre des choses aurait été de prendre des nouvelles d'Helen et Elise. Elle se promit de le faire plus tard. Peut-être. Xavier tenta d'ouvrir la porte de service qu'utilisait Althea mais elle était verrouillée.

— Pas moyen. Hé… On peut peut-être essayer à mon étage.

— Ça ne pue pas trop en bas ?

— Si. C'est épouvantable. Mais ça veut dire qu'il n'y aura pas d'employés. Quand je suis descendu hier soir, c'était désert. Enfin… j'ai vu un agent de sécurité, mais il ne s'est pas attardé.

— D'accord.

Un homme et une femme somnolaient sur un matelas devant les ascenseurs, des assiettes sales et des gobelets éparpillés autour d'eux. Seigneur. Au moins, elle n'avait pas à subir ça. La jeune femme suivit Xavier dans les escaliers puis sur le pont Promenade de Rêve, retenant un haut-le-cœur.

Dis-le. Parle, ça te permettra de penser à autre chose.

— D'où vient votre obsession pour Celine, Xavier ? Elle vous a fait quelque chose directement ou quoi ?

Il lui lança un demi-sourire.

— Non, ses activités ne me plaisent pas, c'est tout. Je n'ai pas aimé ce qu'elle a fait à Lillian Small.

— Oui, c'était… ça ne lui ressemblait pas, d'ailleurs. En général, elle n'évoque pas des faits susceptibles d'être vérifiés.

— Alors, quelle était sa motivation, selon vous ?

Maddie haussa les épaules.

— La publicité, peut-être. La notoriété. Elle a peut-être juste voulu profiter de tout ce cirque autour du Jeudi Noir.

— Logique. Par ailleurs, il n'y a pas que Celine. Je n'aime aucun de ces gens-là. Des vautours. Des prédateurs. Dire aux parents d'enfants disparus que leurs gamins sont encore en vie ! Ça me révulse.

— Comment est-ce que ça a commencé ? Votre intérêt pour tout ça, je veux dire.

— Quand j'étais petit, je voulais devenir magicien, répondit Xavier après un instant d'hésitation.

— Vraiment ?

— Vraiment. (Il eut un sourire gêné.) Je n'avais pas la patience. Mais je me suis intéressé aux planches Ouija, j'ai un peu taquiné l'occulte. Vous voyez le genre. Une phase. J'ai vu à quel point il était facile de tromper les gens.

Ils avaient atteint le pont 6. L'odeur de moquette moisie prenait à la gorge.

— Alors qu'est-ce que vous faites pour gagner de l'argent ?

— J'ai mon blog.

— Ouais. C'est pas pour vous vexer, mais je suppose que ça ne vous permet pas de vivre de caviar et de champagne.

— Mon grand-père m'a laissé un peu d'argent.

Pas étonnant qu'il eût autant de temps pour traquer Celine.

— Vous êtes riche ?

— Je ne suis pas riche. Mais j'ai assez d'argent pour vivre.

L'odeur sur le palier du pont 5 était aussi atroce que Maddie s'y attendait, et les entrées des couloirs permettant d'accéder aux cabines étaient plongées dans le noir. Sur la dernière marche, elle hésita. Elle n'avait pas réalisé que l'intérieur du paquebot serait aussi sombre. Des ténèbres veloutées… Non. Et puis quoi, encore ? Ça n'avait absolument rien de doux.

— Attendez ici. Je vais chercher des portes ouvertes.

— Comment allez-vous y voir ?

Il exhiba en souriant une mini-lampe de poche attachée à un porte-clés.

— J'ai tout prévu.

Serrant la rampe de sa main gantée, Maddie vit l'obscurité engloutir son compagnon. Sa peur se dissipait.

Un guide spirituel revenu à la vie ? Ridicule. Elle s'en rendait compte, à présent qu'elle prenait un peu de distance, hors de la suite. Elle commençait même à s'habituer à l'odeur immonde qui régnait ici. Le filet lumineux revint vers elle.

— On est bons. Il y en a une d'ouverte à ce niveau.

La jeune femme suivit Xavier le long de la coursive, les yeux fixés sur le faisceau de la torche, une main pressée contre la bouche. Et, Seigneur ! la moquette était humide, spongieuse. Il lui semblait sentir ses pieds s'y enfoncer profondément, comme si le paquebot voulait l'aspirer. Le blogueur lui tenait la porte ouverte ; elle la franchit, traversa un petit palier et se dirigea vers un escalier étroit avant de se pousser sur le côté pour laisser Xavier ouvrir la marche. Des parois blanches couvertes de crasse les cernaient ; les ampoules de secours à fluorescence fixées au plafond vacillaient. C'était un monde différent des zones réservées aux passagers : utilitaire, dépourvu de décoration, et l'air y paraissait deux fois plus lourd.

Xavier s'arrêta si brusquement qu'elle faillit le percuter. Des pas sourds se rapprochaient d'eux. Un petit Philippin qui montait les marches à la hâte se figea en les apercevant.

— Vous ne devriez pas être là. Les passagers ne sont pas admis.

— On a besoin d'aide, dit le blogueur.

— Un médecin ? Vous devez rebrousser chemin.

Maddie jeta un coup d'œil par-dessus l'épaule de Xavier pour lire le nom de l'employé sur son badge : Angelo.

— Pas un médecin. Il faut qu'on atteigne la scène. Celle du théâtre Osons Rêver.

L'homme fronça les sourcils.

— Pourquoi ne pas passer par l'entrée ?

— On a… nos raisons.

— C'est cette femme ? Mme del Rio ?

— Del Ray. Ouais.

— Vous la connaissez ? s'enquit Maddie.

— Non. Mais j'en ai entendu parler. Comment fait-elle ce qu'elle fait ? C'est truqué ?

— Oui, répondit Xavier.

— Alors, pourquoi est-ce que vous voulez la voir ?

— Vous savez quoi : si vous nous montrez le chemin, vous n'aurez pas à le regretter.

— Combien ?

Il sortit un billet de cent dollars que l'employé fit disparaître.

— Je vais vous guider. Mais si on tombe sur la sécurité, vous devrez dire que je ne vous ai pas aidés.

— Merci. C'est d'accord. Je vous promets que vous n'aurez pas d'ennuis à cause de nous.

Le Philippin revint sur ses pas et leur fit signe de le suivre tandis qu'il descendait deux volées de marches. Ils franchirent une lourde porte métallique et pénétrèrent dans un couloir au plafond bas qui puait la peinture, le tabac froid et d'autres odeurs encore. Le sol était griffé, le revêtement rouge écaillé.

Maddie sursauta en entendant des voix. Angelo marchait devant d'un bon pas, si bien que Xavier et elle devaient presque courir pour le suivre. L'air se réchauffait ; la jeune femme était trempée de sueur. Un choc, métal contre métal, des claquements successifs. Ils dépassèrent plusieurs petites pièces carrelées. Dans l'une, deux hommes à l'air maussade portant des gants en caoutchouc coupaient des poivrons verts et jetaient les portions pourries. Ils leur lancèrent un bref coup d'œil.

— Où en est-on des vivres ? demanda Xavier à Angelo.

Un haussement d'épaules.

— Certains frigos sont encore froids. Il y a des céréales. Des trucs qui étaient surgelés. Il faut de l'électricité pour cuisiner, mais on peut utiliser des assiettes chauffantes.

Alors qu'ils s'engageaient dans une nouvelle coursive, Maddie se retrouva tout à fait désorientée. L'air ne pénétrait plus assez profondément dans ses poumons.

Oh, Seigneur !

Elle ne pouvait pas respirer.

Angelo ouvrit une porte en métal blanc et les poussa dans un couloir plus large, nu, qui semblait s'étirer à l'infini. Il tendit le bras vers la gauche.

— Donc, ce qu'il vous faut faire, c'est...

Il se figea. Puis prit ses jambes à son cou.

Une silhouette massive se dirigeait vers eux, aboyant dans une radio.

— Stop !

— Merde, marmonna Xavier.

Un agent de sécurité, la main sur la matraque qu'il portait à la ceinture, s'approchait à grands pas.

— Vous n'avez pas le droit d'être ici. Comment êtes-vous descendus ?

— Désolée, tenta Maddie. On s'est perdus.

L'homme – Ram, à en croire son badge – avait les yeux les plus sombres et les plus durs qu'elle eût jamais vus.

— Comment êtes-vous descendus jusqu'ici ?

— Calmez-vous, dit Xavier. On voulait juste...

— Vous n'avez pas le droit d'être ici.

— Écoutez. Personne ne nous explique rien. On a le droit de savoir...

— Si vous ne baissez pas d'un ton, je serai contraint de vous maîtriser. (Xavier ferma la bouche. Ram pensait à l'évidence le moindre mot qu'il prononçait.) Je vais vous escorter à l'extérieur. Si je vous revois ici, je ferai en sorte que vous soyez enfermés dans vos cabines.

Il leur fit signe avec dureté de marcher devant lui.

— Merde, marmonna le blogueur.

Ils parcoururent une succession de coursives, montèrent un autre escalier étroit en métal, puis l'agent de sécurité ouvrit une porte à la volée et les poussa de l'autre côté. Maddie s'orienta : ils se trouvaient sur le pont Promenade de Rêve, où, après les profondeurs du navire, l'air paressait presque frais.

Ram claqua le battant derrière eux.

— Et maintenant ? demanda la jeune femme en ôtant ses gants pour s'essuyer les mains sur son jean.

— On pourrait aller sur le pont fitness, je connais quelques personnes là-bas.

Elle réfléchit à la question, se rappela la femme agressive au buffet du Lido, les bousculades, les types qui pissaient par-dessus bord. Non. Elle ne supporterait pas ça. Ils passèrent devant le casino, où un petit groupe avait disposé des matelas près des machines à sous. Une femme au visage décomposé, serrant contre elle un seau, se dirigeait vers les portes de la salle à manger. Quand Xavier et elle contournèrent l'atrium, Maddie aperçut l'entrée du théâtre. Ray, qui occupait son poste habituel, se poussait pour laisser entrer un petit homme avec une banane de cheveux noirs et une femme en uniforme de femme de chambre. Elle sursauta en reconnaissant Althea et réalisa que son compagnon était l'un des directeurs de croisière adjoints, un homme auquel elle avait eu affaire plusieurs fois pour régler les détails techniques des séances de Celine et qui l'avait charmée par sa personnalité chaleureuse.

— N'y allez pas, Maddie, conseilla Xavier.

— Il faut que je sache.

— Que vous sachiez quoi ?

— Pourquoi Celine me repousse. Pourquoi elle…

— Partons. Retournons à la suite.

Elle en était incapable. Elle ne pouvait pas retourner là-bas. L'air fredonné par Lizzie Bean dériva dans sa tête. Elle frissonna.

— Attendez-moi ici.

Ray lui adressa un large sourire quand elle s'avança vers lui.

— Tiens, Maddie. Deuxième round ? Ou vous allez essayer de m'acheter avec autre chose. (Puis, brusquement sérieux, il se pencha vers elle, la prenant à contre-pied.) Vous devriez vous estimer heureuse, croyez-moi. Vous n'auriez pas envie de vous joindre à cette bande-là. On dirait qu'ils la prennent pour Jésus-Christ, nom de Dieu !

Ses yeux accrochèrent quelque chose par-dessus l'épaule de la jeune femme et son visage se figea.

Maddie se retourna pour voir Jacob venir vers eux, un vaporisateur de liquide nettoyant sous le bras. Ses gants chirurgicaux violets étaient assortis à sa cravate.

Il lui lança un sourire qui paraissait sincère.

— Maddie ! Ça fait une éternité que je ne vous ai pas vue. J'espère que vous avez enfin décidé de nous rejoindre.

Ses yeux se tournèrent un instant vers Xavier, adossé à un pilier, à bonne distance de Ray. Maddie ignorait si Jacob se rappelait l'avoir vu lors de la séance du Nouvel An. C'était probable. Le look hipster du blogueur ne l'aidait pas vraiment à se fondre dans la foule.

— Jacob, écoutez… est-ce que Celine vous a dit quelque chose à mon sujet ?

— Non. Pourquoi ?

— Savez-vous pourquoi elle ne veut pas me voir ?

— Tout le monde est le bienvenu, Maddie. Il faut se serrer les coudes. (Il se pencha en avant avec un air de conspirateur.) Celine dit que ce ne sera plus très long.

On va se tirer très vite de ce mauvais pas. Et ce ne sera pas trop tôt. (Il ôta ses gants bruyamment.) Entre vous et moi, je commence à en avoir ma claque des sandwiches à la tomate et du pâté en boîte.

— Comment vont les autres ? Les autres Amis, je veux dire.

— Nous allons tous très bien. Pouvoir partager le don de Celine avec tant de gens nous a gonflés à bloc. Des membres de l'équipage commencent aussi à nous rejoindre, Maddie. Ils ont vraiment travaillé très dur, et nous faisons tout notre possible pour les tranquilliser. L'Esprit prendra soin de nous.

Bon sang ! La jeune femme jeta un coup d'œil à Ray, mais son regard était perdu dans le lointain.

— Écoutez, Jacob… Je vous dois des excuses.

— Des excuses ?

— C'est moi qui ai raconté l'histoire de votre sœur à Celine. (Maddie chercha en vain un nom.) Vous vous rappelez ? Vous m'en avez parlé pendant le pot d'accueil. Elle se sert de ce genre d'informations, brode dessus pour faire croire qu'elle parle avec les morts. C'est une escroquerie.

Jacob lui adressa un sourire triste.

— Vous finirez par voir la vérité, Maddie.

Secouant la tête, il se dirigea vers l'entrée du théâtre. Maddie chercha encore le regard de Ray, mais à l'évidence, le garde du corps l'ignorait.

— Alors ? interrogea Xavier quand elle le rejoignit.

Elle secoua la tête.

— On retourne à la suite ?

— Ouais.

C'était lui qui avait raison. Ils n'avaient nulle part où aller.

Le condamné

Il s'était fait un nid dans un coin obscur sous l'avancée du pont supérieur, près du guichet des serviettes de bain. Après sa syncope de la veille, quelqu'un lui avait donné deux comprimés et une bouteille d'eau. Il avait passé la nuit et la matinée entre éveil et inconscience. Il ne voulait ni prendre les comprimés ni boire l'eau, mais Marilyn avait insisté. Le curieux nuage qui tenait à distance ses idées noires se dissipait peu à peu. Gary le regrettait : des choses auxquelles il préférait ne pas penser l'attendaient de l'autre côté. Il se sentait encore faible, tout le corps douloureux. Et il ne cessait d'avoir des rêves étranges, hyperréalistes. Pendant la nuit, il avait rêvé qu'il s'éveillait pour voir Marilyn – il était sûr qu'il s'agissait d'elle –, nue et hurlante entre les bras d'un homme, dans le jacuzzi.

Il ramena les genoux contre le torse et s'enroula les bras autour de la tête. Le temps passait plus vite quand il dormait.

Lorsqu'il reprit connaissance, son ami de l'infirmerie, le grand Noir en vieille salopette, adossé au bastingage, lui sourit, puis il posa un doigt sur ses lèvres. *Chut, ne dis rien.*

Je ne dirai rien, répondit Gary, remuant les lèvres en silence.

Ne pas dire quoi ?

Une pierre chaude dans son ventre.

Bien sûr.

La fille. La sienne. L'homme savait-il ce qu'il avait fait ?

Comment l'aurait-il su ?

Un frisson de peur lui chatouilla la peau. De peur réelle. Il s'était produit autre chose. Quelque chose qui l'avait conduit à l'infirmerie – mais c'était un souvenir fuyant, qu'il n'arrivait pas à attraper.

Parfait. Gary ne voulait pas l'attraper. Qu'il s'en aille à la nage, loin. À la nage. À la nage.

Une ombre se dressa au-dessus de lui et il leva les yeux. Mason le regardait.

— Comment ça va, aujourd'hui, mon pote ?

— Ça va.

— Ah ouais ? Ça n'a pas l'air. Je t'ai vu parler tout seul. (L'entrepreneur se pencha vers lui.) Si tu perds encore les pédales ici, je te balance par-dessus bord, tu piges ?

Gary déglutit.

— Ça va. Je ne suis pas malade. Il ne m'est rien arrivé. Ça va.

Il avait un mauvais goût dans la bouche.

— Bon. Alors tu peux remuer ta graisse. Va faire la queue pour la bouffe. On y va tous à tour de rôle.

Marilyn les rejoignit d'un pas léger, un chapeau rose posé mollement sur la tête. Des doigts fouillèrent l'esprit de Gary. Il se rappelait ce chapeau, ce chapeau était...

Non.

— Gary. Tu es réveillé.

Mason croisa les bras et fit jouer ses muscles entre le poignet et le coude.

— Il va nous aider aujourd'hui.

— Oh, très bien.

— Je n'aime pas ton chapeau, murmura Gary à Marilyn.

Elle éclata de rire.

— Quoi ? Tu étais avec moi quand je l'ai acheté.

Il vit la main de sa femme se diriger vers l'épaule de Mason puis s'arrêter à mi-chemin.

— Tu as des souvenirs de ce qui s'est passé avant qu'on te transporte à l'infirmerie, chéri ?

— Non.

Mason renifla.

— Mémoire sélective, commenta-t-il en se tapotant la tête. J'ai déjà vu ça.

— Sandy dit que tu devrais prendre ça. (Marilyn tendit deux comprimés bleus à son mari.) C'est gentil de sa part, vu qu'il ne lui en reste pas beaucoup. Ça t'a aidé hier soir, chéri. Tu étais… (Elle échangea un regard avec l'entrepreneur.) Tu n'étais pas toi-même.

Gary secoua la tête.

— Je n'en veux pas.

— Ça te fera du bien. Tu as eu une mauvaise expérience. Allez. Fais ça pour moi.

Il les posa sur sa langue et prit une gorgée d'eau chaude, réprima un hoquet. Toutefois, il ne réussit pas à avaler les comprimés : ils se coincèrent au fond de sa gorge et il dut les cracher dans sa main – Mason le fixait avec dégoût – pour essayer à nouveau. La seconde fois, il y parvint.

— Allez, mon pote, dit l'entrepreneur en lui assenant une claque sur l'épaule. C'est l'heure d'aller au boulot.

Gary se hissa sur ses pieds, regardant derrière Marilyn pour voir si son ami était encore là. Ce n'était pas le cas.

Mason le poussa vers l'escalier qu'il devait monter.

— Et ramène une grosse portion. Te laisse pas arnaquer.

Deux hommes, en haut des marches, s'écartèrent pour le laisser passer. D'abord, tout ne fut que bruits, visages et confusion, odeur d'eau de Javel ainsi que d'autres parfums plus déplaisants. Il y avait foule autour du buffet. Trois cuisiniers en uniforme blanc sale, l'expression figée en des masques durs, transpiraient derrière le comptoir.

— À la queue, lui lança un visage qui surgit devant lui.

— D'accord.

Il fit demi-tour, revenant sur ses pas. La file d'attente s'étirait jusqu'à la piscine. Une partie de ceux qui la composaient échangeaient des plaisanteries, mais la plupart semblaient mécontents. Comme il en atteignait le bout, Gary marcha dans une flaque d'eau, glissa mais parvint à se redresser. Il pouvait faire ça. C'était facile.

Il tenta d'apercevoir son reflet dans l'eau verte. Deux bouteilles en plastique s'y agitaient près d'un sac rouge. La femme qui se tenait devant Gary le dévisagea et lui sourit. Avec ses lunettes de soleil, elle ressemblait à un insecte.

— Encore du pâté en boîte. Mais il y a de l'espoir. J'ai entendu dire qu'un bateau viendrait nous ravitailler aujourd'hui. C'est forcément bon, hein ?

Blablabla. Le soleil sur sa tête. Il aurait dû porter un chapeau. Sa casquette… il en avait une, mais il ne parvenait pas à se rappeler ce qu'il en avait fait. Brouillard de coton.

Un hurlement retentit derrière lui, et il se retourna pour voir un homme tomber au ralenti dans la piscine. Il ressortit d'un bond et secoua la tête. Il riait aux éclats.

— Ben merde, alors ! cria-t-il.

Alors Gary le vit. Son ami. Debout près des portes vitrées qui menaient à l'intérieur du navire. Il crut que l'homme en salopette lui ferait signe de le rejoindre, mais non.

Petits pas, petits pas. La file d'attente avançait au ralenti, et la femme-insecte avait renoncé à lui parler. Bien. L'air ondoyait. Le regard de Gary se perdit dans le vide jusqu'à ce qu'il se sente poussé dans le dos. Un espace s'était ouvert entre lui et la femme. Il la rattrapa.

Puis il y eut des cris. La femme-insecte recula, toute la file d'attente frémit puis se fractura. Gary fit un bond de côté pour voir ce qui se passait. Deux hommes se battaient près de la scène surélevée. Tirant, poussant, grondant. Des gens se contentaient de les regarder, d'autres les encourageaient. Un type en chemise bleue tentait de les séparer. Deux autres, en chemise blanche et pantalon noir, couraient vers eux. Une bouffée de panique. Oh, oh. La sécurité. Les uniformes. Il se les rappelait. Le temps se ralentit, le son disparut. Un des agents de sécurité donna un coup de coude à l'autre et tendit le bras vers lui.

Gary sentit toute sa force, le peu dont il disposait, le quitter.

Fuisfuisfuisfuisfuisfuisfuis.

Son ami. Il devait retrouver son ami. Il baissa la tête et se mit à courir, bousculant ceux qui faisaient la queue derrière lui.

Arrivé devant les portes, il les poussa et perdit l'équilibre, se rattrapant de justesse.

— Arrêtez ! cria quelqu'un.

Mais il ne s'arrêta pas. Son ami, en haut de l'escalier principal, lui faisait signe en souriant. Gary fonça pour le rejoindre. Puis il descendit, descendit encore – sûr que l'autre lui montrerait le chemin. Un tournant : le fond de l'atrium. Son ami avait encore disparu. Il leva les yeux vers les cubes de verre des ascenseurs figés au-dessus de sa tête. Où aller, à présent ?

Il fit volte-face. Là ! Son ami se tenait près d'un pilier doré, une rangée de portes sombres derrière lui. Gary connaissait cet endroit. Marilyn l'y avait emmené une fois. Le théâtre. Il cligna des paupières. Plus personne.

Il marqua une pause. Était-il censé entrer ?

— Yo. Vous y allez ou quoi ?

Un type costaud le fixait, les yeux aussi vides que ceux de Mason. Gary ne se rappelait pas avoir monté l'escalier qui menait aux portes.

— Oui.

— Vous planquez des armes sur vous ?

— Non.

— Hé, relax, je rigole. Pas de chaussures, hein ?

Gary baissa les yeux. Il n'avait pas remarqué ses pieds nus et blessés, l'ongle d'un gros orteil presque arraché. Comment était-ce arrivé ?

— Non.

L'homme partit d'un grand rire.

— Vous allez vous sentir comme un poisson dans l'eau, mon vieux.

Ouvrant la porte, il lui fit signe d'entrer.

Obscurité. Mais des lumières sur la scène. Une femme parlait d'une voix tonitruante. Il n'écouta pas ce qu'elle disait : il ne l'entendait pas, le sang battait toujours à ses oreilles. Désorienté, il dévala les marches de l'allée, puis les remonta et, ne sachant que faire, prit possession d'un strapontin au dernier rang. Sa voisine se tourna vers lui en souriant.

— Bienvenue, murmura-t-elle.

Gary se planta les ongles dans les paumes. Ferma les yeux.

Un bruit. La pluie. Non. Des applaudissements. Les gens qui l'entouraient battaient des mains. La voix de la femme montait à nouveau.

— ... va y avoir une panique. Ce sera le chaos. Je veux que tous ceux qui sont ici avec moi sachent que je veillerai sur eux.

Il n'aurait pas dû être là. Son instinct le poussait à sortir. Toutefois, son ami l'avait guidé. Et, à présent, ce qu'il pensait être sa véritable personnalité l'envahissait à nouveau, minant la délicieuse chaleur ouatée qu'il avait cultivée. Non. Il ne le permettrait pas. Il ne voulait pas se rappeler.

La fille. La fille.

— Comme d'habitude, je souhaite la bienvenue à nos nouveaux visages. Au début, vous allez trouver tout ça étrange, alors imaginez ce que j'ai ressenti, moi, la première fois que j'ai entendu l'Esprit se manifester.

Les gens autour de lui éclatèrent de rire. Quelqu'un lui tendit une banane. Elle était molle, sa peau à moitié noire, mais il la mangea tout de même avant de se caler au fond de son siège. Il se sentait mieux. Plus calme. Laissant à nouveau les paroles de la femme couler sur lui, il commença à l'écouter. Elle racontait l'histoire d'une chatte qu'elle avait eue, Francine, qui savait aussi entrer en contact avec les esprits.

— Tous les animaux sont des êtres spirituels. C'est une capacité que nous portons tous en nous.

Gary n'aimait pas les animaux, surtout pas les chats. Marilyn avait voulu en prendre un, des années auparavant, mais il avait refusé. Tout ce qu'ils faisaient, c'était profiter de leurs maîtres. Et que donnaient-ils en échange ?

— … même les animaux le savent. La mort n'est pas la fin, mes amis. On ne meurt jamais vraiment. On tourne en rond, voilà tout. On entre dans le royaume spirituel et on en ressort. Sachez ceci : il n'y a qu'une très fine couche de vibration entre les royaumes. De la lumière et de l'énergie, mes amis. Voilà tout ce que nous sommes. Et certains d'entre nous ont la capacité de choisir la manière dont ils veulent… Attendez… mes guides se manifestent.

Gary sentit une vague d'enthousiasme parcourir le public autour de lui. Il n'aimait pas cela.

— … me disent quelque chose… Une femme s'avance. Une femme jeune. Oh. Il n'y a pas longtemps qu'elle a franchi le seuil. Pas longtemps du tout. Elle est encore désorientée. Attendez… Elle demande… un nom. Je sens un K. Cela dit-il quelque chose à quelqu'un ? Elle est morte très récemment. En fait… d'après ce que je reçois, ça s'est passé sur ce paquebot.

— C'est Kelly ! hurla quelqu'un. Oh, mon Dieu !

Gary se tortilla. Dans une des rangées inférieures, une femme avait bondi sur ses pieds.

Celle qui se trouvait sur scène porta la main à sa gorge.

— Je reçois… Elle… elle a du mal à respirer. Elle étouffe. Étouffe. Et il y a du chagrin. Tant de chagrin. Tant de douleur. De solitude. C'est une âme en peine, je le crains, ma chère.

Les entrailles de Gary se tordirent. Son cuir chevelu se mit à le picoter. *Sors d'ici.*

— Sa maman… est-ce qu'elle veut dire quelque chose à…

— Désolée de vous interrompre, ma chère, mais elle a un message pour la personne qui se trouvait avec elle quand elle est morte. Elle dit que…

Sors d'ici sors d'ici sors d'ici sors d'ici.

Une peur froide, glacée. Elle emplissait chaque veine, chaque artère – elle palpitait en lui. Il s'éjecta de son siège et remonta l'allée en clopinant. Il ne voulait pas entendre ça, il ne voulait pas l'entendre.

La servante du diable

L'homme lui planta le coude dans le flanc et faillit la renverser en franchissant la porte en courant.

Une grosse femme au large visage compatissant se précipita vers elle.

— Ça va, ma petite ? murmura-t-elle.

Althea récupéra le carton de lingettes humides que l'homme lui avait fait lâcher en la bousculant.

— Oui, ça va, merci.

— Parfois, les gens ne supportent pas.

C'était la pure vérité. Tout le monde n'appréciait pas ce que disait Mme del Ray. Pour le moment, elle parlait de guérison et d'acceptation de la « ruine du corps physique ».

— Mais il faut qu'on se soutienne mutuellement, pas vrai ? continuait la grosse femme.

Tous les gens réunis ici étaient *locos.* Complètement cinglés.

— Oui, dit Althea en lui adressant un sourire professionnel.

Son interlocutrice lui tapota le bras et s'éloigna le long de l'allée. La jeune femme porta la boîte jusqu'à une loge, dans l'angle opposé à l'entrée. Pepe avait bien travaillé : il y avait désormais là plusieurs salamis, une boîte de tranches de fromage américain ainsi qu'un carton de tomates fraîches, de poivrons et de bananes. Par lui, elle avait appris que le chef cuisinier avait déserté son poste et qu'il revenait à ses subordonnés de rationner les vivres. Il ne devait plus rester grand-chose. Bientôt, on commencerait à pêcher. Elle espérait qu'on n'en arriverait pas là. L'eau autour du paquebot était répugnante.

Althea s'empara d'une bouteille d'eau et d'une tranche de pâté en boîte. Elle s'appuya contre la table. Le théâtre, orchestre et balcon, n'était pas encore tout à fait plein, mais il ne faudrait pas très longtemps pour qu'il le soit. La plupart des gens, ayant décidé de ne pas regagner leurs cabines, s'installaient de petits nids à l'aide de couettes et d'oreillers. Une partie du personnel en faisait autant.

Ça avait été plus facile qu'elle ne l'avait cru. Celine lui avait demandé d'amener des membres de l'équipage au théâtre Osons Rêver « pour rejoindre la bande », et aucun de ceux qu'elle avait contactés n'avait encore refusé. Pourquoi l'auraient-ils fait ? Le théâtre était confortable et il ne puait pas. Le groupe de vieillards dévoué à Celine s'assurait que les toilettes qui jouxtaient le balcon restent propres. Ils avaient même un système pour se débarrasser des sacs. Tout ce que le médium ordonnait aux employés, c'était d'aider à rapporter des vivres et de l'eau de la cuisine. Paulo et Pepe, ses premières cibles, s'étaient montrés réticents, craignant d'être punis s'ils s'attardaient dans les zones réservées aux passagers, mais Althea n'avait pas dû discuter très longtemps pour les convaincre. La sécurité était trop occupée à gérer la foule sur le pont principal pour se soucier de quelques stewards abandonnant leur poste. En outre, ils aidaient à soutenir le moral des passagers, non ?

Et la nouvelle s'était répandue : on était ici en sûreté. Il n'y avait pas de Dame en Blanc, pas de diables, pas de cadavres tentant de sortir de leurs sacs, pas de voyageurs furieux. Angelo avait été plus sceptique, mais Althea s'y attendait. Elle lui avait assuré que Mme del Ray le paierait bien pour son aide, sachant qu'il irait là où était l'argent.

Elle ressortit pour vérifier que Mirasol nettoyait bien les deux toilettes à la sortie du théâtre. Comme elle le craignait, la jeune fille était en train de rigoler avec Ray, un des hommes qui gardaient l'entrée. En Angelo, elle lisait à livre ouvert. Ray lui inspirait de la méfiance. Bien qu'il ne l'eût pas ennuyée, elle n'aimait pas la manière dont il suivait certaines femmes des yeux. Il lui rappelait Joshua.

— Mirasol, appela-t-elle sèchement, ce qui fit sursauter sa collègue.

Althea remarqua avec dégoût que la chemise de la jeune fille était tachée. Elle-même faisait l'effort de rester présentable. L'eau du robinet s'écoulait en un filet mince, mais se laver à l'aide d'un seau ne lui posait pas de problème, et sa tenue – contrairement à celle de beaucoup d'autres – demeurait propre et nette.

— Va dire à Paulo qu'il faut rapporter de l'eau, s'il te plaît.

— Oui, Althea, répondit Mirasol, qui fila aussitôt.

Ray prit une gorgée de la flasque qu'il conservait dans sa poche arrière de pantalon et fixa Althea – qui lui rendit son regard. Peut-être aurait-elle dû dire à Mme del Ray qu'il buvait. Quoique… c'était inutile. Elle le savait déjà. Elle savait tout.

— Vous avez un problème ? demanda-t-il.

— Non. (Mensonge. Elle en avait beaucoup, et le plus gros se cachait dans son ventre.) Et vous ?

Il renifla.

— Pauvre folle.

Althea aurait été incapable de dire s'il parlait d'elle ou de Mme del Ray. Elle sentait qu'il ne croyait pas aux performances du médium – ce qui le faisait presque remonter dans son estime. Le dépassant, elle descendit l'allée d'un pas rapide, cherchant Rogelio, curieuse de voir comment il réagissait à la séance de Mme del Ray. Elle l'avait surpris à la cantine dans la matinée, visiblement brisé, distrait, inquiet, et elle avait alors réalisé qu'elle se trompait à son sujet, que sa façade insouciante n'était qu'un masque. Elle voyait qu'il avait besoin de quelqu'un à qui parler, et elle savait écouter. Des années à s'occuper d'un paquet de connards avaient développé chez elle ce talent.

Elle le repéra au premier rang, assis entre Annabeth et Jimmy, deux des personnes âgées qui formaient ce qu'elle considérait comme le noyau dur du groupe de Mme del Ray.

Le médium se rapprocha du bord de la scène dans un grincement.

— Il y a tant de secrets ici. Tant de tristesse et de problèmes non résolus. Sachez ceci : ceux d'entre vous qui sont ici, qui ont eu le courage et la présence d'esprit de nous rejoindre, seront récompensés…

Althea ignorait où Mme del Ray trouvait son énergie. Elle ne l'avait jamais vue dormir. Ni, d'ailleurs, aller aux toilettes.

— Mes guides m'apprennent que quelqu'un désire se manifester. Une femme de petite taille s'avance. Brune. De longs cheveux noirs. Elle se touche le front. Une cicatrice, peut-être ? Est-ce que cela dit quelque chose à quelqu'un ? Ne soyez pas timides.

Althea vit Rogelio se lever. Bizarre : elle n'avait pas parlé de cicatrice à Mme del Ray, lui révélant simplement que le directeur de croisière adjoint avait perdu sa mère et qu'il subvenait aux besoins de ses frères et sœurs. Cependant, la vieille femme était intelligente et avait sûrement d'autres sources.

— Je reçois... elle dit qu'elle a un nuage dans l'estomac. Je suppose que c'est un cancer.

— Vous êtes sûre que c'est elle ? dit Rogelio. Ma mère ne parlait pas anglais.

Althea dissimula un sourire derrière sa main.

— Nous parlons tous la même langue une fois le pas franchi, mon cher, dit Mme del Ray avec une pointe d'irritation. Je sens qu'il s'est agi d'une longue maladie.

— Oui.

— Je sais combien cela a dû être dur pour vous. Sachez ceci : votre mère veut vous assurer qu'elle est avec vous en ce moment et qu'elle sera toujours avec vous. Sachez ceci : elle vous pardonne et comprend les choix que vous avez faits dans votre vie.

Rogelio prit son visage dans ses mains.

— *Inay*, Maman.

Quand il se rassit, Jimmy et Annabeth s'empressèrent de le réconforter.

Le moment était bien choisi pour s'éclipser. Althea devait retrouver le petit garçon. Voir s'il l'attendait dans sa cabine. Il s'était encore pressé contre elle la nuit précédente, tel un chat. Cela l'avait réconfortée. Mais elle avait peut-être intérêt à aller d'abord voir Maria. Même si Mme del Ray l'avait recrutée, elle n'avait aucune intention d'abandonner son poste. De lâcher la proie pour l'ombre. Quand l'aide arriverait enfin, une fois la tempête à terre terminée, elle ferait partie des rares personnes qui auraient accompli leur travail. Elle avait même déposé des bouteilles d'eau et des sacs propres à la porte des cabines ce matin-là. En revanche, elle s'était permis d'ignorer les sacs à déchets jetés dans le couloir. Elle trouverait plus tard le temps de terminer son ménage. À part chez les Lineman. Qu'ils se débrouillent. Quoi qu'elle fasse pour eux, ils ne lui témoigneraient aucune reconnaissance. Ils pouvaient crever.

Un autre élancement au centre. Elle n'avait pas eu de nausée, mais elle était à présent convaincue d'être enceinte. Elle le sentait. Toutefois, on ne pourrait pas la licencier si elle s'était toujours montrée consciencieuse, n'est-ce pas ? Et si jamais on la renvoyait, elle avait un plan de secours. N'avait-elle pas fait ses preuves auprès de Mme del Ray ? Peut-être cette dernière accepterait-elle de la prendre comme assistante ? Althea n'avait vu Maddie nulle part dans le théâtre. Peut-être avait-elle démissionné ou été congédiée ? Ce serait un bon emploi, qui finirait même par lui rapporter la carte verte et lui permettrait d'échapper une fois pour toutes aux griffes de Joshua. Elle ne faisait pas confiance à Mme del Ray, mais elle savait que celle-ci suivait son propre intérêt.

Althea franchit discrètement la porte latérale qui ouvrait sur les coulisses et longea les rideaux noirs sur la pointe des pieds. Le technicien – elle ignorait son nom – somnolait, la tête sur une main. La voix étouffée du médium lui parvenait à travers l'épais tissu.

Elle se hâta de gagner le I-95, puis le bureau de Maria. Elle frappa. Pas de réponse. Tournant la poignée, elle constata que la porte n'était pas verrouillée. Après un rapide coup d'œil alentour pour vérifier que personne ne la voyait, elle entra dans la pièce. Après s'être approchée doucement du bureau, elle tenta d'ouvrir les tiroirs qui, eux, étaient verrouillés. La plupart des niveaux réservés à l'équipage se trouvaient sous la ligne de flottaison, mais ce bureau était lumineux, bien ventilé. Althea regarda la surface de l'eau par le hublot. Ils dérivaient encore. Le navire entraînait dans son sillage des sacs en plastique rouge qui lui firent penser à la traîne sanglante d'une robe de mariée – la sienne. Son mariage avait été somptueux. Sa mère avait emprunté de l'argent pour l'organiser. Stupide. Un vrai gâchis.

Elle sursauta quand la porte s'ouvrit. Maria entra, vêtue d'un pantalon de jogging et d'un T-shirt trop grand.

— Qu'est-ce que tu fais ici, Althea ?

— Je vous cherchais.

Sa supérieure, chancelante, semblait avoir du mal à se concentrer. Ivre. Encore un signe de faiblesse. Maria gagna le bureau d'un pas mal assuré, se laissa tomber sur la chaise des visiteurs et pêcha un paquet de cigarettes froissé dans la poche de son pantalon. Il était interdit de fumer sur les paquebots. Peut-être allait-elle se faire licencier. Elle alluma sa cigarette et souffla la fumée du coin de la bouche. Althea s'efforça de ne pas l'inhaler. Joshua fumait : elle espérait qu'un jour, ça le tuerait.

— J'ai nettoyé ma section.

— Tant mieux pour toi. (Sa supérieure toussa. Elle n'avait toujours pas de sourcils et ses cheveux étaient gras.) C'est ça que tu voulais me dire ? Que tu es une bonne petite travailleuse ?

— Je n'ai pas abandonné mon poste.

— Alors tu es plus bête que tu en as l'air.

Althea sentit un frémissement dans la poitrine, le même qu'elle éprouvait toujours juste avant de se disputer avec Joshua.

— Je fais mon travail.

— Il n'y a *plus* de travail, Althea.

— Vous me renvoyez ?

Maria éclata de rire à travers la fumée.

— Non. Ce n'est pas ce que je voulais dire. Je voulais dire que faire ton travail ne sert plus à rien.

— Pourquoi ?

— À ton avis ? Tu n'es pas idiote. (Elle agita sa cigarette.) Le paquebot. Il est foutu.

— On a eu des nouvelles ?

— Des nouvelles de quoi ?

— De la navette. De la tempête à terre. Des secours. De la radio.

— Non.

Elle mentait. Althea s'en rendit compte, mais elle eut tout de même un sourire charmant.

— Vous ne pouvez pas demander à votre petit copain ? Ce n'est pas un des officiers ?

Ces derniers passaient de femme en femme. Se donner la peine de coucher avec eux ne servait à rien, il fallait être bête pour croire le contraire.

Un éclair de colère – un reste de l'ancienne Maria –, puis :

— On n'a aucun lien avec l'extérieur. On ne voit pas de bateaux. Pas d'avions dans le ciel. (Elle inhala un autre nuage et toussa.) Quelque chose est arrivé au monde.

Althea avait déjà entendu cette théorie. Quoi, par exemple ? Le monde ne pouvait pas s'effondrer en quatre jours. Peut-être aurait-elle dû conduire Maria à Mme del Ray. Mais non. Elle n'était pas sûre d'en avoir envie, et elle voulait trouver le petit garçon.

— Je dois aller m'occuper de ma section, dit-elle avant de contourner le bureau et de se diriger vers la porte.

— Althea… attends.

— Oui ?

— Prépare-toi.

— Me préparer à quoi ?

— Prépare-toi, c'est tout.

La jeune femme hocha la tête. Elle était toujours prête.

Quittant la pièce, elle descendit jusqu'au pont où logeait l'équipage. Devant sa cabine, elle trouva Trining, adossée dans le couloir. *Merde de merde !* Elle n'était pas d'humeur à supporter une autre conversation.

— Tu te sens mieux ? s'enquit-elle pourtant.

— Je suis encore malade. Je t'ai entendue parler toute seule la nuit dernière.

— Et alors ?

Trining toussa. Althea eut l'impression qu'elle simulait.

— Cette femme est le diable. J'ai entendu ce qu'elle peut faire.

— Quelle femme ?

— Celle du théâtre. Angelo dit que…

— Il ne sait rien du tout. *(Putain de connard d'Angelo !)* On est mieux là-bas qu'ici. Personne n'est malade.

— Fais attention à toi, Althea.

Trining se détourna. Althea haussa les épaules. Peut-être était-ce vrai, peut-être Celine était-elle le diable, cette explication en valait une autre. Quelle importance ? Elle quitta sa collègue et alla voir si le petit garçon l'attendait dans sa cabine.

Les sœurs suicide

Helen ne voyait pas le visage de la femme à quatre pattes sur l'autre lit, les cheveux dans les yeux, les mains serrées sur l'oreiller. Jaco, lui, la regardait dans les yeux. Pistonnant et souriant. Pistonnant et souriant. Elle détourna la tête.

L'entendit rire.

Elise était brûlante, on sentait sa chaleur irradier à travers sa chemise de nuit. Helen pria pour qu'elle continue à dormir et ne s'éveille pas au milieu de cette écœurante exhibition.

Jaco émettait à présent des grognements ; la fille poussait des cris aigus au même rythme.

Helen aurait pu le faire : sauter du lit et lui défoncer la tête à l'aide de son ordinateur portable. Badaboum. L'écraser sur la mâchoire de ce salopard dans un agréable craquement. Elle y avait songé plus d'une fois. Cependant, ils étaient plus forts qu'elle : ils la maîtriseraient en un rien de temps. Voilà des heures qu'elle se torturait en se demandant si elle devait ou non quitter la suite pour aller chercher de l'aide. Elle n'osait pas laisser Elise seule avec eux. Ils risquaient de se barricader à l'intérieur, et qu'arriverait-il si elle ne trouvait personne pour la secourir ? La situation, dehors, ne pouvait qu'être devenue plus désespérée.

Piégée dans sa propre cabine. Une prison.

Mais que pouvait-elle faire d'autre ? Elise n'avait pas la force de se déplacer. La nuit précédente, Helen avait voulu l'aider à gagner la salle de bains, mais elle était à peine sortie du lit que ses jambes s'étaient dérobées sous elle. Jaco et Lulia l'avaient aidée à relever Elise, mais ils s'étaient montrés brutaux et elle ne voulait pas risquer que cela se reproduise.

Elle les haïssait. Elle les détestait avec une intensité qu'elle ignorait avoir en elle.

Ils avaient fait preuve d'intelligence pour la tromper. Au début, elle leur avait été reconnaissante. Reconnaissante, oui ! Jaco était descendu à la cantine de l'équipage pour lui rapporter un sandwich et des bouteilles d'eau supplémentaires, lui évitant d'abandonner Elise pour faire la queue au buffet du Lido. Lulia avait nettoyé la douche et les toilettes et, quoique vite fatiguée d'entendre le récit détaillé de tous les spectacles auxquels elle avait participé dans sa vie, Helen avait apprécié son aide. S'occuper seule d'Elise était difficile, épuisant. En outre, discuter des raisons possibles pour lesquelles l'aide n'arrivait pas avait eu un effet cathartique. Jaco affirmait qu'une tempête faisait rage au port, si bien que les gardes-côtes étaient incapables d'envoyer des remorqueurs de secours, et il n'en démordait pas. Lulia, elle, avait entendu dire que le paquebot dérivait à l'écart des routes commerciales mais qu'il serait tôt ou tard repéré par le radar d'un autre navire. Elle avait aussi promis de surveiller Elise pendant qu'Helen dormait. D'abord réticente, la vieille femme avait fini par capituler et par s'assoupir plusieurs heures d'un sommeil profond, sans rêves. C'était à son réveil que tout s'était gâté. Pendant qu'elle se reposait, Jaco et Lulia avaient vidé les deux bouteilles de champagne que son amie et elle avaient apportées. Elles avaient prévu de les boire juste avant de se jeter par-dessus bord.

Quand elle avait dit quelque chose comme « Au moins, vous auriez pu demander », Jaco avait répondu d'une voix plate et venimeuse : « Je pourrais aussi te foutre dehors à coups de pied, vieille salope », ce qui avait été aussi soudain et douloureux qu'une gifle.

Helen lui avait ordonné de partir. Il avait répondu : « Mettez-moi dehors pour voir. »

Elle avait cherché un soutien auprès de Lulia, qui avait éclaté de rire.

Ensuite, elle avait renoncé à les implorer. Elle était persuasive et capable de se tirer de n'importe quelle situation par la discussion, mais ils étaient ivres et visiblement décidés à rester. Helen s'était installée sur le lit d'Elise pour se rapprocher d'elle, sachant que s'ils tentaient de jeter la malade hors de la chambre, elle se battrait jusqu'à la mort – selon elle, ils avaient lu cette résolution sur son visage. Elle avait alors prié pour voir arriver Althea, Maddie ou le médecin. Toute la matinée, elle avait été sur des charbons ardents, attendant qu'on frappe à la porte. Jaco avait accroché le panonceau « Ne pas déranger » à la poignée, ce qui pouvait expliquer l'absence de visite, mais elle demeurait furieuse contre le personnel d'avoir permis qu'une telle situation s'installe. Pourquoi nul n'était-il venu prendre de leurs nouvelles ? Son amie était mourante, elle le savait. Elise était mourante et elle méritait de s'éteindre en paix, avec dignité, pas coincée dans une chambre avec deux salopards. Elle avait songé à leur dire qu'ils ne pourraient pas lui infliger grand-chose qui la toucherait. Elle était descendue au fond du trou. Elle avait affronté la mort en face et survécu. Mais c'était un mensonge : elle n'avait pas pris les comprimés ni escaladé le garde-fou du pont de la Tranquillité. Elle se rappelait avoir lu que les rares personnes ayant été sauvées après s'être jetées du pont du Golden Gate avaient regretté leur décision au beau milieu de leur chute.

— Rrhhhaaaaa, termina Jaco. Hé, Helen ! Le spectacle vous a plu ?

Lulia éclata de rire.

— Hé, Helen, je vous cause !

Malgré elle, elle se tourna pour le regarder. Il était en train de s'essuyer sur le drap, faisant le beau, lui adressant un sourire suffisant. Selon elle, il n'avait pas un corps harmonieux. Graham était le seul homme avec lequel elle eût jamais couché, mais ils étaient un jour allés sur une plage de nudistes où elle avait trouvé beaucoup de points de comparaison. Le ventre de Jaco était trop rond, ses jambes trop maigres. Il gagna la salle de bains d'un pas lourd, et Helen tenta de faire abstraction du bruit d'éclaboussures qu'il provoqua en se soulageant.

Tu as des squatters, ma fille, entendit-elle dire Graham, clair comme le jour.

C'était si inattendu que cela la fit rire.

— Qu'est-ce qu'il y a de drôle ? interrogea sèchement Lulia. Vous vous foutez de moi ?

— Non.

— Je crois que vous devriez partir maintenant. La vieille, elle va crever de toute façon, non ?

— Vous savez qu'Elise ne peut pas bouger.

— Je ne veux pas qu'elle pisse et chie encore ici.

— Ça n'arrivera pas.

— Si ça arrive, je…

Lulia ferma brusquement la bouche. Ses yeux s'écarquillèrent et elle lâcha un petit jappement assez proche des sons qu'elle émettait quelques minutes plus tôt. Helen suivit son regard. Un homme de haute taille se tenait dans l'angle de la pièce, près du téléviseur, le visage dans l'ombre. Il se frottait les mains. La vieille femme était incapable de dire si ce geste exprimait de la consternation ou une menace. Elle se rendit compte qu'elle s'en moquait.

Et qu'elle n'avait pas peur.

— Jaco ! hurla Lulia d'une voix suraiguë.

La terreur pure qui perçait dans sa voix emplit Helen de jubilation. *Très bien*, songea-t-elle, *parfait*.

Jaco sortit de la salle de bains en trombe, son pénis ballottant de manière ridicule.

— Quoi ?

— Regarde !

La jeune femme désigna la silhouette sombre.

Le musicien sursauta.

— Ah ! (C'était presque comique.) Comment est-ce qu'il est entré, bordel ?

L'inconnu s'avança.

— Helen, chuchota Elise.

Le cœur de son amie manqua un battement. Elle parlait. Dieu merci.

— Il y a quelqu'un qui fredonne. Tu entends ?

— Non.

Mais soudain, elle entendit bel et bien. C'était le même air que la première fois, dans la salle de bains de Celine, lorsqu'elles lui avaient tenu compagnie le soir où le paquebot était tombé en panne.

Le placard s'ouvrit en craquant. Un petit rire de gorge s'éleva.

— C'est toi qui l'as fait entrer ? demanda Jaco à Lulia. Hein, c'est toi ?

— Non.

L'homme sans visage avança d'un autre pas traînant.

— Je ne reste pas ici ! hurla Lulia. Jaco…

Un être de la taille d'un gros chien rampait sur la moquette en direction de la jeune femme.

— Helen, souffla Elise. Helen.

Helen se détourna des événements de la cabine, serra son amie contre elle et enfouit le visage dans ses cheveux. La malade était réellement brûlante ; une sueur épicée recouvrait sa peau.

Lulia sanglotait à présent, et marmonnait dans sa propre langue.

Quelqu'un hurla – Helen espéra qu'il s'agissait de Jaco, lequel déclara alors :

— On s'en va ! On s'en va, d'accord ?

Boum, boum.

La porte claqua.

Le fredonnement cessa et, alors seulement, la vieille femme releva les yeux.

La cabine était vide.

L'ange de miséricorde

Il avait jeté l'éponge après que la passagère eut tenté de le frapper au visage.

La matinée n'avait été qu'une succession de passagers effrayés lui ordonnant de guérir leur copine/mari/épouse. Tous parlaient des injustices dont ils étaient victimes ; tous allaient faire un procès. Entre autres affections, il avait soigné une main cassée qui aurait sans doute besoin d'une opération ultérieure ; une allergie alimentaire ; une femme souffrant de douleurs abdominales et craignant de faire une fausse couche (elle couvait en fait un début de gastro) ; un trentenaire se plaignant de douleurs dans la poitrine, convaincu qu'il allait mourir – une crise de panique sévère. Tous étaient terrifiés, furieux. Tous semblaient tenir Jesse pour personnellement responsable des avaries du paquebot. Le dernier message de Damien était une version de la fable « Il y a une tempêtre au port » inventée par le commandant. Loin de rassurer les passagers que le médecin avait rencontrés, cela avait plutôt confirmé leurs inquiétudes.

— Est-ce qu'on est perdus ? *Je ne sais pas.*

— Est-ce qu'on a dérivé hors de notre route ? *Je ne sais pas.*

— Et si la tempête arrivait par ici ? Est-ce qu'il va y avoir un ouragan ? *Je ne sais pas.*

— Est-ce qu'il y a un transpondeur à bord ? Pourquoi est-ce qu'ils ne peuvent pas s'en servir pour nous repérer ? *Je ne sais pas.*

— Est-ce qu'on peut mourir de la gastro-entérite ? *Non.*

Finalement, il avait demandé à Bin de réclamer qu'on leur envoie un agent de sécurité, mais aucun n'était venu. Tout ce personnel était requis sur le pont principal où, semblait-il, des bagarres ne cessaient d'éclater. Jesse devait en gérer les conséquences. Plusieurs visages ensanglantés, deux commotions possibles.

Cela ne pouvait pas continuer ainsi.

Quand le flot de patients avait fini par se tarir – Martha et Bin étaient submergés sous les plaintes de l'équipage –, Jesse était allé rendre visite aux passagers en quarantaine. Ceux qui avaient été contraints d'abandonner leurs cabines des niveaux inférieurs étaient parqués dans la salle à manger Paysages de Rêve, dont certaines sections ressemblaient à un tableau de la guerre de Crimée. Le médecin y avait supervisé le nettoyage des toilettes. Il pensait être immunisé contre la saleté, les sacs rouges usagés laissés un peu partout – parfois jetés à côté des poubelles –, les bouteilles en plastique, les mouchoirs en papier, les préservatifs et Dieu savait quoi d'autre, mais ce spectacle de désolation l'avait choqué. Il n'y avait guère d'employés sur place, la plupart semblant avoir déserté leur poste. Jesse avait parlé sèchement à un membre de l'équipage – un serveur qui s'était aventuré dans la salle à manger –, puis il s'en était voulu.

Lorsqu'il était arrivé dans les suites des VIP, il était plus de midi. C'est là que l'incident s'était produit. La passagère l'avait coincé au moment où il allait frapper à la porte d'Elise Mayberry. Son cœur s'était mis à battre plus vite comme il reconnaissait l'épouse de l'homme qui l'avait insulté la veille. Elle avait réclamé que son mari soit évacué sur-le-champ par hélicoptère, il lui avait patiemment expliqué pourquoi c'était impossible. Elle l'avait accusé de mentir. Elle avait exigé de voir le commandant, puis elle l'avait frappé. Elle s'était aussitôt excusée avant de sombrer dans l'hystérie et de craquer. Il savait ce qu'elle ressentait : lui aussi avait envie de s'effondrer. Il était donc allé chercher du Xanax à l'infirmerie – sans aide, elle ne passerait pas la journée –, et c'est à ce moment-là qu'il l'avait fait. Ça avait été tellement facile.

Les ampoules l'attendaient, alignées comme de bons petits soldats. *Ça roule Jesse ? On savait que tu finirais par y venir. Entre donc faire la fête avec nous.*

Tap, tap, trouver la veine, *c'est juste une petite piqûre, l'affaire d'une minute, fais-moi confiance, je suis médecin.* Une légère nausée et puis… cela s'était déversé en lui : une douce vague de chaleur, de calme et de paix complète, absolue. Tout le reste s'était évanoui : ses inquiétudes à propos du virus, de leur situation, le regret de Farouka qui lui tordait les tripes. La péthidine se répandait dans ses veines et l'apaisait, le caressait, accomplissait sa magie. Il aurait dû y succomber depuis une éternité.

Elle faisait même taire la culpabilité.

Après cette première prise, il était retourné dans sa cabine – se réjouissant d'être logé avec les passagers et non sur l'un des ponts inférieurs –, et pour la première fois depuis que tout avait commencé, il avait dormi, pour s'éveiller vers 16 heures, reposé et… presque heureux. Il avait frotté du dentifrice sur ses dents – remarquant qu'il avait les gencives insensibles, un effet secondaire qu'il se rappelait de naguère –, s'était rincé la bouche à l'eau minérale et avait décidé que, merde, il n'allait pas se fatiguer à se raser.

La voix de Damien résonna dans les haut-parleurs : « B'jour, mesdames et messieurs. Nous apprécions votre grande patience... »

Jesse éclata de rire. Le directeur de croisière paraissait presque s'ennuyer. Comme s'il n'en avait plus rien à foutre. Comme s'il baissait les bras. Comme si, enfin conscient de lui-même, il était las des platitudes qu'il balançait et du son de sa propre voix.

« ... et je vous informe que nous avons décidé, pour votre confort, de rouvrir les bars, où nous servirons désormais des boissons gratuites. »

Ouvrir les bars ? Idée géniale. Ajoutons de l'alcool à une situation explosive, ça va tout arranger.

Jesse se dirigea vers la porte. Un peu de caféine combattrait le coton dans lequel il évoluait. Il pouvait aussi se contenter de rester dans sa cabine jusqu'à ce que les secours se pointent enfin *(ils n'arriveront pas sinon ils seraient déjà là, personne ne viendrait les chercher)*, et se laisser dériver. Toutefois cela signifierait abandonner à Martha et Bin les horreurs de la soirée. et Or il était peut-être un *doos*, mais il n'était pas un parfait salaud. Il se laissa flotter jusqu'au mess. Deux hommes en pantalon blanc tenaient une conversation à voix basse mais animée avec un autre officier – un des assistants du commissaire de bord, lui sembla-t-il. Ils le regardèrent à peine. Le pain était rassis. Jesse ajouta quelques tranches de tomate, une poignée d'olives et une canette de Coca chaud. À présent qu'il avait repris la péthidine, il pouvait s'autoriser des calories. L'employée qui le servit semblait avoir pleuré. Jesse cherchait quelque chose de réconfortant à lui dire (*Comme quoi, mec ? Si t'es pas bien, défonce-toi ?*) quand le sol s'abaissa brusquement, ce qui le fit tituber. Les mouvements du paquebot, auxquels il s'était habitué, se faisaient plus prononcés. Pas de manière dramatique, mais assez pour qu'il s'en rendît compte. Du mauvais temps ? Une tempête à venir ? Peut-être la fable du commandant sur les conditions climatiques à terre n'était-elle pas totalement fantaisiste, en définitive. Peut-être l'ouragan se dirigeait-il droit sur eux.

Il pouvait s'en accommoder. Il pourrait s'accommoder de tout, à présent. On disait toujours que les drogues étaient mauvaises, qu'elles bousillaient la vie de ceux qui en prenaient, mais on ne disait jamais que dans certains cas, elles faisaient de leur consommateur une meilleure personne. Martha était un bon exemple. Elle ne fonctionnait bien que sous l'empire de l'alcool, qui la gardait sur ses rails.

Le médecin ouvrit la canette de Coca et se dirigea vers l'infirmerie. Il hésita à l'entrée du couloir de la buanderie. Voulait-il vraiment savoir si ces enculés de *malletje* étaient revenus ? Réconforté par sa dose de péthidine, il décida de faire un rapide détour par la morgue. Apparemment, nul n'avait tenté à nouveau d'entrer dans le magasin. Il semblait que tout ce cirque était terminé.

Sauf que ce n'était pas le cas. Le calme régnait ici, mais Celine del Ray donnait sûrement encore ses spectacles, non ?

Non. Il n'irait pas là-bas.

Il ouvrit la porte du magasin pour vérifier que tout était bien normal, et trouva la morgue close. Les profondeurs obscures du magasin lui parurent étrangement accueillantes : il pourrait s'y cacher, se défoncer à mort et s'endormir pour l'éternité. Personne ne viendrait le chercher là.

Non. Bin et Martha avaient besoin de lui. Il claqua la porte et se remit en route.

Baci l'attendait devant l'infirmerie. Jesse jura en sourdine. Il comptait lui dire qu'il avait vu Alfonso au théâtre

Osons Rêver, mais l'incident de la morgue avait chassé cette résolution de son esprit. L'allure de top model de Baci commençait à se fissurer. Des taches de sueur jaunâtres parsemaient sa chemise ; une barbe de deux jours assombrissait ses joues.

— Je vous cherchais, docteur.

— Que puis-je pour vous ?

— Alfonso a repris son poste.

— Ah ? Eh bien, c'est une excellente chose, non ? Il a réparé le paquebot ?

Quel humour !

— Non. Il reste juste assis là, à son poste, docteur.

— Il parle ?

— Non.

— Rien à propos de l'homme noir ?

— Non. Je m'inquiète pour lui. Je ne sais pas quoi faire.

Eh bien, tu n'as qu'à prendre un peu de jolie péthidine lekker *et tu n'en auras plus rien à foutre.*

Faux. Jesse en avait quelque chose à foutre de Bin et de Martha.

— Vous voulez bien venir le voir, docteur ?

— Maintenant ?

— *Si.*

Jesse se posa la question. Ce serait l'occasion de faire d'une pierre deux coups. La compresse antibrûlures d'Alfonso devait être changée. La salle des machines n'était pas l'endroit idéal pour ça, mais en existait-il encore un d'idéal ? Le paquebot tout entier n'était plus qu'un tas de matière fécale pestilentielle.

— Je prends ma sacoche. Attendez ici.

— Merci.

Jesse s'approcha vivement de l'armoire à pharmacie. Une compresse antibrûlures neuve, des forceps et quoi d'autre ? Question stupide. Il glissa trois ampoules et un stylo injecteur dans sa poche, juste au cas où. Et peut-être un soupçon de morphine aussi. Pourquoi pas, merde ? Le personnel médical était censé signer quand il en utilisait, se déclarer responsable du moindre centimètre cube employé, mais après tout, il en serait bel et bien responsable. *Ça va tout droit dans mes putains de veines.*

— Jesse.

Il eut un sursaut coupable en reconnaissant la voix de Martha. Depuis combien de temps était-elle là ? Il ne l'avait pas entendue entrer. L'avait-elle vu se servir ?

— Bin est malade, Jesse.

Merde !

— Où est-il ?

— Dans sa cabine. Je lui ai apporté de quoi… de quoi se réhydrater.

Sa diction était hachée, ses yeux injectés de sang. Elle avait bu. Mais qui était-il pour la juger ? D'une certaine manière, cela le soulageait : l'infirmière était intelligente, intuitive, et si elle n'avait pas été diminuée, elle aurait sans doute remarqué qu'il était défoncé jusqu'aux yeux. Quoique peut-être pas : il avait fallu six mois aux autres médecins de son cabinet pour s'en rendre compte.

— J'irai le voir dès que j'aurai terminé.

Martha avait les yeux à demi fermés, boursouflés. Elle marchait vraiment à côté de ses pompes, comme elle l'aurait dit elle-même.

— Jesse. Il se passe quelque chose. J'ai entendu des bruits.

Encore ces conneries ?

— *Ja ?* Tu me diras ça tout à l'heure. Je reviens tout de suite. Alfonso a repris son poste.

— Ah bon ?

— *Ja.* Mais apparemment, il est encore dans les vapes. Je descends changer sa compresse.

Il rejoignit Baci dans le couloir et l'accompagna dans les niveaux inférieurs. Dépassant la salle de tri des déchets, ils traversèrent les zones du paquebot que Martha surnommait les *sweatshops*. Les plafonds métalliques semblaient peser sur lui, et il régnait en ces lieux une puanteur difficilement soutenable, entre le cloaque et le gazole. Le plancher oscilla à nouveau. Houlà. Son estomac tenta de remonter dans sa gorge.

Les deux hommes descendirent encore un niveau, franchirent un angle, dépassèrent un atelier déserté puis arrivèrent dans la salle de commande des moteurs, qui ressemblait tout à fait à l'idée que s'en faisait Jesse : un large bureau couvert de boutons et de leviers, des écrans sur les murs, des horloges, des cadrans, des cartes, un plan des entrailles du navire. Qui savait ce que tout cela signifiait ? Pas lui.

Alfonso, assis derrière le bureau, regardait droit devant lui, la bouche à moitié ouverte, des croûtes au coin des lèvres. Le médecin espéra qu'il ne n'était pas déshydraté.

— Vous voyez, docteur ? dit Baci. Il n'a pas bougé d'ici.

— Et il n'a rien dit ?

— Non.

— Vous vous souvenez de moi, Alfonso ?

Jesse contourna le bureau pour rejoindre le blessé.

Aucune réaction. Il alluma son stylo-torche et le dirigea vers les yeux d'Alfonso, bien qu'il n'eût remarqué aucune dilatation anormale quand le technicien avait été conduit à l'infirmerie. Quoi que pût être la cause de la catatonie, il ne s'agissait sûrement pas d'une blessure à la tête. Le vaisseau oscilla à nouveau de bas en haut. *Bon Dieu !*

— Attention, docteur, prévint Baci qui avait suivi le mouvement avec aisance, transférant son poids d'un pied sur l'autre tel un danseur. Le mauvais temps. Ce n'est pas bon pour nous, sans stabilisateurs.

— On est en danger ?

— En cas de vague scélérate, *si*, bien sûr.

Merci bien. Jesse concentra son attention sur le blessé.

— Je vais changer votre bandage maintenant, d'accord ?

Alfonso ne frémit pas quand le médecin ôta avec soin son pansement. Il examina la blessure sans la toucher – elle évoluait bien, le suintement avait cessé – et mit en place la compresse antibrûlures neuve.

— Qu'est-ce qu'on peut faire d'autre pour lui, docteur ?

— Rien du tout.

Le paquebot se souleva, sembla rester suspendu un instant, puis replongea. Jesse se retint au bureau. Il pria pour que la péthidine le préserve du mal de mer.

— Alfonso ? Je vais partir à présent.

— J'attends, déclara le blessé d'une voix claire et forte.

— Vous attendez quoi ?

Avec un sifflement d'agonie, les néons s'éteignirent.

Le gardien des secrets

Cela se répandait. La panique se répandait.

Le personnel avait abandonné le bar près de la piscine. Une poignée de passagers, hommes et femmes, escaladaient le comptoir en se bousculant, entraînés par le roulis croissant du paquebot. Un employé qui arrivait avec un chariot roulant chargé de sacs rouges propres, avisant le chaos, le propulsa loin de lui et courut à la porte de service la plus proche. Deux hommes le poursuivirent mais il franchit le battant à temps et eut la présence d'esprit de le verrouiller derrière lui. Sur le pont Promenade de Rêve, on pillait les boutiques, et un passager fracassait les portes vitrées du bar du Marchand de Sable à l'aide d'une statue de chérubin. Un petit groupe – l'un des hommes lui disait quelque chose – tentait d'ouvrir de force l'écoutille de service située derrière le bureau du service clients. Le seul refuge était le théâtre Osons Rêver. Ses portes étaient fermées, gardées par plusieurs silhouettes sombres.

Devi revint d'un clic aux écrans montrant le pont principal. Une femme aux cheveux humides collés sur les joues adressait des signes frénétiques à la caméra, animée de soubresauts quand le paquebot faisait des embardées. Sans aucun doute, le vent s'était levé. Ces grains soudains étaient monnaie courante dans le golfe, le gros temps leur tombait dessus sans prévenir. Devi s'y connaissait assez pour savoir que sans énergie pour propulser le bateau, une vague pourrait le renverser comme une maquette. Au cas où la situation empirerait, le commandant ne manquerait pas d'ordonner l'évacuation.

Il lui restait peu de temps pour trouver sa proie.

Il tenta une dernière fois d'appeler de l'assistance par radio.

— Répondez, contrôle. Répondez. Pran ? Madan ? Ram ? Répondez, s'il vous plaît.

C'était sans espoir. Il n'avait pas revu son supérieur depuis leur altercation, la veille au soir. Madan se soûlait à mort, Ashgar était encore malade et Ram avait ordonné à Pran de le rejoindre sur la passerelle. D'après le jeune agent, leur chef avait surpris plusieurs passagers dans les zones réservées à l'équipage, derrière la scène, et le commandant avait décidé que les portes de service seraient verrouillées en permanence.

Devi ne pouvait pas monter seul sur le pont principal. Il lui serait possible de maîtriser quatre hommes au plus. Le seul espoir serait d'utiliser le canon à son à moyenne portée, mais il aurait besoin de soutien pour tenir les passagers à l'écart pendant qu'il atteindrait la caisse où il était rangé.

Ce serait du suicide.

Il devait procéder par priorité. Gary Johansson se trouvait forcément à bord. Il lui avait échappé la veille sur le pont principal quand Pran le lui avait montré, mais Devi était presque sûr que l'agresseur de Kelly et le passager violent échappé de l'infirmerie étaient une seule et même personne. Il avait visité toutes les cabines des ponts inférieurs la veille au soir, après que le jeune agent l'avait mis au courant des portes ouvertes, mais il n'avait rien vu d'anormal. Pas de main masquant les objectifs des caméras, pas de Dame en Blanc. Pas de violeur ni de meurtrier. Il avait parcouru deux fois les locaux publics, y compris les toilettes et les alcôves, et observé en début de matinée les passagers réfugiés dans le théâtre Osons Rêver. L'organisation qui y régnait l'avait impressionné. Les lieux étaient paisibles, propres, et des nettoyages fréquents y maintenaient à un minimum l'odeur de renfermé.

En quelques clics, il balaya à nouveau les ponts inférieurs. Johansson avait-il pu se jeter par-dessus bord ? Devi se cala au fond de son siège et se frotta les tempes. Il ne faudrait pas longtemps aux générateurs pour épuiser leurs réserves d'énergie. Les lumières de secours s'éteindraient, de même que les écrans.

Il ne put s'empêcher de bâiller – il était désormais éveillé depuis quarante-huit heures.

Un souffle sur sa joue. Sursautant, il se retourna et découvrit Rogelio debout derrière lui. Il n'éprouva aucune crainte qu'ils soient surpris ensemble, mais il s'en voulut d'avoir été assez stupide pour somnoler. Il avait perdu un temps précieux qu'il aurait pu utiliser à traquer le monstre.

— Quelle heure est-il ?

— Devi, j'ai quelque chose à te dire.

— Attends.

Il observa à nouveau les écrans. Les passagers, ayant quitté le bar, étaient rassemblés par petits groupes près de l'entrée du buffet couvert, agglutinés les uns aux autres tandis que le bateau tanguait. L'inclinaison s'aggravait. Devi déglutit avec peine. Il ne pouvait pas se permettre de tomber malade maintenant.

Rogelio empoigna le dossier de son siège.

— Je peux t'aider.

— M'aider à faire quoi ?

— À trouver l'homme. L'homme que tu cherches. Celui qui a tué Kelly.

Un sursaut d'espoir.

— Tu l'as vu ? Tu sais où il est ?

— Non, mais s'il te plaît, il faut que tu viennes avec moi au théâtre. Elle sait des choses. Elle peut t'aider. J'ai discuté avec elle. Elle veut te voir. Elle dit qu'elle sait ce que tu veux et qu'elle te le donnera.

— De qui est-ce que tu parles, Rogelio ?

Un mouvement sur l'écran qui montrait le I-95 lui attira l'œil. Trois matelots couraient, s'appuyant à la paroi pour se stabiliser. Ils portaient des gilets de sauvetage – une évacuation avait-elle été ordonnée ? Non. Il aurait entendu l'alerte. Peut-être, par prudence, devançaient-ils la décision du commandant.

— Elle peut t'aider, Devi. Tu veux trouver l'homme qui a tué Kelly, non ? Elle peut t'aider.

— Rejoins ton point de rassemblement, Rogelio.

— Le commandant n'a pas ordonné…

— Obéis-moi.

— Je ne vais pas te laisser.

— Vas-y !

Le jeune homme fit la grimace. Devi adoucit la voix.

— Je te rejoindrai bientôt. Je dois faire quelque chose avant.

— On sera en sécurité au théâtre. Il faut que tu me croies. Et Celine peut t'aider.

Devi fixa à nouveau les écrans. Sur le pont fitness, on se battait pour accéder aux escaliers, probablement pour rentrer. À la poupe, de hautes vagues jaillissaient.

— Je viendrai te retrouver, Rogelio.

— Promis ?

— Promis.

Il tenta encore d'utiliser la radio. Rien. Alors qu'il explorait à nouveau du regard les ponts inférieurs, zoomant sur la porte de la cabine de Kelly Lewis, l'image tressauta puis disparut. Une seconde plus tard, la lumière s'éteignit, le laissant dans le noir. Il tira sa torche de sa ceinture. Le paquebot roulait violemment.

Devi se leva, comptant gagner la passerelle, quand il vit deux lueurs instables se diriger vers lui. Il pointa brusquement le faisceau de sa lampe vers elles, frappant dans les yeux Pran et Madan qui firent la grimace et clignèrent des paupières.

— Qu'est-ce que vous faites ici, Devi ? interrogea le jeune agent qui paraissait au bord de la panique.

— Vous ne m'avez pas entendu vous appeler à la radio ?

— Vous devez sortir d'ici. L'équipage évacue le bateau.

— Je n'ai pas entendu l'alerte.

Une pause.

— Il... il n'y a pas cu dc signal. Lc systèmc cst pcut-être en panne.

— Est-ce que les passagers ont été prévenus ?

— On a quelque chose à faire d'abord, déclara Madan.

— Quoi ? s'enquit Devi.

Son collègue lui lança un sourire sauvage, s'approcha du disque dur de sauvegarde et y logea les aiguilles jumelles de son Taser. Une éruption d'étincelles jaillit tandis que l'appareil explosait en sifflant.

Devi se précipita sur Madan.

— Que... pourquoi ?

L'autre chassa sa main d'un revers.

— On se tire du paquebot. J'ai reçu l'ordre de faire ça.

Il n'avait pas l'air ivre. Il avait même l'air tout à fait lucide.

— Qui a ordonné ça ?

— Ram, bien sûr.

La rage l'empoigna.

— Tu ne peux pas détruire le matériel – c'est un délit ! Et il y a là-dessus la preuve qu'un meurtre a été commis.

— L'équipage quitte le navire. Je t'ai dit qu'il fallait que je parte. Je pensais que tu avais compris. Sans énergie, il ne survivra pas à la tempête. Il peut couler n'importe quand.

Et soudain, Devi comprit.

— Vous ne comptez pas évacuer les passagers. Vous voulez juste ficher le camp en douce.

Et au cas où le paquebot survivait à la tempête, au cas où il était retrouvé, ils ne voulaient laisser aucune preuve de ce qu'ils s'apprêtaient à faire.

— Tu les as vus, les passagers. Tu as vu comment ils se comportent. On ne pourra jamais organiser à temps…

— On ne peut pas faire ça, Madan. On ne peut pas laisser tous ces gens.

Il se tourna vers Pran, mais le jeune homme avait détourné la tête.

— Ils peuvent partir s'ils en ont envie. Ils savent où se trouvent les canots de sauvetage.

— Mais ils ne savent pas comment les manœuvrer !

— On n'y peut rien. Viens avec nous, Devi.

— Pas question de les abandonner à bord.

— C'est des vrais cons. Ils nous traitent comme de la merde. Qu'est-ce que tu en as à foutre ?

— Je ne vous laisserai pas partir. (Devi posa la main sur le Taser à sa ceinture.) Vous ne pouvez pas faire ça.

Il ne voyait plus Pran. Le jeune homme devait s'être enfui.

— Désolé, Devi, dit une voix derrière lui – celle de Ram.

Brusquement, ses muscles se contractèrent en une douleur fulgurante. Incapable de maîtriser son corps, il tomba, se cogna la tête sur le sol. La douleur alluma des étincelles sous son crâne. Alors, il comprit : Ram l'avait attaqué avec son Taser. Sa lampe de poche roula loin de lui alors que le paquebot s'inclinait à nouveau.

— Désolé, Devi, répéta quelqu'un – il ne savait plus s'il s'agissait de Ram ou de Madan.

Devi tenta de bouger. Désespérément, il s'efforça de parler. *Ne faites pas ça, j'ai une tâche à accomplir.* Puis…

Le Blog du Joker

Qui combat sans peur les charlatans pour vous en dispenser

3 Jan

Le groupe de la Prédatrice grossit. Jusqu'ici, je n'ai rencontré que deux ou trois personnes ayant assisté à un de ses spectacles et n'ayant pas été séduites par ses conneries. Même Emma et Donna, du groupe des célibataires, sont convaincues que leur chère amie Kelly leur a parlé « à travers Celine ». Elles sortent l'argument habituel : la Prédatrice a mentionné des détails qu'elle ne pouvait pas connaître. Je leur ai demandé de me les répéter un par un, et il n'y avait rien de bien précis, rien qu'elle n'aurait pu apprendre par les rumeurs à bord.

Les gens rejoignent le théâtre en masse parce qu'il est propre, qu'on les y nourrit et que personne n'y cède à la panique. Méthode sectaire de base : donner aux arrivants l'impression qu'ils sont spéciaux.

Je ne sais pas trop comment Celine influence le reste du paquebot. Autosuggestion ? Sûrement. Ou alors il s'agit d'une réaction hystérique à une situation stressante, d'hallucinations causées par des impulsions électriques, ou de sons à basses fréquences. Même Maddie, qui connaît mieux que personne les trucs de sa patronne, a vu des choses. (NOTE À MOI-MÊME : Si on sort de là, il faut que j'étudie le guide spirituel noir de Celine. J'aurais dû me douter qu'elle en aurait un. J'ai oublié son nom - Papa Norris ??) Maddie dit avoir entendu quelqu'un fredonner avant d'avoir ses hallucinations. Une manifestation du « hum » à bord du paquebot ?

16 heures . les passagers commencent à péter les plombs. La nourriture devient franchement mauvaise. Il n'y a plus rien au Lido, sauf des bananes et des tomates dans des pains à hot-dogs. Je viens d'entendre qu'on va rouvrir les bars. MAUVAISE IDÉE.

Le commandant nous a vraiment mis dans la merde. J'ai l'impression qu'il nous a laissés dériver de notre route. La théorie la plus populaire est que du très mauvais temps à terre empêche les secours de venir nous chercher. La seule autre explication est qu'il s'est produit un événement cataclysmique, comme le 11 septembre ou le Jeudi Noir. Ou pire. Une guerre nucléaire, la Révolte des Machines, une attaque d'extraterrestres. Des zombies. Ha, ha ! putain, ha, ha !

17 heures : j'ai un peu la nausée à cause de l'océan qui s'agite de plus en plus. Peut-être que le paquebot va couler, mettant fin à toutes nos souffrances.

Il faut que je m'allonge. Je finirai ça plus tard.

L'assistante de la sorcière

La lumière s'était éteinte dix minutes plus tôt, mais Maddie espérait encore la voir se rallumer miraculeusement. Sous ses pieds, le paquebot se convulsait, craquait. Même avec la porte du balcon fermée, les cris qui retentissaient sur le pont supérieur lui parvenaient.

Xavier poussa un gémissement, puis elle l'entendit vomir à nouveau. Elle lui avait donné un peu de sa Dramamine, mais cela n'avait rien arrangé. En revanche, le *Rêveur Magnifique* avait a priori débarrassé la jeune femme de ses frayeurs : à présent, dans le noir où n'importe quoi pouvait rôder *(Lizzie Bean, peut-être ?)*, elle avait autre chose à craindre que de tomber malade.

Le vaisseau plongea brièvement, lui laissant une sensation de creux à l'estomac. De l'air, de l'air frais, voilà qui l'aiderait. Elle gagna la porte-fenêtre en crabe et sortit sur le balcon, empoignant le garde-fou pour se stabiliser. La pluie ruisselait sur son visage ; l'océan se déchaînait sous ses pieds. Et il y avait autre chose : des lumières. Elle voyait des lumières sur l'eau. Elle cligna des paupières, chassa l'humidité de ses yeux d'un geste de la main. Des bateaux. Des bateaux arrivaient.

Elle se précipita vers la porte.

— Xavier ! Je vois des bateaux. Ils sont là !

— Hein ?

— Il y a des bateaux qui arrivent ! On vient nous secourir.

Elle l'entendit gémir encore, puis tituber jusqu'à la porte-fenêtre. Avec précaution, il se traîna dehors pour la rejoindre. L'océan eut un nouveau soubresaut et Maddie aperçut une forme triangulaire – une sorte de bateau gonflable ? – qui disparut à nouveau derrière les vagues.

Xavier lui mit la main sur l'épaule.

— Ce ne sont pas des bateaux de secours. Ce sont des canots de sauvetage.

Une vague de panique glacée.

— Mais... je n'ai pas entendu le signal de l'évacuation.

Il lui saisit le poignet.

— Venez.

Ils titubèrent jusqu'à la porte-fenêtre, traversèrent la suite et sortirent dans le couloir d'un pas mal assuré. Les seules lumières provenaient des bandes de secours insérées dans le sol et le plafond. La jeune femme s'appuya à la paroi quand le paquebot fut animé d'une nouvelle secousse. Des silhouettes approchaient à l'autre bout de la coursive. Le couple frère-sœur passa devant eux, chacun s'accrochant à l'autre.

— Il faut sortir d'ici, cria la femme d'une voix suraiguë. Oh, Dieu du ciel, abandonner le navire !

Maddie tambourina à la porte d'Helen et d'Elise.

— Helen ! Helen !

Pas de réponse.

— Venez, lui cria Xavier.

Elle se tourna vers lui.

— Où est votre point de rassemblement ?

— On s'en branle. On va sur le pont principal, là où sont les putains de canots de sauvetage.

Se tenant aux parois, ils dépassèrent les ascenseurs et entrèrent dans l'atrium. La porte du pont principal refusa d'abord de bouger, repoussée par le vent, mais la pression finit par diminuer et la jeune femme franchit l'ouverture d'un coup, manquant de tomber quand ses pieds glissèrent sur le sol humide.

Le chaos. Le chaos pur et simple l'accueillit. Des matelas avaient glissé dans la piscine, dont l'eau s'agitait avec violence, un transat serrait en une bizarre étreinte les garde-fous et le pont étincelait de verre brisé. Sur la gauche de Maddie, des passagers se poussaient et se bousculaient pour fouiller les caisses à gilets de sauvetage. Elle repéra le couple frère-sœur près du bar. Lui semblait avoir glissé et être tombé ; elle, accroupie, lui serrait la tête contre sa poitrine. Devait-elle les aider ? Elle ne savait pas ce qu'elle devait faire, merde ! Elle chercha Xavier du regard mais ne le vit nulle part. De l'eau salée lui piquait les yeux.

Un coup de sifflet perçant résonna, le ciel explosa de lumières rouges (*des fusées de détresse, ils ont dû lancer des fusées de détresse)*, et quelques secondes durant, le pont se retrouva éclairé comme en plein jour. Les passagers se battaient pour monter sur les ponts latéraux où étaient installés les canots, leurs visages des masques tordus de panique et de douleur. Quand le vaisseau roula à nouveau, plusieurs personnes perdirent l'équilibre, tombant les unes sur les autres.

Quelqu'un bouscula Maddie. Elle se tourna pour voir Ray, serrant la main d'une femme petite et mince.

— Maddie ! Venez ! Il faut atteindre… canots.

Un garde de la sécurité les dépassa en trombe, hurlant :

— Attendez ! On ne peut pas faire marcher les bossoirs en…

Sa voix fut emportée par le vent.

Une nouvelle fois, la jeune femme chercha Xavier des yeux. Le nœud de passagers affolés serré autour des caisses de gilets de sauvetage s'éclaircit, et elle l'aperçut enfin : à genoux, il s'efforçait d'annexer un ou deux des précieux accessoires.

— Maddie ! rugit encore Ray.

— Est-ce que Celine est prévenue ? renvoya-t-elle sur le même ton.

— Maddie. Il faut… l'équipage… le navire.

— Et Celine ?

— On s'en fout de Celine.

— Mais, et les Amis ?

Jacob et Eleanor, Leila, Jimmy, Annabeth et…

La fille qui accompagnait Ray le tirait par la main.

— Venez avec nous, cria-t-elle à Maddie.

Mais elle ne pouvait pas abandonner les Amis comme ça. Elle en était incapable. Elle devait au moins s'assurer qu'ils savaient comment atteindre les canots. Elle tourna les talons et regagna les portes vitrées, luttant contre le courant des personnes qui cherchaient à sortir.

Maddie avait atteint l'escalier principal quand le paquebot amorça un autre soubresaut prononcé qui lui donna l'impression de sentir ses pieds lui remonter jusqu'aux genoux. Un souffle puissant à ses oreilles. Un grincement, un hurlement métallique. Cramponnée à la rampe, elle descendit les marches du pont Promenade de Rêve, mi-courant, mi-roulant, remerciant la lueur verte des voyants qui indiquaient les sorties de secours. Les portes du théâtre ne cessaient de s'ouvrir et de se refermer bruyamment, mais les marches qui y menaient étaient désertes. Maddie se traîna jusque-là, poussa un battant d'un coup de pied et entra en titubant. À la faveur d'une accalmie dans le rugissement à ses oreilles, elle entendit Celine crier :

— Si vous partez, vous mourrez. À vous de choisir !

« La mort n'existe pas », songea la jeune femme – ou peut-être le dit-elle à haute voix : elle n'en était pas sûre car à cet instant précis, le sol se déroba sous ses pieds.

Le condamné

Il aimait son refuge. À l'aise comme une punaise sur une chaise. Un bateau dans un bateau ! Et il aimait le mouvement du navire, il avait toujours aimé sentir le roulis. Le vent se levait, ce qu'il ne détestait pas non plus, et il pleuvait. Le tap-tap-tap sur son toit de bâche était apaisant. Il engloutissait le bruit des voix.

Ici, il était en sécurité. On ne le trouverait jamais. Les agents de sécurité ne le trouveraient jamais. C'était une idée géniale. Gary avait conscience de n'être pas encore tout à fait lui-même. Tout restait un petit peu flou, décalé, et cela lui plaisait aussi. Le banc sur lequel il était allongé n'avait rien de confortable, mais c'était un prix bien faible à payer, n'est-ce pas ?

L'ancien Gary, si prudent – celui qui n'avait pas d'amis pour l'aider –, aurait été totalement paranoïaque dans une telle cachette : il savait que les canots étaient surveillés, pour empêcher les passagers de s'y amuser. Mais là, cela ne l'inquiétait pas du tout ; il faisait confiance à son ami. Il avait voulu lui parler de la fille, mais l'autre ne cessait d'aller et venir, et parfois, il se retrouvait à causer tout seul. Le gros homme restait silencieux, mais il ne lui donnait cependant pas l'impression de le juger. Gary avait expliqué qu'il n'était pas malade. En définitive, il ne faisait de mal à personne. C'était juste un truc à lui. Les filles ne se souvenaient de rien et on savait bien que, secrètement, elles en avaient envie. Il s'agissait d'un impératif biologique. Les humains étaient ainsi câblés : les hommes des chasseurs, les femmes des proies. À quoi bon voir la réalité autrement ?

Il ne haïssait pas les femmes. Il n'avait aucun « problème de colère non résolu ». Il agissait ainsi parce que c'était dans sa nature.

Et non, il ne voulait pas explorer les autres pensées, les pensées sombres, même si son esprit tentait de s'en approcher. Il commençait à savoir leur barrer la route. C'était un talent. Bâtir un mur et enfermer des pensées derrière. Il avait fait cela pendant des années sans y réfléchir.

Elle a un message pour toi…

Non, non. Il n'écoutait pas.

Elle dit qu'elle va te faire souffrir. Elle dit qu'elle va te faire souffrir encore et encore et encore et encore, et que cela ne s'arrêtera jamais.

Elle n'avait pas dit cela. Il n'y avait pas de message.

Chhhhhhut.

Le bateau roula violemment. Un coup sourd. La bâche autour de lui s'agita, des mains et des bras se tendirent vers lui et il s'entendit hurler. Des gens – des gens grimpaient dans sa cachette, montant les uns sur les autres. Gary se sentit écrasé contre le flanc du canot, incapable de respirer.

Il devait sortir. S'enfuir. Repoussant les intrus, il ferma les paupières et se mit à se battre. On lui tira les cheveux, sa pommette explosa, mais il continua de progresser en ignorant les protestations qui retentissaient autour de lui. Un coup le toucha sur le côté de la tête et il vit des étoiles, vomit de la bile. Enfin, tel un bouchon propulsé d'un goulot, il atterrit à quatre pattes sur le pont, le visage fouetté par le vent et la pluie. Comme on lui marchait sur la main, il se recroquevilla et roula sur lui-même jusqu'à atteindre les garde-fous.

Levant les yeux, il crut apercevoir Marilyn au milieu de la foule, mais l'instant d'après, elle avait disparu. Il s'agrippa au garde-fou, se releva et baissa les yeux vers le pont en contrebas. Un homme tombé dans la piscine agita les bras avant d'être englouti sous un matelas. Soudain, dans un grand souffle, le ciel explosa de lumière rouge et Gary le vit. Son ami. Il l'attendait près des portes vitrées conduisant à l'intérieur du paquebot. Le sol roulait et se dérobait sous ses pieds, mais il ne quitta pas des yeux son ami tandis qu'il fendait la foule qui se déversait sur les marches.

Un homme le percuta avec violence et lui hurla dans l'oreille alors qu'il atteignait le pont principal, mais Gary le repoussa et continua de progresser vers la porte. Il la franchit de force, bousculant une femme qui tentait de sortir. Il ne pouvait se permettre de perdre son ami de vue. Mais il faisait sombre à l'intérieur du paquebot et il avait peine à voir où il allait. Une main se glissa soudain dans la sienne – la gauche –, une autre, plus petite, dans la droite. Il éprouva un instant de pur dégoût – *c'était familier il se rappelait, c'était familier* –, puis elles l'entraînèrent.

La servante du diable

Mme del Ray avait cessé de haranguer la foule. Elle se contentait à présent de rester assise sur scène, recroquevillée sur son fauteuil roulant. Le siège ne tarderait pas à se renverser, Althea n'en doutait pas. Bien qu'elle ne vît pas le visage de la vieille femme – il faisait trop noir pour cela –, il lui semblait qu'elle l'observait.

La seule lumière provenait des rares personnes dont la batterie de téléphone fonctionnait encore, et de l'éclat maladif des éclairages de secours. Althea aidait Pepe à distribuer de l'eau quand elle avait entendu un homme dévaler l'allée à grands pas en hurlant que l'équipage abandonnait le navire et que chacun devait « rejoindre son point de rassemblement dans le calme, s'il vous plaît ». C'était un des agents de sécurité – pas l'homme impénétrable qu'elle avait rencontré dans la cabine de la morte, mais le jeune à la moustache clairsemée. La panique n'avait pas duré longtemps. Ceux qui devaient partir avaient déjà disparu. Ceux qui restaient étaient assis en silence, par petits groupes. La plupart commençaient à être malades.

Le navire roula, et la jeune femme se cramponna au dossier d'un siège en attendant que cela passe. Elle n'aurait pas dû être ici, mais elle ne pouvait s'en prendre qu'à elle-même. Maria l'avait prévenue la veille que quelque chose se préparait. Elle aurait dû comprendre ce qu'elle sous-entendait : l'équipage envisageait d'abandonner le navire.

Althea allait trouver le petit garçon puis elle partirait à son tour. Elle monta sur la scène, manquant de tomber tandis qu'elle gravissait les marches latérales. Sans regarder la vieille femme en fauteuil roulant, elle franchit le rideau. Se dirigeant de mémoire, elle contourna prudemment les obstacles à l'arrière jusqu'à trouver la porte du couloir. Le garçon était avec elle quelques heures plus tôt, dans sa cabine, quand elle s'y était glissée pour faire la sieste. Se trouver en sa compagnie était… cela lui donnait de l'énergie. Elle en avait assez de tous ces gens qui attendaient quelque chose d'elle. Joshua voulait sucer la moelle de ses os et lui voler son argent ; les responsables du ménage et cette *puta* de Maria souhaitaient qu'elle leur soit reconnaissante de son emploi, qu'elle accepte les conditions de travail et le salaire minables ; Mirasol comptait qu'elle lui dise quoi faire ; Mme del Ray insistait pour qu'elle amène d'autres gens au théâtre. Quant aux passagers, ils désiraient qu'elle sourie, qu'elle plie leurs putains de serviettes en forme d'animaux et qu'elle ne les culpabilise pas de leurs toilettes dégueulasses ni de leurs pourboires de merde. Le garçon ne voulait rien, sinon rester près d'elle.

Lentement, prudemment, sans céder à la panique, les yeux rivés aux bandes lumineuses du sol – à certains endroits, elles avaient été arrachées – et la main contre la paroi, Althea atteignit le I-95.

Le faisceau vacillant d'une torche électrique s'approcha d'elle. Elle plissa les yeux et distingua Rogelio, engoncé dans un gilet de sauvetage, rendu laid par la terreur.

— Est-ce que tu as vu Devi ?

— Qui ?

— Devi. C'est un des agents de sécurité.

Elle s'accrocha à lui l'espace d'une seconde tandis que le bateau penchait.

— Non.

Il la poussa et reprit sa progression. Un soubresaut spectaculaire la propulsa de l'autre côté du couloir, mais elle retrouva l'équilibre et continua son chemin. Elle n'allait pas être malade. Elle ne pouvait pas se le permettre. Se stabilisant des deux mains, elle descendit l'escalier marche après marche jusqu'à son propre pont. Là, il n'y avait pas de bandes lumineuses, rien pour la guider. Désorientée, elle dut rassembler tout son courage pour ne pas paniquer. À présent, elle se dirigeait au toucher. Lorsqu'elle franchit l'angle du couloir, elle vit une vague lumière sortir d'une des cabines.

Une silhouette sombre se jeta dans ses bras, la déséquilibrant. Dans un sursaut d'espoir elle crut que c'était le garçon, mais elle entendit Trining sangloter.

— Althea ! Qu'est-ce qui se passe, Althea ?

— Tout le monde évacue le navire.

— Il n'y a pas eu de signal. Pourquoi n'est-on pas venu me chercher ?

Parce qu'on s'en fout. Plus personne n'en a rien à foutre.

— Donne-moi ta torche, s'il te plaît.

— Non ! Pourquoi ? Ne me laisse pas.

— Donne-moi ta torche. Ensuite je t'accompagnerai à ton point de rassemblement. Il faut que j'aille chercher quelque chose dans ma cabine.

Trining lui confia sa lampe. Althea courut à sa cabine, éclaira les couchettes, regarda en dessous ainsi que dans le minuscule cabinet de toilette. Rien. Il n'était pas là. Pouvait-il se trouver sur le pont 5, là où elle l'avait vu pour la première fois ?

— Althea !

— Va, Trining. Va aux points de rassemblement.

— Tu ne viens pas avec moi ? S'il te plaît, Althea. Je me sens encore faible. Et j'ai peur.

Oh, quelle emmerdeuse, cette Trining !

— Allez, viens.

Prenant la main de sa collègue, elle l'entraîna dans le couloir du personnel, se servant d'elle pour se stabiliser à présent qu'elle ne pouvait plus utiliser la paroi. Le navire fit une nouvelle embardée, projetant les deux jeunes femmes épaule contre épaule.

— On va couler ! hurla Trining.

— Mais non, on ne va pas couler.

Ayant franchi le bar, elles sortirent enfin sur le pont de rassemblement, où un groupe de matelots et d'employés attendait de grimper dans le toboggan en tissu qui aboutissait aux canots de sauvetage pneumatiques. Althea n'avait jamais vu une telle opération que par beau temps. Elle n'osa pas regarder par-dessus bord. Quelqu'un lui passa sans douceur un gilet de sauvetage tandis que le vent lui projetait au visage des embruns salés. Le paquebot gémissait, l'océan rugissait de colère.

Une main la poussa dans le dos.

— Althea !

Un signe de la main. Maria. Maria se tenait à l'avant du groupe et aidait les autres à se glisser dans le toboggan.

— Il faut que j'aille chercher le garçon, dit-elle à Trining.

— Quoi ? Je ne t'entends pas.

Le garçon n'est pas réel.

Il était réel.

— N'aie pas peur ! criait Maria. Viens, Althea ! Tu n'as pas le choix.

Les sœurs suicide

Des hurlements. Elle entendait des hurlements.

Les mouvements du paquebot étaient bien plus prononcés – en haut, en bas, à droite, à gauche –, roulis et tangage, roulis et tangage.

Helen avait fermé les rideaux et verrouillé les portes du balcon après le départ des visiteurs importuns. Une ou deux fois, il lui avait semblé entendre des bruits dans le couloir, mais les somnifères l'avaient empêchée de bouger. Bien qu'elle n'en eût pris que deux *(pour l'instant)*, ils agissaient, l'isolaient presque du monde extérieur. Elle se redressa sur son séant, incapable de regarder Elise au cas où elle se serait éclipsée pour rejoindre Peter. *Au nom du ciel ! Au cas où elle serait morte. Pas « éclipsée ». Morte.* Helen ne se rappelait pas avoir éteint la lumière, la chambre était pourtant plongée dans l'obscurité.

Se raidissant pour parer les soubresauts du bateau, elle s'approcha prudemment de la porte-fenêtre et, avec un grand geste théâtral, tel un magicien arrachant une nappe, elle ouvrit les rideaux. Elle sursauta : des silhouettes noires se déplaçaient à quelques mètres d'elle.

Ils sont revenus.

Mais non. Ce n'étaient que des gens qui rampaient vers le canot fixé devant son balcon. Un bouquet de lumières rouges explosa au-dessus d'elle, changeant en rubis les particules d'écume qui surmontaient les rouleaux furieux de l'océan. Durant quelques secondes, la scène qui se déroulait dehors fut clairement visible. Un homme et une femme, les vêtements trempés, plaqués sur le corps, manœuvraient frénétiquement la manivelle qui commandait les bossoirs du canot. Une silhouette imposante (non, ce n'était pas lui, son sauveur), en équilibre sur l'embarcation, tentait de dégager une corde. À cet instant, le paquebot s'inclina violemment, l'homme perdit l'équilibre, glissa et disparut.

La vieille femme recula d'un pas et ferma les rideaux.

— Helen ?

le soulagement qu'elle ressentit en entendant la voix d'Elise faillit la priver de ses forces.

— Ils quittent le navire. Les gens quittent le navire.

— Oh !

Oh, en effet.

Helen gagna d'un pas mal assuré ce qu'elle espérait être le lit de son amie. Après les lumières rouges aveuglantes – des fusées de détresse, c'étaient forcément des fusées de détresse –, ses yeux devaient se réadapter à l'obscurité.

— Il y a une tempête ?

Entre chaque mot, les poumons d'Elise sifflaient.

— La mer est agitée.

C'était pire que cela.

Helen résista à l'envie d'allumer (la lumière fonctionnait-elle encore seulement ?) ; elle ne voulait pas voir la pâleur de sa compagne. Pas savoir à quel point elle était près de la fin.

— Merci… (souffle, souffle, hoquet…) de t'occuper de moi, Helen.

— Tu en ferais autant pour moi.

— Est-ce que… est-ce que le paquebot est menacé ?

— Comment ça ? Plus qu'avant ?

Elise tenta de rire, ce qui lui valut une quinte de toux sifflante. De l'eau dans les poumons, songea Helen sans avoir la moindre idée de ce que cela signifiait.

— Va-t'en. Laisse-moi. Va te mettre en sécurité.

Il n'y a pas de sécurité. Le paquebot s'enfonça à nouveau, lui donnant l'impression de tourner sur un manège de fête foraine. C'était exaltant.

— Je ne te laisserai pas. (Elle s'allongea et chercha la main de son amie.) Tu crois que ça va ressembler à une scène de *Titanic ?*

Un autre sifflement oppressé.

— Je suis en train de mourir, Helen. Je le sens.

— Tu n'es pas en train de mourir.

— Je n'ai pas peur. Je pensais… je pensais que j'aurais peur, mais non.

Un autre roulis, ou tangage, ou soubresaut, ou quel que soit le nom que ça portait. Helen entendit quelque chose se fracasser dans le cabinet de toilette et ce qu'elle pensait être son ordinateur portable – celui qui renfermait son message d'adieu – glisser de sa tablette près du téléviseur et s'abattre bruyamment sur la moquette.

L'ange de miséricorde

La porte du magasin s'ouvrit, laissant passer un fin rai de lumière verdâtre qui provenait du voyant signalant la sortie au bout du couloir.

Oh, *oh !* songea Jesse, *les extraterrestres sont là*.

Un homme s'encadra dans la porte. Le médecin le vit entrer d'un pas traînant, regarder autour de lui. Quelque chose en lui paraissait familier : Jesse ne pouvait en être sûr, mais sa silhouette ressemblait beaucoup à celle du patient disparu. Celui qui s'était enfui de l'infirmerie. Celui que Devi soupçonnait d'avoir provoqué la mort de la jeune femme.

Le médecin n'ouvrit pas la bouche, et l'homme ne parut pas sentir sa présence. Risible, vraiment, qu'on envahisse ainsi sa cachette. Sa seule raison de venir ici avait été de se reprendre, de rester un peu seul après l'extinction des feux. Et par « se reprendre », il entendait s'envoyer une bonne dose de Demerol dans les veines, ah, ah, nom de Dieu – sans oublier un petit coup de morphine pour faire couler. Jesse s'était installé un nid près d'une pile de cartons vides ayant naguère contenu des boîtes de tomates. Il avait eu l'intention de rester jusqu'à ce que la tempête s'apaise ou que le bateau coule. Par chance, la péthidine semblait bien le protéger du mal de mer, finalement.

L'homme adressa quelques mots à un interlocuteur invisible, puis il s'empara de la poignée du compartiment de la morgue.

Jesse ouvrit la bouche pour déclarer : « C'est pris. Occupé. » Avec désinvolture, en tentant d'être drôle – et, franchement, qu'y avait-il d'autre à dire ? Mais l'autre semblait savoir ce qu'il faisait, et le médecin n'avait pas oublié son comportement après l'agression de la femme de chambre. Cinglé. *Befok*. Mieux valait lui foutre la paix. S'il décidait de s'en prendre à lui, Jesse ne serait pas en état de se défendre.

Tout en poursuivant sa conversation imaginaire, l'homme déverrouilla l'écoutille d'un coup sec – le médecin fronça le nez sous les remugles de putréfaction qui s'échappèrent –, puis, sans hésiter un instant, il rampa à l'intérieur du compartiment, par-dessus la passagère décédée. Il chercha ensuite à refermer derrière lui, mais même en se penchant au maximum, il ne parvint pas à atteindre la poignée.

Le navire plongea avec force, resta un long moment immobile puis remonta d'un coup, semblant projeter les entrailles de Jesse au plafond. Ce dernier mouvement délogea la sécurité de l'écoutille de la morgue et la referma en claquant.

Le médecin cligna des paupières. Merde ! Mais bon, après tout, le passager avait choisi d'entrer là-dedans, et c'était encore là qu'il serait le mieux. Il était dangereux, nul ne voulait d'un type comme ça en liberté dans le paquebot, à foutre le bordel. On était déjà assez dans le pétrin comme ça.

Jesse chercha une ampoule d'une main malhabile, en vain. Avait-il laissé tomber sa réserve alors qu'il titubait dans le cœur obscur du navire ? Certainement. S'il avait tout pris, il serait mort.

Le paquebot se souleva, puis il parut changer d'idée et bascula sur le côté.

Il était temps de retourner à l'infirmerie. À choisir, le médecin préférait mourir complètement défoncé que se noyer dans un magasin, près d'une morgue occupée par un malade mental. Saisissant sa lampe-stylo dans sa poche, il se traîna à genoux jusqu'à la porte. Plusieurs essais lui furent nécessaires pour l'ouvrir. À la seconde même où il se remettait sur ses pieds, le roulis le catapulta contre une paroi, mais c'était sans importance : il n'avait pas la moindre sensation. Se dirigeant à l'aide de la lampe – le faisceau était ridicule, mais il n'avait rien d'autre –, il monta péniblement les marches jusqu'au I-95.

Avance, avance, tu peux y arriver. Soudain (il avait dû avoir une absence), il se retrouva à la porte de l'infirmerie. Entre, avance, avance, doucement, tu vas y arriver. Devant l'armoire à pharmacie. De la lumière dans les yeux. Une torche. Il n'était pas seul.

Une main se referma sur son bras.

— Oh, merci mon Dieu ! Jesse, Jesse, il faut partir.

Martha. Et elle portait un gilet de sauvetage. Jesse pointa sa lampe-stylo sur le visage de l'infirmière. Elle pleurait, des taches de couleur vive brillaient sur ses joues.

— Qu'est-ce que tu as pris ?

— J'ai tué une fille, Martha.

D'où cette confession venait-elle ? Elle était juste sortie comme ça, toute seule.

— Jesse, il faut qu'on parte tout de suite. Je t'ai attendu, mais ils ne patienteront plus très longtemps.

— Où va-t-on ?

Il tomba contre elle quand le paquebot plongea à nouveau.

— On quitte le navire. (Elle faillit lâcher sa torche et jura à mi-voix.) Je ne peux pas te porter, Jesse.

— Et Bin ?

— Il est malade.

— On ne peut pas le laisser.

— On n'a pas le choix. (Elle le traînait, à présent.) Tu crois que ça m'amuse ? Ils ne le laisseront pas monter s'il est malade.

— Je suis malade aussi.

— Tu es défoncé. (Elle sanglotait.) Je t'en prie, Jesse. Viens.

— Je vais chercher Bin. Je te rattraperai.

Il se réjouissait de ne pas voir son visage.

— Non, Jesse.

— Vraiment… Je vais le chercher. Les obliger à l'emmener.

— Tu es sûr ?

— Oui.

Elle lui lâcha le bras, sa lumière dansa jusqu'à la porte, marqua une pause puis disparut.

Maintenant, au boulot. Alors que le médecin retournait vers l'armoire à pharmacie, un autre soubresaut du paquebot le prit à contre-pied. Le temps ralentit, ses jambes se dérobèrent sous lui et il atterrit sur le coccyx. Un choc sourd, mais pas de douleur.

Jesse entendit du verre se briser et quelque chose glisser sur le sol. La porte claqua. Il chercha sa lampe-stylo à tâtons. Quelqu'un se tenait juste devant l'armoire. Quand le faisceau de la torche remonta vers son visage, l'homme porta un doigt à ses lèvres.

Le médecin réalisa qu'il le connaissait.

L'homme noir. L'homme noir d'Alfonso lui rendait une petite visite.

Et Jesse éclata de rire.

Le gardien des secrets

Crachant du sang et de la bile, Devi roula sur le dos. Cet effort planta dans sa nuque une flèche de douleur chauffée à blanc. Lentement, prudemment, il fit le point. Chacun de ses muscles le brûlait. Ses mains et ses pieds lui semblaient avoir été plongés dans la glace. À ses oreilles résonnait un rugissement dont il ne savait trop s'il venait ou non de l'intérieur de sa tête. Soudain, il y eut un craquement et un grincement à lui fendre les tympans, comme si un géant raclait ses ongles sur les flancs du paquebot.

Ram. Ram lui avait fait ça.

Quelque chose de doux lui chatouilla le front. De la lumière lui piqua les yeux. Une voix :

— Devi. Tu es réveillé.

— Où suis-je ?

— Dans la salle de commande. Je n'ai pas pu te laisser. Je suis revenu te chercher. Je n'ai pas pu te laisser, Devi.

Il tenta de s'asseoir mais ses muscles refusaient de lui obéir.

— Est-ce qu'ils ont quitté le navire ? (Parler lui donnait l'impression que sa mâchoire allait se briser.) Est-ce que le paquebot a été évacué ?

Rogelio ne répondit pas directement.

— Beaucoup des passagers sont partis, je crois.

Avec un effort monumental, Devi contraignit son bras à bouger et porta la main à son visage. Le trouva humide. Gluant.

— Aide-moi à me lever.

— Non. Tu ne dois pas bouger.

Si, il le devait. L'autre pouvait toujours se trouver à bord. Le meurtrier. L'homme qui avait tué Kelly Lewis. Le disque dur avait été détruit sur les ordres de Ram – ou du commandant –, si bien que la preuve du crime avait disparu.

Et Devi restait incapable de contraindre son corps à lui obéir. Des étincelles dansèrent devant ses yeux lorsqu'il leva la tête.

Le paquebot sembla bondir en hauteur. Puis retomba.

Devi avait échoué.

Le Blog du Joker

Qui combat sans peur les charlatans pour vous en dispenser

Chiotte de merde de tempête délirante.

ceci est mon testememtn. Trop trop maladeje laisse toud a la fondatio james randi Merde j'arrive plus à écrire et j'esper que quelqu'un lira ça

L'assistante de la sorcière

Le paquebot restait très incliné à bâbord mais ses soubresauts avaient cessé. Maddie avait l'impression que cela n'avait pas été progressif : tout avait cessé en quelques minutes. Elle avait mal aux oreilles, mais les craquements, les hurlements et les bruits qui évoquaient du métal froissé s'étaient eux aussi évanouis. Pas une fois elle n'avait entendu quiconque hurler dans le théâtre, même pendant les secousses les plus terribles. Nul n'avait crié, ni imploré pitié, ni même prié. Certains avaient été malades, bien sûr. Une odeur de vomi imprégnait la salle, mais Maddie s'efforçait de l'ignorer. Une soudaine vague d'euphorie la submergeait. Elle restait en mauvaise posture à bord d'un navire à la dérive, mais elle était vivante, c'était déjà quelque chose. Elle avait fait le choix de ne pas partir – *si vous partez, vous mourrez* – et elle allait à présent découvrir si elle avait eu raison.

— Est-ce que quelqu'un est blessé ?

Une voix chevrotante. Celle d'Eleanor, semblait-il.

Un gémissement sur sa gauche.

La jeune femme se hissa sur ses pieds avec peine – durant la tempête, elle était restée allongée entre deux rangées de sièges – et observa la scène plongée dans l'obscurité. Une ombre plus sombre en occupait le centre. Les Amis avaient besoin d'aide, mais Maddie devait d'abord aller voir. Elle gagnait lentement les marches de la scène, se frayant un chemin entre les détritus qui jonchaient le sol – des sacs, des bouteilles d'eau éparpillées, et curieusement, un salami entier –, quand son pied glissa sur quelque chose d'humide.

Quelque part, une femme gémissait, mais elle l'ignora et continua de se diriger vers la scène. Celine était toujours dans son fauteuil roulant (comment ne s'était-il pas renversé pendant la tempête ?) et sa tête pendait vers l'avant, comme le soir où le paquebot était tombé en panne.

— Celine ?

Pas de réponse.

— Celine !

Soudain, telle une poupée prenant vie, la vieille femme releva la tête.

— Madeleine. Vous avez cru que vous alliez mourir ?

— Oui.

— Effrayant, hein ?

Sa voix était glaciale.

— Qu'est-ce qui se passe, bordel ? Qui... êtes-vous ?

— Je suis Celine del Ray, médium des stars.

— La Celine que je connais aurait envoyé tout le monde se faire foutre depuis longtemps. Elle ne se serait pas souciée de rassembler tous ces gens. Sûrement pas. La Celine que je connais aurait été la première à quitter ce putain de navire.

— Là, vous m'avez eue. Vous pouvez m'appeler comme vous voulez. Jessie, ou Stacy, ou Tommy. Ou Nonanthla, ou Hiroko, ou Jeremiah. Comme vous préférez. Votre âme, mon âme, toutes ces vieilles âmes réunies. Quelle est la matière de votre matière ?

— Oh, Seigneur !

— Lui aussi. Des dégâts cérébraux. Ça peut changer la personnalité. C'est ce que vous pensez, non ?

— Celine… J'ai vu… J'ai vu…

J'ai vu Lizzie Bean allongée dans votre baignoire.

— Des fantômes ? Des esprits ? Des goules ? (La vieille femme éclata de rire.) C'était amusant. J'ai adoré ce passage-là. Même si je ne suis pas sûre d'avoir très bien fait Papa Noakes. Celine ne m'avait pas donné grand-chose à exploiter. (Elle se tapota les cheveux, remit en place quelques mèches égarées.) Qu'attendez-vous de la vie, Maddie ? J'ai beaucoup pensé à vous, j'ai essayé de vous comprendre.

— Pour commencer, je veux sortir de ce bateau.

— Ce vœu-là sera bientôt exaucé.

— Comment ?

Celine la surprit en bâillant. Un gigantesque bâillement à se décrocher la mâchoire.

— Filez, maintenant, Maddie. Il est temps de bouger. Vous n'avez encore rien vu. Ce n'était que l'apéritif. Le plat principal va vous laisser sur le cul.

Le condamné

L'obscurité était si profonde qu'il ne savait pas s'il avait ou non les yeux ouverts. Il inspira. Renifla. Au début, quand son ami l'avait conduit ici, il avait senti une mauvaise odeur, mais il s'y était vite habitué. Un petit moment, il avait eu la nausée, mais cela aussi était passé.

Il agita les orteils, entendant craquer le matelas plein de bosses sur lequel il était allongé. Dur par endroits et mou par d'autres, il émettait parfois un bruit de succion, et Gary devait se contorsionner pour trouver une position confortable.

Un grondement bouillonnant. Il tendit la main ; les parois molletonnées de sa cachette vibraient. Était-ce ce qui l'avait réveillé ? Ne sentant pas son bras gauche – il était couché dessus si bien que le membre était engourdi –, il fit jouer ses doigts, sentit le picotement du sang qui recommençait à circuler.

Gary adressa une prière de remerciement silencieuse à son ami pour l'avoir amené ici. Un grand placard de rangement. Oui, voilà ce que c'était. Ce n'était pas autre chose.

Ses doigts explorèrent à nouveau les parois. Une palpitation basse, comme un battement de cœur. Doucement d'abord, il poussa l'écoutille. Pour vérifier. Vérifier qu'elle s'ouvrait. Il était en sécurité ici. Il ne voulait pas s'en aller, juste s'assurer qu'elle s'ouvrait au cas où il devrait s'enfuir encore.

Elle ne bougea pas. C'était normal : il ne poussait pas très fort. Gary changea de position pour mieux faire levier ; le matelas crissa sous lui.

Pas un matelas.

Chut.

Ce n'est pas un matelas, Gary. Tu sais où tu es.

Chhhhhut !

Il poussa à nouveau, cette fois avec l'épaule. Rien. Son pied. Oui, il pouvait donner un coup de pied.

Sortirsortirsortirsortirsortirsortir.

Il se tortilla dans tous les sens, mais il manquait de place. Il frappa violemment du pied gauche, obtenant un son creux, mais l'écoutille ne bougea toujours pas.

Sortirsortirsortirsortirsortirsortirsortirsortirsor

Il fallait juste qu'il…

Le matelas ondulait sous lui.

La servante du diable

Elle avait attendu et attendu dans sa cabine. Le petit garçon n'était pas venu.

Trining lui avait donné sa torche juste avant d'être poussée dans le canot de sauvetage, et Althea lui en était reconnaissante. Qui aurait cru qu'elle, Althea, serait un jour reconnaissante à Trining ? Trining ! Elle avait les poignets meurtris là où Maria l'avait empoignée pour tenter de l'entraîner dans le toboggan, mais elle n'avait pas été malade. Un peu nauséeuse, oui, mais sans plus.

Au sein des coursives de l'équipage désertes, elle n'entendait que le bruit de ses pieds qui pataugeaient dans l'eau répandue sur les sols métalliques. Les chaussures mouillées, les orteils engourdis, elle enjamba un gilet de sauvetage à l'abandon, une valise détrempée et les entrailles emmêlées d'une radio fracassée.

Mme del Ray saurait où il était parti. À moins qu'elle n'eût décidé d'abandonner le navire elle aussi ? Althea était-elle l'unique personne à bord du *Rêveur Magnifique* ? Naviguerait-elle seule à jamais jusqu'à mourir de faim ?

Le paquebot était terriblement incliné à présent, avachi comme un ivrogne. La jeune femme dépassa péniblement les cabines du personnel et franchit la porte située à l'arrière de la scène. Des voix. Elle se glissa entre les rideaux, vit des faisceaux de torches danser au-dessus des sièges et des allées obscures du théâtre. Des lampes brisées, la forme grossière d'un décor mural tombé au sol.

Mme del Ray était là, dans son fauteuil roulant, au centre de la scène, comme si de rien n'était. En contrebas, des gens en aidaient d'autres à se relever. Une odeur de vomi flottait dans l'air ; la tempête avait été terrible, rendant nombre de personnes malades, bien sûr. Althea se hâta de rejoindre le médium et tomba à genoux.

— Je ne le trouve pas. Le petit garçon. Je ne le trouve pas.

— Chut. Écoutez.

Mme del Ray inclina la tête de côté. Un gémissement bas s'éleva, comme un soupir de désespoir du paquebot. La lumière oscilla, s'éteignit puis revint, toujours vacillante. La jeune femme sentit une légère vibration sous ses pieds. Cela cessa puis recommença. Mme del Ray lui adressa un sourire large, triomphant.

— C'est parti.

Les sœurs suicide

La tempête avait fini par s'apaiser. Le paquebot n'était plus ballotté comme un jouet d'enfant.

Helen se réjouissait de l'obscurité. Elle ne voulait pas voir. Pas savoir. Son amie n'avait émis aucun son depuis que les contorsions du navire avaient cessé. Évitant délibérément de l'observer de trop près, elle s'assit, se laissa glisser hors du lit et s'approcha à pas prudents du téléviseur. Un éclat de verre se planta dans son pied. Elle se mit à quatre pattes avec peine pour chercher à tâtons le sac d'Elise sur le plancher incliné. L'ayant trouvé du bout des doigts, elle y fouilla jusqu'à mettre la main sur ce qu'elle voulait.

Toujours sans regarder sa compagne, elle empocha la zopiclone, emporta la dernière bouteille d'eau jusqu'au lit et s'allongea.

Le navire frémit sous elle, puis la lumière se ralluma.

Elle s'en moquait. Il était trop tard.

C'était mieux ensemble.

L'ange de miséricorde

— Réveillez-vous. Réveillez-vous, docteur.

Jesse se couvrit le visage d'un bras quand la lumière l'éblouit.

— Fichez le camp.

— Jesse.

Il était allongé sur le dos et quelque chose lui rentrait dans la colonne vertébrale. Une silhouette indistincte se dressait au-dessus de lui. En dessous, le sol ondulait. *Beuh.* Il déglutit. Un goût de bile imprégnait sa bouche.

— Qui est là ?

L'homme noir.

— C'est moi. Bin.

Un bourdonnement bas. Les lumières s'allumèrent, fragiles, s'éteignirent à nouveau, puis brillèrent de toute leur puissance. Quelque part, un grondement retentissait. Le sol vibrait.

— Vous êtes blessé, docteur ? Je vous croyais parti avec les autres.

Le médecin eut un haut-le-cœur lorsqu'il leva la tête, mais il n'avait rien à vomir.

— Martha ?

— Je ne sais pas, docteur.

— Il y a de l'électricité ? (Bin hocha la tête et fit la moue.) On avance à nouveau ?

— Non. Mais bientôt.

— Comment le savez-vous ?

L'infirmier fit une nouvelle grimace.

— Il y a quelques membres de l'équipage en bas. Je les ai vus en venant ici. Tout le monde n'a pas quitté le navire.

— Ils peuvent le faire fonctionner ? Le piloter ?

Est-ce qu'on pilotait un paquebot ? Il ne connaissait pas le terme exact. Seigneur, sa tête…

Bin l'aida à se remettre sur ses pieds. L'infirmerie était un vrai dépotoir. Des dossiers et des fioles partout. Des potences à perfusion tombées en désordre. La panique le saisit lorsqu'il jeta un coup d'œil à la porte de l'armoire à pharmacie Elle paraissait intacte. Sacré coup de pot.

— Il y a des blessés, docteur.

— Où ?

— Dans l'atrium, sur le pont principal. On les conduit au théâtre Osons Rêver.

— Des blessures graves ?

— Rien qui engage le pronostic vital. Peut-être quelques fractures. J'ai fait ce que j'ai pu. Je crois qu'un des passagers a une commotion.

Bin grimaça à nouveau, leva la main, puis recula d'un pas pour vomir dans un haricot. Jesse lui tendit un torchon.

— Montez, Bin. Vous n'êtes pas en état d'aider qui que ce soit. Je vais apporter tout ce dont on risque d'avoir besoin.

— Vous êtes sûr ?

— Oui.

Jesse retint son souffle tandis que l'infirmier quittait la pièce. Les doigts tremblants, il se précipita vers l'armoire.

Soudain, une pensée le frappa. Il venait de survivre quasi indemne à une terrible tempête en mer. Voulait-il vraiment continuer sur ce chemin-là ?

Et merde.

Il fourra les ampoules restantes dans ses poches, arracha avec les dents l'enveloppe en plastique d'une seringue. D'ici quelques minutes, il retrouverait son armure.

Les passagers étaient rassemblés dans le hall du théâtre, allongés sur les marches et la moquette en face de la porte. L'intérieur du paquebot n'était pas trop abîmé : Jesse avait marché sur du verre brisé, et plusieurs zones étaient inondées, surtout les ponts de l'équipage, mais la situation n'était pas aussi grave qu'il l'imaginait. À dire vrai, la tempête avait rafraîchi le navire, où il régnait désormais une odeur de sel et d'humidité plutôt que de station d'épuration, et le vent avait dû chasser l'abomination de sacs rouges qu'il traînait dans son sillage.

Des employés distribuaient de l'eau – reprenant les vieilles habitudes –, et les gens qui pouvaient encore marcher aidaient les autres à sortir du théâtre. Réchauffé par sa dose de péthidine, le médecin balayait les passagers du regard, cherchant ceux qui avaient le plus besoin de ses services. Bin avait raison : rien de trop grave, apparemment. Plusieurs personnes avaient le teint verdâtre – mais il ne savait dire si c'était dû au mal de mer ou aux effets persistants de la gastro-entérite – et souffraient de contusions mineures. Une femme corpulente, assise près d'un homme au bras bandé, lui lança un sourire timide. Il sourit automatiquement en retour, tentant de se rappeler où il l'avait vue. Soudain, il se souvint : l'hystérique sur le pont des VIP. Elle avait tenté de le frapper et il avait eu l'intention de lui apporter du Xanax. Si elle ne s'était pas comportée ainsi, aurait-il succombé de nouveau de son vice ? Il connaissait la réponse. *Ja*, tout à fait. Il aurait trouvé une excuse tôt ou tard.

Le grondement des moteurs cessa, le silence régna un instant, chacun retenant son souffle, puis ils redémarrèrent. Les gens qui en avaient la force lancèrent une acclamation molle.

Le médecin estima qu'il devait faire autre chose que rester planté là comme une pièce de rechange. Il se dirigeait vers la passagère VIP quand quelqu'un cria :

— Docteur !

Un Philippin très mignon lui faisait signe, debout en haut des marches. Jesse se fraya un chemin entre les blessés et s'approcha du pilier contre lequel s'appuyait un homme vêtu d'une chemise blanche couverte de sang. Bon Dieu ! C'était Devi, l'agent de sécurité qui l'avait aidé à régler le *kak* à la morgue. Il avait tout le côté gauche de la mâchoire enflé et la coupure derrière son oreille nécessitait des points de suture. Le blessé réagit à peine quand Jesse l'examina ; ses yeux ne cessaient de remuer, se posant sur tous les passagers alentour.

— Vous cherchez quelqu'un ?

— Un homme. Gary Johansson.

Le type qui avait investi sa cachette pendant la nuit. Jesse n'avait plus repensé à lui depuis. Il avait eu d'autres soucis.

— Alors pour *ça*, je peux vous aider.

Le gardien des secrets

Devi empoigna la rampe glissante d'humidité, descendit les marches qui rendirent un bruit sourd sous ses pas, et tituba dans le couloir menant à la buanderie et à la morgue. Tous ses muscles palpitaient. Chaque fois qu'il bougeait le coude, une flèche de souffrance filait jusqu'à ses doigts, et sa tête n'était qu'une boule de douleur sombre et floue. Lorsqu'il se touchait les lèvres du bout de la langue, elles lui semblaient avoir doublé de volume.

Le vaisseau tremblait autour d'eux. Rogelio, qui était monté sur la passerelle, disait que Baci, un des rares officiers à n'avoir pas abandonné le navire, s'efforçait de déterminer vers quel port il leur fallait cingler. La tempête avait pu pousser le paquebot loin du dernier point de navigation connu.

Le jeune homme le tenait par sa chemise tandis qu'il avançait d'un pas traînant, et Devi lui était reconnaissant de son soutien. Rogelio ne l'avait pas quitté d'un pouce Quand tout serait terminé, il lui revaudrait ça.

Enfin, ils atteignirent leur destination.

Devi ouvrit la porte du magasin, entra et tapota d'un doigt sur l'écoutille de la morgue.

Un hurlement chargé d'angoisse résonna à l'intérieur

— Ouvrezmoiouvrezmoiouvrezmoi.

Puis des sanglots.

Rogelio le rejoignit dans le magasin. S'il était effrayé ou horrifié par ce qu'il avait entendu, cela ne se lisait pas sur ses traits.

— Tu es sûr que c'est lui, Devi ?

— Oui.

— Il va mourir si on ne le fait pas sortir ?

— Je ne sais pas.

Mais il souffrira.

— Tu pourras te regarder en face si tu fais ça ? Est-ce que ce sera terminé ?

Devi n'eut aucun besoin de réfléchir à la réponse.

— Oui.

Le Blog du Joker

Qui combat sans peur les charlatans pour vous en dispenser

Alors je suis vivant. Je m'en suis tiré. J'ai bien cru que j'allais mourir mais je n'ai pas coulé avec le navire, finalement. Je suis de retour dans la cabine de la Prédatrice avec Maddie. Je l'ai retrouvée quand elle y est revenue il y a une heure. Elle m'a découvert étendu sur la moquette. Je ne sais toujours pas comment je suis arrivé ici. Je me sens un peu mieux, à présent, mais c'est tout récent.

Maddie a mauvaise mine. Elle n'est pas malade à proprement parler, mais flippée. Elle n'a même pas eu l'air très surprise de me voir.

Voilà ce qui s'est passé :

J'ai eu envie de mourir après une terrible crise de mal de mer, presque aussi horrible que la gastro. J'ai fait mon testament, aussi incroyable que ça paraisse, mais je l'ai effacé depuis.

Maddie a aperçu des lumières sur l'eau et supposé que les secours arrivaient, mais j'ai tout de suite vu que c'étaient des canots de sauvetage pneumatiques et qu'on devait sortir fissa de la cabine. On est montés sur le pont principal, j'ai essayé d'annexer deux gilets de sauvetage (un enfoiré m'a balancé un coup de poing sur l'oreille à cette occasion), puis Maddie et moi avons été séparés.

Un des agents de sécurité essayait d'organiser tout ça. Certaines personnes l'écoutaient, la plupart s'en foutaient. Les canots de sauvetage sont sur le pont principal, c'est-à-dire loin de l'eau, et il faut les descendre à la manivelle. Pas facile si on ne s'y connaît pas.

L'adrénaline a stoppé ma nausée, mais je n'avais aucun sens de l'équilibre, et je n'arrêtais pas de glisser dans tous les sens.

J'ai vu des trucs franchement affreux.

Une chaloupe qui coulait à pic, avec des gens accrochés au sommet et pendus sur les bords.

Un connard qui a allumé une fusée de détresse dans un des bateaux qu'on descendait vers l'eau. Ça a sifflé, crépité, brûlé comme un feu d'artifice. Même avec le vent, j'entendais les hurlements des pauvres gens coincés à l'intérieur.

J'étais presque arrivé sur le pont des canots quand quelqu'un m'est rentré dedans. J'ai glissé, je suis tombé dans la piscine et j'ai avalé une tonne de flotte. Une fois sorti, j'ai reglissé, je me suis retrouvé dans la piscine, et, cette fois-là, j'ai bien failli me faire avaler par un des matelas qui y avaient été entraînés.

À ce moment-là, toutes les embarcations de ce côté-ci étaient parties. J'ai essayé de passer de l'autre côté, mais tout le monde paniquait : ça poussait, ça se bousculait, ça se jetait n'importe comment dans les canots qui restaient. J'ai raté le dernier à quelques secondes près. Ma voisine, elle, a sauté dedans alors qu'il descendait vers l'eau. Incroyable.

Je ne sais pas ce qui lui est arrivé.

À ce moment-là, la mer était plus qu'agitée.

J'ai entendu quelqu'un crier : « Venez vers moi ! » J'ai vu l'agent de sécurité agiter les bras au-dessus de sa tête, à la verticale du point où je me trouvais. Des gens essayaient de le rejoindre, des retardataires comme moi. Je ne sais pas comment j'ai réussi à descendre les marches jusqu'à lui sans me rompre le cou. En criant à pleins poumons, il nous a annoncé qu'on trouverait des radeaux pneumatiques au point de rassemblement de l'équipage. Il nous a dit de le suivre à l'intérieur du paquebot.

Je ne sais pas trop comment je l'ai perdu. Il faisait sombre là-dedans, et ça bougeait tellement que j'étais incapable de marcher. Je rampais. Je rampais pour de bon, en cherchant au moins un garde-fou, quelque chose à quoi m'accrocher. J'ai réussi à me plaquer contre un des piliers en forme d'ange. Le paquebot grinçait, hurlait, on aurait dit qu'il voulait se déchirer en deux.

Combien de temps est-ce que ça a duré ?

J'en sais rien, bordel. Combien de temps ça dure, une éternité ? Je suis sacrément content de ne pas me trouver sur un des canots, cela dit. On a dû être pris dans un ouragan ou quelque chose comme ça, parce que ça

putain de merde les moteurs j'entends les moteurs comment c'est possible nom de Dieu ?

JOUR 8

L'assistante de la sorcière

Maddie et Xavier étaient assis côte à côte sur le balcon de Celine, les pieds calés sur les garde-fous. Le bateau avait recommencé à avancer une heure plus tôt. La jeune femme fixait l'obscurité, écoutant les clapotis de l'eau contre la coque, le grondement bas des moteurs. Une brise agitait ses cheveux. C'était presque agréable.

Xavier ouvrit la bouche.

— Non, l'arrêta-t-elle. Surtout ne dis rien.

Elle lui prit la main et ils entremêlèrent leurs doigts. Ensemble, ils attendirent en silence.

IL EST REVENU !

Le paquebot disparu retrouvé près de Key West

Dernières nouvelles : un commandant de yacht découvre le *Rêveur Magnifique*.

À 4 h 30 EST1, Jose Ferrigno, le commandant du yacht *Instant Fame,* a rapporté avoir vu un paquebot en difficulté cinq milles marins à l'est de Key West. Ferrigno a informé l'autorité portuaire que le vaisseau en question prenait dangereusement de la gîte à bâbord. Il est désormais confirmé que ce navire endommagé est le *Rêveur Magnifique*, disparu depuis cinq jours. Malgré des recherches étendues dans le golfe du Mexique et les eaux voisines, aucune trace du bâtiment ni de ses passagers n'avait encore été trouvée, et sa disparition plongeait dans la perplexité les experts en navigation. Avec un nombre de victimes qui, selon les estimations, dépassait même celui des accidents d'avion du Jeudi Noir de 2012, la disparition du *Rêveur Magnifique* était déjà qualifiée de plus grande catastrophe maritime depuis le *Titanic*.

Suivez notre rapport minute par minute et notre blog en direct : notre reporter, Jonathan Franco, est sur les lieux.

@jonf667

Paquebot très incliné sur le côté. Tous les canots de sauvetage apparemment disparus. Dégâts visibles sur la coque.

@jonf667

Vaisseau de secours & hélicoptères sur les lieux. Toujours aucune nouvelle de survivants.

@jonf667
La rumeur se répand que Jose Ferrigno a vu des survivants à bord.
@jonf667
Message enregistré de JF aux GC : « [on voit] une lumière à bâbord. Je crois qu'il y a des gens à bord. »
@jonf667
Selon certaines sources, Jose Ferrigno a un passé de toxicomane.
@jonf667
Aucun signe de survivants évacués par la voie des airs, mais les rapports qui nous parviennent font état de possibles cadavres à bord.

Dernières nouvelles
10 h 32
Un porte-parole du NTSB nous confirme qu'aucun survivant n'a encore été découvert. L'armateur du *Rêveur Magnifique*, les croisières Foveros, révèle que 2 019 passagers se trouvaient à bord, dont 716 Britanniques et 2 Allemands, le reste étant composé de citoyens américains. La plupart des officiers et des techniciens étaient italiens, tandis que l'essentiel du personnel de service était issu de pays en voie de développement. Les passagers et l'équipage, en tout 2 962 personnes, sont encore considérés comme disparus.

Dernières nouvelles
10 h 57
Un porte-parole des croisières Foveros se dit peu enclin à spéculer à ce stade, mais il déclare toutefois : « Les dégâts structurels et le déploiement des canots de sauvetage suggèrent que le paquebot a rencontré du mauvais temps, une tempête assez grave pour précipiter une

évacuation. Il s'agit d'une procédure maritime standard dans une telle éventualité. Que le navire soit endommagé et que tous les canots semblent perdus en mer désignent un Acte de Dieu comme la cause la plus probable de cette terrible tragédie. »

Les météorologues confirment qu'une tempête tropicale de puissance moyenne à forte couvait il y a trois jours, à quelques milles à l'ouest des Bahamas. Les rapports officiels concernant les conditions climatiques au voisinage estimé du paquebot n'ont pas encore été communiqués par les autorités.

Des cadavres trouvés à bord du paquebot du Cauchemar

Le bureau du coroner du comté de Dade confirme que les cadavres de deux femmes ont été découverts à bord du *Rêveur Magnifique.* L'une a été identifiée comme étant Kelly Louise Lewis (32 ans), réceptionniste dans un salon de coiffure de l'Essex, en Angleterre. La seconde, une personne âgée, n'a pas encore été identifiée.

Melanie Zindell, une amie intime des Lewis, demande à la presse de respecter l'intimité de la famille éplorée. Elle transmet toutefois les condoléances des parents de Mlle Lewis aux familles des autres passagers et employés encore disparus.

Un porte-parole des croisières Foveros, la compagnie qui exploite les paquebots de la « classe Magnifique », notamment le *Rêveur* et le *Joyau* – lequel est resté bloqué deux jours l'année dernière à Cozumel suite à une panne de son système de propulsion –, témoigne toute sa compassion à la famille et aux amis de Mlle Lewis au nom de son employeur. Ce dernier fera tout son possible pour coopérer avec le NTSB au cours de son enquête.

Des voix venues des profondeurs ?

Long Island, N.Y.

Un cortège funèbre réunissant des centaines de personnes a envahi hier soir les rues d'East Meadows, Long Island, en hommage à Celine del Ray, médium controversé qu'on pense figurer parmi les victimes de la catastrophe maritime du *Rêveur Magnifique*.

Del Ray avait défrayé la chronique en 2014 lorsqu'elle avait affirmé publiquement avoir reçu de ses guides spirituels la preuve que Lori et Bobby Small, deux victimes d'un des quatre accidents d'avions du 12 janvier 2012, le Jeudi Noir, étaient vivants mais amnésiques. La mère de Lori Small, Lillian Small, avait dit-on épuisé les économies de toute sa vie pour engager des détectives et les lancer à la recherche de ses proches, malgré les relevés d'ADN confirmant que sa fille et son petit-fils étaient bien morts dans l'accident. L'année dernière, elle avait annoncé son intention de porter plainte contre del Ray pour préjudice émotionnel.

Parmi les affligés se trouvait Elisha Cobalt (47 ans), une « thérapeute psychique » de Brooklyn, New York, qui déclare recevoir des « nouvelles » quotidiennes d'Archie, un des guides spirituels de Celine del Ray. « Archie dit qu'elle et lui sont désormais réunis, et que, chacun doit le savoir, Celine enverra dans un avenir très proche des informations concernant les passagers disparus. »

Cobalt propose ses services aux familles et amis des gens qui, estime-t-on, se sont noyés quand le paquebot a rencontré une violente tempête au sein du golfe du Mexique.

Le Rêveur Magnifique :

Un *Mary Celeste* des temps modernes ?

Voilà un mois, le *Rêveur Magnifique* réapparaissait soudain après être resté mystérieusement perdu en mer pendant cinq jours. Il semble que le NTSB n'ait toujours aucune idée de ce qu'il est advenu des 2 962 personnes présentes à bord.

L'équipage et les passagers du paquebot ont-ils pu subir le même sort que ceux de la *Mary Celeste* et d'autres vaisseaux fantômes au cours de l'histoire ?

Après tout, à notre époque, comment un navire susceptible d'accueillir confortablement trois mille personnes peut-il disparaître purement et simplement ? Le *Rêveur Magnifique* a fait l'objet de recherches minutieuses durant les cinq jours qui ont suivi son mystérieux escamotage, et aucune trace n'a été trouvée. Les théoriciens du complot sont déjà en train de fourbir leurs armes, et on rencontre, comme c'était prévisible, beaucoup de rumeurs sur l'Internet et dans les médias selon lesquelles le paquebot aurait été victime du célèbre triangle des Bermudes, quoique cette explication ait été démontée à de nombreuses occasions.

D'après une déclaration des croisières Foveros, le journal du commandant de bord, les films des caméras de surveillance et la boîte noire du GPS ont été endommagés et « n'ont aucun élément concluant à apporter ». Le seul point sur lequel les experts semblent s'accorder est que le commandant a dû ordonner une évacuation, puisque tous les canots de sauvetage ont disparu. Toutefois, nul n'explique pourquoi un bateau à la dérive au milieu du Gulf Stream n'a pas été aspiré au sein du vaste océan Atlantique.

Des indices prouvent en outre qu'une épidémie de gastro-entérite a fait rage dans tout le paquebot. Un expert en sauvetage qui tient à garder l'anonymat a déclaré : « C'était une horreur. Il n'y avait plus rien à manger, des meubles brisés partout, et la puanteur qui régnait à bord était à mi-chemin entre la station d'épuration et la salle de bains d'un ivrogne. »
La version officielle veut que le paquebot ait dérivé de sa route, un incendie ayant brièvement désactivé son système de propulsion, et que, étant donné la mauvaise presse et les baisses d'activité récentes des croisières Foveros, le commandant ait tardé à envoyer des signaux de détresse par crainte des représailles de la compagnie. Le navire aurait alors été pris dans une tempête, et l'évacuation ordonnée.
Et que penser de Jose Ferrigno, l'homme qui a découvert le paquebot et affirmé avoir aperçu des survivants à bord ? Ce n'est en aucun cas un témoin fiable, compte tenu de son passé de trafic de drogue, de toxicomanie et de dépression, mais il reste accroché à ses affirmations. Cherche-t-il simplement à susciter de faux espoirs ?
Une chose est certaine : le *Rêveur* (ou devrait-on dire le *Cauchemar*) *Magnifique* est loin d'être le premier navire à plonger le monde dans la stupéfaction.
• En 2003, un mystérieux pétrolier dépourvu de nom et d'immatriculation fut découvert à 35 milles des côtes australiennes. On estime qu'il abritait des réfugiés, mais nul ne se trouvait à bord, et l'unique trace de passagers était un jouet d'enfant, un animal en peluche.
• En 1872, la *Mary Celeste,* sans doute le « vaisseau fantôme » le plus célèbre, fut trouvée à la dérive, sans per-

sonne à son bord mais avec sa cargaison et ses réserves intactes.

• Le *Jenny* fut retrouvé dix-sept ans après sa disparition dans l'Antarctique en 1823. Le dernier message de son commandant disait : « 4 mai 1823. Rien à manger depuis 71 jours. Je suis le seul survivant. »

Le marin ayant découvert le paquebot du Mystère retrouvé mort

L'homme qui a trouvé le *Rêveur Magnifique* est mort, sans doute victime d'une overdose. Jose Ferrigno (49 ans), qui avait aussi des antécédents de dépression et de toxicomanie, a été retrouvé mort chez lui hier soir aux alentours de 19 heures. Les premiers rapports font état d'un suicide.

Ferrigno, rendu célèbre par sa découverte du paquebot disparu il y a trois mois, affirmait avoir aperçu des survivants à bord. Ce fait a été formellement démenti par ceux qui sont arrivés les premiers sur les lieux : les gardes-côtes et le NTSB.

Les théoriciens du complot, partisans des assertions de Ferrigno, estiment qu'une opération de dissimulation globale est en cours et que cette disparition constitue une preuve supplémentaire que les autorités cachent quelque chose.

Un porte-parole du bureau du coroner du comté de Dade s'est refusé à tout commentaire sur ces allégations.

Ferrigno vivait seul. Son cadavre a été découvert par un voisin.

La NSA dément l'existence de survivants. Décrit les documents ayant fuité comme « un habile canular »

L'Agence nationale de la sécurité arrive une nouvelle fois sur le devant de la scène après que plusieurs documents, présentés comme des fragments d'entretiens avec des passagers et membres de l'équipage du *Rêveur Magnifique*, sont hier devenus viraux.

La source de ces documents, révélés par @anonymous998, est inconnue.

Ces entretiens font surface alors que les spéculations vont bon train à propos du sort des 2 962 passagers et membres d'équipage, aujourd'hui disparus, qui se trouvaient à bord du vaisseau lorsqu'il a quitté Miami le 28 décembre 2016.

D'après les découvertes du Conseil national de la sécurité des transports, le scénario le « plus probable » est le suivant : le paquebot a connu des difficultés après avoir perdu ses sources d'énergie à la suite d'un incendie dans la salle des machines ; craignant de le voir chavirer en haute mer, l'équipage a ordonné une évacuation. On estime qu'une tempête tropicale a fait couler les canots de sauvetage, causant la mort de tous les survivants.

Des critiques venues d'horizons variés affirment que cette théorie manque de cohérence et qu'elle n'est pas corroborée par les faits connus. Certains accusent les gardes-côtes et le NTSB de complicité dans la dissimulation de faits importants, notamment la survie d'au moins certains individus qui se trouvaient à bord du navire au destin tragique.

Le conseiller de la Sécurité nationale a réfuté ces assertions ce matin sur Twitter : « Nous démentons catégoriquement que ces documents soient autre chose que des faux. » « Il s'agit d'un habile canular conçu pour miner nos efforts de sécurité. » Et : « De manière catégorique, nous affirmons qu'il n'y avait aucun survivant à bord du *Rêveur Magnifique*. »

TOP SECRET

NE PAS COPIER NE PAS ENVOYER PAR E-MAIL

Veuillez trouver ci-dessous la transcription abrégée des entretiens réalisés avec les cinq sujets retrouvés à bord du *Rêveur Magnifique* le 5 janvier 2017.

Ces transcriptions sont en anglais. Il en existe deux autres, publiées sous forme de rapports : ce sont des résumés des trois premières transcriptions, omettant les déclarations sans intérêt ou répétitives. Certaines informations ont été effacées des pièces jointes, et actuellement classées secrètes en accord avec l'ordonnance exécutive 12 988 ci-jointe. Elles répondent aux critères de classement exposés dans les sous-paragraphes (c) et (g) de la section 1.4 et demeurent classées TOP SECRET ou SECRET, comme stipulé dans la section 1.2 de l'ordonnance exécutive. Il en est ainsi car on pourrait raisonnablement estimer leur divulgation de nature à menacer gravement la sécurité nationale.

Les récits sont ordonnés chronologiquement pour des raisons d'indexation. Un résumé des découvertes suivra.

Les interrogatoires ont été supervisés par [redacted] et [redacted], tous formés aux techniques d'interrogatoire approuvées par [redacted]. Les parapsychologues [redacted] et [redacted] étaient également présents. Les interrogateurs avaient l'instruction d'obtenir leurs informations de manière aussi peu agressive et physiquement non intrusive que possible. L'intention première était de s'assurer du sort des autres 2 957 passagers et membres d'équipage montés à bord du *Rêveur Magni-*

fique lorsqu'il a quitté le port de Miami le 28 décembre 2016, et de déterminer où ils se trouvent actuellement.

Les sujets ont été logés séparément dans les locaux de [redacted], qui disposent d'un taux de sécurité [redacted]. Ils n'ont eu de rapports qu'avec le personnel, lequel était surveillé en permanence.

Nous avons pris en compte la possible corrélation avec le récent incident au Costa Rica au cours duquel un chalutier censé transporter cinquante-cinq immigrants clandestins a disparu au large des côtes espagnoles, ainsi qu'avec les événements connus dans les médias sous le nom de « Jeudi Noir ». [Voir addendum 17a de la Section 18c]

Veuillez prendre connaissance de ces documents et nous communiquer vos recommandations sur la meilleure manière de poursuivre l'enquête avant le 31/03/17.

NE PAS COPIER NE PAS ENVOYER PAR E-MAIL

>> Smith, Xavier L./Entretien #1/Page 1

NOM DU SUJET : Xavier Llewellyn Smith
DATE DE NAISSANCE : 17/11/88
ADRESSE : 47 a, Street, South Beach, Miami
PROFESSION : journaliste indépendant. Rédige un blog quotidien intitulé « Le Blog du Joker », dont le but est de révéler les escroqueries des voyants et guérisseurs. Se prétend membre de la Société américaine des sceptiques. Voir en addendum 34a des copies d'articles de ce blog recueillies dans l'ordinateur portable de Smith. Il perçoit les dividendes d'un fonds fiduciaire mis en place

à son bénéfice par son défunt grand-père maternel. Il est brouillé avec ses parents biologiques.
NOTES : Smith s'est montré initialement hostile. Son évaluation psychologique ne révèle aucun signe d'aliénation ni de trouble de la personnalité. Il n'a aucun antécédent psychiatrique. D'après les examens médicaux, il est un consommateur occasionnel d'alcool et de cannabis.

Monsieur Smith, veuillez commencer par décliner vos nom et date de naissance pour nos archives.

XS : Je vous l'ai déjà répété : je ne dirai rien tant que je n'aurai pas un avocat. Sérieusement, vous êtes qui ? La NSA ? La Sécurité intérieure ? Quoi ?

Monsieur Smith, nous apprécierions que vous coopériez.

XS : Allez vous faire foutre. Je ne suis pas un clandestin. Je suis un citoyen américain. Vous ne pouvez pas faire ça à des gens comme moi.

[Entretien suspendu en raison de l'agitation du sujet.]

[Reprise de l'entretien.]

Monsieur Smith, vous avez déclaré que le *Rêveur Magnifique* avait dérivé pendant cinq jours alors que toutes les communications et la majorité de ses systèmes opérationnels étaient hors service. Durant cette période, où se trouvait le paquebot ?

XS : Comment voulez-vous que je le sache ? Je ne suis pas marin. Il s'est perdu. Il a peut-être dérivé le long du Gulf Stream. Il s'est paumé dans le triangle des Bermudes. Je n'en sais foutre rien.

Et vous étiez à bord dans le but de vous en prendre verbalement à Celine del Ray au sujet de l'affaire Lillian Small, est-ce bien exact ?

XS : Ouais.

D'où vient votre intérêt pour Celine del Ray, monsieur Smith ?

XS : Je n'aime pas ce qu'elle fait. Arnaquer les gens.

Vous n'avez pas eu affaire à elle personnellement dans le passé ?

XS : Non.

Qu'est-ce qui a déclenché votre intérêt pour les activités de Mme del Ray ?

XS : Je l'ai entendue dans une émission de radio. Celle de Kavanaugh. Elle affirmait savoir que Lori et Bobby Small étaient vivants. Ça m'a foutu les boules.

Et vous aviez l'intention de lui en parler publiquement à bord du paquebot ?

[Le sujet marque une pause de plusieurs secondes.]

XS : Ouais. Sauf que je me suis pris un retour de flamme, hein ?

De quelle manière, monsieur Smith ?

XS : Putain, je vous l'ai déjà dit. À cause de ce qu'elle a fait. Nous mettre sous hypnose collective ou je ne sais quoi. Je vous ai déjà dit ça quand on m'a emmené ici la première fois.

Calmez-vous, s'il vous plaît, monsieur Smith. Nous ne voulons que vous aider.

XS : Ouais, c'est ça. Vous croyez que je ne comprends pas que j'ai droit à un aller simple pour Guantanamo ? Personne ne sait qu'on est là, hein ? Vous pourriez au moins répondre à cette question.

Monsieur Smith, je peux vous assurer que dès la fin de cet entretien, vous serez libre de reprendre le cours normal de votre existence.

XS : [Rires.] Ouais, bien sûr.

Récapitulons : vous estimez que tout ce que vous avez vécu à partir du quatrième jour de la croisière est le résultat d'une illusion provoquée.

XS : À vous de me le dire. C'est possible. Ce que j'ai vu, ça, ce n'était pas possible.

Nous aimerions savoir ce que vous avez vu, monsieur Smith.

XS : Ouais, je m'en doute.

Où sont les passagers et les employés disparus ?

XS : Vous voulez vraiment le savoir ?

[Le sujet se penche en avant.]

XS : On a empoisonné leur *mai tai* avec de la vodka bon marché. On a ajouté du sucre extra raffiné au distributeur de chocolat. Ils ont succombé un par un, donc on n'a pas eu d'autre choix que de les jeter par-dessus bord.

Monsieur Smith, nous essayons simplement de comprendre la situation.

XS : On est deux. Je ne sais pas où ils sont.

[Le sujet élève la voix et frappe du poing sur la table.]

XS : Je ne sais pas où ils sont, bordel. Celine del Ray dirigeait une espèce de secte pro-suicide. Après que le commandant et l'équipage ont abandonné le navire pendant la tempête, elle a peut-être poussé tout le monde à sauter par-dessus bord. Je n'en sais rien. Pourquoi sommes-nous là ? Qu'est-ce que vous nous cachez ?

[Entretien suspendu.]

>> Gardner, Madeleine/Entretien #1/Page 2

mais, oui, je savais que Celine était une simulatrice quand j'ai accepté le boulot. Si vous y tenez, je peux vous l'écrire noir sur blanc. Et alors ? Seulement, ça n'explique ni Lizzie Bean, ni Archie, ni ce que d'autres personnes disent avoir vu à bord de ce foutu paquebot.

Vous pensez qu'il s'agissait réellement d'êtres matériels, mademoiselle Gardner ?

MG : Vous croyez que je ne sais pas que ça a l'air dingue ? Écoutez, vous me demandez de vous dire ce que j'ai vu. Ce que j'ai vu, c'est ça. J'ai vu Lizzie Bean. Est-ce que c'est fou ? Alors je suis folle. Xavier a sa propre théorie sur le sujet – hypnose collective ou je ne sais quoi. Sauf qu'on sait quand quelque chose a l'air réel. Lizzie Bean n'aurait pas dû exister, mais elle existait. Les autres n'auraient pas dû exister non plus, mais des gens les ont vus.

Vous avez interrogé Celine del Ray à leur sujet ?

MG : Non. Cela dit, j'ai ma propre théorie quant à la raison de leur présence là-bas.

Et quelle est-elle ?

MG : Elle se servait d'eux pour nous manipuler. Nous faire peur. Ça l'amusait. Il n'y a rien de plus puissant que la peur si on veut contrôler quelqu'un. Xavier dit que j'ai vu ce que je voulais voir. Que je me suis laissé abuser par les conneries de Celine. Mais… tous les trucs qui se sont produits après… impossible qu'ils aient eu lieu seulement dans ma tête.

Vous avez déclaré que « Celine n'était pas Celine ».

MG : Tous ses actes après la panne du paquebot – après sa crise, quoi que ça ait pu être – ne lui ressemblaient pas du tout. Ce n'était pas Celine. L'ancienne Celine, je veux dire. Elle parlait comme elle, elle avait ses souvenirs, mais… on le voyait dans ses yeux. Non. Ce n'était pas Celine.

Vous voulez dire qu'elle était possédée ?

MG : Bon sang, non. Peut-être. Je... Écoutez, j'essaie encore de comprendre, de trouver un sens à tout ça. Est-ce qu'il y en a encore pour longtemps ? Quand pourrai-je partir ?

Vous n'êtes pas en état d'arrestation, mademoiselle Gardner.

MG : Mais je ne peux pas me lever et m'en aller, hein ?

Comme nous vous l'avons dit en vous emmenant ici, il s'agit d'un simple entretien. Une formalité nécessaire. Les gens qui se trouvaient avec vous à bord du paquebot sont toujours portés disparus.

MG : On entend des histoires, c'est tout. À propos des gens comme vous. [Rires.] Des agences secrètes, des personnes qui disparaissent, des trucs comme ça.

Nous comprenons vos inquiétudes. Revenons à Mme del Ray. Vous avez dit qu'elle était possédée.

MG : Je n'ai pas exactement dit ça.

Si elle était possédée, pourriez-vous deviner par qui ? Ou par quoi ?

MG : Je ne suis pas encore disposée à répondre à ça. Je ne suis même pas sûre de connaître la réponse.

Revenons un peu en arrière. Que s'est-il passé une fois le *Rêveur Magnifique* redevenu opérationnel ?

MG : Oh, Seigneur. Quand le paquebot a recommencé à bouger, Xavier et moi sommes restés un moment dans la suite de Celine. Je crois qu'on s'y sentait en sécurité et... Je suppose que je n'étais pas prête à savoir où on était ou ce qu'on risquait d'affronter. J'ignore ce que pensait Xavier, mais moi, à ce moment-là, j'étais convaincue que quelque chose de terrible s'était produit à terre, quelque chose qui empêchait les secours de nous atteindre. Ou bien qu'on avait dérivé d'une manière ou d'une autre dans des eaux inexplorées, sauf qu'il n'y a plus rien d'inexploré de nos jours, hein ? Alors, ouais... Cette peur, au début, ça m'a paralysée.
Je ne sais pas qui a pris la décision de sortir, au bout du compte. Je ne crois même pas qu'on en ait discuté. On s'est levés et on est partis, c'est tout. J'ai encore frappé à la porte d'Helen pour vérifier qu'elle n'était pas là. J'avais essayé souvent, donc je n'aurais pas su dire si elle était ou non montée à bord des canots. Je ne voyais pas comment, avec Elise malade comme un chien. Alors, ouais. On a quitté la cabine et on est sortis sur le pont de la piscine. Il faisait encore noir – vers 4 heures du matin.

Qui était là ?

MG : Presque tous ceux qui restaient à bord. L'essentiel des adeptes de Celine. Peut-être deux cents personnes. Et un couple logé au même niveau qu'elle. Ils s'appelaient Lineman ou Lineker – quelque chose comme ça. Je me rappelle les avoir vus quand Xavier et moi courions vers les canots de sauvetage. Personne ne parlait. Angoissant, c'est peut-être ce qui décrit le mieux l'ambiance. À ce moment-là, j'aurais dû avoir l'habitude de trucs qui foutaient les jetons, mais ça me faisait quand même frissonner. Il n'y avait aucune trace de Celine. Et puis une voix d'homme – un Italien – a retenti dans les haut-parleurs. Il a dit qu'on approchait de Miami. Le type avait l'air nerveux, sa voix tremblait. Plus tard, j'ai appris que c'était Baci. Il était resté à bord quand les autres officiers avaient abandonné le paquebot. J'ignore pourquoi il n'était pas avec eux. Il ne faisait pas partie du groupe de Celine. Je ne crois pas qu'il l'ait jamais rencontrée avant que les moteurs ne se remettent en marche.

Pourquoi Miami ? Pourquoi pas un autre port ?

MG : Je ne sais pas. C'était peut-être le plus proche. D'après Xavier, l'équipage pouvait déterminer où on avait dérivé grâce à la navigation manuelle, donc c'est possible. Baci voulait peut-être juste rentrer chez lui. Ou alors c'était une idée de Celine.

Avez-vous parlé à quiconque pendant que vous étiez sur le pont ?

MG : Non. Tout le monde était en état de choc, en train de se remettre de la tempête. J'ai vu Jacob, un des premiers fidèles de Celine, si on peut les appeler comme ça, et il m'a fait un signe de tête, mais c'est la seule interaction que Xavier ou moi ayons eue avec qui que ce soit à ce stade. On avait tous traversé tant de choses à ce moment-là. Oh, attendez… je me trompe. Xavier s'est approché d'une fille qu'il connaissait. Une certaine Lisa, à ce qu'il m'a dit. Elle avait l'air dans les vapes, elle a tout juste paru le voir.

On a attendu là, debout, en silence. Cinq ou dix minutes se sont écoulées, et puis Xavier a déclaré que l'officier avait dû se tromper sur notre position.

Pourquoi ?

MG : Parce que, si on avait approché de Miami, on aurait vu des lumières. Or il n'y en avait pas. La côte était tout à fait obscure.
Je suis fatiguée. On peut faire une pause ?

[Entretien suspendu.]

>> Trazona, Althea/Entretien #1/Page 2

la ligne de croisières depuis cinq ans.

Et vous étiez satisfaite de votre poste, mademoiselle Trazona ?

AT : C'est un bon boulot.

Avez-vous établi une relation quelconque avec Celine del Ray pendant que vous étiez à bord ?

AT : Oui.

Pourriez-vous nous la décrire ?

AT : Non. Je ne vous dirai rien de plus à moins que vous ne me garantissiez une carte verte. Vous ne pouvez pas m'obliger à parler.

[Le sujet refuse alors de poursuivre, en dépit de plusieurs tentatives pour le convaincre.]

[Entretien suspendu.]

NE PAS COPIER NE PAS ENVOYER PAR E-MAIL
<u>>> Zimri, Jesse C./Entretien #1/Page 1</u>

NOM DU SUJET : Jesse Clarence Zimri
DATE DE NAISSANCE : 17/11/84
ADRESSE : 7 Acacia Road, Sun Valley, Le Cap
PROFESSION : médecin généraliste. Le docteur Zimri a quitté volontairement son cabinet à Tokai, Le Cap, après une erreur de diagnostic sur une jeune fille de seize ans, Sasha Lee Abrams. Mlle Abrams se plaignait de douleurs abdominales que le docteur Zimri a attribuées à une colite. Abrams a ensuite succombé aux complications d'une grossesse extra-utérine. Bien que le sujet ait été dépendant de la péthidine, il n'a pas entamé à l'époque de cure de désintoxication.
Le sujet est marié à Farouka Majiet, dont il est séparé.
NOTE : le premier entretien avec le docteur Zimri a très vite tourné court. Le sujet délirait et vomissait, souffrant de privation de péthidine.

<u>>> Fall, Helen/Entretien #1/Page 2</u>

l'ambassade britannique ? Ce n'est pas un entretien. C'est un interrogatoire. Est-ce que quelqu'un sait seulement qu'on est là ?

Vous êtes dans une situation très particulière, madame Fall.

HF : Où sommes-nous ? Encore quelque part en Floride, je suppose. Comment avez-vous fait ?

Fait quoi, madame Fall ?

HF : Nous escamoter comme ça. Personne ne sait qu'on est là, j'imagine. C'est vraiment du Tom Clancy, et je suis très impressionnée. Bon. Qu'une chose soit bien claire : je ne vous dirai rien, quoi que vous me fassiez.

Madame Fall, vous avez notre garantie que dès cet entretien terminé selon nos critères, vous quitterez cet établissement.

HF : Et que signifie exactement « selon nos critères » ?

Nous avons besoin de réponses, madame Fall. Nous voulons connaître le sort des passagers et des membres d'équipage qui manquaient sur le paquebot au moment où il a été découvert.

HF : Et comment allez-vous faire ?

Faire quoi, madame Fall ?

HF : Nous éliminer une fois que nous aurons répondu à vos questions, bien sûr. Est-ce que vous avez un système pour qu'on soit dévorés par des cochons, comme la Mafia ? Est-ce qu'on va disparaître dans un intestin de pourceau ? Il y a de pires manières de finir, je suppose.

Madame Fall, nous sommes en possession de votre ordinateur. Nous avons des raisons de croire que vos intentions, en montant à bord du paquebot, étaient de mettre fin à vos jours.

[Le sujet montre des signes de trouble.]

HF : C'est privé. Vous n'avez pas le droit de fouiller dans mes affaires personnelles.

Nous comprenons que vous trouviez cela gênant, madame Fall. Mais beaucoup de familles ont besoin de réponses.

HF : Ce n'est pas moi qui les leur donnerai. Où sont les autres ? Où est Maddie ? Althea ?

Elles se montrent extrêmement serviables et coopératives, madame Fall.

HF : Alors vous n'avez pas besoin de moi.

[Le sujet refuse de répondre à d'autres questions pour le moment.]

[Entretien suspendu.]

<u>>> Gardner, Madeleine/Entretien #2/Page 2</u>

et ensuite, quand le soleil s'est levé… eh bien… On l'a vu pour la première fois.

Vu quoi, mademoiselle Gardner ?

MG : Écoutez, je vais vous dire ce que j'ai vécu, mais je veux vraiment que vous notiez bien ça : je me rends parfaitement compte que c'est incroyable. C'est dingue. Plus que dingue, même, mais vous m'avez demandé de vous dire franchement ce que j'ai vu, et c'est ce que je vais faire. Si vous voulez me coller ensuite dans un asile de fous, tant pis.

Dûment noté. Continuez, je vous prie. Qu'avez-vous vu – ou cru voir ?

Le paquebot s'est approché de la côte. Il se dirigeait vers le chenal du port, et plus il s'approchait, mieux on voyait. Mon Dieu ! Je crois que la première chose qui m'a frappée, c'est que rien ne bougeait. Personne sur la plage, pas de bateaux sur l'eau. Rien.
Ensuite, Eleanor, qui faisait partie du noyau dur des Amis de Celine, a eu l'idée d'utiliser les longues-vues du pont fitness. Moi, je n'en ai pas eu besoin. Comme on se rapprochait encore, on a vu des immeubles résidentiels de vacanciers noircis par la fumée. Il y avait des véhicules – de gros camions de l'armée – et de grandes tentes blanches tout le long de la plage.
Seigneur ! Je crois que c'est à ce moment-là que l'odeur est arrivée jusqu'à nous. Le seul fait d'y repenser me rend malade. Elle était poussée par une toute petite brise. Vous avez déjà senti un cadavre ? Moi, ça ne m'était jamais arrivé avant. Imaginez la puanteur de dix mille cadavres putréfiés au soleil. Brusquement, je me suis retrouvée entourée de gens malades comme des chiens. Moi, j'ai eu plusieurs fois des nausées, mais je n'avais rien à vomir.

Baci a repris le micro pour annoncer qu'il ne pouvait pas s'approcher davantage sans un pilote du port pour le guider. Les moteurs tournaient encore, mais le paquebot a ralenti et il a fini par s'arrêter.
Je sais que vous ne me croyez pas, mais les autres confirmeront. Je veux dire : pourquoi est-ce que j'irais raconter une histoire aussi dingue que celle-là ?

Et les autres personnes à bord ? Comment ont-elles réagi ?

MG : Je crois qu'au début, on n'a pas réussi à croire ce qu'on voyait. Il y en a qui se sont mis à pleurer, d'autres qui ont parlé de terroristes. Vous voyez le genre ? « Ces putains d'Arabes ont fini par nous avoir », des conneries comme ça. On savait tous qu'il avait dû se passer quelque chose pendant qu'on était en panne. On s'attendait à trouver un truc de ce type-là, en fait. Mais le voir comme ça… nos pires craintes réalisées. Bon sang ! C'était… Je peux avoir un peu d'eau, s'il vous plaît ?

[Entretien suspendu pendant sept minutes.]

Où était Celine del Ray à ce moment-là ?

MG : Sur le pont principal. Elle s'était installée en face du bar du Lido. Je ne sais pas depuis combien de temps elle était là. Je ne l'avais pas vue arriver. Jacob l'a poussée jusqu'aux garde-fous, et tout le monde s'est tourné pour la regarder. Et puis elle a dit… Elle a dit quelque chose comme : « Quel bordel ! On a vraiment merdé, ce coup-ci. » Je ne garantis pas les termes exacts. À ce moment-là, j'étais salement secouée.

Que voulait-elle dire par là ?

MG : Je l'ignore. Elle n'avait pas l'air trop surprise par ce qu'elle voyait.
Xavier était à côté de moi, et il me serrait la main tellement fort que je sentais les os craquer. C'est le genre de détail qui rend une scène réelle. Il répétait : « Je le savais, je le savais, je le savais », sans arrêt. « Je savais qu'il s'était passé quelque chose. »
Quelqu'un, je ne sais pas qui – peut-être encore Eleanor – a dit : « On devrait peut-être aller voir s'il y a des survivants ? »
Personne ne lui a répondu pendant une minute. De toute évidence, Miami s'était fait baiser… pardon. On ne savait pas si on arrivait après une guerre, une épidémie ou autre chose. Ensuite les blocages ont sauté et des disputes ont éclaté : il y avait ceux qui voulaient aller à terre pour enquêter et ceux qui disaient que ce serait de la folie si une arme bactériologique ou un truc dans le genre avait été lancé. Celine les laissait faire. Elle savait sans doute qu'ils avaient besoin de se défouler.
Quand les cris se sont un peu apaisés, elle a dit : « Allez voir si vous voulez. Mais, à votre place, je ne me donnerais pas cette peine. »
On s'est tous tournés vers elle. Elle a demandé : « Il y a des volontaires ? »
Personne n'a répondu pendant une éternité, et puis un des agents de sécurité, Devi, s'est avancé et il a dit qu'il irait. Il avait une mine affreuse, comme s'il était passé sous un autobus, le visage boursouflé, meurtri. Rogelio, un des directeurs de croisière adjoints, l'a supplié de ne pas y aller.
Je crois que c'est à ce moment-là que les gens ont vraiment commencé à prendre conscience de la situation,

qu'ils se sont mis à demander : « Et si ce n'était pas seulement Miami ? », à parler de leurs amis et de leurs familles. Celine a repris la parole pour dire quelque chose du genre : « Ce n'est pas seulement Miami, mes chéris. » Et puis elle a commencé à... Mon Dieu ! j'imagine qu'on peut appeler ça prêcher. Elle a parlé au moins une demi-heure, promettant à ses adeptes qu'ils reverraient leurs proches « en esprit », leur rappelant qu'elle les avait protégés jusqu'ici et qu'ils devaient continuer à lui faire confiance. Et c'était bel et bien ce qu'ils désiraient entendre. Ils voulaient qu'on leur dise quoi faire. Ils étaient terrifiés, traumatisés, brisés. Celine s'exprimait très bien. C'était ça, son véritable don. Quand elle parlait, tout le monde l'écoutait. Même Xavier ne l'a pas interrompue.

Devi répétait qu'il voulait quitter le navire et aller voir de ses yeux ce qui était arrivé. Alors, de but en blanc, Xavier a dit : « J'y vais aussi. » Je me suis rappelé qu'il habitait South Beach. J'avais vu son adresse sur son permis de conduire. Celine lui a lancé un sourire radieux et un clin d'œil. On aurait dit qu'elle l'encourageait à partir. Et puis je me suis surprise à m'avancer. Dieu seul sait pourquoi j'ai fait ça.

Je n'ai toujours pas compris.

Jacob voulait savoir comment on irait jusqu'au rivage. Un des employés du pont a dit qu'il restait une des navettes : elle s'était coincée parce que les bossoirs s'étaient mal détachés, ou quelque chose comme ça. Elle pendait le long du paquebot, mais d'après lui on devait pouvoir la mettre à l'eau. Devi a suggéré qu'on emmène le médecin du bord et il nous a envoyés le chercher, Xavier et moi. Personne ne l'avait vu depuis des heures. On l'a trouvé endormi sur un des lits de l'infirmerie. Il avait l'air d'avoir bu : il a à peine réagi en voyant la côte pour la première fois. Vu qu'il avait été assez nul quand il s'était occupé de Celine, je ne voyais pas bien l'intérêt de l'emmener, mais Devi insistait. Un infirmier, Bin, qui était malade à crever, a voulu venir aussi, et d'autres personnes ont commencé à se porter volontaires. Devi a coupé court. Il a dit que quiconque partirait devrait porter une protection et un appareil respiratoire isolant en cas d'infection. Il avait réuni les scaphandres de pompier disponibles, avec casques et bouteilles – sacrément lourdes, hein –, et il n'y en avait que cinq. Nous ne disposions que d'une heure d'oxygène, donc l'excursion serait de courte durée quoi qu'il arrive.

Pendant que des matelots s'efforçaient de libérer la navette, je suis restée sur le pont principal avec Xavier. Il était perdu dans ses pensées et n'avait pas envie de parler. Il n'arrêtait pas de regarder vers la côte. Celine se posait en organisatrice, ordonnant qu'on remette en place les sièges projetés partout pendant la tempête, envoyant Althea et d'autres employés chercher des bouteilles d'eau et tout ce qu'ils pourraient trouver. Elle affirmait aux gens qu'il ne fallait pas s'inquiéter, qu'on faisait partie de ceux qui avaient de la chance. Qu'on était pour le moment en sécurité sur le paquebot.

Pour le moment. C'est ce qu'elle disait.

Tout le monde collaborait. Il était important de s'occuper. Une des passagères – une femme avec qui je n'avais jamais discuté – a demandé si elle pouvait organiser un groupe de prière, et Celine a accepté.

C'était Paulo, un des stewards, qui conduirait la navette, et Devi nous a annoncé qu'il faudrait monter à bord par un des hangars de chargement – c'est plus facile à dire qu'à faire. Paulo ne portait pas de scaphandre et il était terrifié, il se chiait vraiment dessus. J'ai essayé de

le rassurer, mais qu'est-ce que je pouvais bien lui dire ? « T'en fais pas, c'est pas la fin du monde » ?
Xavier était toujours ailleurs. Quant au docteur et à Bin, ils se relayaient pour vomir par-dessus bord. Pendant qu'on s'écartait du *Rêveur Magnifique*, qu'il se dressait au-dessus de nous, nous écrasant de son ombre, je me sentais… Seigneur ! J'imagine que le mot juste est « vulnérable ».
Je pourrais avoir un café ou quelque chose ?

[Entretien suspendu.]

>> Trazona, Althea/Entretien #2/Page 2

AT : Est-ce que vous avez ma carte verte ?

On y travaille, mademoiselle Trazona. Ces choses-là prennent du temps. Si vous vous montriez coopérative, ça aiderait.

AT : Je ne suis pas idiote. Je sais comment ça marche. Donnant, donnant. J'ai vu trop de gens expulsés pour vous faire confiance.

Nous vous assurons que cela n'arrivera pas, mademoiselle Trazona. Si vous coopérez, nous vous garantissons la sécurité pleine et entière, pour vous et votre enfant.

AT : Le petit garçon ? Vous avez trouvé le petit garçon ?

Quel petit garçon, mademoiselle Trazona ?

[Le sujet refuse de répondre.]

Mademoiselle Trazona, nos examens médicaux révèlent que vous êtes enceinte de deux mois. Une nouvelle fois, vous avez notre assurance que...

AT : Si je vous aide, vous me garantissez la citoyenneté ?

Oui.

AT : Je veux ça par écrit.

[Entretien suspendu pendant plusieurs heures.]

[L'entretien reprend.]

AT : Qu'est-ce que vous voulez savoir ? Je ne répondrai qu'aux questions auxquelles je voudrai répondre.

C'est bien compris. Mademoiselle Trazona, pourriez-vous décrire vos rapports avec Celine del Ray ?

AT : Quoi, par exemple ?

Est-ce que vous aimiez bien Celine del Ray, mademoiselle Trazona ?

AT : L'aimer ? Non, je ne l'aimais pas.

Pourriez-vous expliquer pourquoi ?

AT : Je voyais ce qu'elle était. On ne pouvait pas lui faire confiance. Je l'ai su dès le début. Et j'avais raison. Elle m'a trompée. Elle s'est servie de moi. Comme de tous les autres.

Un peu plus tôt, vous avez mentionné un petit garçon auquel vous avez parlé à bord du paquebot.

AT : Il n'y avait pas de petit garçon.

Quand vous êtes arrivée dans cet établissement, vous avez dit à notre représentant médical que les sauveteurs devaient retourner sur le paquebot pour trouver le petit garçon.

AT : Il n'y a pas de petit garçon.

[Le sujet refuse d'en dire plus à ce stade.]

[Entretien suspendu.]

>> Smith, Xavier L./Entretien #2/Page 3

XS : Maddie délire. Je m'en suis rendu compte quand on s'est retrouvés dans la suite après la tempête. Celine lui avait dit quelque chose. L'avait contaminée avec ses conneries.

Un peu plus tôt, monsieur Smith, vous avez déclaré que « ce que vous avez vu n'était pas possible ». Pourriez-vous clarifier ?

XS : Je n'ai rien vu du tout. Laissez-moi vous raconter ça encore une fois. Le paquebot est tombé en panne. Il y a eu une vraie putain de tempête. Le commandant et l'équipage nous ont abandonnés, les passagers ont paniqué et sont partis dans les canots de sauvetage. Tous ceux qui sont restés ont été victimes d'une hallucination collective, si bien qu'ils ont cru arriver dans une Miami parallèle. Complètement détruite. Ensuite... j'en sais rien, merde. Celine a convaincu tout le monde de sauter par-dessus bord, ou je ne sais quoi.

Pourquoi aurait-elle fait ça, monsieur Smith ?

XS : Ces gens-là veulent faire parler d'eux. Elle avait peut-être envie d'entrer dans l'histoire, ou quelque chose comme ça.

Monsieur Smith, vous dites que le paquebot a dérivé pendant cinq jours avant que les moteurs ne se remettent en marche. Où était-il durant les deux jours suivants ?

XS : Il a tourné en rond au milieu du Gulf Stream. Comment voulez-vous que je le sache ?

Vous niez catégoriquement avoir jamais quitté le bord ?

XS : Mais nom de Dieu de bordel de merde, combien de fois faut-il que je vous le dise ?

[Le sujet devient agité. Entretien suspendu.]

<u>>> Fall, Helen/Entretien #2/Page 5</u>

J'ai senti le paquebot s'arrêter. Je n'ai pas bougé pendant un moment. Je ne voulais pas la laisser.

Vous parlez d'Elise Mayberry ?

HF : Oui.

Donc vous n'étiez pas sur le pont quand le paquebot a atteint sa première destination ?

HF : Non.

Vous n'avez rien vu ? Vous n'étiez pas curieuse ?

HF : J'étais éperdue de chagrin. Et j'en avais vu assez. J'avais vu les pires choses que des gens puissent faire.

Nous sommes désolés du deuil qui vous frappe, et nous vous remercions de nous parler.

HF : Je ne fais pas ça pour vous, ni pour les familles de ceux qui ont perdu des proches. Ce que je vous demande est simple : une fois que vous aurez terminé vos examens, ou quoi que vous estimiez nécessaire, je veux que les cendres d'Elise soient répandues près de celles de son mari.

Où est-ce ?

HF : Je n'en sais rien. Vous avez les moyens de trouver ce genre de choses, non ? Qu'avez-vous fait du corps d'Elise ?

Je vous assure que la dépouille de Mme Mayberry est...

HF : J'aurais dû partir avec elle. J'aurais dû partir avec elle pendant que je le pouvais encore. Seulement... seulement...

[Le sujet est visiblement bouleversé.]

[Entretien suspendu.]

>> Zimri, Jesse C./Entretien #2/Page 2

JZ : Je ne me sens pas bien. Je ne suis pas en état de répondre à vos questions. Il faut que je… Je crois que j'ai la gastro. Ça devait arriver.

Docteur Zimri, d'après Madeleine Gardner, vous faisiez partie du groupe qui a quitté le paquebot. Pouvez-vous nous le confirmer ?

[Le sujet continue de demander qu'on le laisse retourner dans sa chambre.]

[L'entretien reprend après une intervention médicale.]

JZ : Merde, qu'est-ce que vous m'avez donné ? Du diazepam ?

Vous vous sentez mieux, docteur Zimri ?

JZ : *Ja.* Beaucoup mieux. Un peu mal partout, mais ça va.

Docteur Zimri, d'après Madeleine Gardner, vous faisiez partie du groupe qui a quitté le paquebot. Pouvez-vous nous le confirmer ?

JZ : *Ja.*

Pouvez-vous nous dire qui se trouvait avec vous ?

JZ : Bin – oh, bon Dieu, Bin... Merde. L'agent de sécurité, Devi, même s'il était dans un sale état. Maddie, la femme qui travaillait pour Celine del Ray. Et un type que je n'avais encore jamais vu.
Aussi incroyable que ça paraisse, c'était Paulo, mon ancien steward de cabine, qui conduisait le bateau. Je ne savais pas qu'il savait faire ça. Je n'ai pas trop eu l'occasion de discuter avec lui parce que même si on n'avait pas loin à aller, sans doute moins d'un kilomètre, j'ai eu le mal de mer à la seconde même où je suis monté à bord. Bin aussi. Plus on approchait du rivage, plus tout ça devenait réel. Quand j'ai découvert la côte, sur le pont du paquebot, j'étais défoncé. J'ai cru tout imaginer. Alors que là, on se retrouvait face à des immeubles aux fenêtres pulvérisées. Il n'y avait pas de voitures, pas de bruit à part le ronflement de notre moteur et un bourdonnement sourd. J'ai compris ensuite que c'étaient les mouches sur la plage.
Un autre paquebot bloquait le chenal. Il avait l'air intact mais il restait planté là – il était absolument énorme et j'ai pu lire son nom : *Joyau Magnifique.* Paulo a guidé la navette jusqu'au bord de la jetée et il nous a amarrés. Il avait encore l'air terrifié. Devi nous a enjoint de mettre notre matériel. J'ai commencé à transpirer dès que j'ai enfilé le scaphandre : c'était comme d'être enveloppé d'amiante. Devi a annoncé qu'il allait partir en éclaireur, voir s'il pouvait localiser un poste de police ou trouver des soldats – oh, *Ja,* parce qu'en fait il y avait un ou deux camions de l'armée sur la promenade pour piétons. Vides, mais on voyait qu'à un moment, il y avait eu une présence militaire.

Le copain de Maddie – un type au regard intense, avec de vilains tatouages celtiques, j'ai oublié son nom – a dit qu'il allait jeter un coup d'œil à son appartement qui était juste au coin de la rue au bout du port. Il n'avait pas lâché un mot pendant tout le trajet. Maddie a décidé de l'accompagner.
Devi nous a demandé, à Bin et à moi, de longer la plage et de déterminer à quoi pouvaient bien servir les putains de tentes géantes qui y étaient plantées. Comme j'étais très inquiet pour Bin, je lui ai conseillé de rester avec Paulo. Il a refusé. J'aurais dû insister plus.

[Le sujet demande une pause de cinq minutes.]

[L'entretien reprend.]

Avez-vous longé la plage, docteur Zimri ?

JZ : *Ja.*

Continuez, s'il vous plaît.

JZ : Vous y croyez vraiment, à tout ce que je vous raconte ?

Continuez, s'il vous plaît, docteur Zimri.

JZ : Mon Dieu. Bon… ça a été un cauchemar dès la première seconde. Pour commencer, j'ai failli tomber de la navette en essayant d'en descendre. Les bouteilles et le casque… merde, il faut être en super forme pour porter un poids pareil, même dans des conditions idéales, et on a dû escalader une clôture et des rochers pour atteindre cette putain de plage. À marcher dans le sable, avec le

scaphandre, il faisait une chaleur insupportable. Je ne sais pas si l'odeur traversait l'appareil respiratoire ou si c'était mon imagination, mais, merde, c'était vraiment... Et Bin, j'avais de la peine pour lui. Il s'était bourré de Solu-Medrol et d'Immodium, mais ça n'arrêtait pas la gastro. Au bout d'une minute, je n'ai plus réfléchi à ce que je faisais. Je me suis contenté de marcher.
Et puis on a atteint la première tente. Il y en avait six, je crois. Réparties tout le long de la plage. J'ai compris tout de suite ce que c'était. J'ai su qu'on avait transporté là les cadavres pour les protéger des mouches. Pourquoi là, je n'en ai aucune idée. Peut-être qu'il n'y avait pas de place ailleurs. C'était visiblement une opération d'envergure. Si ça se trouve, on prévoyait de les flanquer à la mer. Il y avait un tas énorme de housses mortuaires jetées pas loin de l'entrée. Elles avaient été recouvertes de chaux, de sable et d'autres trucs encore. Mais ça n'arrêtait pas les mouches. Par endroits, il y en avait tellement qu'on ne voyait pas à trente centimètres.
Je savais qu'il fallait que j'en ouvre une, qu'on sache à quoi on avait affaire.

Et vous l'avez fait ?

JZ : *Ja.*

Pourriez-vous décrire l'état du cadavre, s'il vous plaît ?

JZ : *Ja.* Il était dégueulasse. C'est le terme consacré.

Selon vous, quelle était la cause de la mort ?

JZ : Je ne suis pas légiste.

Nous aimerions entendre votre opinion.

JZ : Seigneur, je ne sais pas. Je n'ai pas voulu y toucher. Ce qu'on faisait, s'approcher tant que ça, c'était déjà dangereux. Les scaphandres ne nous auraient pas protégés d'un pathogène contenu dans l'air.

[Le sujet soupire.]

Écoutez, d'après ce que j'ai vu, on aurait dit une espèce de super grippe ou d'infection du type Ebola. C'était déjà difficile de déterminer le sexe du cadavre tellement il était boursouflé. Il m'a semblé voir des lésions et un gonflement des glandes, mais c'était peut-être l'effet de la putréfaction.

À votre avis, ces gens étaient morts depuis combien de temps ?

[Le sujet garde le silence.]

Répondez à la question, s'il vous plaît, docteur Zimri.

JZ : J'ai demandé son opinion à Bin, mais il s'est contenté de secouer la tête. Sans un mot de plus, il s'est éloigné le long de la plage, et je lui ai crié d'arrêter. Il ne m'a pas entendu, ou il n'a pas voulu m'entendre. On n'avait plus que quarante-cinq minutes d'oxygène. Comme je l'ai déjà dit, cette expédition était folle.
C'est à ce moment-là que Bin s'est mis à crier en désignant quelque chose. J'ai couru le rejoindre, ce qui a failli me tuer. La visière de mon casque se couvrait de buée, et l'oxygène que je respirais avait un goût de

gazole. Et puis j'ai vu à mon tour. Un éclat rouge dans le sable, à environ cinq cents mètres de nous.
Bin a supposé qu'il s'agissait d'un canot, mais ce n'était pas facile d'en être sûr avec les mouches, les embruns et ce putain de casque. Il s'est élancé et j'ai couru à sa suite. On a dépassé une autre tente en courant. Près de celle-là, il y avait des engins de terrassement et une jeep de l'armée renversée.
C'était bien un des canots pneumatiques triangulaires. Il s'était dégonflé, ce qui n'est pas censé arriver, donc Dieu sait ce qu'il avait traversé, et la mer essayait de l'entraîner à nouveau. Bin est arrivé le premier. Il y avait quelque chose de pris dans les cordes attachées au canot. Un cadavre.

Avez-vous reconnu ce cadavre ?

JZ : *Ja.* C'était Damien. Le directeur de croisière.

[Entretien suspendu.]

>> Gardner, Madeleine/Entretien #3/Page 2

tout ce qu'il répétait, encore et encore. « C'est impossible. C'est impossible. »

Pourquoi impossible ?

MG : Le paquebot n'avait eu aucun lien avec l'extérieur depuis... Combien de temps déjà ? Cinq jours à ce moment-là. On voyait bien que ce qui s'était passé avait pris plus de temps que ça, forcément. Et en réalité, aucun cataclysme n'a frappé Miami, hein ? Je suis ici...

assise ici. Je vous parle. On est à Miami, non ? Ou pas loin.

Continuez, s'il vous plaît, mademoiselle Gardner.

MG : On s'est écartés de la plage en direction de l'autoroute. L'accès aux immeubles, sur notre droite, était interdit par des rouleaux de fil de fer barbelé. Je n'aurais pas su dire si c'était pour empêcher les gens de sortir ou d'entrer. On a longé les grilles du port. Il y avait encore des bateaux, là, des yachts, mais j'ai vu quelque chose par terre derrière le portail… étendu, couvert de mouches. Rien de tout ça n'avait l'air réel. Rien. Xavier nous a menés jusqu'au bout de l'allée, on a franchi un coin de rue et on s'est dirigés vers un grand boulevard. À quelques centaines de mètres derrière nous, là où la route principale croisait l'autoroute, on aurait dit que l'armée avait érigé une espèce de barrière. Il y avait encore des barbelés, des camions militaires énormes, je crois qu'il y avait même un char d'assaut. Je ne sais pas. La sueur me coulait dans les yeux, je voyais trouble, et puis j'avais les épaules qui tremblaient et qui me faisaient mal à cause du scaphandre et des bouteilles d'oxygène. J'ai essayé de regarder derrière la barrière, en espérant apercevoir l'aéroport. C'était idiot, en fait, car je savais qu'il se trouvait à des kilomètres de là.
On est passés devant un grand centre commercial. Ça, nom de Dieu, ça m'a fait flipper. Une énorme boutique d'accessoires pour animaux familiers, toutes sortes de graffitis sur les vitres. Une pharmacie CVS qui avait l'air transformée en église ou je ne sais quoi. Et les affiches… au lieu des pubs pour McDonald's et tout ça, elles… euh… Il y en avait une qui disait juste « Repentez-vous » en grandes lettres rouge sang. Une autre montrait une

série de photos d'adolescents, le visage marqué du mot « pécheur », comme une cicatrice.

Comment vous sentiez-vous à ce moment-là ?

MG : Sonnée, je crois. Étourdie. En partie à cause du matériel. J'étais trempée de sueur, à court d'énergie, et j'ai demandé à Xavier si c'était encore loin. Il m'a répondu qu'on n'avait plus que trois blocs à franchir, il a continué à avancer et moi à le suivre. La grand-route était en partie inondée à cause d'une canalisation d'eau percée, il a fallu contourner ça. Euh... Seigneur ! C'était tellement dingue. Et des mouches. Des mouches partout. J'étais obligée de les chasser sans arrêt de ma visière. Ce qui avait tué les gens, quoi que ce soit, n'avait pas tué les mouches.
Enfin, Xavier s'est engagé dans une rue résidentielle à l'air normal, rassurant. Seulement... plusieurs fenêtres étaient condamnées avec des planches, et il y avait des notifications placardées sur toutes les portes de maisons ou de garages qu'on dépassait. La plupart avaient été arrachées ou abîmées par les intempéries, mais j'en ai trouvé une plastifiée. Vous l'avez vue ?

[Le sujet fait référence au document suivant, scanné ici par commodité :

Quoi faire si vous soupçonnez votre famille
d'être infectée par le virus Ishi.
N'ALLEZ PAS voir les autorités
et ne tentez pas de quitter le quartier.
Appelez la ligne d'urgence 0700.
NOUS VIENDRONS VOUS CHERCHER.
Mettez les personnes infectées en quarantaine
dans une pièce, dont vous fermerez
hermétiquement toutes les issues.
Tous les objets touchés par ces personnes
doivent être incinérés.
Quiconque tentera d'échapper à la quarantaine
sera passible de poursuites.
Puissent Jésus et le Seigneur notre Dieu
avoir pitié de nos âmes.

NOTE : Il n'existe aucune maladie connue sous le nom de « virus Ishi ». « Ishi » était le nom de code de l'Unité 787, le laboratoire secret des recherches bactériologiques et chimiques entreprises par les Japonais lors de la Seconde Guerre mondiale.]

Xavier a fini par s'arrêter devant une maison, à trois blocs du début de la rue, derrière laquelle s'étendait une espèce de parc. Mitoyenne. Pas luxueuse du tout mais assez sympa, à part les fenêtres couvertes de journaux. La porte était verrouillée, mais il a retourné un pot de fleurs juste devant et a récupéré une clef.

Ensuite, on est entrés.

À votre avis, quel était alors l'état d'esprit de M. Smith ?

MG : Vous voulez dire Xavier ?

Oui.

MG : Je ne voyais pas bien son visage à travers la visière, mais je sentais qu'il cherchait à dissimuler ses émotions. Cela dit, quand j'ai demandé si c'était lui qui avait posé les journaux sur les fenêtres, il m'a répondu sèchement un truc comme : « Sois pas con, merde ! » L'intérieur était exigu et obscur. On a essayé d'allumer, mais il n'y avait pas d'électricité – ce qui n'était pas surprenant après tout ce qu'on avait vu. La cuisine et le salon étaient au rez-de-chaussée et on se serait cru juste après le passage des huissiers. Le sol était couvert de poussière et de saletés, il n'y avait presque pas de meubles, juste un bureau et une bibliothèque vide. Quelqu'un avait tracé à la bombe le signe de la paix sur le frigo. Xavier m'avait dit qu'il touchait une rente, alors je ne m'attendais pas à ce qu'il habite une baraque aussi glauque.

M. Smith a-t-il commenté l'état de sa résidence ?

MG : Il a marmonné : « C'est pas possible », et puis il a monté l'escalier en courant. Je ne sais pas comment il arrivait à se déplacer aussi vite avec son scaphandre.

Vous l'avez suivi ?

MG : Pas tout de suite. J'ai fouiné de-ci de-là pendant quelques minutes, j'ai regardé dans les tiroirs de la cuisine

– ils étaient tous vides –, puis fouillé ceux du bureau. C'est là que j'ai trouvé la liseuse. Je ne sais pas trop pourquoi je l'ai empochée. Peut-être parce que c'était apparemment le seul objet de valeur dans la maison ; j'ai dû penser que Xavier voudrait la récupérer. On n'avait vraiment plus beaucoup de temps, et pour dire la vérité, j'étais un peu angoissée. L'impression d'être dans une maison hantée ou quelque chose d'approchant. J'ai crié qu'il fallait se dépêcher si on voulait avoir assez d'air pour retourner à la navette, mais Xavier n'a pas répondu. J'ai appelé encore, sans résultat. Alors il a bien fallu que j'aille le chercher.

Et où était-il ?

MG : Il se tenait sur le seuil de ce qui était forcément la chambre, et il fixait quelque chose. Quand je lui ai posé la main sur l'épaule, il a crié. J'ai répété qu'il fallait qu'on foute le camp et cette fois-ci, il m'a écoutée. Il est allé vers l'escalier.

Que regardait-il dans la chambre ?

MG : La pièce était vide, à part un matelas avec une couette posée en vrac dessus. Écoutez, je ne peux pas en être sûre, mais il est possible qu'il y ait eu quelque chose sous la couette – oh, merde, quelqu'un, d'accord ? Tout ce que je sais, c'est que l'encadrement de la fenêtre était noir de mouches mortes.

Avez-vous regardé de plus près ?

MG : Et puis quoi ? Vous me prenez pour une cinglée ? Non, je me suis tirée vite fait. Je peux avoir un peu d'eau, s'il vous plaît ? J'ai mal à la gorge.

[Entretien suspendu.]

>> Fall, Helen/Entretien #3/Page 2

C'est Althea qui est venue me chercher. Elle était gentille, il faut lui reconnaître ça. Durant tout notre séjour sur le paquebot, elle a été très gentille avec Elise et moi. Elle m'a dit que Celine voulait me voir. Que Celine m'attendait au centre de remise en forme.

Êtes-vous allée voir Mme del Ray, madame Fall ?

HF : Oui. Ça m'ennuyait de laisser Elise. Vous allez me prendre pour une vieille folle, mais, même si je savais qu'elle était morte, que je ne pouvais rien faire de plus pour elle, je ne voulais pas la quitter. Je l'ai fait quand même.
J'étais curieuse. Je crois que je voulais entendre ce que Celine avait à me dire.
Je n'ai pas été choquée par les dégâts à l'intérieur du paquebot. Je m'y attendais. Quant au centre de remise en forme, vous savez, Elise et moi n'y avions pas mis les pieds de toute la croisière. Il était quasi intact. On l'avait visiblement pillé et, à cause de bouteilles cassées, il y régnait un parfum digne d'un boudoir de prostituée, mais l'atmosphère y était calme.
Celine m'attendait au salon de coiffure. Assise dans son fauteuil roulant, à feuilleter un magazine – oui, sans blague ! On aurait dit une cliente attendant son visagiste. Elle m'a saluée comme une vieille amie. C'était… c'était… je n'aime pas utiliser ce mot… mais il n'y en a

pas d'autre. Surréaliste. Deux vieilles femmes à l'institut de beauté, ou chez le coiffeur, en train de bavarder.

Continuez, s'il vous plaît.

HF : Elle m'a remerciée d'être venue. Je lui ai demandé pourquoi elle voulait me voir. Elle m'a répondu qu'elle m'avait prise en amitié. Que j'avais prouvé ma valeur. Elle a dit... j'ai une excellente mémoire, mais... attendez. Oui. Elle a dit : « C'est ennuyeux, au bout d'un moment. Recommencer, toujours recommencer. Il vaut bien mieux être marionnettiste que marionnette. Démolir des mondes puis les rebâtir. Mettre des roues en branle pour voir jusqu'où et comment elles vont tourner. »
Elle a continué comme ça un bon moment, à débiter des clichés sans queue ni tête. C'était assez agaçant, si vous voulez tout savoir.

Vous savez ce qu'elle entendait par là ?

HF : J'ai supposé qu'elle parlait de ses trucs de voyante.

>> Smith, Xavier L./Entretien #3/Page 2

et puis il y a ces examens médicaux que vous nous avez fait subir. Vous avez cherché des traces de drogues ? D'hallucinogènes ?

Monsieur Smith, pour confirmation, vous affirmez n'être jamais rentré chez vous ?

XS : Je ne suis jamais rentré chez moi ! Demandez à mes putains de voisins.

Je n'ai jamais quitté ce foutu paquebot.
Le commandant et l'équipage nous ont largués, les gens ont paniqué et se sont enfuis, tout ça pour mourir dans la tempête. Quant à nous autres… Celine nous a persuadés qu'on était en train de vivre un truc absolument pas possible.

[On montre au sujet la liseuse que Madeleine Gardner affirme avoir prise dans sa résidence.]

Pouvez-vous nous expliquer ce qu'est ceci, monsieur Smith ?

XS : C'est un Kobo. On s'en sert pour lire. C'est comme un Kindle, mais en plus moral.

Monsieur Smith, ça vous ennuierait de lire la liste du contenu de cet appareil ? Juste la première page.

XS : Oui, ça m'ennuierait.

[On montre au sujet la liste des livres que contient l'appareil censément trouvé dans sa maison : *Du crash au complot,* d'Elspeth Martins, *Au-delà du Jeudi Noir,* de Carter Edwards, *La Vérité sur le Jeudi Noir,* d'Ace Kelso, et *Croyances dangereuses,* de Michael Shermer.
NOTE : Il a été établi sans l'ombre d'un doute que les auteurs des livres en question n'ont jamais écrit ni publié ces textes.]

XS : C'est la première fois que je vois tout ça.

[Le sujet se refuse à d'autres commentaires.]

[Entretien suspendu.]

<u>>> Gardner, Madeleine/Entretien #4/Page 7</u>

traîné jusqu'au bateau. À ce moment-là, j'étais absolument épuisée. Xavier n'arrêtait pas de répéter : « Ça ne peut pas arriver, ça ne peut pas arriver. » Je ne me suis pas fatiguée à discuter. J'avais mal au dos. Je mourais de soif. Le *Rêveur Magnifique* avait un peu dérivé vers la haute mer, et je me rappelle avoir paniqué en me disant qu'on ne réussirait pas à y retourner. Après tout ce qu'on avait subi à bord ! Seigneur...
Devi est arrivé ensuite. Il était allé explorer le secteur bouclé, là où je vous disais avoir vu une espèce de barrage militaire. Il avait essayé la radio, trouvé des téléphones satellites et toute sorte de matériel, mais rien ne fonctionnait. Pas de signal.
Aucun de nous n'a exprimé l'évidence. Que tous ces dégâts n'avaient pas pu se produire en l'espace de cinq jours. Il aurait fallu des mois.
Le docteur est revenu seul.

[Le sujet demande une interruption de dix minutes.]

[Entretien suspendu.]

<u>>> Trazona, Althea/Entretien #4/Page 2</u>

Mme del Ray a dit à la vieille dame qu'elle pouvait retrouver son mari. Qu'il y avait des moyens. Qu'elle pouvait avoir tout ce qu'elle voulait. Que quelqu'un comme Helen pouvait apprendre à faire la même chose qu'elle. Qu'on le pouvait tous. Il était difficile de saisir ce qu'elle disait. Par exemple, je l'ai entendue affirmer qu'on pourrait tous apprendre à revenir encore et encore dans un réceptacle de notre choix. Ça me faisait l'effet d'âneries religieuses.

Comment a réagi Mme Fall ?

AT : Elle fixait Mme del Ray comme si elle la croyait folle. Peut-être qu'elle l'était. Ou qu'elle l'est. J'aimais bien Helen et Elise. Des passagères très agréables. Propres. Calmes. J'étais désolée qu'Elise soit morte. Et puis Mme del Ray a dit que je pouvais les laisser seules. C'est ce que j'ai fait.

Où êtes-vous allée ?

AT : Je suis sortie sur le pont principal. Il y avait des gens qui nettoyaient. Presque tout le monde donnait un coup de main, mais les Lineman, des passagers de ma section, étaient assis seuls à une table près du bar du Lido. Mme Lineman m'a appelée et m'a demandé d'aller chercher les médicaments de son mari dans leur cabine.

Comment avez-vous réagi ?

AT : J'ai eu envie de leur dire d'aller se faire foutre, mais ils avaient l'air tellement perdus que j'ai accepté. Ils étaient assez punis. M. Lineman s'était cassé le bras, et sa femme était très pâle, le visage inondé de larmes. Sur le chemin de leur cabine, j'ai croisé Rogelio, un de mes *paisanos*. Il s'inquiétait beaucoup pour un ami à lui, l'agent de sécurité parti avec les autres sur le continent. J'ai vu qu'il avait envie de parler et je l'ai laissé faire. Il savait que j'avais trouvé le corps de la passagère morte.

Kelly Lewis ?

AT : Oui. Rogelio m'a dit que l'assassin était enfermé dans la morgue. Que Devi, l'agent de sécurité, voulait l'y laisser pour le punir de ce qu'il avait fait.

Qu'est-ce que vous en avez pensé ?

AT : Je ne connaissais pas cet homme. Rogelio était inquiet pour son ami, pour ce qu'il ressentirait si l'homme mourait là-dedans. D'après lui, Devi était très sensible, il pourrait s'en vouloir et regretter sa décision, même si le type était un violeur.
J'ai suggéré qu'on aille voir s'il était encore vivant.
On est descendus à la morgue, et Rogelio a tambouriné à l'écoutille pour voir s'il y avait une réponse.

Et il y en a eu une ?

AT : Oui. Des coups légers. Faibles. Je n'ai pas entendu le type crier ni rien, mais il m'a semblé qu'il était encore vivant.

Qu'avez-vous fait alors ?

AT : J'ai dit à Rogelio de m'attendre et je suis allée demander conseil à Mme del Ray : est-ce qu'on devait laisser l'homme où il était ou le faire sortir ?

Qu'a-t-elle répondu ?

AT : Que c'était à Rogelio de savoir si on voulait que quelqu'un comme ça les rejoigne.

Vous lui avez demandé ce qu'elle voulait dire par là ?

AT : Non.
Rogelio et moi avons eu une longue discussion sur le sujet. Devi lui avait donné son Taser, et il l'a pris en main pendant que j'ouvrais l'écoutille. Ah, l'odeur ! J'ai cru que j'allais vomir. Le type avait fait sous lui et il gémissait, il transpirait, il débitait un tas de mots sans suite. Quand il a essayé de sortir, Rogelio lui a tiré dessus.
Il a eu un sursaut, comme une marionnette, et puis il a semblé s'évanouir.
Le déplacer n'a pas été facile. On a été obligés de le traîner sur une partie du chemin, et il pesait son poids. Mais, quand on a atteint le I-95, on a pu se servir d'un brancard de l'infirmerie.

Où comptiez-vous l'emmener ?

AT : Je savais que l'équipage avait ouvert un des hangars de chargement. Ça a été simple. Rogelio l'a pris par les jambes, moi par les bras, et on l'a porté jusqu'au bord. Il a gémi, on a bien cru qu'on serait encore obligés de se servir du Taser, mais il a fini par se calmer. Alors on l'a poussé à l'eau.
Je tiens à dire clairement qu'on n'avait pas l'intention de le tuer. Il n'était pas mort quand on l'a balancé. Il méritait une chance de s'en tirer. Tout le monde en mérite une. Il a pu se réveiller et se mettre à nager. Mais j'admets qu'on n'est pas restés pour vérifier si c'était le cas. Peut-être qu'on ne voulait pas le savoir. On n'était pas loin du rivage. Et Rogelio a dit que comme ça, au moins, Devi ne serait pas hanté par le fantôme de l'homme et

par sa conscience. Il supposerait que le violeur s'était échappé et jeté par-dessus bord. Donc il ne s'en voudrait pas.

Et ensuite ?

AT : J'avais quelque chose à faire. Quelqu'un à trouver.

Qui ?

AT : Trining. Une autre femme de chambre. Je pensais qu'elle était peut-être encore à bord.

L'avez-vous trouvée ?

AT : Non. Mais je me suis promis de continuer à chercher. Selon Mme del Ray, il... elle n'était plus à bord, mais je ne me fiais pas toujours à ce qu'elle disait. J'avais besoin d'en être sûre.

<u>>> Gardner, Madeleine/Entretien #5/Page 3</u>

Pourquoi n'avez-vous pas quitté Miami pour l'intérieur des terres afin de savoir s'il y avait encore de la vie ailleurs ?

MG : Parce qu'on arrivait à court d'oxygène. Mais de toute façon, il n'y avait *pas* de vie ailleurs, c'était évident. Une destruction de cette ampleur ne s'était pas produite de manière isolée. C'était tellement monstrueux... je vous ai expliqué à quel point c'était grave.

Comment les autres passagers ont-ils réagi quand vous leur avez fait part de vos découvertes ?

MG : Pas bien du tout. Et c'est Devi et moi qui avons dû les informer. À la seconde même où on a reposé le pied à bord, Xavier a filé s'enfermer dans la cabine de Celine. Il ne supportait pas ce qu'il avait vu. Jesse nous a quittés aussi. Il était démoli d'avoir laissé l'infirmier partir seul et de n'avoir pas tenté de l'arrêter. Ouais, donc, Devi et moi avons fait de notre mieux, mais ils n'ont rien voulu entendre. Ils n'avaient pas vu ce qu'on avait vu, donc ils ont affirmé qu'on se trompait, que la catastrophe était arrivée récemment, pendant qu'on était en mer, que c'était la raison pour laquelle personne n'était venu à notre secours. Quelques-uns – dont Jacob – se sont carrément emportés contre nous. Celine se contentait d'écouter, un sourire exaspérant aux lèvres.

Comment expliquez-vous ce que vous avez vu à Miami, mademoiselle Gardner ?

MG : Il n'y a qu'une explication, et elle est complètement dingue. Je crois que d'une manière ou d'une autre, nous sommes arrivés dans... je ne sais pas. Une autre version de la réalité, dans laquelle le monde a été frappé par un cataclysme. Une histoire qui ne s'est jamais produite. Celine – ou le paquebot – nous a emmenés ailleurs.
Ouais. Et je sais très bien de quoi j'ai l'air en disant ça.

Que s'est-il passé ensuite ?

MG : Celine a pris la parole pour débiter un autre de ses discours. Elle a dit qu'il nous fallait trouver un endroit

où vivre jusqu'à ce que les cadavres aient le temps de se putréfier et ne soient plus un danger sanitaire. Et, surprise, surprise, elle savait exactement où on devait se rendre.
Elle avait tout prévu dans les moindres détails.

Et où était-ce ?

MG : L'île privée de Foveros. Dream Cay. On y avait fait escale le deuxième jour de la croisière. Celine – l'ancienne Celine – s'y était soûlée au bar de la plage.

Pourquoi là-bas ?

MG : D'après elle, très peu de gens y vivaient, donc il serait assez facile de se débarrasser des cadavres. Il y avait assez de place pour nous tous et largement assez à manger. Des chevaux et des poulets partout. Un bar décoré comme un bateau pirate sur la plage. La pêche. Sans oublier l'énorme boutique *duty-free*. Quitte à passer l'éternité quelque part, ce serait un bon endroit. Tout prêt à nous accueillir.

>> Zimri, Jesse C./Entretien #4/Page 2

JZ : Je me sentais *kak*. Je n'arrivais pas à croire que j'avais laissé partir Bin. Je veux dire : il n'aurait même pas dû nous accompagner. Mais il n'arrêtait pas de parler de retourner auprès de sa famille, même si je n'ai aucune idée de la manière dont il comptait s'y prendre, bordel. Peut-être qu'il ne supportait tout simplement pas de remonter à bord du paquebot. Cette histoire de fille ressuscitée à la morgue l'avait salement effrayé, et

les passagers nous avaient traités comme de la merde pendant toute la croisière. J'aurais quand même dû l'arrêter.
Quand on est rentrés... et puis merde. Quand on est rentrés, je suis retourné à l'infirmerie pour voir avec quoi je pourrais me défoncer. Et pas seulement à cause de Bin. Je ne comprenais pas comment tout ça pouvait arriver. Les cadavres. La dévastation. C'était... Bon Dieu. Je ne sais pas.
Baci m'a rattrapé avant que j'aie une chance de plonger dans le Demerol. Très éprouvé. Il était resté avec Alfonso quand le reste de l'équipage avait quitté le paquebot, et il voulait savoir si j'avais vu la moindre trace des canots de sauvetage. J'ai menti et répondu que non. Je lui ai dit qu'il avait pris la bonne décision en restant à bord. Là aussi, je mentais. Il m'a appris qu'Alfonso allait beaucoup mieux et que « l'homme noir » – le fantôme, le démon ou je ne sais quoi qui lui donnait des hallucinations – avait disparu.
Un des techniciens est venu trouver Baci pour lui dire que Celine voulait lui parler. On avait apparemment l'intention de rallier un autre port. Je les ai entendus discuter de réserves de carburant, d'énergie et blablabla, avant de sortir. Je me fichais de savoir où on allait. J'avais d'autres projets.

Qui étaient ?

JZ : [Rires.] Me protéger des agressions du monde extérieur avec l'aide de la science médicale. J'ai très bien réussi, d'ailleurs. Quand j'ai rouvert les yeux, deux marines géants me portaient dans un hélicoptère.
Voilà. C'est tout ce que j'ai à dire.

Et vous maintenez votre version des événements, docteur Zimri ?

JZ : Je vous dis ce que j'ai vécu. Rien de plus, rien de moins. Que vous décidiez ou non de croire sur parole un drogué, ça vous regarde.

[Entretien suspendu.]

<u>>> Fall, Helen/Entretien #4/Page 2</u>

à la suite. J'ai préparé le corps d'Elise. Je l'ai lavé. D'une certaine manière, ça m'a aidée.

Combien de temps êtes-vous restée dans la suite, madame Fall ?

HF : Jusqu'à ce que ma porte s'ouvre à la volée et que je me retrouve avec des hommes en uniforme noir tout autour de moi. On m'a emmenée dans un hélicoptère, où j'ai retrouvé Althea et Maddie. J'ai eu de la peine pour Althea. Elle était hystérique, et un de vos gangsters médicaux lui a donné un tranquillisant quelconque. Maddie ne parlait pas mais elle souriait. Ce n'était pas le soulagement de nous voir secourus. Je... je ne saurais pas vraiment le décrire. Elle a dit avoir frappé à ma porte un peu plus tôt, et supposé qu'Elise et moi avions quitté le paquebot. Elle ne se trompait qu'à moitié. Une de nous deux était partie. Au moins en esprit.
C'est tout ce que je peux vous dire. Et non, je ne spéculerai pas plus sur Celine del Ray. Quoique rien de ce que je pourrais raconter à son sujet n'ait la moindre importance à présent.

Pourriez-vous clarifier vos propos, madame Fall ?

HF : Vous savez ce que je veux dire. Vous allez nous mettre au secret. Pas nous laisser partir. Vous êtes trop malins pour ça. Nous ne sommes pas des terroristes. Nous ne représentons aucune menace. Mais il y a une raison pour laquelle vous ne nous laisserez jamais partir.

Et cette raison est ?

HF : Ça n'a pas d'importance.

Qu'est-ce qui n'a pas d'importance ?

HF : Tout ça. Cette histoire ridicule. Vous croyez peut-être au paradis et à l'enfer, vous croyez peut-être au Nirvana ou à Narnia, ou bien que quand on meurt, tout est terminé. C'est ça qui vous intéresse. C'est la raison pour laquelle nous sommes ici, n'est-ce pas ? Si cette histoire se répandait, notre histoire, les gens n'y croiraient peut-être pas. Mais s'ils y croyaient tout de même ? Comment pensez-vous qu'ils réagiront si on leur enlève ça ? S'ils ont une preuve ?

Une preuve de quoi, madame Fall ?

HF : Que tout est hors de notre contrôle. La vie. La mort. Que nous sommes manipulés, qu'on joue avec nous. Je suis un être rationnel, mais j'ai vu des choses sur ce bateau qui ne pouvaient pas – et ne devraient pas – exister.
Et... je me dis sans cesse... Et si elle avait raison ? Et si ça ne s'arrêtait jamais ? Si la mort n'existait pas ? Si

je ne crois pas à ce que j'ai vu, pourquoi est-ce que j'ai tellement peur de mourir maintenant ?

[Entretien suspendu.]

>> Gardner, Madeleine/Entretien #6/Page 3

combien de temps a-t-il fallu pour arriver là-bas ? Pas très longtemps. En chemin, on a vu d'autres signes de dévastation. Des pétroliers à moitié coulés ; deux autres paquebots dans le lointain, qui avaient l'air sur le point de rendre l'âme. Baci et l'équipage qui dirigeait le navire n'ont pas pu l'amener jusqu'à l'île, et Celine a dit qu'on se servirait de la navette pour arriver à terre. Elle a demandé aux gens de prendre tout ce dont ils pensaient avoir besoin et de gagner au plus vite le pont de chargement.
J'ai essayé de faire sortir Xavier de la cabine, mais il m'a dit : « Va te faire voir, tout ça ne peut pas arriver. » Je n'ai pas pensé un instant qu'Helen pouvait être encore à bord. J'en ai des remords.
Les Amis ont coordonné tout le monde en un rien de temps. Il y avait une véritable solidarité. Plusieurs passagers avaient été blessés durant la tempête – le couple logé sur le même pont que Celine, par exemple –, et Eleanor s'est assurée qu'ils descendent les premiers dans la navette pour pouvoir se mettre à l'aise. Il restait quelques canots pneumatiques à bord ; des membres de l'équipage les ont mis à l'eau et s'en sont servis pour gagner l'île.
Je me sentais un peu isolée. Presque tout le monde m'évitait à cause de ce qu'on avait raconté en revenant de Miami. Devi a fait partie des premiers à aller sur l'île. Il n'avait pas l'air réticent. Il avait l'air… je ne le connais-

sais pas bien, mais il me paraissait heureux. Il savait la vérité, et que le monde dans lequel nous nous trouvions n'était pas le nôtre, mais, même si on lui avait donné le choix, comme à moi ensuite, je crois qu'il serait resté.
Celine a demandé à Jimmy et Annabeth de porter son fauteuil roulant. Ensuite, elle a demandé mon aide pour descendre les escaliers.

Vous l'avez aidée ?

MG : Oui. Je crois qu'elle voulait être seule avec moi – me parler dans une intimité relative. Elle a dit que je n'étais pas obligée de l'accompagner sur l'île. Que je pouvais choisir de rester à bord du paquebot et de tenter ma chance. Ensuite, elle a ajouté que si je le voulais, je pouvais « retourner ».

Qu'entendait-elle par là ?

MG : Elle a refusé de préciser. Mais c'était assez évident. Retourner soit à la Miami détruite, soit chez nous. Ici. J'ai dit oui. Que je tenterais ma chance. Je n'ai même pas hésité.
L'autre possibilité – passer une éternité avec les Amis, aussi gentils qu'ils puissent être, dans une boutique *duty-free* géante – n'était pas envisageable.

Comment a-t-elle réagi ?

MG : Ça lui a fait plaisir. J'ignore si elle savait qui d'autre était encore à bord. J'ai été choquée de retrouver Althea et Helen dans l'hélicoptère de secours. Je savais que Xavier était dans la suite de Celine, mais je croyais que tous les autres avaient quitté le navire.

Comment votre retour devait-il s'effectuer ?

MG : Celine a dit qu'elle demanderait à Alfonso et à Baci de faire faire demi-tour au bateau. Que la suite me regardait.
Quand les derniers Amis sont partis, Baci a démarré les moteurs. Je pensais qu'il resterait à bord, mais ça n'a pas été le cas. La navette ronronnait le long du paquebot. Je ne les ai pas vus faire, lui et les autres marins, mais ils ont dû sauter à bord depuis le pont de chargement.

Vous étiez à bord d'un paquebot dont personne ne contrôlait le cap ni la vitesse ?

MG : Ouais. Je sais. Ça ressemble à du suicide.

Celine vous a-t-elle encore dit quoi que ce soit avant de partir pour l'île ?

MG : Non. Même pas au revoir.

Pourquoi vous a-t-elle renvoyée ?

MG : Je ne sais pas. Peut-être voulait-elle qu'on vous dise ce qu'on avait vu.

Est-ce qu'elle vous a appris pourquoi le *Rêveur Magnifique* avait été choisi pour cette « expérience » ?

MG : Oui. Je lui ai demandé pourquoi quand elle a proposé de me renvoyer. Elle a répondu que ça aurait pu être n'importe qui. Un bateau rempli de réfugiés cubains.

Un navire de pirates somaliens. Un 767 bourré de gens allant au travail. Mais comme ça, a-t-elle affirmé, c'était plus marrant. « Ça fait des vacances éternelles. »

À votre avis, qui ou qu'est-ce qui la possédait ?

MG : Elle m'a confié ce qu'elle était. Juste après la tempête.
Elle a dit qu'elle était comme nous autrefois. On ne meurt pas, à ce qu'elle prétend. La mort n'existe pas. Et la seule différence entre elle et les autres, c'est qu'elle peut décider quand et comment elle revient. Elle dit qu'elle est nous. Nous tous. Qu'ils ont déjà fait ça. D'innombrables fois.
Elle dit qu'ils le referont.

Ils ?

MG : Oui. Ils.

[Entretien suspendu.]

>> Smith, Xavier L./Entretien #5 /Page 1

Si nous avons bien compris, vous estimez avoir été sous l'emprise d'une hallucination collective, monsieur Smith. Nous apprécierions de connaître votre opinion sur la nature de cette hallucination.

XS : Oh, putain ! D'accord. L'hallucination était que Celine avait conduit d'une manière ou d'une autre le paquebot dans une autre réalité. Une réalité déformée, atroce.

Hypothétiquement, comment s'y serait-elle prise ?

XS : Qu'est-ce que j'en sais ? Même hypothétiquement, je ne crois pas qu'elle ait déplacé le navire par la puissance de son esprit. Ce sont peut-être les dingues qui ont raison. Peut-être qu'on a juste dérivé dans le triangle des Bermudes, ou quel que soit le nom qu'on veuille donner à ça.

Hypothétiquement, quelle était son intention ?

XS : Ce n'est pas évident ? Le monde dans lequel elle nous a emmenés était mort. Et le *Rêveur Magnifique* était son arche de Noé.

[Le sujet éclate de rire.]

[Entretien suspendu.]

>> Trazona, Althea / Entretien #6 / Page 3

Ils sont venus et ils m'ont trouvée dans ma cabine. Les hommes. Les soldats. C'est là que j'ai appris que Mme del Ray était partie. Elle m'a dit que j'aurais ce que je voulais, mais elle a menti. Elle m'a utilisée.

À votre avis, qui était Celine del Ray, ou qu'était-elle ?

AT : Je n'en sais rien. Comment le saurais-je ? Ce n'était qu'une vieille bonne femme qui se servait des gens. D'après Trining, c'était le diable.

Vous y croyez ?

AT : Non. Elle était trop cruelle pour être le diable.

[Le sujet demeure muet plusieurs secondes.]

AT : Si elle est quoi que ce soit, elle doit être Dieu.

La prisonnière

Il est trop tard. Elle s'est décidée trop tard. Si seulement elle l'avait fait hier, elle aurait eu une chance de partir. Mais hier, elle s'est ordonné d'« attendre juste un jour de plus », vu qu'elle était arrivée dix jours plus tôt. Ce ne sont pas les horaires, ni la ville, ni le travail, ni la solitude. C'est l'enfant. Ce fichu gamin insupportable. Elle mordille jusqu'au sang la chair autour de son pouce, une habitude qu'elle pensait avoir perdue depuis des années, puis elle fait un nouveau tour rapide des sites Internet.

Les forums Reddit et Zoop pètent les plombs. Elle a sauté de lien en lien, espérant sans y croire découvrir que l'avion avait simplement eu des difficultés, qu'il avait atterri sur un aérodrome perdu au milieu de nulle part, peut-être. Ou même qu'il s'était écrasé. Ce serait encore préférable. Mais on ne rapporte aucun accident. C'est advenu en un instant. Une minute, il était sur le radar ; la suivante, il avait disparu. Blip. Le deuxième en un mois, sauf que cette fois-ci, ce n'est pas un vol interne de China Airlines mais un Airbus qui transportait des passagers – surtout américains et anglais – de Heathrow à JFK.

Elle parcourt les gros titres, passant de temps à autre en audio. Tenir le compte de toutes les théories est impossible : le terrorisme, le triangle des Bermudes, le début du Ravissement, ou bien des écologistes qui font sauter les avions… Tout le monde a une théorie, comme lors de la disparition des passagers de ce paquebot, il y a quatre ans – et les cinglés n'ont pas encore laissé tomber cette affaire-là. Elle a eu un copain, un moment, qui croyait dur comme fer à cette histoire à la con sur les survivants.

Une nouvelle fois, elle cherche des vols pour Londres. Puis pour l'Europe continentale. Rien. D'après CNN, le trafic aérien est suspendu « jusqu'à nouvel ordre ». Pourrait-elle rentrer chez elle en bateau ? Elle se voit bien faire du bateau-stop sur un chalutier – jouer les mousses. Même la plus abordable des croisières ralliant New York à l'Europe trouvées sur Google est largement au-dessus de ses moyens, et il n'y a de toute façon aucune place libre le mois prochain. Elle n'est pas assez riche pour prendre un hôtel ou un appartement – elle a envoyé un e-mail à ses parents, mais ils ne peuvent lui envoyer que quelques centaines de livres, bien moins que ce dont elle aurait besoin pour payer un loyer ou des arrhes en attendant de trouver un nouvel emploi.

Pour l'instant, elle est donc prise au piège.

Elle se lève, s'étire. Frotte ses chaussettes sur le parquet ciré. Une photo de Joshua bébé orne la cheminée – la même que celle qu'on lui a envoyée quand elle a postulé pour le travail. Il est très mignon, enveloppé dans une couverture bleu layette. Il n'existe aucune photo de lui au-delà de l'âge de deux ans. Elle ne sait pas où ils l'ont trouvé, s'ils l'ont adopté par l'intermédiaire d'une agence ou s'ils ont fait appel à une mère porteuse. Ils ne le lui ont pas dit et elle ne peut pas poser la question. Desiree et Marcus. Des *jadgamm*, comme dirait sa mère : *J'ai du génie, admirez-moi, merde !* Marcus, biochimiste.

Desiree, psychiatre. Exactement ce qu'elle attendait après avoir vu des films sur New York : un appartement dans un immeuble en pierre de Brooklyn Heights, tous les deux en pleine forme, les cheveux brillants, beaux parleurs et presque toujours absents. Et elle n'est pas leur première jeune fille au pair. Elle les a entendus discuter du sujet un soir. La précédente – Clara, venue d'Afrique du Sud – a tenu trois jours.

Son réveil sonne. Il est presque l'heure de la leçon de piano. Prenant une profonde inspiration, elle monte les escaliers à pas de loup. Desiree et Marcus veillent à ce que ses journées soient bien remplies : les cours du jeune Einstein, ses leçons de natation, de français. Desiree a laissé échapper qu'une femme venait naguère une fois par semaine lui enseigner le tagalog « pour qu'il ne perde pas le contact avec sa culture ». Elle n'a pas dit pourquoi ces cours se sont interrompus. La prof de piano, une petite femme originaire d'Europe de l'Est que Tracey trouve presque aussi intimidante que Joshua, est à sa connaissance la seule personne à ne pas être affectée par la bizarrerie du garçon.

— Bonjour, Joshua ! Il est presque l'heure de ta leçon de piano. (Elle déteste la voix exagérément gaie qu'elle prend pour lui parler.) Tu es prêt ?

Déjà habillé, assis sur le lit, en train de l'attendre, il lui lance un de ses regards *T'es con ou quoi ?* Elle a tenté de définir ce qu'elle lui trouve d'aussi repoussant. Ce n'est pas seulement qu'il ne sourie jamais ; il a un côté pesant, comme s'il la jugeait sans cesse en silence. Les gamins du quartier sont aussi très méfiants à son égard. Elle a tenté d'entrer en contact avec les autres jeunes filles au pair et nounous, un petit club qui s'assemble tous les jours autour des bancs du parc, mais elles ne l'ont pas admise. Elle sait qu'elle ne doit pas prendre cela personnellement. Ce n'est pas à cause d'elle : c'est la crainte que leurs protégés se voient entraînés dans l'entourage de Joshua. Chaque fois qu'ils vont au parc, l'enfant se retrouve à jouer tout seul. Enfin il ne joue jamais, il se contente d'observer les autres avec une moue sardonique.

Lors de son troisième jour, elle a craqué ; Marcus l'a trouvée en larmes dans la cuisine. Il lui a confié que, jusqu'à l'âge de trois ans, Joshua pleurait presque sans cesse. Cela a cessé du jour au lendemain, d'un coup. Avec un rire sans joie, Marcus a avoué qu'il ne savait pas ce qui était pire : les pleurs constants de l'enfant ou bien son attitude actuelle. Tracey a l'impression que depuis cette conversation, il l'évite.

Elle pousse Joshua par la porte d'entrée. À peine sont-ils sur la première marche du perron qu'il commence à bruiner.

— Quelle journée pourrie ! pépie-t-elle. (Il demeure tout à fait immobile pendant qu'elle lui enfile ses gants.) Tu as assez chaud, Joshua ?

— Oui.

— On y va, alors ?

— Oui.

— Bien.

Le crachin s'intensifie quand ils atteignent le trottoir. L'automne à New York. Un ciel bas et lourd. Elle n'a même pas encore traversé le pont pour aller à Manhattan ; les silhouettes des gratte-ciel la narguent. La main du garçon est un petit morceau de bois répugnant dans la sienne. À l'époque où elle prenait encore sa réticence pour de la timidité, elle lui parlait beaucoup lorsqu'ils sortaient. « Regarde ! Un chien », ou : « Un jour, il faudra qu'on aille au musée. » Elle ne s'en donne plus la peine. Tandis qu'ils franchissent en silence les cinq blocs qui les séparent de Fulton, elle écrase des feuilles luisantes, glissantes, sous ses bottes bon marché.

Quand arrive le moment de traverser la rue, ils attendent le signal des piétons puis ils repartent d'un bon pas, en compagnie des autres gens pressés d'échapper à la pluie. Ils dépassent une boutique de vêtements, chacun coûtant plus d'un mois de son salaire, puis une épicerie fine emplie de meules de fromage.

— On y est presque ! chantonne-t-elle, regrettant de ne pouvoir mettre ses écouteurs et oublier l'enfant.

En général, Tracey l'attend au Starbucks de l'avenue pendant qu'il prend sa leçon, une pause qui constitue plus ou moins le meilleur moment de sa semaine. Ils franchissent un angle de rue. Une femme en bottes noires montantes, coiffée d'un béret en laine trop grand artistiquement posé sur ses cheveux coupés à la Jeanne d'Arc, les croise et lance à Joshua un regard qui signifie : « Dieu, que tu es mignon ! » Le fait est qu'il l'est, avec ses boots Baby Gap et son pardessus Paddington Bear. L'inconnue se prépare à traverser la rue, levant haut la main à l'intention du camion qui roule vers elle. Tracey, un peu jalouse, regrette de n'avoir pas l'assurance nécessaire pour arrêter ainsi la circulation. Le poids lourd ralentit bel et bien, mais la femme n'a pas vu la moto qui le suit et dont le moteur ronfle alors qu'elle accélère pour le dépasser. L'accident se déroule comme se déroulent toujours ces choses-là : au ralenti. La moto freine d'un coup sec, vacille, puis tombe et se met à glisser, fauchant les jambes de la piétonne qu'elle tentait de contourner. Une fraction de seconde, les yeux de la femme rencontrent ceux de Tracey – *Ce n'est pas possible* – puis : *vlan.*

Tracey empoigne la main de Joshua et le tire en arrière.

— Ne regarde pas, hurle-t-elle. Ne regarde pas.

Elle-même tente de suivre ce conseil mais ne peut s'empêcher de fixer la bouillie sanglante qui remplace la tête de la femme et… et… il y a quelque chose d'étalé sur la chaussée. Elle entraîne Joshua jusqu'au Starbucks et tombe à genoux devant lui, l'humidité du trottoir traversant la toile de son jean. La vitrine de la cafétéria s'emplit de curieux ; plusieurs franchissent la porte, les yeux fixés sur l'écran de leur téléphone portable, filmant le carnage.

Elle chasse la pluie accumulée sur la parka de Joshua. Le visage de l'enfant demeure inexpressif.

— Joshua ? Ça va ?

Il hoche la tête. Elle prend ses mains gantées dans les siennes, cherche quelque chose à dire, et finit par balbutier :

— La dame qui est tombée, elle dort, c'est tout. L'ambulance sera là dans une minute et elle ira très bien, tu verras.

Il lui lance un regard chargé d'un tel mépris qu'elle lui lâche les mains et se surprend à essuyer les siennes sur son jean. *Un enfant, ce n'est qu'un enfant.*

— Elle ne dort pas, dit-il. Elle est morte.

— Ce n'est pas sûr, Joshua.

— Bien sûr que si. Mais ne t'en fais pas, ajoute-t-il avec un sourire apathique. Sache ceci : la mort n'existe pas.

Puis il éclate de rire.

Remerciements

Un grand merci à ma formidable éditrice Anne Perry et à mon extraordinaire agent Oli Munson pour leur patience et leur soutien sans faille : vous êtes géniaux !

Lauren Beukes, Kate Sinclair, Alan Kelly, Paige Nick, Helen Moffett et Alan et Carol Walters ont eu la gentillesse de lire ce roman au cours de son écriture. Ils m'ont offert des remarques pertinentes et de précieux conseils, et m'ont vivement encouragée quand c'était nécessaire. Merci à tous.

Je dois également beaucoup à Ben Summers, Becky Brown, Vickie Dillon, Hélène Ferey, Jennifer Custer, Véronique Norton, Jason Bartholomew, Conrad Williams, Oliver Johnson, Reagan Arthur, ainsi qu'aux équipes de la fabrication et de la publicité chez Hodder & Stoughton et chez Little, Brown, qui travaillent d'arrache-pied.

La plupart des personnes qui m'ont généreusement fourni des renseignements précis sur l'industrie des croisières ont souhaité ne pas être nommées ici, pour différentes raisons (principalement parce qu'elles travaillent au sein de cette industrie). Vous vous reconnaîtrez. Sachez que je vous suis extrêmement reconnaissante pour votre gentillesse et pour le temps que vous m'avez accordé. S'il y a des erreurs à ce sujet dans le livre, elles viennent de moi.

Charlie Martins et Savannah Lotz ont été les premiers à lire des versions interminables du manuscrit, tenus éveillés par le bruit de la machine à café à 3 heures du matin. Comme toujours : merci d'être là.

Composition et mise en pages
Nord Compo à Villeneuve-d'Ascq

Imprimé en France par CPI
en février 2016
N° d'impression : 132523

MIXTE
Issu de sources responsables
FSC® C003309
FSC
www.fsc.org

Fleuve Éditions, une marque d'Univers Poche,
est un éditeur qui s'engage pour
la préservation de son environnement
et qui utilise du papier fabriqué à partir
de bois provenant de forêts gérées
de manière responsable.

Fleuve Éditions
12, avenue d'Italie
75627 Paris Cedex 13

Dépôt légal : mars 2016
R09803/01